한국전쟁과 타자의 텍스트

한국전쟁과 타자의 텍스트

초판 1쇄 발행 2021년 4월 30일

지은이 이정현
펴낸이 황규관

펴낸곳 (주) 삶창
출판등록 2010년 11월 30일 제2010-000168호
주소 서울시 마포구 대흥로 84-6, 302호

전화 02-848-3097
팩스 02-848-3094
전자우편 samchang06@samchang.or.kr

ⓒ 이정현, 2021
ISBN 978-89-6655-135-4 03800

＊이 저서는 2017년 정부(교육부)의 재원으로 한국연구재단의 지원을 받아
   수행된 연구임(NRF-2017S1A6A4A01021858).

한국전쟁과 타자의 텍스트

이정현

삶창

엇갈린 시선과 기억의 균열

"전쟁의 첫 번째 희생자는 진실이다."
— 아이스킬로스(Aeschylos)

역사학자 에바 호프만(Eva Hoffman)은 홀로코스트 생존자 자녀들의 기억을 연구하면서 그들의 기억은 "부모 세대가 남긴 감정적 흔적"의 영향을 받는다고 지적한다. 후세대의 기억은 그들이 사는 사회에 의해 재구성되고 그 결과 직접적인 상실을 겪지 않은 후세대들도 과거의 기억을 전승하게 된다는 것이다. 체제는 공통된 기억을 추구한다. 재구성된 기억은 후대로 전승되고 사람들을 결속시키는 구심점이 된다. 국가는 필연적으로 공통된 기억을 지향한다. 한국전쟁 발발 후 70년이 넘는 세월이 흐르면서 전쟁의 기억은 한반도의 남과 북에서 국가의 정체성을 구성하는 절대적인 기준이 되었다. 한반도에는 반공과 반미를 외치는 이질적인 정권이 들어섰고, 적대적인 두 체제는 반세기가 넘도록 경합하면서 적대적으로 공존하고 있다. 아직도 우리는 한국전쟁의 영향에서 자유롭지 못하다. 분단의 세월 동안 형성된 이질감은 해소하기 어려울 정도로 커졌다. 한국전쟁을 직접 체험한 세대가 소멸에 이를 시기는 점차 다가오고 있지만, 전쟁의 기억은 끊임없이 재구성되면서 후세대로 전승된다. 전승된 기억은 깊은 불신과 증오를 남겼고, 수십년에 걸친 군비경쟁으로 이어졌다. 아직 한반도의 휴전선에는 군사적 긴장이 감돈다.

한국전쟁의 영향은 한반도에만 국한되지 않는다. 한국전쟁은 제2차 세계대전 이후 처음으로 발발한 국제전이었다. 미국을 포함한 16개국이 북한의 남침에 맞섰고 북한이 수세에 몰리자 중국이 참전했다. 참전국만이 아니라 직접 참전하지 않은 국가들의 운명도 많이 바뀌었다. 특히 아시아에서 한국전쟁의 영향은 컸다. 태평양전쟁을 일으켜 한반도 분단의 가장 큰 원인을 제공한 일본은 전후 새롭게 전개된 미·소 냉전 질서에 편승하여 미국의 우방이 되었다. 한국전쟁이 발발하자 일본은 미군의 후방 기지 역할을 담당하면서 경제를 부흥시켰다. 한국전쟁에서 중국은 미국을 궁지로 몰아넣으면서 존재감을 과시했지만, 타이완을 점령할 기회를 잃었다. 타이완으로 패주한 장제스(蔣介石) 정권은 한국전쟁 덕분에 살아남았다. 대만이라는 국가의 존립은 한국전쟁으로 가능했다. 유럽에서는 동서로 분단된 독일이 재무장하는 계기가 되었고, 북대서양조약기구(NATO)의 위협에 대처한다는 명목으로 소련의 동유럽 지배가 강화되었다. 제2차 세계대전 이후 예전의 국력을 회복할

　　　　　　　　　　　한국전쟁과 타자의 텍스트

수 없었던 영국과 프랑스는 한국전쟁에 적극적으로 개입할 여력이 없었다. 영국은 중국이 홍콩을 침공할 것을 우려했고, 프랑스는 인도차이나에 발목이 잡혀 있었다.

기억은, 언제나 편파적이다. 사람의 기억은 '보존'과 '변형'이라는 모순적인 속성을 가진다. 같은 시공간에서 동일한 사건을 겪었을지라도 주체가 기억하는 방식은 제각기 다르다. 한국전쟁의 기억 역시 마찬가지다. 2020년 10월, 그룹 '방탄소년단(BTS)'이 한미 친선 비영리재단 '코리아소사이어티(Korea Society)'의 연례행사에서 한미 우호 관계 증진에 공을 세운 한국인과 미국인에게 주는 '밴플리트상'을 받았다. 방탄소년단은 수상소감에서 "우리는 두 나라(한국과 미국)가 함께 겪은 고난의 역사와 수많은 남성과 여성의 희생을 영원히 기억해야 한다"고 언급하자 많은 중국인들이 격분했다. 중국은 한국전쟁에 참전한 것을 '항미원조(抗美援朝, 미국에 대항하고 북한을 돕는다는 뜻)'라 부르면서 국가 건립 이후 최초로 치른 한국전쟁의 의미를 강조한다. 하지만 한국의 시각에서 보면 중국군의 참전은 통일의 기회를 앗아간 뼈아픈 사건이었다. 현재 중국에서는 한국전쟁 발발 70주년을 전후로 한국전쟁을 소재로 다룬 수많은 드라마와 영화가 만들어지고 있다. 한국에서도 매년 6월이면 참전국들의 희생을 기리는 행사를 벌이고 있고, 전쟁의 상처를 거듭 소환한다. 이처럼 세월이 흐른 후에도 한국전쟁의 기억은 정반대로 고착되었고, 여전히 풀리지 않는 앙금의 요인이 되었다. 70년 전에 벌어진 전쟁이 현재까지 갈등의 요인이 되는 풍경

들은 '전쟁의 대가를 너무 가혹하게 치르고 있다'는 탄식을 자아
낸다.

　　이 연구를 진행하면서 한국전쟁에 관한 건조한 기록들을 먼저
응시했다. '공식적인 역사'에는 수많은 영웅이 존재하고, 전황 분
석과 숫자가 가득하다. 아울러 그것이 사실임을 입증하는 객관적
인 자료도 넘쳐난다. 그러나 기억의 전승은 객관적인 사실들을 그
대로 전달하는 방식으로 진행되지 않는다. 가령 '일본은 한국전쟁
으로 경제를 되살릴 수 있었다'는 기록은 분명 사실이지만, 이 건
조한 기록은 한국전쟁 시기 일본에 쏟아지는 달러의 단맛을 차마
즐기지 못하고 전후 일본 사회를 회의적으로 응시한 사람들이 있
었다는 사실을 쉽게 잊게 만든다. 또한 "한국전쟁에서 미군은 3만
3652명이 전사, 10만3284명이 부상당했고, 8000여 명이 행방불명
되었다"[1]는 기록은 한국전쟁에서 미군이 입은 피해는 입증하지만
수많은 미국 청년들이 한국에서 무엇을 보고 느꼈는가는 전달하
지 못한다. 모든 기억의 전승은 '이야기'와 '이미지'를 동반한다. 중
국이 드라마와 영화를 만들면서 그토록 한국전쟁의 기억을 미화하
는 이유는 '이야기'와 '이미지'가 얼마나 큰 힘을 발휘하는가를 알
고 있기 때문이다. 하지만 국가가 관리하는 기억에는 개별적인 인
간이 감내해야 했던 고통은 쉽게 잊힌다. 특히 국가의 관리 방향과
다른 기억일수록 빠르게 부정되고 소거된다. 한국전쟁을 자랑스러

1　박동찬, 『통계로 본 6·25전쟁』, 국방부군사편찬연구소, 2014.

운 기억으로 채색하는 중국 정부는 한국전쟁 중 절반이 넘는 중국 군 포로가 타이완을 선택한 사실은 애써 외면한다. 이 문제를 다룬 하 진(Ha Jin)과 장아이링(張愛玲)의 소설은 중국에서 지금까지도 금서로 지정되어 있다. 국가가 관리하는 기억이 얼마나 편파적인가 를 잘 보여주는 사건들이다. 그들은 자랑스럽지 않은 기억을 소거 하고 부정하면서 명예를 지킨다고 여긴 것이다.

우리도 한국전쟁을 호국 서사에 초점을 맞춰서 기념하는 관 행으로 국민방위군 사건이나 양민 학살 문제를 인정하기까지 아주 오랜 시간이 걸렸다. 이런 관행은 베트남전쟁에서도 이어졌다. 고 엽제 피해나 양민 학살, 포로 문제 등은 외면하고, 주로 한국군의 무용담 홍보가 중심이 되었다. 한국전쟁의 반공 서사를 베트남전 쟁에 연결한 결과다. 베트남전쟁에서 벌어들인 외화로 경제성장을 도모한 군사정권은 한국 청년들의 희생을 불가피하고 감내해야 하는 고통으로 채색했다. 지난 2000년에는 육군이 가수 조성모의 뮤직비디오에 1개 소대에 가까운 숫자의 백마부대 병사들이 전사 하는 장면이 담긴 것을 문제 삼아 참전 병사들의 명예를 훼손했다 는 이유로 판매와 방송 금지를 요구하는 사건이 있었다. 반면 베 트남의 한국인 혼혈 '라이따이한' 문제나 양민 학살 문제, 포로 송 환 문제 등은 크게 부각하지 않았다.

이야기와 이미지는 어떤 방식으로 생성되는가. 문학과 영화 등의 텍스트가 가장 적실한 예시일 것이다. 한국전쟁과 그 영향을 다룬 한국문학 텍스트들은 '분단문학'이라는 분야를 형성할 정도로 많다. 우리가 전쟁을 겪은 당사자들이기 때문이다. 휴전 이후 많은 시간이 흐른 다음에도 우리가 한국전쟁을 '안다'고 여기는 것은 직접 체험에서 얻은 것이기보다는 텍스트를 통해서 얻은 재구성된 기억들을 접했기 때문이다. 한국전쟁에 참전한 국가들 역시 마찬가지다. 세계 각국에서 한국으로 온 청년들은 모두 낯선 나라에서 고통을 받았다. 그러나 '잊힌 전쟁'이라고도 불리는 한국전쟁에서 상처 받은 자들의 기억은 아직도 충분히 재현되고 기록되지 못했다. 충분히 기억되지 못한 그 결여를 채우려는 노력이 동반되지 않은 채 서술되는 기억은 과거를 단조로운 이미지로 박제할 뿐이다. 타자의 경험과 상처를 이해하려는 노력을 멈출 때 타자는 이해할 수 없는 불안한 대상으로 전락하고 만다. 이 연구에서는 한국전쟁에 연루된 국가들이 당시 처했던 상황을 먼저 파악하고, 한국전쟁이 그들의 텍스트에 기록되고 재현된 양상을 살펴보고자 한다. 그리고 공식적인 기억에서 쉽게 배제된 자들의 흔적을 그들의 텍스트에서 찾아 나열하는 작업을 병행할 것이다.

먼저 1장에서는 실질적으로 한국전쟁에 참전하지는 않았지만, 한반도 분단과 전쟁에 가장 큰 원인을 제공한 국가인 일본을 다루었다. 일본을 먼저 다루는 이유는, 한국전쟁이 제2차 세계대전의 역사와 떼어놓을 수 없는 사건이기 때문이다. 그래서 한반도를 식민지로 지배했던 일본이 패망하는 시점에서부터 시작했다. 일본의 항복 시점은 매우 중요하다. 얄타회담(1945. 2.)과 포츠담회담

(1945. 7.)의 결과 소련이 독일을 제압한 이후 일본과의 전쟁에 동참할 것을 미국과 약속했기 때문이다. 오키나와전투(1945. 5.)가 한창일 때 독일은 항복했고 소련은 군대를 만주와 사할린 근방으로 이동시키기 시작했다. 독일과 일본이라는 공동의 적과 싸운다는 명분을 갖고 있었지만, 전후의 세계 질서를 재편하는 과정에서 미국과 소련의 갈등은 이미 시작되고 있었다. 미국은 소련이 대일전에 참여하기 전에 일본의 항복을 받아내고 싶었다. 소련이 참전한 후에 일본이 항복하면 소련이 아시아에서 자신의 몫을 요구할지도 모른다고 여겼기 때문이다. 그러나 미국의 기대와는 달리 오키나와에서 일본은 처절하게 저항했고 연합군의 일본 본토 진격은 늦춰지게 되었다. 미국은 원자폭탄 투하라는 초강수를 두었고, 소련은 일본이 항복하기 직전에 서둘러 참전했다. 일본계 미국 역사학자 하세가와 쓰요시(長谷川毅)는 최근 출간한 연구서 『종전의 설계자들』(메디치미디어, 2019)에서 소련의 참전이 일본의 항복에 결정적인 계기가 되었다는 사실을 밝히고 있다. 소련의 참전으로 아시아에서 미국의 독자적인 승리는 빛이 바랬고, 소련군의 한반도 북부 진출은 분단의 계기가 되었다.

일본은 점령된 이후 미국의 충실한 우방으로 냉전에 동참함으로써 아시아를 침략했던 과거를 망각하고 미국에 의존하는 반공 국가로 거듭났다. 물론 이 과도기에도 불협화음은 존재했다. 전후 일본에서 수많은 지식인들은 미국의 영향을 받게 된 새로운 일본 사회를 비판적으로 응시했다. 천황제의 존속을 둘러싸고 일본의 젊은 지식인들은 전쟁을 일으킨 천황의 책임 문제를 거론하면서 반대에 나섰다. 1장에서는 전후 일본 사회의 혼란을 예민하게 응시했던 고바야시 마사루(小林勝), 오에 겐자부로(大江健三郎), 홋타 요시에(堀田善衛), 사카구치 안고(坂口安吾), 다니자키 준이치로(谷崎潤一郎), 오오카 쇼헤이(大岡昇平), 마루야마 마사오(丸山真男)의 텍스트를 통해 전후 일본의 변화와 통증을 살펴봤다. 그리고 한국전쟁이 발발한 직후 일본 사회의 반응을 분석하면서 일본이 한반도의 분단과 전쟁 발발의 책임을 어떤 방식으로 회피하였는가를 분석했다.

일본은 한국전쟁으로 경제가 되살아났고, 베트남전쟁에서도 경제 특수를 누렸다. 그들은 줄곧 아시아에서 벌어진 냉전에 편승하여 이윤을 챙긴 것이다. 한국전쟁 특수는 제2차 세계대전으로 피폐해진 일본을 부활시킨 결정적인 역할을 하였다. 급격하게 우경화의 길을 걷는 일본 사회에서 일본 작가들은 미군에게 점령된 채 한국전쟁으로 경제 특수를 누리는 일본의 부조리를 텍스트에 묘사했다. 그들의 텍스트 안에서 일본인들은 미국에 동경과 반감이 뒤섞인 양가적인 감정을 보인다. 이를테면 홋타 요시에의 소설 『광장의 고독』(1951)은 한국전쟁이 한창이었던 시기에 일본의 변화에 혼란을 느끼는 지식인이 등장한다. 주인공은 '적'이었던 미국이 '아군'으로 돌변한 상황이 너무도 낯설지만, 일본인들은 불과 얼마 전에 끝난 태평양전쟁의 기억을 망각하고, 쏟아지는 달러에 환호한다. 오에 겐자부로의 초기 소설에는 태평양전쟁을 직접 겪지 않은 청년들이 등장한다. 그러나 현실을 회의하면서 기성세대에 반감을 지닌 청년들은 한없이 무력하기만 하다. 오에 겐자부로는 '짖지 않는 개'와 '시체'의 알레고리로 1950년대 일본 청년들의 공허감을 묘사했다. 전후 일본 사회의 변화를 파악하는 과정에서 각별하게 접한 책은 전후 일본의 변화를 연구한 사회학자 오구마 에이지(小熊英二)의 저서 『민주와 애국 – 전후 일본의 내셔널리즘과 공공성』(돌베게, 2019)과 미국 사학자 존 다우어(John W. Dower)의 저서 『패배를 껴안고』(민음사, 2009)였다.

한편 일본이 벌인 전쟁과 냉전 시기 미국에 편승한 행보로 가장 큰 피해를 입은 것은 오키나와였다. 1872년의 '류큐처분' 이후 일본에 병합되어 중일전쟁과 태평양전쟁에 인적·물적 자원을 강탈당했던 오키나와는 태평양전쟁 막바지에 최대 격전지가 되었다. 오키나와전투에서 오키나와 주민의 3분의 1이 사망하는 피해를 입었고, 일부는 일본군에 의해 학살당했다. 그리고 전쟁이 끝난 후 오키나와는 미군의 공군기지로 전용되었다. 오키나와의 미국 공군기지는 한국전쟁과 베트남전쟁을 거치면서 미군의 가장 핵심적인 해외기지로 부상했다. 본토의 일본인들은 오키나와의 희생을 담보로 미군의 전쟁 수행을 도우면서 경제적 이득을 챙겼다.

오키나와 현대문학 텍스트들은 주로 태평양전쟁 시기의 오키나와전투와 종전 후 형성된 미군기지를 주요 소재로 삼고 있다. 오키나와 문학 텍스트들은 일본에 지배당하고 전쟁을 겪은 한국의 문학 텍스트들과도 겹치는 부분이 많다. 메도루마 슌(目取真俊),

오시로 다쓰히로(大城立裕), 마타요시 에이키(又吉栄喜)의 텍스트에 투영된 오키나와의 현대사를 살펴볼수록 오키나와인의 상처와 식민 지배와 전쟁을 겪은 한국인들의 상처는 매우 닮았다는 사실을 확인하게 된다. 최근 출간된 마타요시 에이키의 소설집 『돼지의 보복』(창비, 2019)에 실린 소설 「등에 그린 협죽도」의 주인공은 미군 아버지와 오키나와 원주민 여성 사이에서 태어난 혼혈이다. 미군인 아버지가 한국전쟁에서 전사하자 주인공은 궁핍한 성장기를 보낸다. 성인이 된 주인공은 미군기지 주변을 배회하면서 일거리를 찾다가 베트남전쟁 파병 전 오키나와에 대기 중인 미군 병사와 친분을 쌓게 된다. 이 소설은 자신이 선택하지 않은 현실 때문에 고통을 받는 한 여성의 이야기를 통해 냉전의 역사가 오키나와에 어떤 상처를 남겼는가를 묻는 문제작이다. 이 소설은 한 여성의 삶을 통해서 태평양전쟁과 한국전쟁, 베트남전쟁을 하나의 고리로 잇는다.

태평양전쟁이 끝났을 때 일본에는 전시에 동원되었던 수많은 조선인들이 남아 있었다. 그들은 해방된 한반도로 쉽게 돌아가지 못했다. 일본에 잔류한 그들은 숱한 차별을 겪어야만 했다. 그들 중 일부는 한국전쟁이 발발하자 분단된 한반도로 귀환하는 것을 포기하고 일본에 남는 길을 택한다. 1장의 말미에서 장혁주, 김시종, 이실근 등 외부자이자 내부자로서 일본에서 한국전쟁을 겪은 그들의 기록을 간략하게나마 살펴보았다.

2장에서는 한국전쟁의 주요 참전국인 중국을 다루었다. 중국은 항일투쟁과 한국전쟁을 국가 형성의 중요한 축으로 삼고 있다. 1949년 마오쩌둥의 공산당은 장제스의 국민당 정부에 승리를 거두고 중화인민공화국을 설립했다. 공산당 정부의 당면 과제는 오랜 전쟁으로 피폐한 국가를 재건하는 것이었기에 인민들의 결속력 향상이 필요했다. 공산당 정부는 먼저 타이완을 점령하여 통일을 완성하는 것을 일차 목표로 삼았지만, 진먼다오(金門島)전투에서 패배한 후 침공 계획은 틀어졌다. 한반도에서 전쟁이 발발하자 미국은 오키나와와 마찬가지로 타이완의 전략적 가치를 재발견하고 다시 장제스 정부를 돕게 된다. 미군 제7함대가 타이완 해협으로 이동하자 마오쩌둥은 타이완 점령 계획을 유보하게 되었다. 마오쩌둥 정부는 미국을 비판하면서 한국전쟁에서 북한을 지원할 것을 천명하고 한반도를 주시했다.

  1950년 10월 미군과 유엔군이 38도선을 넘어 진격하자 마오쩌둥은 한국전쟁에 참전을 결심했고, 인민해방군은 압록강을 건넌다. 새로운 국가를 건설한 지 1년이 채 되지 않은 시점에서 세계 최강대국인 미국과 전쟁을 시작하는 건 쉽지 않은 결정이었다. 중국 정부는 '삼반운동(三反運動)' 등을 전개하면서 반미 의식을 고취시켰고 미국과의 충돌로 생긴 긴장감은 중국 인민들을 단합시키는 계기가 되었다. 중국공산당 정부는 한국전쟁을 '항미원조전쟁'으로 명명하면서 한국전쟁 참전의 명분과 인민해방군의 활약을 대대적으로 홍보하였다. 특히 1950년 겨울에 거둔 승리는 공산당 정부에 큰 자신감을 심어주었고 중국 인민들은 열광했다. 가난한 신생 국가가 미국과 대등하게 맞선 기억은 끊임없이 재생산되었다. 〈상감령〉(1956)을 비롯한 수많은 영화가 제작되었고 2010년에도 한국전쟁을 배경으로 한 드라마 〈38선〉이 엄청난 시청률을 기록했다. 지금도 중국 정부는 한국전쟁을 국민적인 기억으로 승화시키고 애국심을 고취하는 수단으로 삼고 있다.

1951년 이후 전선이 고착되고 소모전이 이어지자 양측은 휴전 협상에 들어가게 되었는데, 협상 과정 중 최대 난관은 포로 교환 문제였다. 양측의 모든 포로들을 즉각 교환하자는 중국 측의 제안과는 달리 미군과 유엔군은 포로들의 개인 의사에 따라 송환하자는 의견을 내세워 휴전 협상은 길어지게 되었다. 휴전 협상이 타결될 즈음, 전쟁의 막바지에 중국 정부는 충격적인 소식을 접하게 된다. 포로로 잡힌 2만1000여 명의 중국군 포로들 중 3분의 2 이상이 중국 본토가 아닌 타이완행을 선택한 것이다. 게다가 남한의 이승만 정부는 반공 포로들을 석방하는 초강수를 뒀다. 1953년 휴전협정 체결 직전에 벌어진 중국군의 공세는 상실한 포로들의 수만큼 한국군의 인명을 살상하려는 의도에서 시행된 작전이었다.

중국 정부의 예상을 깨고 많은 포로들이 타이완을 선택한 것은 중국 정부가 인정하기 어려운 불편한 진실이었다. 항미원조전쟁의 정의로움을 강조하던 중국 정부는 이 진실을 외면했다. 2장에서는 '국가의 기억'을 강조하는 중국이 외면한 진실을 다룬 텍스트들을 주목했다. 가장 비중 있게 다룬 텍스트는 중국계 미국 작가 하 진(Ha Jin)의 소설 『전쟁 쓰레기』(시공사, 2008)다. 이 소설은 포로로 잡힌 중국군 장교의 시선으로 한국전쟁을 응시한다. 거제도 포로수용소에서 중국군 포로들은 친공 포로와 반공 포로로 나뉘어서 치열하게 대립한다. 폭력과 살인이 난무하는 포로수용소에서 주인공 유안은 난처한 입장에 처한다. 반공 포로들은 유안이 국민당 장교 출신이므로 타이완을 선택해야 한다고 설득하고 친공 포로들은 어머니와 애인이 사는 사회주의 조국으로 돌아가야 한다고 유안을 협박한다. 그들의 지독한 대립에 지친 유안은 중립국으로 가는 것을 고려하게 된다. 이 소설의 구도는 한국의 대표적인 분단소설 『광장』과 매우 흡사하다. 당연한 말이지만, 이 소설은 포로 협상 과정에서 『광장』의 주인공 이명준과 같은 고뇌에 빠진 사람이 중국군에도 무수히 많았다는 사실을 일깨워준다. 그리고 1989년 중국 톈안먼(天安門) 사태 때 미국으로 망명한 작가 하 진의 실제 삶과도 겹치면서 이 소설은 냉전이 강요한 폭력을 성찰하게 만든다.

장제스의 국민당 정부는 타이완으로 도피하여 새로운 국가를 세웠다. 한국전쟁으로 중국군의 주력이 한반도로 이동했기에 생긴 기회였다. 미국은 사실상 국민당 정부를 포기했으나 한국전쟁의 발발로 인하여 국민당 정부는 구원받았다. 한국전쟁이 끝나고 중국군이 다시 타이완 침공을 준비하면서 중국 항구도시 샤먼(廈門)에 인접한 섬 진먼다오에서는 치열한 포격전이 벌어졌다. 포격전을 겪으면서 진먼다오는 난공불락의 요새로 변모했고 해협의 긴장은 오랜 기간 이어졌다. 한국전쟁을 다룬 타이완의 문학 텍스트는 거의 소개된 것이 없다. 그렇지만 양안 갈등을 다룬 텍스트들은 식민 지배와 내전, 냉전까지 우리의 역사와 매우 유사하다는 사실을 다시 자각하게 된다. 국내에 처음 번역된 타이완 작가 천잉전(陳映真)의 소설집 『충효공원(忠孝公園)』(문학과지성사, 2011)에 수록된 세 편의 중편소설은 식민 지배와 전쟁, 분단의 역사를 통과하면서 상처 받은 인물이 등장한다. 그들의 삶과 상처는 굴곡진 타이완의 현대사를 대변한다. 한국과 타이완은 아시아 냉전의 상징적인 국가이고, 여전히 분단 상태라는 공통점을 지녔다. 한국전쟁과 중국의 변화를 살펴보는 과정에서 성공회대학교 동아시아연구소가 기획하고 백원담, 임우경 교수가 엮은 연구서 『'냉전' 아시아의 탄생: 신중국과 한국전쟁』(문화과학사, 2013)[2]의 도움이 컸다.

3장에서는 한국전쟁에서 가장 주도적인 역할을 담당한 국가 미국을 다루었다. 제2차 세계대전 말기부터 미국과 소련의 동맹 관계는 서서히 균열이 발생했다. 냉전의 초반은 원자폭탄을 소유한 미국이 소련에 군사기술적 우위를 지니고 있었지만 1949년 소련이

---

2 이 책은 중국의 시선으로 한국전쟁을 바라보면서도 한국전쟁과 중국이라는 좌표축을 통해 중국의 주변부까지 살피고 있다. 연변의 조선족, 대만, 홍콩, 말레이시아 화교 공산당까지 다루면서 아시아 식민과 냉전사에서 중국이 차지하는 의미를 부각하면서 아시아에서 전후 민족, 국가, 냉전의 논리가 어떻게 경합하고 수용되었는가를 다루고 있다.

원자폭탄을 개발하자 미국은 그 우위를 상실했다. 더구나 같은 해에 중국이 공산화되자 미국의 위기감은 고조되었다. 유럽에서 그리스와 터키 지원을 천명한 '트루먼 독트린'과 서유럽 경제부흥을 돕기 위한 '마셜 플랜'을 실행 중이던 미국은 중국이 공산화되자 아시아를 주시했다. 미국은 아시아에서 소련, 중국과 충돌할 것을 예측하고 일본과 오키나와를 주 방어선으로 설정(애치슨 라인)했다. 이것은 공군력 중심으로 전쟁을 예측한 것으로, 육지를 방어선으로 정하면 곧바로 지상군의 반격을 받게 된다는 점을 고려한 결과였다. 소련과 중국은 '애치슨 라인'을 보고 미국이 한반도 방위를 포기한 것으로 해석했다. 그러나 한국전쟁이 발발하자 미국은 일본에 주둔한 군대를 신속하게 한반도로 옮겼고, 전쟁은 북한의 의도와는 다르게 전개되었다.

미국 사회는 1940년대 말부터 '매카시즘' 광풍에 휩싸였다. 1948년 여름 연방하원의 '비(非)미국적 행위 조사위원회(House Un-American Activities Committee, HUAC, 이하 '조사위원회')'는 시사주간지『타임(Time)』의 편집인인 체임버스(Whittaker Chambers)와 미국 공산당 당원이었던 벤틀리(Elizabeth Bentley)를 청문회에 불러 그들이 과거 공산주의자였음을 자백하게 만들었고, 그들은 루스벨트 행정부의 재무부 고위 정책 수립가로서 국제통화기금(IMF)과 세계은행(World Bank)의 창설에 주도적인 역할을 담당했던 앨저 히스(Alger Hiss)가 간첩 활동을 했다고 폭로했다. 1950년 1월 미국의 언론들은 히스의 위증죄와 간첩죄 판결을 보도했고 히스는 44개월 동안 복역하게 되었다.

1949년 8월에는 소련이 핵폭탄 실험에 성공하고, 10월에 장제스의 국민당 정부가 타이완으로 도주했다. 이 시기에 미국에서 소련에 원자폭탄의 제조 기술을 넘겨준 혐의로 기소된 로젠버그 부부(Julius and Ethel Rosenberg)의 스파이 사건과 영국의 물리학자 푹스(Cloud Fuchs)가 소련에 원자폭탄 제조 기술을 팔아넘긴 사건이 발생하여 미국인들의 위기감은 고조되었다. 공화당은 트루먼 정부가 공산주의자들에게 관대하다고 연일 공격했고 트루먼 정부는 위기에 몰렸다. 전국적으로 일어난 반공운동의 선두주자는 공화당 상원의원 조지프 매카시(Joseph McCarthy)였다.

1950년 6월 한국전쟁이 발발하자 매카시즘은 더욱 기승을 부렸다. 매카시는 1950년 8월 위스콘신주 밀워키에서 행한 연설에서 미국의 젊은이들이 한국에서 죽어가는 현실을 강조하면서 정부의 고위 관리들 속에 있는 공산주의자를 몰아내야 한다고 주장했다. 1950년 가을 중국군의 참전으로 미군이 후퇴를 거듭하자 12월 16일 트루먼은 '국가비상사태'를 선포하기에 이른다. 유엔군 총사령관 더글러스 맥아더(Douglas MacArthur)가 만주로 전쟁을 확대할 것과 원자폭탄 사용을 요구하자 전 세계에서 반전 여론이 들끓었다. 영국 수상 애틀리(Clement Attlee)는 워싱턴으로 날아와 트루먼을 설득하며 원폭 사용을 반대했다. 1951년 4월 11일에 확전을 주장하던 맥아더가 해임되자 매카시는 맥아더를 옹호하면서 트루먼을 원색적으로 비난했다. 매카시는 맥아더 해임을 계기로 마셜

한국전쟁과 타자의 텍스트

(George Marshall) 장군의 외교정책을 비판하고 트루먼 대통령과 애치슨 국무장관도 음모에 가담했다고 의혹을 제기하기에 이른다.

매카시즘은 미국의 문화예술계에도 큰 영향을 미쳤다. '조사위원회'의 활동으로 예술가와 지식인들은 광범위한 감시 대상이 되었고 할리우드를 비롯한 문화예술계 안에서 폭로와 감시가 일상화되었다. 수많은 감독과 배우, 작가들이 '조사위원회'의 청문회에 불려가 사상을 검증받고 자신이 공산주의와 소련에 우호적이지 않다는 사실을 스스로 증명해야만 했다. 할리우드 안에는 매카시에 동조하는 세력도 있었다. 훗날 대통령이 되는 영화배우 로널드 레이건(Ronald Reagan), 공화당 상원의원 배리 골트워터(Barry Goldwater), 연방수사국(FBI) 국장 에드거 후버(J. Edgar Hoover), 디즈니 영화사 설립자 월트 디즈니(Walt Disney)와 영화감독 엘리아 카잔(Elia Kazan) 등은 매카시에 동조하면서 할리우드에서 활동한다고 의심되는 공산주의자들의 명단을 '조사위원회'에 넘겼다. 원자폭탄 개발에 공헌한 과학자 로버트 오펜하이머(Robert Oppenheimer), 작곡가이며 지휘자인 레너드 번스타인(Leonard Bernstein), 영화감독 에드워드 드미트릭(Edward Dmytryk), 문인 릴리언 헬먼(Lillian Hellman) 등이 그 명단에 올랐고 이들은 대부분 진보적인 성향을 지닌 유대인 출신이었다. 블랙리스트에 올라 있던 릴리언 헬먼은 당시를 '불한당의 시간(Scoundrel Time)'이라고 명명했다. 매카시즘의 광풍과 냉전 시대 문화계에서 벌어진 갈등은 프랜시스 스토너 손더스(Frances Stonor Saunders)의 저서

『문화적 냉전―CIA와 지식인들』(그린비, 2016)에 상세히 담겨 있다.

　　미국 역사학자 브루스 커밍스(Bruce Cumings)는 미국 문학 텍스트에서 한국전쟁은 단지 '배경'으로만 차용되는 경향이 있다고 지적했다. 한국전쟁에 장교로 참전했던 역사학자 시어도어 페렌바크(T. R. Fehrenbach)는 한국전쟁이 '잊힌 전쟁'이 된 이유를 이렇게 분석했다. 미국은 한국에 무지한 상태로 전쟁에 휘말렸고 확실한 승리에 대한 의지도 없었기에 한국전쟁은 제한된 전쟁이 될 수밖에 없었다. 그 결과 제2차 세계대전처럼 국민들의 애국심에 불을 지피지도 못했고, 베트남전쟁처럼 한 세대 전체가 휘말려 사회를 뒤흔든 사건이 되지도 못한 채 잊힌 전쟁이 되었다는 것이다.

　　한국전쟁을 다룬 미국의 텍스트들[3]은 많지만 3장에서는 한국전쟁 전후 미국 사회를 강타한 매카시즘을 그린 소설을 먼저 다루었다. 필립 로스(Philip Roth)의 소설 『나는 공산주의자와 결혼했다』(문학동네, 2013)와 닥터로(E. L. Doctorow)의 소설 『다니엘서』(문학동네, 2010)는 한국전쟁이 발발했을 당시 매카시즘에 장악된 미국 사회의 모습을 적나라하게 보여준다. 다음으로는 한국전쟁에 참전한 미국 청년들의 모습을 담은 소설을 다루었다. 필립 로스의 소설 『울분』(문학동네, 2011)은 1950년에 스무 살을 맞이한 청년 마커스의 성장기와 한국전쟁을 병렬적으로 배치하여 한국전쟁이 당

3　한국전쟁을 다룬 미국 소설들의 목록은 육군사관학교 영어과 정연선 명예교수의 저서 『잊혀진 전쟁의 기억』(문예출판사, 2019)에 일목요연하게 수록되어 있다.

시 미국 청년들에게 어떻게 다가갔는지를 보여주는 작품이다. 그리고 한국전쟁에 전투기 조종사로 참전했던 작가 제임스 설터(James Salter)가 1956년에 창작한 소설 『사냥꾼들』(마음산책, 2016)은 지상이 아닌 공중에서 한국전쟁을 겪은 미군의 모습이 담겨 있다. 이 소설에는 일본으로 휴가를 간 미군과 그들을 상대하는 일본 여성의 모습이 짧게 묘사되는데 냉전 체제 아래 전개된 성노동의 현실을 드러내는 문제적인 장면이기도 하다. 미군을 상대하는 일본 여성들의 모습은 한국전쟁 시기 미군들을 대상으로 성노동에 나섰던 한국 여성들의 모습과도 겹친다. 군사주의와 성노동에 관한 논의는 미국 캘리포니아대학에서 한국문학과 비교문학을 전공한 이진경 교수의 저서 『서비스 이코노미』(소명출판, 2015)[4]에 상세히 담겨 있다.

비교적 최근에 창작된 소설로는, 한국전쟁의 상처와 미국 인종차별 문제를 함께 다룬 토니 모리슨(Toni Morrison)의 소설 『Home』(2012)과 제인 앤 필립스(Jayne Anne Phillips)의 소설 『Lark & Termite』(2008)를 다루었다. 이 텍스트들은 아직 국내에 번역되지 않은 텍스트들이므로 인용할 시에는 원문과 번역을 같이 실었

---

4 이진경은 『서비스 이코노미』에서 전쟁과 군사주의 문화 속에서 주변화된 노동을 분석하고 있다. 이 책은 군사노동을 성적 프롤레타리아화(化)라는 틀로 접근하면서 전쟁 시기 여성의 매춘과 병사들의 죽음정치적 노동을 한국의 군사주의와 독재, 가부장제의 맥락에서 해석한 뛰어난 연구서다.

다. 미국은 한국전쟁에 가장 많은 인원이 동원된 주요 참전국인 까닭에 한국전쟁을 다룬 미국 문학 텍스트들은 다른 국가들보다 많다. 그 소설들을 모두 다루자면 별도의 연구가 필요할 것이다. 그래서 국가가 관리하는 공식적인 기억에서 다루어지지 않은 소재를 다룬 작품들을 중심으로 선정했다.

　　제인 앤 필립스의 소설은 한국전쟁 중 일어난 '노근리 학살 사건'을 소재로 삼은 작품이다. '노근리 학살 사건'은 미국 〈AP〉 통신사 기자 최상훈, 찰스 핸리(Charles Hanley), 마사 멘도자(Martha Mendoza)가 취재한 르포로 세상에 알려진 대표적인 양민 학살 사건이다. 〈AP〉기자들은 노근리를 다룬 르포로 2000년에 미국의 가장 권위 있는 보도·문학·음악상인 퓰리처상을 수상한 바 있다. 한국전쟁 이후 미국에 정착한 재미교포 2, 3세들의 소설 중에서는 이창래(Chang-Rae Lee)의 2010년 소설 『생존자 *The Surrendered*』(알에이치코리아, 2013)와 폴 윤(Paul Yoon)의 소설을 다루었다(폴 윤의 소설도 아직 국내에 번역되지 않았기에 원문을 인용했다). 한국전쟁을 직접 겪지 않고, 미국인으로 살아온 이들은 이방인의 시선으로 한국전쟁을 바라본다. 이들 한인 2, 3세들의 소설은 한국전쟁을 소재로 삼으면서 미국 사회의 부조리와 인간의 윤리 문제까지 시야를 넓힌 역작으로 평가받는다. 특히 폴 윤의 소설 『*Snow Hunters*』(2013)의 주인공은 휴전협정 이후 중립국행을 택한 포로라는 점에서 눈길을 끈다. 최인훈의 『광장』, 하 진의 『전쟁 쓰레기』와 겹쳐서 읽는다면 한국전쟁을 입체적으로 바라볼 수 있는 좋은 통로가 되리라고 생각한다.

　4장에서는 유럽과 기타 국가들을 다루었다. 서유럽 국가들은 미국과는 달리 멀리 떨어진 아시아의 분쟁에 자국의 군대를 보낼 여력이 없었다. 그러나 서유럽의 경제부흥을 지원한 미국의 지원 요청과 유엔 안보리 결의안에 호응하여 몇몇 나라들은 전투병을 파병했다. 대표적인 나라가 영국과 프랑스다. 프랑스는 군대의 주력이 인도차이나에 머물고 있었기에 1개 대대 규모의 병력만을 파견했다. 한국전쟁 기간 동안 프랑스군은 전 병력의 3분의 1이 넘는 사상 피해를 입었고 지평리전투 등 한국전쟁의 주요 전투에 참여했지만 그들의 활약상은 잘 알려지지 않았다. 프랑스에서 한국전쟁에 대한 반응은 정치·군사적인 측면이 아니라 사상적인 측면에서 두드러졌다.

　제2차 세계대전을 겪은 프랑스의 지식인들은 대부분 공산주의에 매력을 느꼈다. 대독 항전 과정에서 프랑스공산당은 가장 큰 희생을 치렀고 독일군을 제압하는 데 소련군의 역할이 컸기 때문이다. 전후 프랑스 지식인들에게 가장 큰 논쟁이 된 것은 바로 '폭력'에 대한 태도였다. 서유럽에 소련 강제수용소의 실태가 알려지자 나치의 파시즘과 소련의 전체주의가 별로 다르지 않다는 비판이 제기되었다. 당시 서유럽에서 화제가 되었던 헝가리계 영국 작가 아서 케스틀러의 『한낮의 어둠』(후마니타스, 2010)은 스탈린의 숙청과 혁명가 부하린(Николáй Бухáрин)의 처형을 소재로 한 소설이었다. 이 소설을 둘러싸고 벌어진 '폭력'에 관한 논쟁에서 메를로퐁티(Maurice Merleau Ponty)는 소련의 폭력을 정교하게 옹호했고, 프랑스 지식인들 다수도 여기에 호응했다. 메를로퐁티는 자신의 저서 『휴머니즘과 폭력』(1947)에서 '진보적 폭력'의 개념을 제시하면서 이미 모든 체제에는 폭력이 필연적으로 작동할 수밖에 없다는 사실을 지적했다. 서구 유럽이 식민지에서 자행한 폭력들은 은폐되거나 묵인되었지만, 소련의 폭력은 은폐되지 않은 폭력이고, 은폐되지 않은 폭력의 경우 최소한 극복할 여지가 있다고 역설했다.

    프랑스의 대표적인 지식인이자 공산주의자였던 장폴 사르트르(Jean-Paul Sartre)도 한국전쟁이 발발하자 북한과 소련을 옹호하고 나섰다. 하지만 소련의 폭력을 옹호했던 메를로퐁티는 한국전쟁의 참상을 접하면서 전향했고, 사르트르와 이념적으로 대립하게 되었다. 제2차 세계대전 중 사르트르의 동지였던 레몽 아롱(Raymond Aron)과 작가 알베르 카뮈(Albert Camus)도 한국전쟁을 계기로 서로의 이견을 확인하고 갈라서게 되었다. 특히 레몽 아롱은 한국전쟁에 미국이 신속하게 개입한 것은 현명한 결정이었고 소련의 위협에 직면한 서유럽에 희망을 주었다고 판단했다.

    당대 프랑스를 대표하는 작가 알베르 카뮈는 자신의 소설 『페스트』(1947)와 희곡 『계엄령』(1948)에서 전체주의의 폭력을 묘사하면서 강제수용소로 상징되는 소련의 폭력을 비판했다. 카뮈는 사르트르를 향한 답변으로 에세이 『반항하는 인간』(1951)을 발표했

한국전쟁과 타자의 텍스트

는데 이것은 교조주의적인 혁명과 마르크스주의에 담긴 메시아주의를 비판하는 내용이었다. 혁명을 위한 '더 나은 폭력'은 존재하지 않으며 소련의 전체주의는 파시즘과 비슷한 폭력이라고 여긴 카뮈의 생각은 변하지 않았다. 같은 시기 사르트르는 희곡『악마와 선한 신』(1951)을 발표하여 카뮈와 대조를 이루었다. 종교개혁이 한창이던 독일 농민전쟁 시기를 배경으로 한 희곡『악마와 선한 신』은 냉전 체제로 양분된 1950년대의 시대 상황을 빗댄 텍스트였다. 이 희곡에서 사르트르는 개인의 구원은 집단적 투쟁을 통해서만 가능하다고 주장했다. 드레퓌스 사건(1894~1906) 이후 사회참여는 프랑스 지식인들에게 하나의 의무였고, 한국전쟁 시기 사르트르, 아롱, 메를로퐁티, 카뮈 등은 각자의 방식으로 이 의무를 충실히 수행했다. 한국전쟁은 프랑스 지식인들의 이념적 지향이 다시 설정되는 계기가 되었다.

영국은 제2차 세계대전으로 가장 큰 피해를 겪었다. 제2차 세계대전으로 영국은 광활한 식민지를 상실했고 세계의 주도권은 미국과 소련으로 넘어갔다. 그리고 전시의 과도한 군비 지출로 전후 영국 경제는 붕괴하고 말았다. 이런 상황에서 영국은 한국전쟁에 개입할 여력이 없었다. 그러나 미국의 경제 지원과 유엔안보리 결의를 외면할 수 없었다. 무엇보다도 영국은 '뮌헨회담'의 실책을 기억하고 있었다. 체코를 희생시키면서 평화를 지향했다가 결과적으로 히틀러에게 자신감을 불어넣어 제2차 세계대전을 겪은 영국은 한국전쟁을 외면할 수 없었다. 영국은 홍콩에 주둔하던 부대를 한반도에 투입했다. 한국에 투입된 영국군 병력은 미군 다음으로 많았고 영국은 미군에 배속되지 않고 독자적인 작전을 벌인 유일한 국가였다. 한국전쟁에 관련된 영국의 공식적인 기록은 파병 규모에 비해 그다지 많지 않다. 영국에서 한반도는 너무 멀고 작은 지역이었고, 당면한 경제위기가 더 시급한 문제였기 때문이다.

한국에 투입된 영국군은 큰 인명 피해를 봤다. 1951년 4월, 영국군은 중국군의 춘계대공세를 막는 핵심적인 위치에 주둔하고 있었다. 경기도 파주 임진강 부근 고지에서 벌어진 설마리전투에서 영국군 글로스터 대대가 전멸하고 수백 명의 병사가 포로가 되었다. 이때 중국군에 포로로 잡혔다가 1953년 휴전협정 이후에 귀환한 영국군 장교 안소니 파라 호커리(Anthony Farrar-Hockley)는 귀국 후인 1954년에 회고록 『The Edge of Sword』(한국판 『한국인만 몰랐던 파란 아리랑』, 한국언론인협회, 2003)를 집필했다. 이 회고록은 한국전쟁의 중요한 사료이기도 하다. 파라 호커리는 28개월의 포로 수용 기간의 경험을 가감 없이 기록했다. 호커리의 수기에는 서방의 자료에는 기록되지 않은 중국군과 포로수용소의 실상, 유엔군과 한국군 포로에 관련된 기록, 북한 후방 지역의 생활상 등이 담겨 있다. 그 밖에도 앤드류 새먼(Andrew Salmon) 기자가 집필한 『마지막 한 발』(시대정신, 2009)과 영연방 군대의 활약을 다룬 『그을린 대지와 검은 눈』(책미래, 2015)이 국내에 번역, 출간되었다.

한국전쟁과 타자의 텍스트

제2차 세계대전에서 패배한 독일은 미국, 소련, 영국, 프랑스 4개국에 의해 점령되어 분할 통치되고 있었다. 냉전이 전개되면서 소련과 미국의 갈등은 점점 커졌고 점령된 독일은 그 갈등이 표면적으로 드러나는 장소였다. '트루먼 독트린'과 '마셜 플랜'으로 서유럽이 미국에 동조하게 되고 소련 점령 지구의 독일인들이 서방 점령 지역으로 탈출하는 사태가 이어지자 소련은 베를린을 봉쇄했다. 소련은 자국의 점령지구 안에 존재하는 베를린을 봉쇄하여 친미 국가 서독의 탄생을 방해하고자 했다. 그러나 미국과 영국은 베를린을 포기하지 않고 공수작전을 펼쳐 베를린에 물자를 공급했다.

1948년 6월 베를린 봉쇄를 계기로 독일은 동서로 분단되었고 서유럽은 소련의 군사적 위협을 뚜렷하게 인식하게 되었다. (1947년) 영국과 프랑스가 프랑스 북부 됭케르크(Dunkergue)에서 맺은 군사동맹에 이듬해 베네룩스 3국이 합세했다. 그리고 베를린 봉쇄가 시작되자 미국과 캐나다, 아이슬란드, 이탈리아, 노르웨이, 포르투갈 등이 가세하여 북대서양조약기구(NATO)가 출범하게 된다. 서유럽 국가들과 미국이 군사동맹을 결성하여 소련을 봉쇄하는 작업이 진행되자 서독의 수상 아데나워(Konrad Adenauer)는 서독의 재무장을 추진하고 나섰다. 그러나 아데나워가 주장한 서독의 재무장은 서유럽 국가, 특히 프랑스의 거센 반발에 직면했고, 소련도 독일군의 부활에 예민하게 반응했다. 독일 사회의 반대 여론도 커졌다. 두 번의 세계대전과 분단을 겪은 독일인들은 어느 나라보다도 전쟁을 혐오하고 있었다.

서독의 재무장과 나토 가입이라는 정치·군사적인 흐름과는 달리 독일의 지식인들과 작가들은 미국과 소련의 냉전을 비판적으로 바라보았다. 소설가이자 라디오 방송극 작가 귄터 아이히(Günter Eich)는 〈꿈(Träume)〉에서 비키니섬과 한국을 나란히 거론하면서 핵전쟁의 공포를 일깨웠고, 토마스 만(Thomas Mann)은 자신의 일기에서 새로운 전쟁을 기획하는 미국을 비판했다. 미국으로 망명했다가 동독으로 귀환한 시인 베를톨트 브레히트(Bertolt Brecht)도 한국전쟁이 끝난 후 1955년에 펴낸 『전쟁교본』(한마당, 1995)이라는 사진 시집에서 전쟁을 옹호하는 정치인들의 기만술과 전쟁의 참상을 고발했다.

체코, 유고슬라비아, 폴란드, 루마니아, 헝가리 등 동유럽 국가들은 제2차 세계대전의 막바지에 소련군에 의해 점령되었고 전후에 소련의 지원 아래 공산당이 집권하게 되었다. 전쟁 중 독일의 편에 가담했던 루마니아와 헝가리는 가혹한 배상금을 물어야 했다. 체코는 소련군에 무기를 공급하는 역할을 떠맡았다. 대독 항쟁 과정에서 소련의 힘에 의존하지 않은 유고슬라비아만 소련에 이견을 표명할 수 있었다. 베를린 봉쇄가 진행되는 와중에 서유럽과 미국이 나토를 결성하자 소련은 동유럽 국가들과 군사동맹을 맺기에 이른다. 유럽에서의 냉전이 본격화된 것이다. 그러나 동독, 헝가리, 폴란드, 체코 등지에서 연속적으로 반소련 봉기가 일어났고, 동유럽 국가들은 소련의 지배에 쉽게 순응하지 않았다.

한국전쟁이 발발하자 동유럽 국가들은 소련의 선전에 의존하여 한반도를 바라볼 수밖에 없었다. 사회주의 '형제국가'를 지원해달라는 북한의 호소에 호응하여 동유럽 국가들은 북한에 의약품을 제공하고 모금 운동을 벌였다. 그러나 군사적인 참전은 이루어지지 않았다. 북한 전역에 미공군의 초토화 작전이 전개되자 김일성은 북한의 미래를 책임질 세대를 보전할 수 없을지도 모른다는 위기의식을 느끼게 되었다. 북한 정부는 동유럽의 사회주의 '형제국가'들에게 북한의 고아들과 학생들을 맡아달라고 요구했고 폴란드, 헝가리, 동독 등이 북한의 고아들과 학생들을 위탁받아 교육하게 되었다. 맡겨진 북한 고아들과 학생들의 기록은 지금도 동유럽 국가 곳곳에 남아 있다. 전쟁 후 복구 사업('천리마운동')을 전개한 북한은 인력 부족을 이유로 1950년대 말부터 1960년대 초에 걸쳐 고아들을 강제 귀국시켰다. 몇몇 학생들은 유럽과 확연히 다른 북한 사회에 적응하지 못하고 숙청당했고, 일부는 탈출을 감행했다. 파편적으로 남은 당시의 자료들을 조사한 소수의 논문과 2018년 개봉한 추상미 감독의 다큐멘터리 영화 〈폴란드로 간 아이들〉은 좋은 길라잡이가 되었다.

마지막으로 살펴본 국가는 남미의 유일한 참전국 콜롬비아다. 콜롬비아는 중국, 일본, 미국과는 달리 한국전쟁의 직접적인 이해 당사국이 아니었다. 그러나 콜롬비아군이 한국에 파병되는 과

정과 전장에서의 체험, 참전 용사들이 귀국 후에 겪은 일들을 살펴
보면 불편하면서도 익숙하다. 콜롬비아의 한국전쟁 파병은 베트남
전쟁에 개입했던 1960년대 한국의 풍경과 매우 흡사하기 때문이
다. 콜롬비아는 20세기 초부터 미국과 복잡하게 얽혔다. 미국은 태
평양과 대서양을 잇는 파나마운하를 확보하려고 20세기 초 콜롬
비아로부터 파나마를 분리 독립시켰고, 콜롬비아 국민들의 엄청난
반감을 샀다. 그러나 미국은 콜롬비아의 주요 경작물인 커피와 바
나나의 최대 수입국이었다. 콜롬비아는 미국과 교역에서 얻는 경제
적 이득 때문에 파나마를 상실했으면서도 다시 미국에 의존할 수
밖에 없었다. 1929년 일어난 세계경제대공황도 콜롬비아에 큰 타
격을 주었다. 실업, 식량 부족, 물가 폭등, 바나나 농장 학살 사건
등으로 급증한 국민적 분노는 소요 사태를 증가시켰다. 빈번한 정
권 교체의 혼란 속에서 토지의 경자유전(耕者有田) 원칙과 대기업의
사적 독점 금지를 기치로 내건 보고타의 시장 호르헤 엘리에세르
(Jorge Eliécer Gaitán)의 인기가 치솟기 시작했다. 콜롬비아의 기득
권 세력들은 가이탄의 개혁 정책과 그의 인기를 두려워했다. 결국
가이탄은 1948년 4월 9일, 보고타 시내에서 괴한의 총에 살해당했
다. 가이탄의 암살은 보고타 시내 전역에서 '보고타 봉기'라는 대규
모 폭동을 촉발했고, 이 봉기는 초기에는 전통적인 정치 지배층을
경악시키며 힘을 결집시켰다. 가이탄의 암살은 향후 수십 년간 중
도적 개혁안의 출현을 봉쇄했다. 가이탄의 죽음으로 정치 폭력이
무섭게 늘어나 '라 비올렌시아(La Violencia)'라는 폭력 시대로 이어

한국전쟁과 타자의 텍스트

졌다. 1964년까지 계속된 폭력시위로 20만이 넘는 사망자가 발생했다.

1950년 콜롬비아 대선에서 라우레아노 고메스(Laureano Gómez)가 대통령으로 선출되었다. 고메스 정부는 마셜 플랜과 같은 미국의 경제 지원을 기대했지만, 미국은 군사적 협력에만 주력했다. 콜롬비아에서 반미 감정이 고조되자 미국은 '워싱턴 회의'를 개최하여 남미 국가들과 공산주의 침투를 방지하는 데 합의했고, 라틴아메리카 국가들의 경제문제 해결에 협력할 것을 약속했다. 심각한 경제적 위기에 직면한 고메스 정권은 한국전쟁에 참여함으로써 미국과 관계를 강화하고 경제발전과 정치적 안정을 동시에 이루고자 했다.

한국전쟁에서 콜롬비아 군대는 사망자 156명(교전 중 143명 사망, 사고사 10명, 자연사 3명), 송환포로 30명, 부상자 610명(전투 중 부상자 448명, 사고 부상자 162명), 실종자 69명이라는 피해를 입었다. 전쟁이 끝난 후 참전병들은 국가로부터 철저하게 외면받는다. 한국전쟁에 참전한 콜롬비아 병사들은 귀국 후에 연금을 받고 국가로부터 장학금을 받으리라고 기대했지만, 콜롬비아 정부는 아무런 혜택도 주지 않았다. 오히려 참전 용사들은 가난에 내몰리거나 내전에 휩쓸렸다. 전쟁 후유증과 빈곤에 시달리는 그들의 모습은 당시 기자로 활동한 작가 가브리엘 가르시아 마르케스(Gabriel García Márquez)가 작성한 기사에 생생하게 담겨 있다.

특히 2015년 국내에 번역 출간된 모레노 두란(R. H. Moreno-

Duran)의 소설 『맘브루』(문학동네, 2015)는 한국전쟁을 다룬 대표적인 콜롬비아 작품이다. 소설의 주인공인 역사학자 비나스코는 1986년, 한국전쟁 참전국 행사에 참석하는 정부 사절단에 합류해 한국을 방문한다. 비나스코는 한국전쟁에서 아버지와 함께 싸웠던 병사들을 수소문해서 그들을 인터뷰한다. 아버지의 죽음에 얽힌 진실을 알기 위해서다. 한국전쟁에서 전사한 비나스코의 아버지는 미국 의회의 무공훈장까지 받은 콜롬비아의 '국가적 영웅'이었다. 그렇지만 그의 아들은 자긍심을 느끼지 않고, 오히려 참전병들의 목소리를 수집하면서 과거 독재정권의 무모한 파병 결정을 비판했다. 콜롬비아 고위 관료들과 한국전쟁 참전 경력을 발판으로 출세한 군인들은 참전병들의 경험담을 수집하는 비나스코의 활동을 방해한다. 그러나 비나스코는 굴하지 않고 증언들을 수집하며 '언어와 기억의 퍼즐'을 맞춰나간다. 소설에 묘사된 약소국 청년들의 모습은 불편한 기시감(既視感)을 선사한다. 그들의 모습은 베트남으로 향했던 한국의 청년들과 너무도 닮았다. 그들의 이야기는 기억 투쟁의 과정에서 줄곧 소외되거나 왜곡되었다. 그들은 '자유를 지킨 십자군'의 이미지로만 박제되었을 뿐이다.

한국전쟁에 연루된 국가들의 기록을 살피는 과정에서도 '누락'은 피할 수 없었다. 연구에서 거론한 국가들의 자료들을 선별하고 압축하는 과정에서 생략하거나 상세하게 논의하지 못한 부분이 많다. 특히 주요 참전국인 터키를 다루지 않은 점이 아쉬움으로 남

한국전쟁과 타자의 텍스트

는다. 터키의 한국전쟁 관련 문학 텍스트는 아직 국내에 번역된 작품이 없고, 잔 울카이(Can Ulkay) 감독의 영화 〈아일라〉(2017)가 국내에 소개된 정도다. 한국외국어대학교 터키어과를 중심으로 한국전쟁과 터키에 관련된 논문들이 발표되었지만, 한국전쟁 관련 터키 영화와 문학 텍스트들은 아직 일반 대중들이 접근하기 어려운 실정이다. 최근 연구에 의하면 오랜 기간 군사정권이 지배했던 터키에서 만들어진 영화들은 터키군의 용맹함을 홍보하는 '영웅 서사'[5]가 다수를 차지한다. 앞으로 많은 텍스트가 국내에 소개되길 기대한다. 그리스와 에티오피아의 경우 국방홍보원에서 참전국들의 활동을 정리한 홍보 자료가 유일하다. 지난 2019년에는 스웨덴과 대한민국 수교 60주년을 기념하여 한국전쟁 당시 스웨덴 적십자 야전병원의 활약상을 담은 미카엘 헤드룬드(Mikael Hedlund) 감독의 다큐멘터리영화 〈한국전과 스웨덴 사람들〉이 국내에 소개된 바

---

5 "터키 제작 한국전쟁 영화의 일반적인 특징은 서사구조가 단순하며, 거의 대부분 한국전 참전에 대한 정당성 확보와 터키군의 영웅주의를 표방했다고 할 수 있다. 대부분의 영화들이 북한을 명백한 적으로 규정하면서, 남한의 자유민주주의를 수호하고, 반공이데올로기를 주입시키면서, 자국의 한국전 참전의 정당성을 국민들에게 확인시키는 수단으로 사용되었다. 특히 국가 지원인 경우는 선과 악의 이원 대립은 피할 수 없는 공식이다. 이들 영화 대부분은 터키 국방부가 지원을 하고 있었기 때문에 국가의 심의 혹은 검열을 거친 후 일반에게 상영될 수 있었을 거라는 것을 쉽게 추측할 수 있다."(이난아, 「터키 제작 한국전쟁 영화의 특징적 양상 연구」, 『중동문제연구』 제15권 2호, 명지대학교 중동문제연구소, 2016, 41쪽)

있다. 한국전쟁에 관련된 여러 국가들의 활동과 기억을 다룬 자료들은 계속 축적되고 있다.

영화 〈한국전과 스웨덴사람들〉

과거를 돌아보는 시선은 언제나 엇갈리고 기억의 균열은 피할 수 없다. 연구의 시발점이 된 것은 『맘브루』를 비롯한 몇 편의 소설이었다. 한국전쟁에 동원될 물자를 선적한 수송선이 가득한 항구를 보면서 쓸쓸함을 느끼는 『광장의 고독』의 주인공 기가키, 본토행과 타이완행을 고민하는 『전쟁 쓰레기』의 주인공 유안, 국가가 만든 영웅담에 가려진 진실을 찾는 『맘브루』의 주인공 비나스코의 모습은 타자가 아닌 바로 우리의 모습이기도 하다. 한국 사회에서 전쟁의 기억은 정치적인 입지 강화의 수단이 되거나 냉전적 사고를 강요하는 방식으로 이용되는 경우가 많았다. 적대적인 기억 투쟁의 악순환에서 벗어나지 않는다면 전쟁의 기억은 계속 악

한국전쟁과 타자의 텍스트

몽으로 남을 것이다. 타자의 상처와 자신의 상처가 그리 다르지
않음을 자각할 때 비로소 타자는 자신을 비추는 거울이 된다. 한
국전쟁에서 휘말렸던 타자의 상처와 그들의 텍스트를 '지금 여기'
에서 우리가 응시해야 하는 이유다.

3장 미국과 한국전쟁

4장 유럽과 콜롬비아의 한국전쟁

1장　일본과 한국전쟁

"나는 전후가 되어서야 비로소 우리나라가

과거 조선에게 무슨 짓을 저질러 왔는지 알게 되었습니다.

내 탓이 아니지만 내가 일본인으로

조선에서 나고 자랐다는 의미를 생각하며 괴로웠습니다."

— 고바야시 마사루 (小林勝)

1. 종전과 점령, 천황제의 잔존

1945년 7월 26일, 연합군은 포츠담선언을 발표하고 일본에 항복을 종용했다. 오키나와전투가 끝난 이후 일본군은 남은 전력을 거의 다 소진했고, 패전을 피할 수 없었다. 하지만 오키나와에서 패배하고도 일본군은 항복을 거부하고 본토결전을 결의하고 있었다. 일본 본토를 점령할 때 벌어질 전투의 피해를 감당할 수 없다고 판단한 미군이 일본에 원자폭탄을 투하하고, 만주와 사할린에서 소련군이 참전한 뒤에야 비로소 일본은 항복(1945. 8. 15.)했다.[6] 미국의 역사학자 존 다우어(John W. Dower)는 1945년 9월 2일, 도쿄만(灣)에 정박한 미군 전함 미주리호 선상에서 거행된 항복 조인식을 이렇게 묘사하고 있다.

이때 거행된 의식은 상징으로 가득 차 있었는데, 미주리는 히로

---

6 많은 역사가들은 일본의 항복 과정에서 오키나와전투의 종결과 포츠담회담, 원자폭탄 투하를 결정적인 요인으로 꼽지만 일본 출신 역사학자인 캘리포니아 대학교수 하세가와 쓰요시는 '소련군의 참전'을 태평양전쟁의 마지막 결정적인 장면이라고 지적했다. 승리가 확실해진 상황에서 뒤늦게 참전한 소련군이 아시아에서 자신의 몫을 주장할 것을 우려한 미국이 서둘러 원자폭탄을 투하했다는 것이다. 소련군이 대일전에 참전하길 바라면서도 승리가 확정적인 상황이 되자 소련군이 끼어드는 것을 미국과 영국은 불편하게 여겼다.

시마와 나가사키에 대한 원폭 투하와 아울러 전임 대통령 프랭클린 D. 루스벨트의 '무조건 항복' 정책을 고수한 미국 대통령 헨리 트루먼의 고향이었다. 또 미주리호에 걸린 깃발 중 하나는 진주만이 공습당한 1941년 12월 7일에 백악관에서 휘날리던 바로 그 성조기였고, 아나폴리스에서 급거 공수된 31개의 별이 그려진 다른 성조기는 매슈 페리 제독이 함포 외교로 일본을 2세기 이상의 봉건 쇄국 상태에서 이탈시켰을 때 그의 기함 파우해튼호에 걸려 있던 깃발이었다. 1853년에 검은 연기를 내뿜는 증기기관으로 움직이는 '검은 배'와 범선으로 구성된 페리의 작은 함대가 재촉한 일본의 개국은 마침내 이 나라를 서구 열강과의 파멸적인 전 지구적 경쟁으로 내몰았다. 100년의 세월이 흐른 지금, 일본으로 되돌아온 미국은 페리가 꿈도 꾸지 못했을 기술력과 기술진이 뒷받침된 대규모 함대와 육군 및 공군을 거느리고 있었다. 제독의 깃발은 마치 일본을 꾸짖는 듯 펄럭였다.[7]

1945년의 항복을 1853년 페리 제독에 의한 강제 개항과 연결시킨 존 다우어의 해석은 의미심장하다. 섬이라는 지정학적 혜택으로 외국에 점령된 역사가 없었던 일본에게 약 100년에 걸쳐 두 번의 굴욕을 안겨준 미국의 존재가 일본인에게 던진 충격은 컸다. 페리의 개항 이후로 일본은 메이지유신과 청일전쟁, 러일전쟁을 거쳐

---

7   존 다우어, 최은석 옮김, 『패배를 껴안고』, 민음사, 2009, 38쪽.

한국전쟁과 타자의 텍스트

서 열강의 반열에 올랐고 그런 놀라운 발전의 힘은 미국 함대가 준 충격에서 비롯된 것이었다. 맥아더 장군의 미군정사령부(General Headquarters, GHQ)는 도쿄 금융가에 본거지를 마련하고 일본을 통치했다. 패전한 일본은 점령군에 순응했다. '천황 만세'와 '일억 옥쇄'를 외치던 이들은 언제 그랬냐는 듯이 미군에게 순순히 복종했다. 역사학자 존 톨런드(John Toland)는 『일본 제국 패망사』에서 패전 직후 일본인의 멘털리티를 우화적으로 기록했다.

전쟁이 끝난 지 몇 달 후, 얼굴에 세월의 주름이 깊게 팬 한 늙은 나무꾼이 맥아더의 새 사령부인 다이이치 건물 앞에 멈춰 섰다. 그는 등에 나뭇짐을 한 짐 가득 지고 있었다. 먼저 그는 맥아더의 군기에 절을 한 다음 몸을 돌려 광장 반대편에 있는 황궁에도 절을 했다. 미국인 구경꾼들은 알 수 없는 동양의 모순을 당혹스러우면서도 재미난 표정으로 바라봤다. 하지만 그를 바라보는 일본인들은 그 행동이 무엇을 의미하는지 알고 있었다. 그는 길 건너편에 있는 영원한 존재를 숭배하면서 지금의 쇼군이 가진 일시적인 권력을 솔직하게 받아들였다.[8]

미군의 점령과 패전은 일본인들에게 정치적인 의미를 넘어서

---

8 존 톨런드, 박병화·이두영 옮김, 『일본 제국 패망사』, 글항아리, 2019, 1321쪽.

심리적인 것으로 다가왔다. 중일전쟁 이래로 15년 넘는 기간 동안 전쟁을 견디면서 천황의 성전을 수행한다고 믿었던 일본인들의 신념은 패전과 함께 무너졌다. 일본의 지배 세력은 패전이 확실시되는 상황에서도 '국체 수호'를 외치면서 전쟁을 지속했고, 그 결과 수많은 병사와 시민들이 희생되었다. 천황은 자신의 지위를 보전하기 위해서 그 희생을 묵인했다.

　미국의 초기 대일 정책은 일본이 다시 미국의 위협이 되지 않도록 완전한 무장해제와 비군사화, 일본 국민의 기본 인권 존중과 민주주의적 대의정체(代議政体) 실현을 목표로 했다. 처음에는 이를 위해서 직접 군정을 수행할 계획이었다. 그러나 예상보다 빨랐던 일본의 항복으로 군정을 위한 준비를 충분히 할 수 없었기에 최소한의 병력과 자원으로 점령 목적을 달성하려는 생각에서 천황을 포함한 일본 정부 기구와 여러 기관을 이용하는 간접통치 방식으로 바꾸었다.[9] 미국은 일본 본토에 상륙하기 전부터 천황의 전쟁책임 면제를 대일 점령 정책의 중요한 부분으로 결정하고 있었다. 오히려 미군은 천황을 이용하여 미 점령군의 안정적인 일본 지배를 계획했고, 천황은 자신의 생존과 국체의 보존을 위해 미국에게 이용당하는 것을 전혀 거부하지 않았다. 전후 일본의 민주주의는 군국주의의 상징인 천황제의 실질적인 해체가 아닌 천황과 미국의 공동 합작에 의한 '전후 일본식 민주주의'라는 이중적인 지배의 형

9　유이 마사오미, 서정완 외 옮김, 『대일본제국의 시대』, 소화, 2016, 213쪽.

태(천황의 상징적 지배와 미군정의 실질적 지배)를 선택했다고 볼 수 있다.[10] 네 나라가 분할 통치에 들어갔던 독일의 경우와 달리 미국의 오리엔탈리즘적 접근법은 빠른 속도로 천황의 '신민(臣民)'[11]을 '시민(市民)'으로 탈바꿈시켰지만, 미국이라는 외부로부터의 개혁은 일본의 전후 시스템 중에 마땅히 없애야 할 군국주의의 잔재를 일소하지 못했다.

1945년 9월 27일 천황은 미대사관 관저를 방문해서 연합군 최고사령관 더글러스 맥아더를 만났다. 1964년에 펴낸 회고록에서 맥아더는 이때 천황이 "전쟁 수행과 관련하여 오직 한 사람의 책임자"로서 "연합국의 판단에 이 몸을 맡기기 위해서 왔다"[12]고 말했다고 기록했다. 천황 히로히토의 처지는 애매했다. 그의 전쟁 책임 문제는 연합국 간에 쟁점이 되었다. 1945년 6월 초에 갤럽이 실시한 비공개 여론조사에 따르면 미국인 77%가 천황에 대한 엄중 처

---

10   이영채, 「한국전쟁이 전후 일본 사회에 미친 영향」, 『아시아저널』 제7권, 5·18 기념재단, 2013, 62쪽.

11   "짐은 세계의 대세와 제국의 현 상황을 감안하여 비상조치로써 시국을 수습하고자 충량한 너희 신민에게 고한다. 짐은 제국 정부로 하여금 미·영·중·소 4개국에 그 공동선언을 수락한다는 뜻을 통고토록 하였다"로 시작해 4분 30여 초 동안 계속된 항복선언문은 1945년 8월 14일에 녹음돼 8월 15일에 라디오를 통해 방송되었다. 이 문서를 일본에선 공식적으로 '종전 조서'라 하고, 이 방송을 '옥음(玉音) 방송'이라 한다. 여기서 천황은 '너희 신민'이라는 표현을 통해 자신을 따르던 일본인들과 자신을 분리시키는 화법을 구사했다.

12   D. 맥아더, 반광식 옮김, 『맥아더 회고록 2』, 일신서적, 1993, 147쪽.

맥아더를 방문한 히로히토 천황
(출처: 『아사히신문』 1945년 9월 29일 자)

벌을 바랐다. 9월 11일 일본인 전범 용의자들이 1차로 검거되자, 외국의 언론은 천황의 퇴위가 임박했다는 풍문을 보도하기 시작했다. 9월 18일에는 전쟁범죄자로서 일본 천황 히로히토를 기소해야 한다는 뜻을 밝힌 합동 결의안 94호가 미국 의회 상원에 제출되었다. 이러한

일들은 그리 걱정할 만한 것이 못 된다 하더라도, 포츠담선언 자체가 천황의 장래를 '일본 인민 자유로이 표명하는 의사에 따라' 결정되는 것으로 일부러 불투명하게 남겨두었다. 국체 수호를 결의하면서 천황과 히가시쿠니노미야 나루히코(東久迩宮稔彦) 내각은, 맥아더가 도쿄에 도착하기 이전에 700만 육해군을 무장 해제하고 사회에 복귀시키기 시작했다. 그들이 주도한 까닭에 일본의 비무장화는 미국이 기대 내지 예상했던 것보다 매우 순조롭게 이루어졌다. 트루먼 대통령은 1945년 9월 6일 맥아더에게 통지한 「항복 후 미국의 초기 대일 방침(U. S. Initial Post-Surrender Policy for Japan)」에 이 중요한 사실을 반영했다. 이 문서에서는 다만 미국

　　　　　　　　　　　　한국전쟁과 타자의 텍스트

의 목표 달성을 촉진할 경우에 한해서 천황을 포함한 일본의 현존 통치 구조와 기구를 통해 권한을 행사하도록 맥아더에게 지시했다.[13] 일본 점령 후에 일본인들의 반감과 저항을 예견하던 미군에게 천황과 내각의 조처는 점령군의 부담을 줄여주는 반가운 소식이었다.

쇼와 천황의 사후인 1990년, 잡지 『문예춘추』에 「쇼와 천황의 독백록」이 수록되었다. 1946년 3월부터 4월 사이에 데라사키 히데라니(寺崎秀成) 등 최측근 5명이 천황의 말을 직접 듣고 정리한 회고록에 따르면 천황은 장쭤린(張作霖) 폭살 사건, 중일전쟁의 발단이 된 만주사변, 타이의 군사기지 건설 등 패전까지의 기억을 술회했다. 천황이 직접 전쟁에 대해서 술회한 이유로는 두 가지 추측이 가능한데, 1946년 5월 3일부터 시작된 도쿄 재판을 대비한 변명이라는 설과 단순한 회고에 불과하다는 설이다. 훗날 내기부장(內記部長)이었던 이나다 슈이치(稲田周一)는 일기에서 쇼와 천황이 극동국제군사재판(이하 '도쿄 재판')을 대비하기 위해 회고록을 작성했음을 밝히고 있다.[14] 「쇼와 천황 독백록」에는 천황이 항복을 결심한 이유로 두 가지를 들고 있는데, 첫째는 일본 민족의 멸망을 우려해서였고, 둘째로는 미국이 이세만(湾)에 상륙하여 이세 신궁과 아쓰다 신궁을 점령하면 삼종신기(三種神器, 천황의 전통성을 상징

---

13 허버트 빅스, 오현숙 옮김, 『히로히토 평전』, 삼인, 2010, 603~604쪽.
14 가리야 데쓰, 김원식 옮김, 『일본인과 천황』, 길찾기, 2007, 229쪽.

하는 검, 거울, 구슬을 가리키는 말)를 지킬 수 없고, 그렇게 되면 '국체'를 유지할 수 없음을 꼽았다. 근대 천황제의 핵심은 메이지 헌법 제3조, "천황은 신성하므로 불가침이다"라는 항목에 있는데 전쟁에 패배하는 순간까지도 쇼와 천황은 자신이 신성한 존재임을 조금도 의심하지 않았다는 사실을 알 수 있다. 「쇼와 천황 독백록」의 또 다른 특징은 영미에게는 변명을 계속하지만 중국과 조선을 비롯한 아시아 국가들에 대해서는 전혀 변명하지 않았다는 사실이다. 만주를 점령한 것을 대수롭지 않게 여겼고, 장제스(蔣介石)와 타협하려고 생각한 것도 영미의 간섭을 의식한 것이라는 사실이 드러난다. 또한 태평양전쟁 개전 당시 일본을 제외한 유일한 독립국이었던 타이에 군사기지를 만들어서 영국령 말레이 반도와 싱가포르를 공격하는 전초기지로 삼은 것에 깊숙이 관여했다는 사실이 드러난다.[15] 그러나 미국의 묵인 아래 메이지 시절부터 확립된 '근대 천황제'가 '상징 천황제'로 바뀌어 존속되었고 국체인 천황은 전쟁범죄 처벌을 받지 않았다. 전후 최초의 수상 히가시쿠니노미야 나루히코는 첫 라디오방송에서 '일억총참회(一億総懺悔)'를 주창했다. 전쟁의 책임을 일부 지도자의 탓으로 돌리는 것이 아니라 모든 국민이 함께 반성하자는 것이었다. 훗날 일본의 문학비평가 가라타니 고진(柄谷行人)은 천황이 면책된 과거를 이렇게 비판했다.

---

15 가리야 데쓰, 같은 책. 235쪽~250쪽 참고.

한국전쟁과 타자의 텍스트

그럴싸하게 들리지만 최고 지도자의 책임을 전혀 묻지 않은 상태에서 '국민'의 책임을 물을 수가 있을까? 전후 도쿄 재판에서 전쟁범죄의 책임을 추궁당한 군인과 정치가 대부분은 상관의 명령에 따랐을 뿐이라고 변명했다. 그것을 거슬러 올라가면 모든 명령이 천황의 이름으로 내려졌다는 것은 명백하다. 하지만 그 천황이 면책되었다면 어떻게 되는 것일까? 결국 누구도 책임질 사람은 없다. 모두가 피해자가 되어버리는 것이다.[16]

점령국의 지배와 천황제의 유지라는 이질적인 지배 형태의 결합은 전범재판과 전후 문제에 큰 영향을 미쳤다. 1946년 1월 19일 맥아더는 '극동국제군사재판소'를 설치하고 전쟁 중에 벌어진 일본군의 전범 행위를 처벌하기 위해 전범들을 분류했다. 일본의 전쟁 수행에 직접적으로 명령을 내린 A급 전범과 그 밑에서 포로를 학대하고 민간인을 학살한 B, C급 전범을 나누었는데, 중요한 것은 중간 명령자들에 대한 처벌이 제외되었다는 사실이다. 1946년 5월 3일에 시작되어 30개월을 끈 도쿄 재판은 1948년 11월 12일 마무리되었고 A급 전범 28명에 대한 판결이 내려졌다. 재판을 받다 죽은 2명과 정신이상 진단을 받아 정신병원에 간 1명을 제외한 A급 전범 25명 전원이 유죄판결을 받았다. 전쟁 시기에 총리였던 도조 히데키(東条英機)를 비롯한 7명이 사형 판결, 이어 16명이

---

16 가라타니 고진, 송태욱 옮김, 『윤리21』, 사회평론, 2001, 150쪽.

무기징역, 1명이 금고 20년, 1명이 금고 7년의 선고를 받았다. 사형 판결을 받은 7명은 한 달이 지난 12월 23일 스가모형무소에서 처형되었다. 그러나 12월 25일 기소 면제된 A급 전범 19명은 석방되었고, 그중에는 1960년 총리가 되어 미일안전보장조약을 개정했던 기시 노부스케(岸信介, 일본의 전 총리 아베의 외할아버지)도 포함되어 있었다. 천황이 면책되고 전범들이 석방되었으며 식민 지배를 하는 동안 벌어진 범죄 행위가 처벌되지 않았고, 그 책임자들도 기소되지 않았다. 아시아와 아프리카에 광범위한 식민지를 경영했던 연합군 소속 국가들은 식민 지배의 책임은 철저하게 묻지 않았다.

재판이 진행되는 30개월 동안 국제 정세는 빠르게 변했다. 미·소 냉전이 격화되면서 한반도가 분단되었고, 중국의 공산당은 대륙을 장악했다. 제1차 베트남전쟁이 발발하여 호찌민 군대가 프랑스군을 위협하고 있었고, 동남아시아의 공산화 위험성이 점차 높아졌다. 특히 한반도의 분단과 전쟁 위기의 고조는 미국이 일본 점령 정책을 수정하고 전쟁의 범죄를 따지는 절차를 신속하게 매듭짓게 한 결정적인 요인이었다. 도쿄 재판 이후 일본은 불과 몇 년 사이에 과거의 적국에서 냉전의 동맹국으로 위치가 전환되었다. 혹독한 규모의 전쟁배상금이 삭감되었고 일본의 경제와 공업의 대규모 축소 계획도 완화되었다. 한국전쟁의 발발과 함께 미국이 시행했던 일본의 민주화 조치는 중단되었고 이후 일본은 미국의 '후방 기지' 역할을 맡게 되었다.

미국의 방침 전환을 이끈 최대의 요인은 중국 혁명이었다. 소

한국전쟁과 타자의 텍스트

련의 남하를 저지할 수 있는 친미 정권이 중국에 들어섰다면, 동아시아에서 일본의 중요성은 그다지 결정적이지 않았을 것이다. 그러나 공산주의 중국이 탄생함으로써 미국의 아시아 정책에서 일본이 핵심적인 위치에 놓이게 되었다. 당시 미국은 공산주의 침공을 저지할 군사적 방파제를 동아시아에 구축하는 것, 그리고 전후 일본의 경제를 안정시켜 아시아 경제발전의 중핵으로 삼는 것, 이 두 가지의 노선을 충족시킬 필요가 있었다.[17] 한국전쟁 중 유엔군의 진격이 중국군에 의해 좌절되자 이런 우려는 더욱 커졌다. 한국전쟁 도중 미국은 서둘러 일본을 재무장시키고 샌프란시스코강화조약 체결을 추진했다. 1950년 11월 24일 미국이 발표한 강화 원칙은 태평양전쟁 시기 일본과 교전했던 국가들에 대한 일본의 배상 책임을 가볍게 하면서 주권 회복의 길을 열어주었다. 태평양전쟁 시기 자국 군인들이 대량으로 일본군의 포로로 억류되었던 네덜란드와 영국, 호주가 반대했지만, 일부 포로 및 민간인들에 개별적인 보상을 하는 것을 담보로 미국은 다른 국가들을 설득했다. 하지만 대부분의 아시아 국가들은 배상 문제가 해결되지 않은 상태에서 일본과 강화조약을 체결하였다. 더구나 한창 한반도에서 교전 상태에 있던 중국과 남북한은 참여하지 못했고 중화민국(대만)이 중국의 대표권을 행사하여 청구권을 포기했다. 아시아 국가들에 대

---

17   요시미 슌야, 허보윤 옮김, 「냉전 체제와 '미국'의 소비」, 『냉전 체제와 자본의 문화』, 소명출판, 2013, 71쪽.

한 배상은 경제협력이나 무역의 형태로 지불되었기에 전쟁 피해자들에게 직접 전달되지도 않았다. 각기 1965년과 1972년에 국교정상화 회담에서 청구권을 포기하고 경제협력 방식을 채택한 한국과 중국이 대표적인 경우였다.

한국전쟁 와중에 서둘러 체결된 샌프란시스코강화조약으로 인해 일본은 아시아 침략에 대한 책임을 인식할 기회를 갖지 못했다. 국가적 차원의 사죄는 없었고 개별적인 보상도 아닌 경제협력 방식을 채택함으로써 오히려 일본이 전후 아시아의 재건에 도움이 되었다는 그릇된 인식마저 형성되었다. 게다가 일본 정부는 일본에 거주 중인 조선인과 대만인, 중국인들의 국적을 소멸시킴으로써 그들이 청구권을 행사할 길을 차단했다. 이런 국적 박탈 조치는 재일조선인들의 반발을 불러일으켰고 한국전쟁 시기 많은 재일조선인들이 반전운동과 공산당의 투쟁에 참여하는 계기가 되었다. 태평양전쟁 최대의 격전지였던 오키나와 역시 일본의 '독립'에서 제외되어 미국의 군사기지로 전용되었다. 일본의 정치학자 마루야마 마사오(丸山真男)는 샌프란시스코강화조약으로 인해 일본은 대미 종속이 심해지고 우경화될 것을 예측하고, 일본이 "아시아의 희망"에서 "아시아의 배반자"로 전락했음을 한탄했다.

일본이 장기간에 걸쳐서 최대 병력으로 막대한 인적·물적 피해를 안겨줬던 중국을 빼놓고, 더군다나 그런 중국을 가상적국으로 여기는 강화를 과연 강화라고 할 수 있을 것인가. 인도를 비롯한 동남아

한국전쟁과 타자의 텍스트

시아 국가들이 의외로 강경하게 미국·영국 초안에 이의를 제기하고, 홍콩 회의에 출석하는 것조차 주저하고 있는 것은 오로지 이 조약이 극동 문제의 평화적 해결에 도움이 되기는커녕 반대로 어렵게 만들며, 동서 분열의 골을 점점 더 깊게 하는 것을 우려하고 있기 때문이다. 만약 홍콩 회의에서 아시아 국가들의 조인을 얻지 못한다면 일본은 지리적·역사적·경제적으로 가장 가까운 이웃들로부터 고립되어 멀리 서구 국가들과 우호 관계를 맺는 결과를 초래하게 될 것이다. (…) 다시 말해서 일본 비극의 원인은 아시아의 희망에서 아시아의 배반자로 급속하게 변모한 데 배태되어 있었다. 패전으로 메이지 초년의 출발점으로 다시 돌아온 일본은 아시아의 배반자로 데뷔하려고 하는 것인가. 나는 그 방향의 끝을 차마 예상할 수가 없다.[18]

샌프란시스코강화조약 이후 한국전쟁이 종결되는 1950년대 초반의 전후 보수주의는 대략 1960년대까지 지속되었고, 일본과 세계, 특히 일본의 침략을 겪은 아시아 국가들의 관계는 일그러지게 되었다.

여기에 반발하는 움직임이 없었던 것은 아니다. 샌프란시스코강화조약 발효를 앞둔 1951년 11월 12일, 이른바 '교토대 사건'이 발생했다. 한국전쟁이 한창이었으므로 일본 대학의 반전 의식

18　마루야마 마사오, 김석근 옮김, 『전중과 전후 사이 1936-1957』, 휴머니스트, 2011, 532~533쪽.

은 한껏 고조되었고, 교토대 학내에는 원폭 피해를 기록한 미술작품들이 전시되고 있었다. 이런 상황에서 천황이 교토대학을 방문하자 학생들은 전쟁에서 평화를 지키라는 구호를 외치면서 '인간 천황에게 호소한다'는 제목의 공개 질의서를 보냈다. 이 질의서에서 학생들은 천황은 전쟁의 책임을 인정할 것, 한국전쟁으로 일본이 재무장을 강요받는 사태를 거부할 것, 일본이 다시 전쟁에 휘말리는 일이 없도록 할 것 등을 요구했다. 그러나 천황은 이 질의서를 받지 않고 교토대학을 떠났고, 교토대학 당국은 질의서를 작성한 교토대학 동학회에 해산 명령을 내리고 간부 학생 8명을 무기 정학 처분했다. 쇼와 천황에 대해 '인간으로서'의 책임을 요구한 일은 이 사건이 거의 마지막이었다. 미국의 국제 전략과 그에 결합한 보수정권 아래서 천황의 전쟁 책임은 불문에 부쳐졌다. 이것은 결과적으로 전후 일본의 독자적인 국가 정체성 구축을 저해하고 말았다.[19] 교토대 사건으로 드러났듯이 주체성과 세대 갈등 문제는 전후 일본의 화두였다. 마루야마 마사오를 비롯한 지식인들은 자아의 확립과 정치적 변화를 함께 갈망했지만, 다른 한편에서는 전쟁과 정치에 환멸을 느끼고 정치의 우위보다는 문학의 자율성을 중시하는 지식인들은 잡지 『겐다이분가쿠(現代文学)』(1946~1964)[20]

---

19   오구마 에이지, 조성은 옮김, 『민주와 애국 - 전후 일본의 내셔널리즘과 공공성』, 돌베개, 2019, 184~187쪽.

20   "노마 히로시, 하니야 유타카, 시이나 린조, 다케다 다이준, 우메자키 하루오, 나카무라 신이치로, 홋타 요시에 등 '전후파'로 불리는 작가

를 중심으로 결집했다. 일본의 젊은 지식인들은 전쟁의 책임 문제에 예민했지만, 점차 견고해지는 냉전 구도 속에서 그들의 외침은 정치적인 변화로 이어지지 못했다.

2. 죄의식과 회한, 전후의 데카당스

패전 이후 일본 사회에는 '교다쓰(きょだつ, 허탈)'라는 말이 유행했다. 이 말은 『전후 신조어 해설』이라는 사전에 등재될 정도로 일본인의 황폐한 내면을 대변했다. '교다쓰'는 환자의 육체적, 감정적 쇠약 상태를 지칭하는 의학 용어였는데 항복 이후에는 정신이 산만하고 맥이 풀렸다는 뜻으로 쓰이게 되었다.[21] 패전의 상처는 깊었다. 굳게 믿었던 천황의 위신은 하락했고 전쟁터에서 돌아온 귀환병들은 냉소의 대상이 되었다. 알코올 중독자와 약물중독자가 늘어났고 각종 범죄가 늘어나면서 일본 사회는 붕괴 직전의 분위기가 만연했다. 수십만 명의 미군이 주둔하게 되면서 그들을 상대하는 매춘업소도 폭발적으로 증가했고, 기존의 성도덕이 무너지기

들이 활동했고, 대담하고 실험적인 소설들을 발표했다. 그들은 각자의 전쟁 체험, 그리고 전쟁 전의 좌익운동과 전향 체험을 기본으로 기성의 일본 문학에 하나의 혁명을 가져왔다." (도이오카 고이치로, 김경원·송태욱 옮김, 『오늘의 일본 문학』, 웅진지식하우스, 2011, 16쪽)

21 존 다우어, 같은 책, 101쪽.

시작했다. 점령군들이 활보하는 거리에서 일본인들은 한없이 위축되었고 때로는 극심한 모멸감을 견뎌야만 했다. 마루야마 마사오는 이들 지식인을 '회한(悔恨)공동체'라고 불렀다. 이 회한은 전쟁을 막지 못하고 비참한 패전을 불러온 것에서 비롯되었다. 전쟁을 적극적으로 반대하지 못했다는 윤리적인 자각은, 자기혐오로 변질되었다.

오에 겐자부로(大江健三郎)의 소설 「인간 양」(1958)에는 점령기 일본인들의 자괴감이 사실적으로 그려졌다. 고등학생인 '나'는 귀가하는 버스 안에서 미군들이 젊은 여성을 희롱하는 것을 목격하지만 '감히' 나서지 못한다. 그러다가 여성이 미군들에게 욕을 하면서 '나'의 곁으로 피신하자 상황이 돌변한다. 미군들은 버스 안의 '나'와 승객들을 흉기로 위협하며 옷을 벗긴 다음 바닥에 엎드리게 한다. 그리고 미군들은 일본인들의 엉덩이를 치면서 노래를 부른다.

나는 속수무책이었다. 그들은 내 바지의 벨트를 풀더니 바지와 속옷을 거칠게 벗겨버렸다. 나는 억센 팔에 양팔과 목덜미를 억압당한 채 바지가 흘러내리는 데 저항하여 다리를 양쪽으로 벌렸다. 외국 군인들은 환성을 지르며 내 등을 구부러뜨려 네발짐승처럼 엎드리게 했다. 나는 벌거벗은 엉덩이를 그들에게 고스란히 드러낸 채 몸부림을 쳤지만 양팔과 목덜미가 완전히 잡혀 있는 데다 흘러내린 바지가 무릎에 걸려 도통 움직일 수가 없었다.

(…)

한국전쟁과 타자의 텍스트

거꾸로 쑤셔 박힌 이마의 바로 앞에서 성기가 추위로 바싹 오그라들어 있었다. 당황스러움에 뒤이어 불타는 수치심이 나를 사로잡았다. 미칠 것 같은 분노가 끓어올랐다. 그러나 그들의 손아귀에서 벗어나기 위해 아무리 몸부림을 쳐봐도 그저 엉덩이가 조금씩 씰룩거릴 뿐 전혀 소용이 없었다.[22]

승객들의 옷을 벗기고 엎드리게 한 뒤 '양 떼 몰이' 놀이를 즐기던 미군들이 떠나자 지식인 분위기를 풍기는 한 중년 사내는 경찰에게 미군들의 행태를 알린다. 그러나 경찰들은 미군과 얽힌 일은 해결하기 어렵다고 손사래를 친다. '나'는 수치심을 잊고자 서둘러 집으로 발길을 돌리지만 중년 사내는 끈질기게 '나'를 따라오면서 이름을 묻는다. 중년 사내는 '나'에게 왜 경찰에 적극적으로 진술하지 않느냐고 추궁한다. '나'는 미군들보다도 자신에게 왜 "제대로 투쟁하지 않느냐"고 묻는 그 사내가 더 곤혹스럽다. 중년 사내와 함께 자신의 이름을 걸고 신고해도 미군들은 처벌받지 않을 것이다. 그렇다고 그 말을 외면하고 귀가하는 것도 마음이 불편하다. 낯선 정복자들의 질서에 순응해야 하는 현실을 자꾸만 의식하게 되지 않는가. '나'는 복잡하고 양가적인 감정을 느끼면서 사내를 따돌리고 겨우 귀가한다. 이 소설은 미군 점령기를 겪는 일본

---

22 오에 겐자부로, 박승애 옮김, 「인간 양」, 『오에 겐자부로』, 현대문학, 2016, 156쪽.

인들의 복잡한 내면과 무기력한 지식인의 모습과 세대 갈등을 상징적으로 보여준다.[23]

일본도 전쟁에서 극심한 피해를 입었지만, 패전국인 탓에 자신들의 고통을 토로할 기회조차 잃었다는 울분이 누적된 '피해자 의식'도 강렬했다. 히로시마와 나가사키에 투하된 원자폭탄과 천황이 맥아더에게 조아린 굴욕적인 사진은 일본인이 느낀 울분을 상징했다. 1945년 패전 당시 해외에 주둔하거나 거류하는 일본 군인과 일본인의 수는 약 660만에 이르렀는데, 이들 구(舊) 군인의 복귀와 민간인의 귀환이 큰 문제로 떠올랐다. 전쟁 중에 선박 대부분을 잃은 일본이 귀환에 동원할 수 있는 선박은 30만 톤에 불과해서 미군에게 선박을 대여하여 간신히 궤도에 올릴 수 있었다. 그 결과 1946년까지 81% 정도가 귀국했고 1949년에야 거의 완료되었다. 귀국자들을 기다린 것은 식량난과 인플레이션이었다.[24] 후지와라 데이(藤原てい)의 수기 『흐르는 별은 살아 있다』(1949)는 만주에서 세 아이를 데리고 온갖 고통을 겪으면서 조선반도를 통과하

---

23 오에 겐자부로의 다른 소설 「돌연한 벙어리」에는 미군에 협조하는 일본 관리를 살해하고 암묵적으로 살인을 은폐하는 시골 마을 사람들이 등장하고, 「사육」에는 전쟁 시기에 격추된 미군 폭격기 조종사들과 시골 꼬마들의 호기심이 묘사된다. 새로움을 마주한 호기심, 패전의 굴욕감과 모멸이 교차되는 분위기는 오에 겐자부로 초기 소설의 중요한 소재였다. 열한 살에 패전을 맞이하고 미군정기와 한국전쟁을 전후한 시기에 10대를 보낸 작가의 경험이 사실적으로 반영되어 있다.

24 유이 마사오미, 같은 책, 210~211쪽.

한국전쟁과 타자의 텍스트

여 귀환한 작가의 경험이 고스란히 담겨 있다. 쓰레기통을 뒤지고 조선인에게 구걸을 하고, 소련군에게 쫓기는 장면 등이 사실적으로 기록되어 있는데, 이 수기는 금방 베스트셀러가 되었다.[25] 이를테면 1949년 태평양전쟁 말기에 전사한 일본 학도병의 유서를 도

---

25 "수도문화사는 1949년 11월 후지와라 데이가 쓴 〈흐르는 별은 살아있다〉를 번역해 〈내가 넘은 삼팔선〉으로 제목을 고쳐 간행했다. 한국전쟁이 일어난 1950년 6월까지 반년 남짓한 기간에 14판, 총 4만5천 부가 팔려나갔다. 이 책은 만주 신경 관상대에서 근무하던 남편이 시베리아로 끌려간 뒤, 어린 주부의 몸으로 홀로 3명의 자녀를 이끌고 북한을 거쳐 월남해 일본에 도착하기까지의 고난을 기록한 수기다. 후지와라의 가족을 포함한 일행 17가구 49명은 북한에서 고통스런 공동생활을 이어간다. 질병과 영양실조로 속속 죽어가고 더러는 미쳐간다. 후지와라는 동족인 일본인들의 이기적인 인간성을 가감 없이 드러낸다. 또한 자신의 아들이 장질부사로 혈청값을 구하지 못해 죽기 직전 조선인 의사의 호의로 살아나게 되는 장면을 통해 지배·피지배의 기억을 뛰어넘는 인간애를 그리기도 한다. 이렇게 한국에서 1년여 동안 고난을 겪고 1946년 8월 1일부터 10여 일간 38선을 넘어 부산을 거쳐 일본에 귀국하는 것으로 이야기를 끝맺고 있다. 이 책은 합동통신사 기자 3명이 하루 저녁 동안 번역한 것으로 알려졌다. '내가 넘은 삼팔선'이라는 제목은 수도문화사 사장 변우경이 고친 것으로 알려져 있다. 남북한에서 각각 단정이 수립되고 38선이 국경선으로 고착되면서 실향민이 된 많은 월남민들은 일본 여인의 식민지 탈출 고난에서 자신들의 38선 월경의 비극을 겹쳐 읽었다. 식민 지배자였던 일본인들의 후일담에 대한 궁금증을 풀어준 것도 이 책이 베스트셀러가 된 이유였다. 그렇지만 곧 한국 사회는 일본 여인의 고생담쯤은 우습게 느껴질 정도로 미증유의 고난을 경험하게 된다. 한국전쟁이 발발한 것이다. 수도문화사는 1964년 똑같은 형태로 제15판, 3천 부를 찍었지만 전혀 팔리지 않았다고 한다." 『한겨레신문』 2015년 5월 14일 자.

쿄대학 출판부에서 모아 간행한 유고집인 『들어라 바다의 노래』와 같은 수기는 "전쟁 자체의 비참함이라기보다는 일본 군대의 비참함"[26]을 더 부각시켰다.

이렇듯 전쟁 말기에 출간된 체험 중심의 수기와 소설들은 일본인들의 피해의식을 조명했다. 피폭된 도시의 폐허는 일본의 피해의식을 상징했다. 전쟁 말기의 경험을 담은 대부분의 소설과 수기들은 '반전'과 '평화'의 메시지를 담고 있지만, '피해자 의식'은 천황제의 존속, 전범 석방과 맞물리면서 전쟁의 책임 문제를 희석시키는 데 일조했다.[27] "제국의 신민에서 하루아침에 난민의 처지로 전락한 일본인들의 피란 체험은 태평양전쟁에 대한 집단기억의 주요 부분"[28]을 구성한다. 전쟁이라는 악의 근원이 '거칠고 흉포한 군인'에 있고 힘없는 자들은 그 폭력에 대항할 수 없었다는 사고에 따라 많은 일본인들이 피해자 의식을 공유했다. 모두가 피해자였다

---

26 다카다 리에코, 김경원 옮김, 『문학가라는 병 – 도쿄 제국대학 문학부 엘리트들의 체제 순응과 남성 동맹』, 이마, 2017, 101쪽.

27 1986년 일본계 미국인 요코 가와시마 왓킨스(Yoko Kawashima Watkins)가 자신의 체험을 바탕으로 창작한 소설 『요코 이야기』(문학동네, 2005)도 전쟁이 끝난 후 한국을 떠나는 일본인들을 다루고 있다. 이 소설을 발표한 후 작가는 소련군과 한국인의 폭력을 부각시키면서 가해의 역사를 피해의 역사로 치환시켰다는 비판을 받았다. 재미교포들은 미국 동부 보스턴에서 중학교 부교재에 이 소설이 실린 것을 반대하는 운동을 벌였다.

28 윤상인, 「수난담의 유혹」, 『문학과 근대와 일본』, 문학과지성사, 2009, 308쪽.

면 폭력에 굴복해 전쟁에 협력한 과거가 있어도 특별히 부끄러운 일이 아니게 된다. 상황이 바뀌어 '거칠고 흉포한 군인'이 물러났을 때 민주주의를 입 밖에 내기만 하면 되는 것이다. 그래서 전후가 되자 많은 사람들은 자신의 책임 등을 심각하게 고민하지 않고 민주주의로 '전향'할 수 있었다. 그리고 이같이 '거칠고 흉포한 군인' 이라는 범인이 특정되고 가해와 피해의 관계가 강조됨으로써, 많은 일본인들은 자신들도 피해자였음을 자각할 수 있었다. 그리고 피해의식의 '당의'를 두르자 타민족에 대한 가해의 기억은 거꾸로 옅어져갔다.[29]

오오카 쇼헤이(大岡昇平), 엔도 슈사쿠(遠藤周作) 등의 작가들은 피해자 의식을 강조하는 수기와 소설들의 범람에 동참하지 않고 실제 경험과 사건을 토대로 전쟁의 이면을 고발하는 소설을 썼다. 태평양전쟁 말기 36세의 나이에 징집되어 필리핀 전선에서 미군의 포로로 잡혔던 경험이 있는 오오카 쇼헤이는 자전적인 소설 『포로기』(1952)[30]에서 전쟁의 참상과 포로 생활을 기록했다. 정글

---

29 나카노 도시오, 권혁태·차승기 옮김, 성공회대학교 동아시아연구소 기획, 「'전후 일본'에 저항하는 전후사상」, 『'전후'의 탄생』, 그린비, 2013, 29쪽.

30 오오카 쇼헤이는 1909년 도쿄에서 태어나 교토대학 문학부를 졸업했다. 졸업 후 장편소설을 연재하기도 하나 생활고로 인해 평범한 회사원 생활을 택한다. 1944년 제2차 세계대전 당시 징집되어 미군의 포로가 된 것을 계기로 작가의 길로 들어서게 된다. 귀환 후 1948년 전쟁터에서의 경험을 토대로 한 「붙잡힐 때까지」를 발표하며 등단, 요코미쓰 리이치(橫光利一) 상을 수상한다. 이 작품에 수용소 경험을 추가해

속에서 미군을 보고 방아쇠를 당기지 못한 '나'(작품 속의 주인공은 오오카 쇼헤이 본인의 페르소나와도 같다)는 미군의 포로가 된다. 천황에 대한 충성과 군국주의를 주입받았지만 결정적인 순간에 '나'는 생존의 열망에 몸을 맡긴다. '나'는 영어를 할 줄 안다는 이유로 포로수용소 내에서 통역을 맡게 된다. 질병과 굶주림에 시달리면서 쥐를 잡아먹고, 포로가 되는 것을 치욕으로 여기면서 자살한 병사들을 생생하게 기억하는 '나'는 포로수용소의 일본군 병사들을 보고 기묘한 아이러니를 느낀다. 전쟁을 할 때보다 포로가 된 이후에 일본 병사들은 훨씬 인간다운 시간을 보내고 있었다. 일본 군부는 충성과 죽음을 강요하고, 아무것도 해준 것이 없었다. 반면 수용소의 음식은 풍족했고 포로들은 제네바협정에 근거하여 인도적인 대우를 받고 있었다. '나'는 이곳에서 일본 군국주의의 민낯을 마주한다. 포로수용소에서 미군이 제공하는 음식을 먹고 치료를 받으면서 시간을 보내는 일본군들은 국체인 천황을 옹위하는 위대한 병사들이 아니라 세상 어디서나 찾아볼 수 있는 그저 그런 인간에 불과하다. '나'는 통조림 깡통과 빵 한 조각에 행복을 느끼는 그 포로들이 얼마 전까지 잔혹한 전쟁을 수행한 군인들이라는 사실을 믿을 수가 없다.[31]

1952년 장편으로 재구성한 것이 『포로기』이다.

31 오오카 쇼헤이 이후에도 참전했던 군인들의 고백은 계속 이어진다. 태평양전쟁 당시 일본 육군 장교로 참전했던 야마모토 시치헤이(山本七平)의 수기는 오오카 쇼헤이의 『포로기』에서 '나'의 진술과 그대로 겹

나는 생물학적 감정에서 진지하게 군부를 증오했다. 전문가인 그들이 절망적인 상황을 모를 리 없다. 또한 근대전에서 일억옥쇄 따위가 실현될 리가 없다는 사실도 물론 알고 있을 것이다. 그러한 그들이 원자폭탄의 위력을 보면서도 여전히 항복을 연기하고 있는 것은, 오로지 그들 자신이 전쟁범죄자로 처형되고 싶지 않기 때문일 것이다. 그들이 이 전쟁을 시작한 원인은 여러 가지가 있고 상황이 그들의 뜻대로 되지 않았다는 점은 알겠지만, 이러한 시점에서 아무런 대응책도 없이 시간을 보내는 것은 그들의 자기 보존이라는 생물학적 본능이라고밖에 할 수 없다. 따라서 나는 그들을 생물학적으로 증오할 권리가 있다.[32]

일본 병사들은 '안락한 수용소'에 순응하면서 '포로다운 포로'가 되어간다. 이런 포로들의 모습은 패전 직후 연합군 점령 아래

친다. "명예는 조직의 것일까 혹은 개인의 것일까? 제국 육군에는 그런 문제의식조차 없었고 '조직의 명예' 이외의 명예는 존재하지 않았다. 살아서 포로로서 수치를 당하기보다 개인의 명예를 찾으라는 명목 아래 자결하게 하고는 자결한 이들을 '명예의 전사'라고 칭하는 것은 얼핏 '개인의 명예'를 위한 것처럼 보일 수 있다. 하지만 사실은 '포로 없음'이라는 보고를 위한 조직 명예를 절대시한 나머지 개인을 말살시켰던 것에 불과하다. 이것이 제국 육군이었던 것이다. 그리고 자전하는 조직의 명예라는 사고방식이 일본을 파멸시킨 것이다." (야마모토 시치헤이, 최용우 옮김, 『어느 하급장교가 바라본 일본제국의 육군』, 글항아리, 2016, 375쪽)

32 오오카 쇼헤이, 허호 옮김, 『포로기』, 문학동네, 2010, 357쪽.

놓인 일본인들의 생활 감정, 미군에 대한 반응 등과 겹친다. '수용소의 알레고리'는 전후 일본의 상황을 압축적으로 대변한다. 한국전쟁으로 경제가 발전한 이후에 풍요로움 속에서 전쟁을 점차 망각하던 1950년대의 일본 사회는 소설 속 수용소의 모습과 묘하게 겹치기 때문이다. '너는 지금도 포로가 아닌가?'라는 '나'의 의문은, 훗날 천황에 대한 회의[33]로 이어진다.

엔도 슈사큐의 소설 『바다와 독약』(1957)은 미군을 대상으로 벌어졌던 '생체해부 사건'[34]을 소재로 다루면서 전후의 망각을 비판한다. 샐러리맨인 '나'는 도쿄의 신흥 주택지로 이사한다. 도쿄 주변에는 전후 재건 사업이 시행되어 많은 신흥 주택이 건설되고 있었

---

33 오오카 쇼헤이는 이 소설을 발표하고 1971년에 필리핀 전선의 참상이 담긴 『레이테 전기(レイテ戦記)』라는 소설을 썼다. 오오카 쇼헤이는 같은 해에 일본 예술회원에서 탈퇴할 의사를 예술원에 전달했다. "필리핀에서 포로로 된 것이 부끄러워서 예술원 회원이라는 국가적 영예는 어떤 일이 있어도 받을 수 없습니다. 어쨌든 천황 폐하 앞에는 나갈 수 없습니다."(『요미우리신문』 1971년 11월 30일 자)라고 밝혔지만, '천황 폐하 만세'를 외치면서 죽어간 수많은 동료들의 이야기를 적은 소설을 쓰고 천황 앞에 설 수는 없었다는 설이 유력하다.

34 1945년 5월, 후쿠오카를 중심으로 규슈 전역을 폭격하던 미군의 B29 폭격기가 추락하여 미군 승무원 12명이 포로로 잡혔는데, 일본군 서부 사령부는 이들 중 8명에게 재판 없이 사형을 선고한다. 이 사실을 알게 된 규슈대학 의학부에서 미군 8명을 생체 실험용으로 제공할 것을 군에 요청했고, 군이 이를 받아들여 미군들을 상대로 생체 실험이 시행되었다. 혈관에 공기와 생리식염수를 최대치로 주입하고, 폐를 절단하는 실험이 행해졌는데, 이는 연합군최고사령부(GHQ)에 의해 진상이 밝혀졌고 관련자 23명이 유죄판결을 받았다.

다. 소설의 초반에는 전쟁의 폐허를 딛고 평범하게 살아가는 사람들의 일상이 그려진다. 그러나 '나'는 곧 기이한 느낌을 받는다. '나'가 기흉을 치료하려고 찾아간 의사 스구로는 과거 규슈대학 생체해부 실험에 가담한 과거를 지니고 있다. 주유소 주인은 전쟁 시기 중국에 파병되어 저지른 학살과 강간을 자랑스러운 추억거리로 떠벌린다. 전쟁 때 헌병이었던 양복점 주인도 많은 살인을 저지른 과거가 있다. '나'는 전쟁 말기에 징집되지만, 얼마 지나지 않아 종전을 맞이하여 전투를 경험하지 않았다. 그러나 '나'는 전쟁이 계속되었더라면 자신도 살인을 저질렀을지 모른다고 생각한다. 불과 10년 정도 지났을 뿐이지만 사람들은 과거와 단절된 평범한 일상을 보낸다. 1950년대 일본인들의 일상을 묘사하던 소설은 의사 스구로의 회상으로 전환된다. 전쟁 말기 미군의 폭격이 계속되고 사람들이 죽어 나가는 와중에도 'F시'(후쿠오카를 의미)의 대학병원 의사들은 차기 부장 자리를 둘러싸고 권력 다툼을 벌인다. 그들은 사람을 실험 재료로 간주했다. 미군 포로들이 병원에 실려오고 스구로, 토다, 우에다 세 사람은 생체해부에 가담하게 된다.

방으로 돌아온 약간 뚱뚱한 군의관이 등 뒤에서 웃으며 말했다.

"그 자식들 무차별로 폭격해대던 놈들이야. 서부군에서는 총살형으로 결정 났기 때문에 어디서 죽든 마찬가지야. 에테르로 마취를 시켜주니까 잠든 사이에 가게 되는 거지."

아무래도 좋다. 내가 해부에 참여하기로 한 것은 그 파르스름한

숯불 때문이었는지 모른다. 아니면 토다의 담배 냄새 때문이었는지
도. 이것이든 저것이든 어느 쪽이든 상관없다. 생각하지 말자. 잠이
나 자자. 생각해본들 별도리도 없다. 나 혼자서는 어떻게 할 수 없는
세상인 것이다.[35]

스구로는 산 사람을 해부하는 것에 경악하지만 강제로 생체해
부 실험에 동원된다. 그는 정상이 참작되어 전후에 열린 재판에서
중형을 면한다. 전쟁이 끝나고 다시 일상으로 돌아왔지만 그는 여
전히 폐질환을 앓는 환자들을 보면 당시의 끔찍한 기억을 떠올린다.
그렇지만 스구로는 당시의 일을 '어쩔 수 없는 일'이라고 조용히 합
리화한다. 스구로의 친구 토고도 "어쩔 도리가 없었으니까. 그때도
그랬지만 앞으로도 자신이 없어. 앞으로도 같은 상황에 처한다면
난 또 그렇게 할지 몰라"라고 고백하면서 애써 죄책감을 떨쳐낸다.
두 작가의 소설에 묘사된 것처럼 죄의식에 시달리는 사람들
도 많았지만, 전후 일본 사회에서 패전은 절망인 동시에 새로운 기
회이기도 했다. 패전 이후의 전환기는 역설적으로 일본인들의 삶을
재구성하는 계기가 되었다. 새로운 권력과 새로운 유행은 군국주
의 시절과는 다른 이례적이고 개방적인 분위기로 전환되었다. 군국
주의 시절에는 불가능했던 표현이 가능해졌고, 대중들은 기꺼이 새
로운 분위기와 쾌락을 받아들였다. 절망이 만든 공간에는 암시장

---

35 엔도오 슈우사꾸, 박유미 옮김, 『바다와 독약』, 창비, 2014, 83쪽.

과 매춘부들의 세계, 방종을 찬미하는 '가스토리(粕取) 문화'[36]라는 세계가 열렸다. 자기 탐닉과 에로티시즘의 유행으로 다니자키 준이치로(谷崎潤一郞), 가와바타 야스나리(川端康成) 등의 문학작품이 출간되기 시작했고 퇴폐와 타락을 개인주의에 연결시킨 사카구치 안고(坂口安吾), 다무라 다이지로(田村泰次狼郞), 다자이 오사무(太宰治) 등의 작품이 인기를 얻었다.

사카구치 안고는 1946년 잡지에 게재한 글 「타락론(堕落論)」에서 전시의 체험을 '환각'에 불과하다고 적으면서 전후 사회의 인간은 오히려 진실하게 타락해야 한다고 주장했다. 그는 남편의 귀환을 기도하던 미망인들이 다른 남자를 찾고, 전쟁터에서 돌아온 귀환병이 암시장에서 일하는 현실을 토로하면서 병든 세계에서 살아가는 자의 윤리는 제대로 타락하여 "자신만의 무사도와 천황"을 찾아내는 것이라고 역설한다.

전쟁이 끝난 후 우리들은 온갖 자유를 허용받았으나, 사람들은 자유를 허용받았을 때 자신이 영문 모를 제한 속에 있으며 여전히

---

36 "값싸고 등급이 낮은 술 '가스토리 소주'는 전후 일본 사회에서 큰 인기를 끌었고, 숙취가 강한 이 술은 대량의 알코올중독자를 양산했다. 그러나 타락과 니힐리즘을 숭배하는 예술가 집단의 문화를 상징하는 당대의 술로 이름을 높였고, '가스토리 문화'라는 말을 낳았다. 현실도피적인 성적 감흥, 저속한 속물적 화려함이라는 유산을 남겼다. 그것은 성적으로 편향된 오락물과 폭포처럼 쏟아지는 펄프 문학이 지배하는 상업적 세계였다."(존 다우어, 같은 책, 179쪽)

부자유하다는 사실을 깨닫게 될 것이다. 인간은 영원히 자유로울 수 없다. 왜냐하면 인간은 살아 있고, 또 죽지 않으면 안 되며, 그리고 인간은 생각하기 때문이다. 정치상의 개혁은 단 하루에 단행될 수 있지만 인간의 변화는 그렇게는 되지 않는다. (…) 인간은 살고, 인간은 타락한다. 그 진실 이외에 인간을 구원할 편리한 첩경은 없다.

전쟁에 졌기 때문에 타락하는 것이 아니다. 인간이기에 타락하는 것이며 살아 있기에 타락할 뿐이다. 허나 영원히 타락하지는 못하리라. 왜냐하면 인간의 마음은 고난에 대해 강철 같지 못하기 때문이다. 인간은 가녀리고 위약하며, 그 때문에 어리석은 존재지만 완전히 타락하기에도 너무 약하다. 인간은 결국 처녀를 살해하지 않을 수 없을 것이고, 무사도를 짜내지 않고는 못 배길 것이며 천황을 들먹이지 않을 수 없게 될 것이다. **그러나 타인의 처녀가 아닌 자신의 처녀를 살해하고 자신의 무사도와 자신의 천황을 고안해내기 위해서는 사람은 올바르게, 타락해야 할 길을 온전히 타락할 필요가 있다. 타락해야 할 길을 온전히 타락함으로써 자기 자신을 발견하고 구원하지 않으면 안 된다.** 정치에 의한 구원 따위는 겉껍질에 불과한 허황한 거짓이다.[37](강조는 인용자)

사카구치 안고와 함께 전후 일본 사회에 일대 선풍을 일으키

---

37 사카구치 안고, 최정아 옮김, 「타락론」, 『백치·타락론 외』, 책세상, 2007, 146~147쪽.

다무라 다이지로의 동명 소설을 원작으로 한 영화 〈육체의 문〉
(감독 스즈키 세이준, 1964)의 한 장면

며 등장한 다무라 다이지로는 '육체'를 '사상'의 대척점에 두고 "육체의 해방이야말로 인간의 해방"이라고 주장했다. 그는 약 7년 동안 중국에서 겪은 전쟁 경험을 거쳐 이른바 '복원병'으로 일본 사회로 돌아와 암시장과 '팡팡'으로 대변되는 전후 일본의 참담한 상황을 눈으로 목격하면서, 어떤 숭고한 사상이라 할지라도, 인간을 학대하고 죽음에 이르게 하는 것이라면 필요 없는 것이라고 확신하게 된다.[38] 다무라 다이지로의 소설 『육체의 문(肉体の門)』(1947)은 일본 사회를 뒤흔들었다. 미군들에게 성폭행을 당한 후 윤락가로 들어온 여성 '마야'가 전장에서 부상을 입고 귀환한 '이부키'를

---

38   최은주, 「'전후일본'의 대중문화와 남성 주체의 욕망」, 『일본학』 39집,
      동국대학교 일본학연구소, 2014, 156쪽 재인용.

만나 육체적 쾌락에 빠지는 과정을 그린 이 소설은 연극과 영화로도 큰 인기를 끌었다. 모든 것이 폐허가 된 전후에 온전히 남은 것은 '육체'밖에 없는 여성들은 육체를 유일한 무기로 필사적으로 살아낸다. 이 모습을 '생명의 활기'로 묘사한 『육체의 문』은 1948년에 처음 영화화되었고, 1964년 스즈키 세이준(鈴木清順) 감독에 의해 리메이크되었다.

군국주의 시절 일본인에게 육체는 개인의 소유가 아니었다. 개인의 육체는 국가에 소속되고 검열되면서 언제든지 동원될 수 있는 '자원'이었다. 그러나 개인의 욕망과 타락을 전면으로 다룬 소설들은 일본인들에게 개인의 자유와 쾌락을 자각시켰고 기존의 성도덕을 무너뜨렸다. 다자이 오사무 같은 작가들도 전후 일본의 피로와 절망, 타락을 자조적으로 쏟아냈다. 그의 소설에 그려진 자멸하는 청년의 내면은, 전후 일본에서 유행한 몰락의 정서를 드러낸다.

세상, 저도 그럭저럭 그것을 희미하게 알게 된 것처럼 느껴졌습니다. 세상이란 개인과 개인 간의 투쟁이고, 일시적인 투쟁이며 그때만 이기면 된다. 노예조차도 노예다운 비굴한 보복을 하는 법이다. 그러니까 인간은 오로지 그 자리에서의 한판 승부에 모든 것을 걸지 않는다면 살아남을 방법이 없는 것이다. 그럴싸한 대의명분 비슷한 것을 늘어놓지만, 노력의 목표는 언제나 개인. 개인을 넘어 또다시 개인. 세상의 난해함은 개인의 난해함.[39]

한국전쟁과 타자의 텍스트

전후 실존주의와 허무주의, 현실도피주의가 반영된 이들의 문학은 구시대의 권위에 대한 격렬한 저항의 상징이었다. 표현의 자유를 규제하는 국가의 통제는 힘을 잃었고 각종 출판물이 활개를 치면서 영화 산업과 라디오방송도 되살아나기 시작했다. 육체적, 정신적으로 새로운 '사랑'의 모럴이 생겨났고 격렬한 논쟁이 벌어졌다. 이런 데카당스적인 분위기에 힘입어 패전이 형성한 절망의 공간에서는 새로운 문화가 움트고 있었다.

3. 한국전쟁 발발과 의도적 '회피'

한국전쟁이 발발하자 일본은 불안한 시선으로 한반도를 응시했다. 한국전쟁은 불과 몇 년 전에 끝난 태평양전쟁을 상기시키기에 충분했다. 1950년 여름, 일본에 주둔하던 미8군의 4개 전투 사단이 모두 한반도로 배치되었고, 미군 병력이 일본으로 계속 증파되었다. 부상병을 치료하기 위한 대규모 야전병원이 세워졌고, 미군기지 주변에는 '팡팡'으로 불린 매춘부들이 폭발적으로 증가했다. 일본의 역사학자 와다 하루키(和田春樹)의 지적처럼 "일본 국민의 생활, 의식에서 결정적으로 중요한 것은 특수 수요에 의해 전에 없는 경제 호황이 일어났다"는 사실과 한국전쟁 시기 "일본 전역은

---

39 다자이 오사무, 김춘미 옮김, 『인간 실격』, 민음사, 2004, 97쪽.

한반도에서의 전투를 위한 출격 기지, 후방 보급기지로 무제한 전화"[40]된 것이었다. 휴가를 나온 미군들은 아낌없이 달러를 썼고, 군수와 관련된 금속, 고철, 섬유 산업이 호황을 누렸다.

일본의 옛 군인이나 우익 인사 일부는 한국전쟁 참전을 주장했고, 실제로 150명의 일본인이 '의용병'으로 지원하기도 했다. 미국 상원의원들도 미군 대신 일본인 부대 투입을 요청했다. 그러나 당시 일본은 여전히 소련도 포함된 '연합군'의 적국으로서 점령된 상태였다. 독립국이 된다 하더라도 일본국 헌법에는 국제분쟁을 해결하는 수단으로서 전쟁, 전력 보유, 교전권의 금지가 명시되었다. 이는 맥아더나 일본 정부가 전후 개혁의 성과로 대내외에 선전했던 조항(헌법 제9조)이기도 했다. '개인 자격으로 참전'한다는 묘안이 나오기도 했지만, 맥아더는 '강화'가 먼저라며 피해갔다. 1950년 9월 인천상륙작전 이후 참전 문제는 수그러들었고 10월 중국군이 참전하자 초점은 일본의 재무장으로 이동했다. 일본인 부대를 참전시켰다가 그들이 공산군에 포로로 잡히기라도 하면 엄청난 반발에 직면할 것을 우려한 미국은 대체로 일본인들을 비전투 요원으로 활용했다. 오랜 기간 한반도를 식민지로 다스려왔기에 구(舊) 일본군 출신 장교들은 한국의 지형을 잘 알고 있었다. 몇 명의 일본인이 전쟁 중에 목숨을 잃긴 했지만, 일본인이 대규모로 한반도의 전쟁에 직접 연루되는 일은 없었다.[41]

---

40 와다 하루끼, 서동만 옮김, 『한국전쟁』, 창비, 1999, 241쪽.

한국전쟁과 타자의 텍스트

식민 지배와 분단, 전쟁을 연이어 겪은 한반도의 고통을 통한 반사이익으로 일본이 굶주림에서 벗어났다는 사실은 일본의 자기 반성적인 지식인들에게 부채감을 안겼다. 한국전쟁 연구에 매진한 역사학자 와다 하루키, 일본의 공산당원으로 활동하면서 종전 이후 일본에 남겨진 재일조선인들과 교류했던 고바야시 마사루(小林勝)[42]와 같은 작가들이 그들이다. 고바야시 마사루는 1970년 2월 잡지 『신일본문학(新日本文学)』에 게재한 글 「나의 조선」에서 한국전쟁을 이렇게 회고한다.

---

41 정병욱, 「일본인이 겪은 한국전쟁 – 참전에서 반전까지」, 『역사비평』 통권 91호, 2010, 역사비평사, 212~219쪽.

42 고바야시 마사루는 일제강점기 시절 진주농림학교의 생물 교사로 재직했던 고바야시 도키히로(小林時弘)의 셋째 아들로 진주에서 태어났다. 그는 1944년 대구중학교 4학년을 수료했고 1945년 3월 육군항공사관학교에 입학했으나, 8월 15일 일본의 패전으로 본국으로 돌아갔다. 고바야시 마사루는 본국에서 와세다대학을 중퇴하고, 진료소의 의사로 근무하면서 소설을 쓰기 시작했다. 공산당에 가입하여 활동하였으며 한국전쟁 시기 반전운동을 벌이면서 경찰이 조선인 소학생과 중학생을 습격하는 모습을 보고 화염병을 던져 저지하려다 현행범으로 체포되어 약 6개월간 형무소 생활을 했다. 그리고 그곳에서 만난 조선인 수감자들과의 대화를 통해 조선에서 지낸 식민자 2세로서의 자신의 삶을 다시 한번 되돌아보게 되었으며 그것이 그의 문학자로서의 첫발을 내딛게 하는 계기가 되었다. 출소 후에는 본격적으로 문학작품 활동에 전념하여 조선을 테마로 한 다양한 작품을 집필하였는데, 첫 작품인 『포드 1927(フォ一ド・一九二七年)』(1956)은 일본 작가들의 등용문인 아쿠타가와상 후보에 세 차례나 오르기도 했다. 그러나 일관되게 조선에 대한 죄의식과 일본의 과업에 대한 테마를 다뤄왔기 때문인지 오랜 기간 일본 문단과 독자들에게는 그다지 주목을 받지 못했다.

나는 전후가 되어서야 비로소 우리나라가 과거 조선에게 무슨 짓을 저질러왔는지 알게 되었습니다. 내 탓이 아니지만 내가 일본인으로 조선에서 나고 자랐다는 의미를 생각하며 괴로웠습니다. 그리고 패전 후 불과 5년 만에 한국전쟁이 일어났고, 그 덕택에 일본 자본주의가 되살아나 재편·강화되기 시작하는 모습을 떨리는 심정으로 바라보았습니다. 과거는 과거가 아니었던 것입니다. 나는 패전에 의해 추악한 일본 자본주의가 괴멸된 모습을 보고 있었을 따름이었기 때문에, 내 머릿속에는 바싹 말라 죽어버린 거머리의 얄팍한 몸이, 조선의 피를 계속 빨아 먹고 통통하게 부풀어 올라, 힘차게 몸을 신축시키며 온몸을 흑자색으로 번질번질 반짝이며 성장해가는 추악한 모습이 떠올랐습니다.[43]

그러나 대다수 일본인들은 부채 의식을 갖지 않았다. 한국전쟁이 일본 경제를 부흥으로 이끌었다는 사실은 인정하면서도 정작 일본이 한반도의 전쟁에 깊이 연루되어 있다는 사실은 외면했다. 전쟁이 발발할 무렵 일본은 연합군최고사령부의 점령 통치 아래 있었고, 패전 이후의 혼란이 수습되지 않았기에 일본인들은 한국전쟁과 자신들의 밀접한 관계를 쉽게 외면할 수 있었다. 메이지대학 정경대 교수 마루카와 데쓰시(丸川哲史)가 지적한 것처럼 "냉전을 고정화시킨 최대 열전(熱戰)의 전장으로부터 일본은 단지 조금

---

43 고바야시 마사루, 이원희 옮김, 「나의 조선」, 『쪽발이』, 소화, 2007, 311쪽.

한국전쟁과 타자의 텍스트

바깥쪽에 자리하고 있었을 뿐"이지만 "그 미묘한 간격이 바로 일본인들의 전후관(戰後観)에 결정적으로 작용"하여 "역사 감각과 시간 감각"[44]에 영향을 미쳤다. 엄밀히 말하자면 '냉전'과 '전후'는 양립이 불가능한 개념이다. 의미상으로 냉전(cold war)이 일종의 '전쟁 상태'를 의미한다면 '전후(postwar)'는 '평화 상태'를 가정하기 때문이다. 그런데 일본은 '냉전'의 시간을 '전후의 평화'로 의식하면서 지낸 상태와도 같았다.[45]

한국전쟁이 발발하자 일본의 신문들은 국민들에게 '냉정'을 호소하면서 한국전쟁을 외부에서 벌어진 사건으로 취급했다. 실제로는 일부 일본인들이 한국전쟁에 연루되어 목숨을 잃거나 실종되기도 했지만, 한국전쟁은 일본인들에게 외부에서 벌어진 전쟁일 뿐이었다. 일본의 신문에서 한국전쟁과 일본의 관계에 대한 논의를 정면에서 다루는 논설은 자취를 감추고 말았다. 특수 수요와 같이 일본 경제에 영향을 미치는 문제를 제외하고는 한국전쟁에 대한 일본 또는 일본 국민의 입장을 논하는 것 자체가 금기시되었다.[46] 다케우치 요시미(竹內好)를 비롯한 일본의 평론가들이 '국민문학'의 필요성을 주장하면서 문학 논쟁에 불을 지폈지만 주된 관심사는

---

44 마루카와 데쓰시, 장세진 옮김, 『냉전문화론』, 너머북스, 2010, 13쪽.

45 서동주, 「'전후'의 기원과 내부화하는 '냉전'」, 『일본사상』 28권, 한국일본사상사학회, 2015, 55쪽.

46 남기정, 『기지국가의 탄생 – 일본이 치른 한국전쟁』, 서울대학교출판문화원, 2016, 438~439쪽 참고.

한국전쟁이 아니라 '샌프란시스코강화조약'과 '일본의 독립'이었다. 다케우치 요시미는 일본이 아시아를 침략했던 과거를 반성해야 된다는 역사의식을 가지고 있었고 일본공산당의 노선을 비판했지만, 한국전쟁에 관해서는 언급하지 않았다. 이렇듯 한국전쟁에 대한 일본 지식인들의 태도는 '회피'에 가까운 것이었다.

한국전쟁은 일본의 동시대 문학에 강한 영향을 주었다기보다는 배경으로 활용[47]되었다. 일본 문학에서 한국전쟁을 직접 형상화한 작품들은 매우 드물다. 재일교포 작가들이나 고바야시 마사루와 이노우에 미쓰하루(井上光晴) 같은 공산당원 작가들이 쓴 소수의 작품들이 존재하지만, 이것은 재일조선인이나 조선을 경험했던 일본인, 공산당원을 제외한 대다수의 일본 작가들에게 한국전쟁은 주요 관심사가 되지 못했다는 사실을 의미한다. 그런 점에서 한국

---

47 "일본의 동시대 문학에서 한국전쟁을 그린 것으로는 오다 미노루의 『모레의 수기』나 홋타 요시에의 『광장의 고독』이 알려져 있는 정도이다. 또한 한국전쟁이 무엇이었는지 그 의미를 진지하게 묻고 있는 허남기의 『화승총의 노래』(1952)나 장혁주의 『아아 조선』(1952), 김달수의 『고국 사람』(1956) 등 재일한국인에 의한 다양한 일본어 문학도 발표되었고, 이 시기에 이루어진 국민문학 논쟁도 분명히 한국전쟁을 배경으로 하고 있었다. 그러나 '전후사의 전기로서의 한국전쟁'(혼다 슈고)이 일본의 동시대 문학에 강한 영향을 주었다고 보기보다는 오히려 배경으로 파악되는 데 불과했다고 보는 것이 정확할 것이다." (나카네 다카유키, 「홋타 요시에 『광장의 고독』의 시선 ─ 한국전쟁과 동시대의 일본문학」, 『한국어와 문화』 7권, 숙명여자대학교 한국어문화연구소, 2010, 189쪽)

전쟁이 한창이었던 1951년에 발표되고, 다음 해 제26회 아쿠타가
와상을 수상한 홋타 요시에(堀田善衞)의 소설『광장의 고독』은 특
히 중요한 작품이다. 한국전쟁이 일본인에게 어떤 의미를 지녔는가
를 보여주는 적실한 텍스트이기 때문이다. 소설의 주인공 기가키
는 한 통신사의 계약직 노동자다. 영어를 구사할 줄 아는 기가키
는 통신사에서 외신을 번역하면서 생계를 이어간다. 그는 신문사
를 오가면서 미군의 공습으로 불탔던 공장들이 한국전쟁을 지원
하기 위해 다시 가동되는 모습을 씁쓸하게 바라본다.

> 지난 전쟁의 상흔은 지금도 생생히 남아 있다. 불에 탄 자리에 뼈
> 같이 생긴 철골이 밤하늘에 꽂혀 있다. 양손을 모아 무언가를 기도
> 하고 있다. 그 바로 옆의 공장은 불에 탄 공장의 뼈나 두개골과는
> 아무런 관계도 없는 듯이 밤새 살아 있다. 활활 불타는 주홍빛 불꽃
> 을 토해내면서 **전쟁으로 인해 폐허의 속에 놓여 있던 공장이 다시 전쟁**
> **으로 인해, 그리고 전쟁을 위해 가동되고 있다는 것을 어떻게 믿을 수**
> **있을까.** 그리고 만일 저 공장이 전쟁을 (위해?) 가동되고 있다고 한
> 다면 거기서 일하고 있는 사람들이 고독하지 않다고 어떻게 말할 수
> 있겠는가.[48] (강조는 인용자)

---

48 홋타 요시에, 「광장의 고독」, 『아쿠타가와상 수상작품선집』, 문예춘추
    사, 1999, 87쪽. 이런 언급은 전후 급성장하는 일본 사회에서 몰락하
    는 네 청년의 모습을 그린 미시마 유키오(三島由紀夫)의 소설 「교코의
    집(鏡子の家)」(1959)에서도 찾아볼 수 있다. 이 책에는 경제적으로 희

전쟁 특수로 들뜬 일본 사회에서 '좌익'들은 비윤리적인 사회를 타파하자고 외쳤지만 기가키는 거기에 동참하지 않는다. 그리고 일본의 재무장과 독립을 외치는 '우익'의 목소리에도 귀를 기울이지 않고, 그는 '고독'의 길을 택한다. 소설 속에서 한국전쟁의 전황은 외신으로 접수된다. 통신사 동료인 하라구치는 북한군을 '적(enemy)'으로 번역한다. 태평양전쟁 시기 미국의 '적'으로 싸웠던 히라구치는 이제 점령군인 미국의 시각으로 북한군을 자연스럽게 '적'으로 번역한다. 기가키는 북한군이 일본인의 적인가를 자문하면서 히라구치에게 외신의 원문을 다시 확인할 것을 요구한다. 기가키는 미국인 기자 헌트와 대화하면서 줄곧 "일본은 누구의 편도 아님"을 얘기하지만, 헌트는 그런 기가키를 이상한 눈으로 바라본다. 참혹했던 태평양전쟁을 겪은 기가키는 일본인들이 다시 전쟁에 연루되는 것을 원하지 않았다. 하지만 한국에서 후송된 부상병들을 실어 나르는 구급차를 가리키면서 "이래도?"라고 반문한다. 적대와 파괴에 지쳐 중립을 추구하는 기가키의 내면은 냉전의 시대에 어디에도 소속되지 않겠다는 '제3의 길', 즉 인도를 비롯한 아시아 국가들의 입장과 겹쳐진다. 기가키는 영어 간판으로 가득한 요코하마 부두를 보면서 그 활기찬 풍경 이면에 아시아 민중들의 고통이 은폐되었다고 생각한다.

망이 없는 일본 사회에 "생각지도 못했던 대반전인 조선 동란이 용솟음"치고 주식회사는 증자에 증자를 거듭하고 엄청난 고용이 이루어지는 등 일본 사회는 경제적으로 '구원'받는다고 언급된다.

한국전쟁과 타자의 텍스트

그렇다. 저것은 전쟁 중 홍콩에서, 상해에서, 사이공에서, 싱가포르에서 일본인의 차와 구두를 닦고 있던 소년들, 차량의 가이드를 했던 어른들의 표정 그대로가 아닌가. 중국인, 베트남인, 인도네시아인, 필리핀인, 인도인, 백계러시아인 등 그들은 일본인 아래서 지금 자동차를 닦고 있는 저 소년들의 얼굴을 하고 있었다.[49]

『광장의 고독』의 주인공 기가키의 내면은 샌프란시스코강화조약 소식을 듣고 일본이 "아시아의 배반자"로 전락했다고 탄식했던 마루야마 마사오의 견해와도 일치한다. 전후 일본의 모습에서 아시아를 떠올리는 기가키의 내면은 당시 일본 좌익들의 사고와 상당 부분 일치하지만 소설 속에서 기가키는 좌익과 우익의 동참 요구를 거부한다. 기가키는 한반도에 깊게 연루되어 있으면서도 호황을 누리는 일본의 이중성은 기이하게 여기면서 관념의 늪에 빠진다.

(…) 응접실 바닥에 다다미를 깐 셋방에 있는 아내 쿄코와 곧 두 살 생일을 맞이하는 갓난아이의 잠든 모습이 떠올랐다. 그것은 특별히 놀랄 일도 이상한 것도 아니었지만, 바다 건너 반대편의 조선에서는 수십만의 난민이 갈 곳을 잃고 먹을 것도 없이 어두운 곳을 헤매다가 죽어가고 있는 그 순간, 또 하루에 수십 편이나 되는 세계의 불

---

49   홋타 요시에, 같은 책, 94쪽.

안정을 전해주는 전보를 처리하면서도 평온히 잠든 처자의 얼굴을 떠올릴 수 있다는 것은 역시 기묘한 노릇이다.[50]

기가키의 아내 쿄코도 태평양전쟁 시기 상하이 주재 독일대사관에서 일하다가 친했던 중국인이 충칭의 국민당 정부 스파이라는 사실이 발각되자 헌병대에 끌려가서 고초를 겪은 경험이 있었다. 동료 하라구치는 정계와 재계의 인사들에게 해외정보를 넘기는 일을 하다가 한국전쟁을 계기로 재창설된 경찰보안대에 들어간다. 아무리 개인으로 남으려고 해도 어떤 식으로든 자신을 둘러싼 세계와 '커밋(commit)'[51]할 수밖에 없는 현실에 지쳐 일본을 벗어나 아르헨티나 망명을 고민한다. 그러나 기가키는 세계 어느 곳에서도 인간은 자유로울 수 없음을 자각하고 망명을 포기한다. 일본에 남기로 결정하면서도 기가키는 "크레믈린광장"이나 "워싱턴광장"이 아닌 곳을 갈구한다. 편향된 선택을 강요하는 냉전의 구조 속에서 기가키와 같은 자들은 설 곳이 없다. 그렇지만 냉전의 상황일지

---

50 홋타 요시에, 같은 책, 102쪽.
51 『광장의 고독』의 초반부에는 'commit'이라는 영어 단어의 다양한 뜻이 나열되어 있다. 'commit'은 "범죄(그릇된 일)를 저지르다"라는 뜻을 지니고, 타동사로서는 "자살하다"의 의미를 지닌다. 또한 "공개적으로 의사를 밝힌다"라는 뜻도 지닌다. "재판에 회부하다"라는 뜻도 있다. 이 소설에서 의미하는 '광장'은 개인의 의사와는 상관없이 결정을 강요받고, 그릇된 일에 연루될 수밖에 없는 공간을 은유한 것이다. 관념에 빠진 기가키는 결국 어떤 뚜렷한 선택도 하지 못하는데 그것은 광장에서 개인이 느끼는 '고독'을 의미한다.

라도 일본은 '열전'이 벌어지는 한국과는 다른 곳이다. 망명과 좌익과 우익을 앞에 두고 그 모두를 거절할 수 있는 기가키라는 존재 자체가 한국전쟁 시기 일본 안에 존재했던 '제3지대'를 상징한다.[52] 다음 세대의 청년들의 내면은 '기가키'와는 조금 달랐다. 청년 세대는 태평양전쟁을 직접 겪지 않고 전후 냉전의 공간을 살아간다. 그들은 동의하지 않는 세계에 던져진 자신의 상황을 스스로 풍자하는 방식으로 기성세대에 저항한다. 군국주의 시절 천황을 신격화하는 교육을 받다가 청년이 되어 전후의 세계를 맞이한 청년들의 내면은 회의로 가득했다.

4. '후퇴청년', '짖지 않는 개', '세븐틴'의 내면세계

인간은 자신이 태어날 시대를 스스로 선택할 수 없다. 그런 점에서 인간은 모두 동의를 하지 않은 채 세상에 던져진 존재다. 1930년대에 태어나 절대적인 천황 숭배와 군국주의 교육을 받으면서 '애국소년'으로 성장했던 세대가 전후에 받은 충격은 대단한 것이었다. 군국주의 사상을 강제로 주입받으면서 유년기를 보낸 청년들은 패전 이후 새로운 민주주의 헌법과 교육기본법을 배우면서 비로소 '개인'에 눈을 떴다. 1935년 시코쿠 에히메현의 작은 산골

---

52 서동주, 같은 글, 69쪽.

마을에서 태어난 오에 겐자부로도 마찬가지였다. 전쟁 말기 산골의 작은 마을에서 체감하는 전쟁은 가끔 목격하는 미군의 폭격기 정도가 고작이었다. 그러나 열 살 무렵 세상은 완전히 바뀌었다. 숭배하던 천황은 스스로 평범한 인간임을 고백했고, 국가는 몰락했다. 거리에는 점령군이 넘쳐났고, 교육과정은 미국식으로 개편되었다. 오에 겐자부로의 세대가 받은 충격은 빠른 속도로 기성세대를 향한 회의로 전환되었다. 천황을 숭배하면서 그토록 많은 희생자를 낳은 전쟁에 참가했던 기성세대는 언제 그랬냐는 듯이 미군의 지배에 순응했다. 한국에서 벌어진 전쟁은 군국주의의 낡은 것(군대, 경찰, 천황)들이 살아남는 계기가 됐고, 일본 사회는 이웃 나라의 고통을 이용해 경제를 부흥시켰다. 이것은 결코 동의할 수 없는 부조리였다. 하지만 경제 호황은 달콤했고 전후에 열린 새로운 세계는 매혹적이었다. 유혹적이면서도 불안한 '전후'의 시간을 통과하면서 그들은 곧 깨닫게 된다. 세계는 견고하고, 지식(인)은 무력하며 삶은 유한할 뿐이다. 그리고 자신들의 삶은 동의하지 않은 냉전의 질서에 종속된 채로 흘러갈 것이다. 한국전쟁은 그것을 선명하게 각인시킨 계기가 되었다. 오에 겐자부로는 그 시기를 이렇게 회고했다.

"열 살 때 전쟁이 끝나고 주둔군의 지프가 마을로 들어왔을 때 어린 마음에도 무척이나 겁을 먹었다. 그런데 열두 살 때 일본의 헌법이 시행되고 중학교 3년간 헌법과 교육기본법에 대해 배웠다. '좋은

한국전쟁과 타자의 텍스트

시대'가 되었다고 생각했다. 지금 젊은 사람들로서는 상상하기 어렵겠지만 당시의 혼란 속에는 무엇인가 활기차게 움직이는 감각이 있었다. 개인의 권리가 보장되고 나도 도쿄 혹은 세계에 나가 무엇인가 하고 싶은 의욕이 솟았다. 전후는 매우 밝은 시대였다. 지금 일흔아홉이 된 나에게 67년간 줄곧 '시대정신'은 부전(不戰)과 민주주의 헌법에 근거한 '전후정신'이다"[53]

오에 겐자부로는 1957년 도쿄대학교 불문학과 2학년 재학 중 『도쿄대학신문』 소설 현상공모에 「기묘한 아르바이트」가 입선하여 데뷔하게 된다. 문학평론가 히라노 겐(平野健)과 에토 준(江藤 淳)의 격찬 속에 같은 해 「사자(死者)의 잘난 척」을 발표했다. 두 소설의 문제의식과 주제는 상당 부분 겹친다. 오에 겐자부로는 '늦게 온 청년'이라는 세대적 표상을 내세웠다. 그는 "폐쇄 상황에서 서식하는 실감"과 "무력감에 끌려다니는 작업"[54]으로 청년세대의 무의식을 담았다.

두 소설의 주인공은 모두 대학병원에서 아르바이트를 하는 대학생이다. 「기묘한 아르바이트」의 주인공 '나'는 대학병원에서 개 150마리를 도살하는 아르바이트를 하게 된다. 개들은 대학병원에서 실험용으로 기르고 있었는데 예산 문제에 부딪히자 병원 당국

---

53 오에 겐자부로, 「삶의 습관」, 같은 책, 739쪽.
54 호쇼 마사오 외, 고재석 옮김, 『일본 현대 문학사 하』, 문학과지성사, 1998, 81쪽.

은 도살을 결정한다. '나'는 여학생과 대학원생, 개장수와 팀을 짜고 도살 아르바이트를 시작한다.

개들은 몹시 지저분했다. 온갖 종류의 잡종이 거의 다 모여 있는 듯했다. 그런데 그 개들이 서로 굉장히 닮아 있다는 게 신기했다. 대형견에서 소형 애완견까지 또한 대부분을 차지하는 중간 크기의 비슷비슷한 잡종 개들이 말뚝에 묶여 있었다. 도대체 어떤 점이 닮은 것일까? 나는 개들을 살펴보았다. 모두 볼품없는 잡종인 데다가 바싹 말랐다는 점이 닮았나? 말뚝에 묶인 채 적의라는 감정을 완전히 잃어버린 점일까? 우리도 저렇게 될지 모른다. 적의라는 감정은 완전히 잃어버린 채 무기력하게 묶여 서로서로 닮아가는, 개성을 잃어버린 애매한 우리, 우리 일본 학생. 그러나 나는 정치에 대해서는 별로 관심이 없었다. 나는 정치를 포함해서 대부분의 일들에 있어 열중하기에는 너무 젊었든가 너무 늙었다. 나는 스무 살이었다. 기묘한 나이였고 완전히 지쳐 있었다. 나는 개들의 무리에 관해서도 금방 흥미를 잃었다.[55]

'나'는 개들을 익숙하게 도살하는 개장수를 보고 놀라지만 이내 도살 작업에 익숙해진다. 누군가를 비난하거나 개들을 동정하며 감정을 소모하지 않겠다고 다짐하면서 작업에 속도를 낸다.

---

55 오에 겐자부로, 「기묘한 아르바이트」, 같은 책, 11~12쪽.

한국전쟁과 타자의 텍스트

나는 격하게 분노하지 않는 습관이 있었다. 나의 피로는 일상적인 것이었고 개백정의 비열함에 대해서도 분노는 그다지 부풀어 오르지 않았다. 끓어오르려던 분노는 금세 시들었다. 나는 친구들이 하는 학생운동에도 참여하지 않았다. 정치적인 것에 관심이 없는 탓이기도 했지만 결국 나에게는 분노를 지속해서 유지할 에너지가 없다는 게 가장 큰 문제였다. 때로는 그런 나 자신이 안타까웠지만 분노를 회복한다는 것은 너무나 피곤한 일이었다.[56]

그러나 개 도살 작업은 절반 정도 진행된 상황에서 끝난다. 경찰은 영국인의 항의를 접수하자 도살을 중지시키고 개장수를 끌고 간다. 개장수는 고깃집에 개를 팔아넘기던 브로커였다. 무의미한 도살 작업이 끝나고 '나'는 대가도 받지 못하게 된다. '나'는 개를 죽이러 왔지만 살해된 것은 자기라고 말한다. 그 말을 들은 여학생은 이렇게 응수한다. "개는 살해되어 쓰러져 가죽이 벗겨져 나가지. 그런데 우리는 살해되어도 이렇게 돌아다녀. 그러나 가죽은 벗겨졌다는 거지."

이 소설은 1950년 중반 일본 청년들의 적실한 알레고리다. 오에 겐자부로의 세대가 유년 시절에 겪은 군국주의는 무너졌지만, 그 공백을 채운 것은 과거에 대한 망각과 먹고사는 일에 몰두하는 '일상'이었다. 과도기를 통과하던 청년들은 열정을 분출할 출구를

---

56   오에 겐자부로, 「기묘한 아르바이트」, 같은 책, 13쪽.

찾지 못했다. 전쟁에 패배하자 비로소 민주주의 사회가 열렸지만, 일본을 폐허로 만든 자들은 여전히 권력을 쥐고 있었고, 미국의 점령기와 한국전쟁 시기를 통과하면서 일본 사회는 (오오카 쇼헤이가 『포로기』에서 풍자했듯이) '안락한 수용소'와 같았다. 청년들은 '천황제 민주주의' 혹은 '냉전 민주주의'를 불신했다. 반면 국가는 청년들에게 단지 성실한 소비자와 납세자가 될 것을 종용했다. 이런 상황에서 청년들은 무기력함에 빠졌다. 「기묘한 아르바이트」를 발표하고 청년 작가로 각광 받던 오에 겐자부로는 두 번째 소설 「사자의 잘난 척」을 발표하는데, 이 소설에는 대학병원에서 시체를 옮기는 아르바이트를 하는 청년이 등장한다. '짖지 않는 개'의 알레고리는 '시체'의 알레고리와 흡사하다.

나는 군인의 허리를 밀치고 번호표를 집어 들었다. 군인은 어깨를 알코올용액에 푹 처박더니 떠오르기 전에 천천히 회전했다.

― 전쟁에 관해서 아무리 확고한 관념을 가진 인간이라도 나만큼 설득력은 없을걸. 나는 살해된 그대로 죽 여기 보존되고 있으니까 말이야.

나는 군인의 옆구리에 있는 총상 흔적이 그곳만 주위보다 두툼하게 부풀어 올라 시든 꽃잎처럼 변색된 것을 보았다.

― 전쟁 때 너는 아직 어린애였겠지?

긴 전쟁 동안 나는 죽 성장했어. 나는 생각했다. 전쟁이 끝나는 것만이 불행한 일상의 유일한 희망인 것만 같은 시기에 성장해왔다.

그리고 그 희망의 징조가 범람하는 가운데 나는 숨이 막혀 죽을 것만 같았다. 전쟁이 끝나고 그 시체가 어른의 배 속 같은 마음속에서 소화되고, 소화가 불가능한 고형물이나 점액이 배설되었지만, 나는 그 작업에 참여하지 않았다. 이윽고 우리의 희망이라는 것도 흐지부지 녹아버렸다.[57]

시체를 옮기는 작업은 곧 오류가 지적되어 작업을 처음부터 다시 시작해야 하는 상황이 된다. 시체들은 철저하게 화물처럼 취급된다. 전쟁을 겪었기 때문에 병원의 실험용 시체는 넘쳤다. 그 시체들은 소독액에 담긴 채 오래 방치되었는데, '나'는 그 시체들이 자신을 비웃는 것 같다고 느낀다. 30년 넘게 시체보관소를 관리하면서 다양한 죽음을 목격한 관리인은, 요즘 청년들이 열정과 생동감이 없다면서 질책한다. '나'는 관리인에게 희망 같은 것이 무엇을 의미하는지 모르겠다고 대꾸한다.

"나는 희망 같은 거 품고 있지 않아요." 내가 조그만 소리로 웅얼거렸다.

"희망을 가지고 있지 않다면," 관리인이 버럭 소리를 질렀다. "뭐하러 학교 같은 데는 다니나? 이 학교가 보통 들어오기 힘든 덴가? 그 학교에 들어와 이런 아르바이트까지 하면서 뭐 하러 공부를 하느

---

57   오에 겐자부로, 「사자의 잘난 척」, 같은 책, 42~43쪽.

냐고?"

우중충한 색깔의 입술을 부들부들 떨며 그 양 끝에 허연 거품을 물고 나를 노려보는 관리인의 지친 얼굴을 보면서, 드디어 귀찮은 상황이 벌어졌구나 하는 생각이 들었다. 언제나 이런 데 조금만 깊숙이 개입하다 보면 뭔가가 꼬인다. 설득할 수는 없다. 특히 이런 종류의 남자를 이해시키기란 매우 어려운 일이다. 게다가 남자를 이해시킨다고 무슨 득이 있을 것인가. 이런 남자를 설득하기 위해 머리가 어질어질해지도록 토론을 한다 해도 나는 나 자신에게 바로 돌아올 뿐이다. 그리고 스스로가 심하게 애매하고, 우선 자신을 설득해야 하는 귀찮은 일이 방치되어 있음을 깨닫고, 어쩌지 못하는 만성 소화불량 같은 감정에 빠지고 만다. 손해 보는 쪽은 언제나 나다.

"엉? 도대체 어떻게 된 거야? 자네가 지금 절망했네 어쩌네 할 나이도 아니잖아. 변덕스러운 여학생 같은 소리를 해서 어쩌겠다는 거야?"

"그런 게 아니라," 나는 자신을 잃어버렸다. "굳이 희망을 품어야 할 이유가 없단 말이지요. 나는 생활도 성실하게 하고 공부도 열심히 하거든요. 그리고 어쨌든 매일 충실하게 살고 있어요. 게으른 편이 아니니까 학교 공부를 착실히 하다 보면 시간도 잘 가고 매일 수면 부족에 시달리긴 하지만 성적도 잘 받고 있다고요. 그런 생활에는 희망은 필요 없어요. 나는 어렸을 때 말고는 특별히 희망을 품어본 적이 없고 그럴 필요도 없었어요."[58](강조는 인용자)

---

58 오에 겐자부로, 「사자의 잘난 척」, 같은 책, 57~58쪽.

한국전쟁과 타자의 텍스트

한국전쟁 이후 도래한 '1955년 체제'[59]에서 일본 청년들은 "반동적인 안정기"를 살아간다. 미국에 대한 청년세대의 감정은 복잡했다. 전시 중 학교에서는 미국을 '강간과 살육'의 이미지로 교육했다. 패전 직후 미국은 '민주주의'와 '풍족함'을 상징하는 이미지로 바뀌었다. 그러다가 한국전쟁이 벌어지자 '살육자'의 이미지가 덧붙여졌다. 청년들은 변화를 외쳤지만, 무기력했다. 그들이 과거보다 경제적으로 훨씬 풍족한 청년기를 보낼 수 있었던 것은 바로 미국 달러의 힘이었다.

오에 겐자부로는 소설 「후퇴청년연구소」(1960)에서 그 시기를 살아가는 청년들을 연구하는 미국인을 돕는 한 청년을 묘사한다. 한국전쟁이 끝나고 일본에 파견된 미국 젊은 학자 '미스터 골슨'은 일본 청년들의 허무와 상처를 분석한다는 이유로 '후퇴청년'을 구한다는 광고를 낸다. 골슨의 조수인 '나'는 학교에서 열심히 연구 대상에 적합한 학생을 모집하지만 결과는 신통치 않다.

그 시기는 한반도 전쟁이 끝난 후 상당히 반동적인 안정기였던, 학생운동에 있어서도 중도에 시들해진 에어포켓과 같은 한 시기로

---

59 1955년 이후 보수 성향 여당인 자유민주당과 진보 성향의 야당인 일본사회당이라는 양당 구조가 형성된 정치체제를 말한다. 자유민주당 정권이 오래 이어졌고, 1960년 안보투쟁으로 사회당과 대립이 격화되기도 했지만 다른 아시아 국가보다 상대적으로 정치적인 안정기에 접어들었다.

학생들은 그 사회적인 관심을 소비에트 민요를 합창하는 것으로 보상하고 있었으며 2, 3년 전의 학생운동이 한창 격렬했을 때 상처 받은 학생들이 복학해 우울하고 침울한 나이 많은 학생으로서 그 상처 자리를 핥아보던 시기였다.[60]

'나'는 일본 학생들의 허무와 한국전쟁의 의미를 "미국적인 방법"으로 연구하려는 골슨에게는 관심이 없다. 그저 학생들을 인터뷰하려고 노력할 뿐이다. 골슨의 연구가 지체되자 미국 연구소에서는 데이터가 빈약하다는 질책성 우편이 도착한다. 자신의 경력에 흠집이 날 것을 우려한 골슨은 '나'와 타이피스트 여대생과 함께 특단의 대책을 강구한다. '나'는 학생들이 찾아오기를 기다리지 말고 골슨이 원하는 특정한 심리를 '연기할 청년'을 구하자고 건의하고, 학생 'A'를 고용한다. 골슨은 A군을 인터뷰하여 만든 연구 자료를 신문사에 넘긴다. 신문에 보도된 A군의 이력은 이렇다.

'A'군은 일본공산당 동대(東大) 세포의 멤버였는데 동료로부터 스파이 혐의를 받아 감시받고 고문을 당해 새끼손가락을 두 번째 관절부터 절단당했다. 그리고 사랑하는 연인으로부터 버림받고 세포로부터 제명당한 후 심경의 변화를 일으켜 모토후지(木富土署) 경관에게 정보를 제공했다. 그러나 학생운동을 탈퇴한 A군의 정보는

60 오에 겐자부로, 이유영 옮김, 「후퇴청년연구소」, 『잔혹한 계절, 청춘』, 소담출판사, 2005, 82쪽.

유효하지 않아 스파이로도 불합격, 현재 A군은 고독한 학생 생활을 보내고 있다. 그는 자신을 좌절감 속으로 몰아넣은 유일한 원인이었던 과거의 동료를 증오하고 있는데 스파이 혐의의 시작은 배신한 동료의 밀고에 의한 것인 듯싶다. 미스터 골슨은 A군에게 일본 좌익 학생의 후퇴의 한 전형을 보고 있다.[61]

A군은 '나'에게 인터뷰는 단지 '고백하는 게임'이었을 뿐인데 신문에 얼굴이 실리는 바람에 생활에 지장을 받고 있다고 항의한다. 그러나 골슨은 좌익 학생의 좌절감을 분석한 연구 업적을 인정받아 유럽의 연구소로 자리를 옮겨버렸고, 정정 기사는 보도되지 않았다. '나'는 인터뷰 내용처럼 A군의 새끼손가락이 실제로 절단되었다는 사실을 알게 된다. 절단된 새끼손가락은 어쩌면 A의 고백이 실제일지도 모른다는 예측을 가능하게 한다. A군의 사연은 당시 일본 좌익의 활동과 좌절, 청년들의 우울증을 대변한다.

1922년 야마카와 히토시(山川均) 등을 중심으로 설립된 일본공산당은 1922년 코민테른에 가맹하고 본격적인 활동을 시작했지만 만주 침략과 중일전쟁 시기에 발동된 치안유지법으로 일본공산당은 거의 와해 수준에 이르렀다. 일본을 점령한 미군이 정치범들을 석방하는 과정에서 풀려난 도쿠다 규이치(德田球)를 서기장으로 내세우면서 일본공산당은 재건된다. 일본공산당은 천황제 타

---

61 오에 겐자부로, 「후퇴청년연구소」, 같은 책, 99쪽.

도와 인민공화국의 수립을 기치로 내걸었고 여기에 다수의 재일조선인들도 동참했다. 그러나 일본공산당은 미군을 해방군으로 맞이했는데, 그것은 소련을 비롯한 다른 공산주의 국가들의 노선과 배치되었다. '점령 상태에서의 평화 혁명'이라는 독특한 노선은 '천황제 민주주의'라는 말처럼 모순된 것이었다. 1946년 총선거에서 35석의 의석을 확보하면서 일본공산당은 전후 일본의 대안 세력으로 자리매김한다. 그러나 한국전쟁은 일본공산당의 확장에 치명타를 가한다.

점령 상태의 평화 혁명이라는 노선은 코민테른에 의해 기회주의적이고 우경화된 발상이라는 비판을 받았고 미국도 적색분자들을 색출하여 공직을 박탈하는 '레드 퍼지(Red purge)' 정책을 시행했다. 1951년 1월 맥아더가 일본과 강화조약 체결, 일본의 재무장을 천명하자 일본공산당은 거기에 대항하여 무장투쟁을 선언한다. 이들은 마오쩌둥(毛沢東)이 중국 공산혁명 과정에서 시도한 농촌 중심의 무장봉기를 모방했지만 도시화된 일본에서는 맞지 않는 방법이었다. 공산당의 군사적 모험주의는 전후 일본 사회에서 지지를 받지 못했다. 샌프란시스코강화조약 이후 실시된 총선거에서 공산당은 모든 의석을 상실했고, 1955년 7월에는 군사노선을 포기하게 된다. 이렇듯 한국전쟁을 계기로 전후 일본 사회운동의 중심을 구축했던 일본공산당의 세력은 힘을 잃었다. 1950년대 후반부터는 일본공산당 내에 학생운동 세력은 당과 다른 노선을 표방하고 분리된다. 학생운동 세력은 나중에 1960년대부터 전개된 '안보투쟁'

한국전쟁과 타자의 텍스트

과 '전공투'에서 폭력 투쟁의 방식으로 흐름을 주도하게 되었다.[62]

「후퇴청년연구소」에서 미국 연구원의 업적을 위해 '고백 게임'을 벌인 A군의 모습에는 한국전쟁 이후 대안 세력으로의 힘을 잃은 공산당의 상황, 구심점을 잃은 학생운동, 일본공산당 주류와 분열한 학생운동 그룹의 갈등이 집약되어 있다. 「후퇴청년연구소」에 언급된 것처럼 1950년대 '반동적 안정기'에 많은 일본인들의 생활과 내면 사이에는 다양한 균열이 존재했다.

오에 겐자부로의 「세븐틴」(1961)에 등장하는 '나'의 가족은 당시 일본의 세대 갈등을 담고 있다. 태평양전쟁 시기 천황을 추앙하면서 전쟁에 동참했던 '나'의 아버지는 고등학교 교장이다. 전쟁이 끝난 후 '천황' 대신 '미국식 합리주의와 개인주의'로 전향한 아버지는 자식들에게 큰 간섭을 하지 않는다. 전쟁 후 안정기에 이르자 어머니는 그저 먹고사는 것만 챙길 뿐이다. 20대 초반인 '나'의 누나는 새로 창설된 자위대 부속병원에서 간호사로 일한다. 좌파 계열 학교에 다니는 '나'는 그런 가족들이 마음에 들지 않는다. '나'의 눈에 천황과 그 가족들은 '세금 도둑'으로 보일 뿐이다. '나'는 자위대도 그저 천황을 보필하는 시대착오적인 집단에 불과하다고 생각한다. 이런 '나'와 자위대 병원에서 근무하는 누나는 당연히 충돌한다. 누나와 '나'의 대화는 당시 평범한 일본인들이 생각이 어

떠했는가를 잘 보여준다. '나'의 누나는 보수당과 자위대와 미국을 연결하는 일본 보수의 사고방식을 답습한다.

"자위대가 어째서 세금 도둑이야? 만약에 자위대도 없고 미국 군대가 일본에 주둔하지 않았다면 일본의 안전은 어떻게 되었을 것 같니? 그리고 자위대에서 일하는 농촌의 차남, 삼남들은 자위대가 없었다면 어디에 취직을 할 건데?"

(…)

"그런 건 다 겉으로만 그러는 거지. 자민당 놈들이 국민을 속이려고 언제나 지껄이는 소리잖아." 나는 짐짓 허세를 부리며 콧방귀를 뀌는 자세로 말했다. "머리가 단순한 놈들이 하는 소리지. 그렇게 해서 세금 도둑에게 당하는 거야."

"(…) 지금 일본에 주둔한 외국 병력이 철수하고 일본의 자위대도 해체되어 일본 본토가 군사적 진공 상태가 된다면, 예를 들어 남한과의 관계 같은 게 일본에게 유리하게 돌아갈 것 같니? 이승만 라인 (1952년 이승만이 해양주권 선언에 의하여 한반도 주변 수역에 설정한 경계선) 근처에는 지금도 일본 어선이 붙잡혀 있단 말이야. 만약에 어떤 나라가 작은 군대라도 동원해서 일본에 상륙하는 일이 생겼을 때 군사력이 전혀 없다면 어떻게 대응하겠어."

"그거야 유엔에 부탁하면 되잖아. 그리고 남한 문제는 별도로 하고, 어떤 나라의 작은 군대라는 거 그거 아주 상습적으로 써먹는 말이잖아. 일본에 어떤 나라가 군대를 상륙시키겠어? 가상적국이란 건

한국전쟁과 타자의 텍스트

없다고."

"(…) 한국전쟁에서도 그렇고 아프리카 구석에서 일어나는 전쟁에서도 보았듯이 유엔군이 개입하는 건 일단 전쟁이 일어난 다음의 이야기야. 일본 땅에서 전쟁이 사흘만 계속된다면 많은 사람이 죽게 될 거야. 나중에 유엔군이 와봤자 죽은 사람에게는 무슨 의미가 있겠어? (…) 만약에 미국 군대가 철수한다면 좌익에서 불안을 상쇄하려고 소련 군대를 기지로 불러들이지 않겠어? 나도 기지의 미군들과 접촉할 때가 있어. 아주 가끔이긴 하지만 어쨌든 너보다는 많지. 그때마다 역시 외국 군인들이 일본에 주둔하는 건 좋지 않다는 생각이 들어. 자위대가 좀 더 충실해지는 편이 낫다는 생각을 하게 된다고. 그리고 자위대는 농촌 젊은이들의 실업 구제책도 되잖아."

"현재의 보수당 내각이 정치를 못 하니까 농촌 젊은이 실업 사태가 일어난 거잖아. 정치가 잘못해서 만들어낸 실업자를 다시 나쁜 정치를 위해 이용하는 꼴이 아니냐고!" 나는 흥분해서 소리를 질렀다.

"그렇지만 전후 회복과 경제 발전은 그 나쁜 정치를 한다는 보수당 내각이 추진해온 거야." 누나는 전혀 흥분하는 기색도 없이 차분히 대꾸했다.

(…)

"현재 일본의 번영이라고? 제기랄! 선거에서 보수당 찍은 사람들도 다 똥이나 먹으라고 그래. 정말 혐오스럽다!" 나는 소리를 질렀다. 눈물이 흘러내렸다. 자신이 아무것도 모르는 바보처럼 여겨져 말할 수 없이 분했다.

"이따위 일본, 망해버려라! 그런 일본인은 모두 뒈져라!"[63]

누나의 말에 '나'는 반박할 지식이 없다. 열일곱 살인 '나'의 유일한 낙은 바로 '자위'다. 분노를 참지 못한 '나'는 누나의 얼굴을 발로 차버리고 방에 들어가 자위에 몰두한다. 학교 시험을 망치고 대입 체력시험에서도 여학생들 앞에서 망신을 당한 '나'는 스스로를 초라하고 상처 받은 짐승 같다고 여긴다. 실의에 찬 나날을 보내던 '나'는 젊은 사람들에게 별로 인기가 없는 우익들의 집회에 돈을 받고 참가하는 아르바이트를 하게 된다. 집회 현장에서 유독 어린 나이인 '나'는 사람들에게 주목을 받게 된다. 자신에게 사람들의 시선이 집중되자 '나'는 이상한 환희를 느낀다.

나는 갑자기 환희에 휩싸여 몸이 부르르 떨렸다. 그렇다, 나는 '우익'이다. 나는 갑자기 환희에 휩싸여 몸이 부르르 떨렸다. 나는 비로소 진정한 나를 만난 것이다. 나는 '우익'이다! 나는 여자들을 향해 한 걸음 내디뎠다. 여자들은 서로 몸을 껴안고 겁에 질려 작은 소리로 자기들끼리 종알거렸다. 나는 여자들과 그 주위의 남자들 앞에 버티고 서서 말없이 적의와 증오로 불타는 눈길로 그들을 노려보았다. 모든 사람의 시선이 나에게 집중되었다. 나는 '우익'이다! 나는 타인들과 정면으로 대치하면서도 전혀 기죽지 않고 얼굴도 빨게

---

63 오엔 겐자부로, 「세븐틴」, 같은 책, 202쪽.

지지 않는 새로운 자신을 발견했다. 지금 타인들이 보고 있는 건 자위로 성기를 질펀하게 적신 푸성귀 줄기처럼 시든 가련한 나, 불쌍하게 벌벌 떠는 고독한 세븐틴이 아니었다. (…) 나는 그 순간 내가 연약하고 왜소한 자신을 견고한 갑옷으로 감싸 타인의 시선을 영구히 차단해버렸다는 걸 깨달았다. '우익'이라는 갑옷이다![64]

천황과 자위대를 세금 도둑으로 부정하고 일본의 재무장을 비판하던 '나'는 타인의 인정과 관심을 받으면서 갑자기 '우익 청년'으로 돌변한다. 천황을 숭배하다가 미군 점령기에 갑자기 '민주주의자'로 전향한 다음 전쟁의 책임을 외면했던 기성세대의 모습을 뒤집은 설정이다. 「세븐틴」의 후속작인 「정치소년 죽다」에서는 동일한 연배의 소년인 '나'가 천황을 성적인 대상으로 상정하고 자기 정체성을 회복하려는 모습이 나온다. 오에 겐자부로는 이 두 소설로 우익 세력의 살해 위협을 받았고 출판사도 테러 위협에 시달렸다. 「세븐틴」이 발표된 1961년 1월은 1960년 안보조약으로 야기된 '안보투쟁'[65]과 '아사누마 사건'[66]으로 일본 사회가 들썩이던 시

---

64 오엔 겐자부로, 「세븐틴」, 같은 책, 249쪽.

65 1951년에 체결된 안보조약은, 1958년경부터 자유민주당의 기시 노부스케(岸信介) 내각에 의해 개정 교섭이 이루어져 1960년 1월에 기시 이하 전권단이 방미, 대통령 드와이트 아이젠하워(Dwight D. Eisenhower)와 회담하여 신안보조약의 체결과 아이젠하워 대통령의 일본 방문에 합의하였다. 6월 19일 신조약이 체결되었다. 신안보조약은 내란에 관한 조항의 삭제, 미·일 공동 방위의 명문화(일본을 미군

기였다.

이 지키는 대신, 주일미군에 대한 공격에 대해서도 자위대와 주일미군이 공동으로 방위 행동을 취함), 재일미군의 배치, 장비에 대한 양국 정부의 사전 협의 제도 설치 등, 안보조약을 단순히 미군에 기지를 제공하기 위한 조약에서, 미·일 공동방위를 위한 평등한 조약으로 개정한 것이었다. 기시 총리가 귀국하여 신조약의 승인에 대한 국회 심의를 행하자, 안보조약 폐기를 내세운 사회당의 저항을 받게 된다. 또 체결 전부터 개정에 의해 일본이 전쟁에 휘말릴 위험이 늘어나리라는 염려 때문에 반대운동이 고조되고 있었다. 스탈린주의자들의 비판을 받고 공산당을 탈당한 급진파 청년 학생이 1958년에 결성한 공산주의자동맹(분트)이 주도하는 전일본학생자치회총연합(전학련)은 '안보(조약)를 쓰러뜨리는가, 분트가 쓰러지는가'를 내세워 총력을 다해 반안보 투쟁에 몰두했다. 또한 2차 세계대전이 끝난 지 얼마 지나지 않아 반전 여론이 강했던 것과 도조 히데키(東条英機) 내각의 각료였던 기시 노부스케 본인에 대한 비난 여론이 있었던 것도 영향을 미쳐, '안보조약은 일본을 미국의 전쟁에 말려들게 하는 것'이라는 여론이 형성되었다. 이에 기대어 진보정당인 사회당이나 공산당이 역량을 조직해 전력 동원하는 것으로 운동의 고양을 꾀했고, 일본노동조합총평의회(총평)를 중심으로 '안보조약 반대'를 내세운 시한 파업을 관철시켰지만, 전학련의 국회 돌입 전술에서는 상반된 입장을 취했다. 특히 공산당은 '전학련=극좌모험주의의 트로츠키주의 집단'으로 규정하여 강하게 비난하였다. 한편, 전학련 측은 기성 정당의 온건한 시위를 '향 피우는 데모(焼香デモ)'라고 비판하였다.

66 1960년을 전후로 일본은 미일안전보장조약의 개정을 둘러싼 정치권의 대립과 좌익을 중심으로 한 전학련과 우익의 대립으로 인해 정국이 극도의 혼란으로 치닫게 된다. 그리고 이러한 사회 혼란이 정점에 이른 1960년 10월 12일, 아사누마 이네지로(浅沼稲次郎) 당시 사회당 위원장이 우익의 흉기에 찔려 사망한 이른바 '아사누마 사건'이 일어난다. 암살을 자행했던 야마구치 오토야(山口二矢)의 나이는 불과 17세였다. 오에 겐자부로는 17세 어린 소년의 테러를 보고 「세븐틴」과 「정치소

안전보장과 경제부흥이라는 논리 안에서 천황제 지속 여부를 따지는 문제 제기가 무력화되어버린 현실은 그 자체로 천황제에 대한 전후 일본 대중들의 인식의 변용을 보여준다. 전후 일본이 군국주의와 단절하며 내세웠던 전후적 가치는 '경제부흥=보수당=자위대=미국'으로 연결되는 경제와 안보를 바탕으로 경제 특수를 활용하는 경제부흥론으로 대체되었다. 「세븐틴」이 보여주는 이런 논리는 우익 소년인 '나'의 내면적인 방황이 단순히 개인적인 차원이 아니라 전후 일본 사회의 변용 과정임을 압축적으로 보여준다. 오에 겐자부로가 아사누마 사건의 우익 소년을 모티프로 한 주인공 '나'의 가족 설정과 그 사고방식에 경제부흥론을 끌어들이고 있는 것은 궁극적으로 우익 소년이 상징하는 바와 같이 천황제를 정점으로 한 초국가주의가 경제부흥론과 함께 급속히 전후 일본인들의 의식에 침투했음을 보여준다.[67] 경제부흥론을 바탕으로 일본의 우익은 거듭 세력을 넓혔고, 오늘날 '재특회'와 극우단체가 활발히 활동할 수 있는 토대가 되었다. 한국전쟁은 일본의 우익들의 사고 구조의 토대인 '경제부흥=보수당=자위대=미국'이라는 연결고리의 핵심인 '경제부흥'을 견인했다.

년 죽다」에서 일본 우파의 내면을 한 소년의 모습을 통해 형상화했는데 우익단체로부터 살해 위협에 시달렸고, 2014년에 펴낸 자신의 전집에서도 성적인 이미지로 천황제를 풍자한 「정치소년 죽다」를 제외하고서 출간해야 했다.

67 유승창, 「아사누마 사건과 오에 겐자부로 문학의 전후인식」, 『일본학』 29권, 동국대학교일본학연구소, 2009, 256쪽.

5. 디아스포라의 목소리: 재일조선인들과 한국전쟁

패전 직후 일본이 겪은 경제난과 식량난은 심각한 사회불안을 낳았다. 패전한 이후에도 일본에는 조선, 중국, 타이완 등에서 건너온 사람들이 남아 있었다. 그들은 해방된 고향으로 돌아가야 했지만 일본 각지에 흩어진 그들을 모두 되돌려 보내는 것은 어려웠다. 특히 일본이 중국 대륙과 태평양 각지의 섬에 징병으로 끌고 간 자들을 일본 본토인과 구분하는 것은 쉽지 않았고 상당수가 전쟁포로로 취급되었다. 또한 일본 각지의 공장과 광산에 동원된 인부들은 전쟁이 끝난 후에도 상당 시간 일본에 잔류했다. 이 시기 일본 내에서는 식민지로 지배했던 지역의 사람들에 대한 혐오와 차별이 커졌다. 오사카시 히가시구에 주소를 둔 한 관리가 미군이 일본에 진주한 뒤 두 달밖에 되지 않은 시점에서 '현재의 문제점과 해결책'을 그 내용으로 하는 편지를 맥아더 사령부에 보냈다. 그는 그 편지에서 현재의 식량 부족 원인이 조선인에게 있다고 주장한다. "조선인은 일본인의 4배를 먹고, 이들이 암시장의 반 이상을 차지하는 것도 그 때문"이라는 것이다. 그는 "조선인 200만 명이 일본인 800만 명이 먹을 수 있는 식량을 먹어치우므로" 조선인들을 조속히 귀환시켜야 한다고 주장한다. 또 '식량 부족인'이라는 가명으로 쓴 1947년 2월의 한 편지는 "100만 명의 조선인을 돌려보내면 식량 부족을 완화할 수 있을 것이고, 범죄도 줄어들 것"이라고 주장한다. 조선인과 일본인의 신체적·생리적 차이를 패전 직후 일본의 식량 부족과 조선인들의 암시장 관여 원인으로 꼽은 것은 지금 시점에서 보면 쓴웃음을 짓게 만들지만 그는 그렇게 밥통이 큰 조선인들을 왜 대규모로 강제 동원해서 일본의 광산과 공장에서 배를 곯게 만들었는지 그 이유는 설명하지 않았다.[68] 이처럼 패전 이후에도 일본에 남아 있던 조선인들은 멸시와 차별의 대상이 되었다.

전후 일본 열도 내에서 최대 규모의 '소수민족'이 된 재일조선인 사회는 당시 상징 천황제를 중심으로 재편 중인 일본 국민의 경계 바깥으로 설정된 집단이었다. 즉, 재일조선인들은 구 식민지인들에 대한 재빠른 망각을 토대로 성립한 전후 국민화 프로세스의 음화(negative picture)인 한편, 잇따른 '레드 퍼지'와 안정적인 반공 무드의 확산이라는 측면에서도 미군정과 일본 정부가 주도한 대(対) 마이너리티 정책의 핵심 타깃이 된 집단이었다.[69]

200만 명 이상이었던 재일조선인들은 독립 이후 140여만 명이 귀국했고 60만여 명 정도가 일본에 남게 되었다. 이 시기 재일조선인들은 '난민'과 '국민' 사이에서 애매한 정체성을 지닐 수밖에 없었다. 한반도에 진주한 미국과 소련, 일본을 통치하는 연합국최

---

68 정용욱, "정용욱의 편지로 읽는 현대사 - '조선인 때문에 식량 부족' 일본의 재일조선인 때리기", 『한겨레』 2019년 3월 3일 자.

69 장세진, 「귀화의 에스닉 정치와 알리바이로서의 미국」, 『현대문학의 연구』 45권, 한국문학연구학회, 2011, 40쪽.

고사령부의 입장에서도 이들은 복잡한 존재였다. '패전국민'이면서도 '해방인민'이라는 이중적인 층위를 지닌 집단이었기 때문이다. 1947년 5월 2일 일본 정부는 외국인 등록령 시행을 공포해서 일본 내 외국인들을 본격적으로 관리하기 시작했다. 냉전이 시작되면서 일본 정부는 연합국최고사령부의 노골적인 반공 정책에 호응했다. 일본 정부는 출입국 관리 강화를 통해서 공산주의 계열의 재일조선인을 색출하고 감시하기 시작했다. 이 시기 한반도의 남쪽 지역을 장악한 미군도 제주도와 여수·순천에서 벌어진 반정부 활동 진압에 깊숙하게 개입했고 일본의 가장 큰 재일조선인단체인 '재일조선인연맹'의 활동을 한반도 반정부 활동과 연계되었다고 간주했다. 수많은 재일조선인들이 빈번하게 불법 이민자로 낙인찍혀 사세보 항 근처의 하리오수용소나 오무라수용소로 이송되었고 조선으로 강제 송환을 기다리는 처지로 전락했다.

　일본 사회에서 소수자로 내몰린 재일조선인들의 활동은 크게 위축될 수밖에 없었다. 더구나 일본 정부의 반공 정책은 조총련(재일본조선인총연합회)에 가담한 조선인들의 활동을 억압했다. 재일조선인 2세인 이실근(1929~)의 경우가 대표적이다. 이실근은 일본에서 중학교 재학 중 태평양전쟁기에 국립 철도회사의 노동자로 근무하게 된다. 그러다가 '육군소년항공병모집' 포스터를 보고 일본 육군의 항공대에 지원한다. 조선인이었지만, 조선에 대한 기억이 전혀 없던 재일조선인 2세인 청년에게 허용된 입신의 방법은 군인이 되는 것이었다. 히로시마 인근에 거주하던 이실근은 1945년 8월 히로시마의 외곽에서 원자폭탄이 투하된 현장을 생생하게 목격했다.

> 내 눈에 비친 광경이 도무지 믿어지지 않아서 말문이 막혔다.
> 아버지도 창백해진 채 아무 말도 못 했다. 이제까지 열차로 몇 번
> 이고 지나가던 히로시마, 서일본 최대 도시 히로시마. 5일 밤, 그곳을
> 열차로 지나갈 때는 확실히 살아 있었던 히로시마의 거리, 그 전부
> 가 새까맣게 타버리고 없어졌다. 완전히 죽음의 거리, 폐허로 변해버
> 렸다. 코가 마비될 듯한 구린내가 주변을 에워쌌다.[70]

히로시마의 폐허는 일본에서 나고 자란 이실근이 각성하는 계
기가 되었다. 얼마 전까지 일본 육군항공병에 지원했던 소년의 삶
은 급격히 바뀌었다. 원자폭탄을 투하한 미국에 대한 격렬한 반감
이 생겼고, '내선일체'를 강요하면서 조선인들을 전쟁에 동원했다
가 패전 후에는 잠재적 범죄자로 취급하는 일본을 향한 저항 의식
이 싹텄다. 그 후 이실근은 조련(재일본조선연맹) 계열의 학교 '조선
중앙학원'을 마치고 공산당에 입당한다. 1950년, 한국전쟁이 발발
하자 그가 속한 일본공산당은 일본 정부와 미국의 감시를 받게 되
었다. 이실근과 동료들은 1950년 7월 대전전투에서 북한군의 포로
가 된 미군 딘(William Frishe Dean) 소장이 라디오에서 발표한 성
명문을 토대로 작성한 '삐라'를 뿌리다가 적발된다.

---

70 이실근, 양동숙·여강명 옮김, 『나의 히로시마』, 논형, 2015, 56쪽.

성명문이 평양방송 등의 미디어를 통해 일본에도 들어왔다. 짧은 방송 내용은 나를 흥분시켰다. 나는 몇 명의 동료와 함께 본래 지닌 '정의감'에서 성명을 일본어로 번역했다. 등사판을 찍어 수백 장의 삐라도 인쇄했다.

"미국의 전쟁은 부정의였다. 미국은 나쁜 놈이다. 딘 소장도 그렇게 고백했다."

그리고 만든 삐라를 거리의 영화관에서 뿌렸다.

전후 점령군 통제하에 있던 일본에서 이것은 분명한 범죄였다. 점령군이 하는 일에 반항하는 자는 '점령정책 위반'으로 검거된다. '칙령 311호 위반'이었다. 물론 위험은 충분히 알고 있었다. 그러나 그때 '사명감'에 불타던 나를 멈춰 세울 수 있는 것은 아무것도 없었다.[71]

이 사건으로 이실근은 일본 경찰에 체포되어 투옥되었다. 8년의 형기를 마치고 출옥한 이실근은 조총련에 들어가서 히로시마시 조선인 청년동맹위원장을 맡게 된다. 그 후 이실근은 일본의 식민 지배와 원폭 피해를 세계에 알리는 활동을 현재까지 이어오고 있다. 원폭 체험과 한국전쟁의 간접 체험이 천황의 군대에 들어가기를 희망했던 소년을 평화운동가로 변화시킨 것이다. 반면 이실근과 동갑인 김시종(1929~)은 일본의 패전 이후 한반도에서 일본으로 밀항한 경력을 지닌 조선인이었다. 1948년 제주도 남로당 빨치

---

71 이실근, 같은 책, 76쪽,

산의 연락책으로 4·3항쟁에 가담했다가 1949년 일본으로 밀항한 김시종은 재일조선인들이 모여 사는 오사카의 이쿠노에 정착하고 1950년부터 문필 활동을 시작했다. 김시종은 한국전쟁을 목도하면서 가까스로 식민 지배를 벗어난 한반도가 냉전의 구도 아래 희생되는 것에 분노했지만 재일조선인들은 전화(戰火)에 휘말린 한반도 앞에서 무력할 뿐이었다.

김시종은 재일조선인 문인인 양석일, 정인 등과 함께 1959년 『가리온』이라는 잡지를 창간하고 1966년부터 '오사카문학학교'에서 교편을 잡았다. 그가 일본에서 펴낸 시집 『지평선』(1955)에 수록된 시들은 대부분이 한국전쟁을 소재로 삼고 있다. 일본에 망명한 재일조선인으로서 조국에서 벌어진 전쟁을 보고 느낀 고통을 기록한 것이다. 당시 조련은 연합국최고사령부에 의해 폭력 단체로 규정되어 1949년 해산명령을 받은 상태였다. 그 후 1951년에 재일조선통일민주전선(민전)이 일본공산당 산하에 결성되었다. 민전은 일본공산당의 주도 아래 한국전쟁 시기 반대 투쟁을 전개했다.

그 대표적인 저항이 바로 '스이타 사건'이었다. 1952년 6월 24일, 오사카대 북쪽 캠퍼스 교정에서 '한국전쟁 2주년 전야제'로 오사카부 학생연합이 주최하는 '이타미 기지 분쇄, 반전·독립의 밤'이 개최되었는데, 이 집회에 모인 학생과 노동자, 그리고 조선인 등 약 900명은 이튿날 25일 오전 0시를 기해 스이타시로 향하여 국철 스이타 조차장을 지나 스이타역 부근까지 시위행진을 벌였다. 오사카의 미 공군기지에 전쟁 물자가 보급되는 것을 저지하려

는 목적을 지닌 시위였다. 111명이 소요죄 및 위력업무방해죄 등의
혐의로 체포되었다. 이 사건은 한국전쟁 기간에 재일조선인과 일본
공산당원들이 일으킨 반전 투쟁이었다.[72]

그러나 1954년 북한의 외무장관 남일(南日)이 재일조선인을
'공화국의 공민'이라고 선언하자 일본공산당은 민전을 포기하게
된다. 1955년 북한과 연계된 한덕수가 민전 해산과 재일본조선인
총연합회(조총련) 결성을 선언한다. 이때 김시종은 조선어를 사용
하고 사회주의 리얼리즘을 실현하라는 조총련의 지도에 반발하며
언어를 조선어로 바꾸고 조국을 찬양하는 것만으로 '유민의 기억'
은 사라지지 않는다고 역설했다. 식민의 기억과 전쟁의 참상, 재일
조선인 사회의 분열과 일본 정부와 미국의 탄압 등에 맞서 언어로
쏟아낸 저항의 기록인 김시종의 시들은 2018년에야 한국에서 출간
될 수 있었다.

> 당신은 꼭
> 그것을 지켜주겠지
> 품속 꿈의
> 천 개 파편 하나하나에
> 놈들을 증오하는 목소리가 있고
> 놈들을 넘어뜨릴 맹세가 있는 이상

---

72 니시무라 히데키, 심아정·김정은·김수지·강민아 옮김, 『'일본'에서 싸
    운 한국전쟁의 날들—재일조선인과 스이타 사건』, 논형, 2020, 39쪽.

당신은 반드시

굳게 살아 계시리라

당신은 많은

아이들의 시체를 안고 있다

당신은 많은

아이들의 생명을 안고 있다

사랑하는 품의 토지이기에

자신의 목숨이 묻힌 아이들이다

자신의 몸을 바쳐서 지뢰가 되고

자신의 몸을 버려서 요새가 된 아이들이다.

하지만 난 여기에 있다

바다를 사이에 두고 미 제국주의의 발판인 일본에 있다

제트기가 날아오르고 탄환이 만들어지는

전쟁 공범자인 일본 땅에 있다

눈을 딱 부릅뜨고 올려다 본 하늘 저편

모국의 분노는 격정의 불꽃을 피어올리고 있다

나를 잊지 않을 당신을 믿고서

나는 당신의 숨결과 어우러지며

맹세를 새롭게 눈물을 새롭게

내 혈맥을 당신만의 가슴에 바치리라―

　　― 김시종, 「품」 부분[73]

이실근이나 김시종과는 다른 선택을 한 재일조선인 작가도 존재했다. 식민지 시기부터 일본에서 활동했던 작가 장혁주(1905~1998)[74]는 종전 후 일본에 귀화했다. 식민지 시기 '친일작가'로 낙인이 찍혔던 장혁주는 태평양전쟁 종전 후 분열된 재일조선인들을 비판한다. 조선인들끼리 일본에서 공산주의자와 민족주의자가 뒤섞인 채 감정적으로 분열하는 모습이야말로 일본 사회에서 배제되는 요인이라고 비판한 장혁주는 재일조선인 사회와 거리를 두었다. 이 사실이 알려지자 남한의 지식인들은 크게 분노했다. 공산주의자들이 섞인 '조련'과 함께 이승만 정부까지 비판하는 뉘앙스를 감지했기 때문이다. 장혁주는 자신의 글을 반박하는 글[75]에 응답하지 않았고, 이를 계기로 조선 문단과 장혁주는 단절되었다.

그러나 한국전쟁이 발발하자 장혁주는 다시 한반도의 문제에 개입하게 된다. 1951년 7월과 1952년 10월, 두 차례에 걸쳐 일본 마이니치신문사의 후원으로 장혁주는 취재 명목으로 한국을 방문했다. 한국에 체류하면서 전쟁을 취재한 장혁주는 몇몇 르포 기사

---

73 김시종, 곽형덕 옮김, 『지평선』, 소명출판, 2018, 95~96쪽.

74 1905년 대구에서 출생한 장혁주는 1932년 일본 문예잡지 『개조(改造)』에 일본어로 쓴 소설 「아귀도(餓鬼道)」를 발표하여 일본 문단에 등단했다. 「아귀도」는 식민지 조선 농민들의 생활상을 그려 조선과 일본 양쪽에서 좋은 평가를 받았다. 이후 서울과 동경을 오가며 조선어와 일본어로 창작을 했다. 그러나 조선어로 쓴 작품들이 조선 문단에서 좋은 반응을 얻지 못하자 1936년 일본에 정착한 것으로 알려졌다. 그러다가 샌프란시스코강화조약 이후인 1952년 일본에 귀화했다.

75 조석제, 「장혁주의 '재일조선인 비판'을 반박함」, 『신천지』, 1950. 3.

와 소설을 썼다. 당시 한국 신문에는 장혁주의 취재 방문을 비난하는 기사[76]가 게재되기도 했다. 장혁주가 전쟁 취재 경험을 바탕으로 쓴 소설 『아, 조선(嗚呼朝鮮)』(1951)은 일본에서 높은 평가를 받았다. 『아, 조선』이 일본에서 높은 평가를 받은 이유는 이데올로기적인 편견에 휘둘리지 않고 남한과 북한의 전투 행위와 전쟁에 희생된 자들의 비극을 사실적으로 기록했기 때문이었다. 조선 국적을 포기한 일본인 신분이었기에 오히려 전쟁 시기에 강화된 검열의 제재를 피할 수 있었던 것이다.

『아, 조선』의 주인공 '성일'은 미국 유학을 꿈꾸는 남한의 엘리트 대학생이다. 전쟁이 터지고 서울이 북한 인민군에 점령당하자 성일은 의용군으로 강제 징집된다. 낙동강 전선까지 끌려간 성일은 무고한 양민들을 사살하는 데 동원된다. 이데올로기를 앞세워 양민까지 학살하는 인민군에 환멸을 느낀 성일은 유엔군의 인천상륙작전으로 인민군이 총퇴각하는 혼란을 틈타 민가로 숨어들어 탈출에 성공한다. 그러나 우익 청년들과 국군이 부역자 색출을 하는 과정에서 성일은 체포되고 만다. 국군에 끌려가던 성일은 이번에는 정반대의 광경을 목격한다. 성일은 국군이 부역자로 지목된 사람들을 적법한 절차 없이 무차별 처형하는 장면을 목격한다. 성일이 부역 죄목으로 처형될 찰나 국군 장교가 된 선배의 도움으

---

76 「장혁주, 유엔군 종군기자로 비밀리에 한국 방문」, 『서울신문』, 1952년 11월 2일 자.

로 위기를 넘기고, 이번에는 남한의 '국민방위군'에 징집된다. '국민
방위군'[77]에 징집된 청년들과 중장년 남자들 수만 명은 군대 간부
들의 예산 횡령 탓에 식량과 피복을 받지 못한 채 추위와 굶주림으
로 무더기로 죽어간다. 장혁주는 장정들을 이리저리 끌고 다니다
가 죽게 만든 이 실제 사건의 참상을 소설 속에서 사실적으로 묘
사하고 있다. 국민방위군 사건은 당시 이승만 정권의 부패가 적나
라하게 드러난 사건이었으나 전시의 언론통제로 제대로 보도되지
못했다. 아이러니하게도 장혁주는 국적을 포기하고 일본에 귀화한

---

77 이승만 정부는 청장년들이 인민군에 의용대로 지원하거나 끌려가는
   일을 막기 위해 1950년 12월 16일 '국민방위군설치법'을 제정했다. 이
   법은 '군경과 공무원이 아닌 만 17세 이상 40세 이하의 장정은 제2국
   민병에 편입하고, 제2국민병 중 학생이 아닌 자는 지원에 의해 국민방
   위군에 편입한다'는 것이 그 골자다. 즉 인적자원을 뺏기지 않기 위해
   국민방위군을 만들어 청장년층을 묶어두려 한 것이다. (…) 국민방위
   군의 최초 부대 이동이 1950년 12월 21일이었고 1951년 1·4후퇴로 그
   속도가 빨라졌으니 국민방위군의 행군 시기는 혹한기 중에서도 가장
   추울 때였다. 숙영 시설과 위생 시설이 전무하여 '이'가 창궐했고 이 때
   문에 겨울철 열병인 발진티푸스가 번졌다. 이미 체력이 급격하게 떨어
   진 사람들 중 병사자가 속출했다. 부산일보사가 간행한 『임시수도천
   일』에서는 "추운 겨울에 군량과 의복의 보급 없이 장거리를 도보로 이
   동하던 국민방위군 5만여 명이 병사나 아사했다"고 하며 중앙일보사
   가 간행한 『민족의 증언』에서는 "50만 명 중 2할 가량이 죽었다"고 적
   고 있다. 역사학자 중에서 이승만을 가장 긍정적으로 평가하는 유영익
   교수조차도 이 사건을 "9만 명가량의 군인이 동사, 아사, 병사한 천인
   공노할 사건"으로 기록하고 있다.(한국전쟁 전후 민간인 학살 진상규
   명 범국민위원회 엮음, 『한국전쟁 전후 민간인 학살 실태 보고서』, 한
   울아카데미, 2005, 556~558쪽)

덕분에 전쟁이 한창이던 시기(1951년)에 국민방위군 사건을 소설 속에 묘사할 수 있었다.

> 연일 희망 없는 행군을 계속하고 있는 와중에 한반도 너비 가득 처진 저 엄청난 수의 피난민들은 혹한과 피로로 쓰러지고, 많은 이들이 포탄에 희생되어 그 숫자가 줄어들었다. 그리고 이 피난민들 외에 포로와 일반 죄수 행렬이 있었다. 죄수들 대부분은 북한에서 연행되어온 '부역자'들이었다. (…) 여기에 한 무리 더해, 앞서 말했던 사람들과는 별도로 대략 오십만 명의 장정이 설중 행군을 하고 있었다. 그들을 '국민방위군'이라고 부른다. (…) 그런데 그들 장정은 군복은커녕 군량미 급여도 없이 대부분 도보로 이송되었다. 퇴각이 한창인 데다 위급한 상황에 대처하지 못했을 것이라 선의로 해석하고, 장정들은 일반 피난민들과 전적으로 동일한 상태에서 행군을 계속했다. 기력이 다한 그들은 눈 속에 몸을 던지며 죽어갔다.[78]

성일은 숱한 장정들이 죽어간 '죽음의 행군'에서 살아남았지만 이번에는 탈영병이자 부역자로 몰려 포로수용소에 갇히는 신세가 된다. 포로수용소에서도 친공 포로들과 반공 포로들이 서로를 폭행하고 죽이는 참상이 벌어진다. 그 모습을 보면서 성일은 남과 북의 체제에 깊은 환멸을 느낀다. 이데올로기적 폭력에 환멸을 느

---

78 장혁주, 장세진 엮고 옮김, 『아, 조선』, 소명출판, 2018, 154~156쪽.

끼는 성일의 모습은 중국계 미국 작가 하 진의 소설 『전쟁 쓰레기』의 중국군 장교 유안이나 최인훈의 소설 『광장』의 주인공 이명준과 흡사하다.

> "반동을 해치워라!" "괴뢰를 무찌르자!" 이천 명이 우르르 움직이며 언덕을 돌아 감시소 쪽으로 밀려들었다. 기관총을 숨 돌릴 새도 없이 마구 쏘아대고 포로들이 픽픽 쓰러졌다. 쓰러진 포로들이 인민군 만세를 외쳤다.
> 성일은 그 혼란의 밖에 있었다. 그는 캠프 앞에 우두커니 서서 불을 뿜어내는 기관총과 탑의 입구에 도착하기 전에 쓰러지는 포로들을 바라보았다. 기관총의 섬광처럼 한 가지 생각이 그의 마음에 반짝였다.[79]

정전협상이 끝나고 포로들에게 선택이 쥐어졌을 때 성일은 남쪽을 택한다. 당시 미군이 점령한 일본에서 출판되었다는 사실을 염두에 둔다면 성일의 마지막 선택은 검열을 의식한 결과로 여겨질 수도 있다. 성일은 교수를 꿈꾸는 영문학도이자 크리스천으로, 그의 숙부는 미국 물자 매매를 대행하는 바이어로 그려진다. 성일은 결국 살아남았고, 미국으로 유학 가는 꿈을 포기하지 않는다, 성일은 타락한 사회일지라도, 선택의 자유와 풍요로운 생활을 꿈

---

79 장혁주, 같은 책, 351쪽.

꿀 수 있는 남한을 택한다.

이 소설에서는 피난민들과 고아들이 세밀하게 묘사되는데, 그것은 성일의 선택, 나아가 장혁주의 선택과도 겹친다. 해방 이후 일본에 남겨진 조선인들은 피난민이자 고아의 신세와 다를 바 없었다. 장혁주는 피난민이나 고아가 되는 길보다는 일본이라는 국민국가에 편입되는 길을 택했지만 일본은 미국에 점령된 상태였다. 성일은 혼란스러운 조선을 바라보는 장혁주의 시선이 투영된 인물이다. 남과 북으로부터 반역자로 몰리고, 어디를 택해도 강요된 이데올로기와 폭력을 피할 수 없는 진퇴양난의 상황에서 성일은 단지 생존하는 것을 선택한다. 수용소에 갇힌 피난민 혹은 고아의 신세에서 미국이라는 강력하고 안정된 제국의 그늘로 도피한 장혁주의 선택은 남과 북에 모두 환멸을 느끼다가 마지막에 남쪽을 택한 성일의 선택과 비슷하다.

장혁주가 한국전쟁이 끝난 다음 해에 발표한 소설 『무궁화』는 해방 정국에서 남북협상파 정치가인 김명인 일가의 몰락을 그린 소설인데 여기에도 성일(혹은 장혁주)이 처한 딜레마에 놓인 인물들은 계속 등장한다. 해방된 조국이 분단되는 것을 반대하고 협상을 주장하는 김명인 일가는 미국과 소련에 편승한 세력에게 탄압받는다. 편협하고 극단적인 선택을 강요당하는 현실에서 급격히 몰락하는 김명인의 모습은 장혁주의 내면을 대변한다. 그러나 피난과 고아의 길보다 생존(안정된 국가)을 선택했던 장혁주의 삶도 순탄하지 않았다. 그는 언어와 민족의 경계를 넘어서고자 했으나

한국전쟁을 다룬 두 소설 이후의 작품은 일본 문단에서 더 이상
주목받지 못했다.

제2차 세계대전이 끝난 후 일본에 남은 조선인들은 차별과 멸
시에 맞서면서 자신의 정체성을 스스로 찾아야 했다. 그 과정에서
사람들의 운명은 엇갈렸다. 이실근은 평화운동을 전개했고, 김시
종은 이데올로기적인 대립과 전쟁의 상처를 언어로 기록하는 삶을
선택했다. 장혁주의 소설들은 멀어지고자 했으나 끝내 외면할 수
없었던 조선에서 벌어지는 비극을 무력하게 응시하는 자의 회환으
로 적은 짙은 체념의 기록이었다.

6. 미국의 '불침항모'로 전락한 기지의 섬, 오키나와

오키나와의 명칭은 류큐왕국으로 조선시대부터 한반도와도
교류가 활발했던 지역이다. 오키나와는 '비무(非武)의 섬'으로 불릴
정도로 평화로운 섬이었다. 중국, 조선, 일본을 비롯하여 아시아 각
지와 교류를 맺고 발전하였으나 1609년 일본 사쓰마번이 류큐왕
국을 침략한 후 오키나와는 일본의 부용(附傭, 종속국)이 되었다.[80]

---

80 사쓰마번의 류큐 침략의 계기가 되었던 것은 도요토미 히데요시(豊臣
秀吉)의 조선 침략이었다. 1591년에 시마즈 요시히사(島津義久)는 조
선 침략을 위한 병력 동원을 추진하고 있던 도요토미의 명령이라 하
여 류큐에 군량미를 요구했다. 류큐는 그 요구액의 반은 공출하고 나

사쓰마번의 침략 이후에도 오키나와는 중국과 조공 관계를 유지하면서 독립국가의 틀을 유지했으나 일본이 메이지 5년(1872년) 오키나와를 점령하고 통합(류큐처분)하면서 오키나와는 일본에 병합되었다. 오키나와는 청나라의 도움을 기대했지만 일본은 1894년 조선의 갑오농민전쟁을 계기로 촉발된 청일전쟁에서 승리하고 시모노세키조약으로 타이완까지 획득하게 된다. 청일전쟁 이후 일본은 동화 정책을 펼쳤고 오키나와인들은 점차 일본의 지배를 받아들이게 되었다. 일본은 1898년부터 징병제도를 오키나와에도 적용하면서 본토와 동등한 대우를 받게 된 것으로 홍보하였다. 그러나 일본과 언어와 문화가 달랐던 오키나와인들은 지속적으로 차별받았다. 1997년 아쿠타가와상을 수상한 오키나와 출신 작가 메도루마 슌(目取真俊)은 태평양전쟁 시기 일본군에 부역했던 아버지의 증언을 토대로 당시 오키나와인들이 처했던 상황을 상세히 기록했다. 일본의 오키나와 지배 정책은 식민지 조선에서 실시했던 내선일치 교육과 상당 부분 흡사했다.

일본은 오키나와인들을 일본인으로 바꾸기 위해서 오키나와의

머지 반은 시마즈에게 빌려서 바쳤지만 그 상환을 게을리했다. 또한 1603년에 에도 막부가 성립된 뒤에는 시마즈로부터 막부 개설을 축하하는 사절 파견을 독촉받았지만 이 또한 무시했다. 시마즈는 이러한 것을 구실로 막부의 승인하에 류큐를 침략, 지배하게 된 것이다.(나미하라 츠네오, 정근식·주은우·김백영 편저, 「오키나와 근대사를 생각한다」, 『경계의 섬, 오키나와 - 기억과 정체성』, 논형, 2008, 38쪽)

독자적인 언어와 문화, 생활 습관 등을 부정하면서 일본에 동화되기를 강요했다. 합병에 저항하는 왕정의 자손을 힘으로 억압하고 회유를 통해 중앙정부에 순종하는 새로운 지배층으로 변화시키는 동시에 민중에게는 황민화 교육을 추진하여 오키나와인을 천황을 위해 목숨을 바치는 신민으로 바꾸어갔던 것이다. 그러나 아무리 일본인이 되려 애써도 오키나와인은 '2등 국민'으로 차별을 받았다. 그러한 차별에서 벗어나기 위해 오키나와인은 더욱 훌륭한 일본인이 되려 노력하였고 학도병은 전쟁에 나가 목숨을 바쳤다. 나의 아버지도 그중 한 사람이었다.[81]

수많은 오키나와인이 본토에 일하러 가서는 차별에 직면하고 공포와 불안 속에 위축되었다. 익숙하지 않은 외지에서 업신여김과 경멸의 눈총을 받고, 때로는 노골적으로 비웃음 당했다. 호기심 어린 시선의 관찰과 연구 대상이 되기도 했다. 반항하면 위협하고 협박하며 탄압하다가도 순종하면 칭찬하고 대가를 제공했다. 일본에 합병된 이후 이러한 반복이 수십 년에 걸쳐 진행되면서 오키나와인들에게는 차별에 대한 공포심이 각인되었다. 차별에서 벗어나려고 본연의 '류큐적인 것'을 부정하고 훌륭한 일본이 되기 위해 노력한 것이다.

얼핏 오키나와인의 자발적인 현상처럼 보이는 동화의 이면에는

---

81 메도루마 슌, 안행순 옮김, 『오키나와의 눈물』, 논형, 2013, 32쪽.

그 같은 차별과 협박, 즉 강제적인 구조가 있었다. 차별이 가져오는 폭력과 그에 대한 공포를 무기로 황민화 교육은 추진되고 있었던 것이다.[82]

중일전쟁이 태평양전쟁으로 확대되면서 오키나와인의 동원과 희생이 늘어갔다. 전쟁이 막바지로 치닫자 일본은 본토 방어를 위해 오키나와에 해군기지와 비행장을 건설했다. 미군은 1945년 3월, 이오지마를 점령하여 일본 본토를 폭격할 발판을 얻었지만 오키나와의 전략적 가치에 비할 바는 아니었다. 오키나와에는 이오지마보다 더 큰 규모의 비행장을 건설할 수 있었고, 일본 본토에 상륙할 육군과 해병대 병력을 수용할 수 있었다. 그래서 오키나와는 태평양전쟁 최대 격전지가 되었다. 1945년 4월, 전쟁을 지속할 물자와 인력이 거의 바닥났음에도 불구하고 일본군은 오키나와에서 광적으로 저항했다. 동맹국 독일은 항복 직전이었고 태평양에서 일본이 승리하거나 적어도 현상 유지를 한 상태로 휴전협정을 맺을 가능성도 없었다. 연합군의 무조건 항복 요구를 받아들여야만 하는 상황이었다. 그러나 일본은 세계 최대의 전함 야마토호를 자폭·희생시키는 '해상특공대 작전'[83]과 항공기를 연합군의 전함에 직접

---

82   메도루마 슌, 같은 책, 36쪽.

83   "1945년 4월 6일 가미카제가 조밀한 제파공격을 가해왔다. 같은 시간에 멀리 북쪽에서 일본의 마지막 작전 수상부대, 즉 순양함 1척과 구축함 8척의 호위를 받는 대전함 야마토호가 일본에서 항해에 나섰다.

충돌시키는 '가미카제 자살 공격'과 같은 무모한 작전을 펼치면서 항복을 거부하고 자멸적인 저항을 계속했다. 될 수 있는 한 미군을 오키나와에 붙잡아두고 '본토결전'을 위한 시간을 벌고 천황제 유지를 조건으로 내세운 화평 교섭이 가능할지도 모른다는 희망 때문이었다.

오키나와 민간인의 희생은 본토에서 파병된 일본 군인들의 희생보다 훨씬 컸다. 오키나와에서 징집한 약 3만 명의 징집병과 일반 민간인 약 9만4000명이 희생되었고 한반도에서 징집한 인원과 일본군 '위안부'로 강제 연행되었던 1만여 명이 희생되었다.[84] 미군이 입은 피해는 독일의 항복으로 전쟁이 사실상 끝났다고 여겼던 연합군사령부를 놀라게 했다. 전쟁사학자 존 키건(John Keegan)은

야마토호는 일본 본항에서 입수한 마지막 연료 2500톤을 싣고 편도 항해를 했다. 야마토호의 임무는 오키나와섬 해안 둘레의 경계진을 뚫고 들어가 상륙부대에 부당손해를 입히는 것이었다. 그러나 야마토호는 그럴 수 있는 유효거리 안에 들어가기 오래전에 들켰고 4월 7일 정오에 58임무부대 항공기 280대의 공격을 받았다. 야마토호는 정오와 2시 사이에 어뢰 6발을 맞고서 속력과 조타력을 잃고 미군 항공기의 연쇄 제파공격의 손쉬운 먹잇감이 되어 오후 2시 23분에 뒤집혀 배에 탄 수병 2300명 거의 전원과 함께 가라앉았다."(존 키건, 류한수 옮김, 『2차세계대전사』, 청어람미디어, 2007, 846쪽)
많은 인원이 무의미하게 희생된 야마토호의 비극은 훗날 미화되어 일본 극우 정신의 상징으로 활용되었고 애니메이션 〈우주전선 야마토호〉로 각색되었다.

84 아라사키 모리테루, 정영신·미야우치 아키오 옮김, 『오키나와 현대사』, 논형, 2008, 20~21쪽.

"미군 전투부대에게 오키나와전투는 태평양전쟁의 모든 전투 중에서 가장 암담했다"[85]고 평가했다.

이오지마와 오키나와에서 벌어진 전투는 태평양에서의 전쟁이 쉽게 끝나지 않으리라는 사실을 연합군 수뇌부에 각인시켰다. 연합군이 일본 본토를 점령하자면 이오지마와 오키나와에서 겪은 것보다 더한 피해를 각오해야 한다는 사실은 자명했다. 오키나와전투가 끝나고 한 달 후 미국은 원자폭탄 실험에 성공했고 곧바로 실전에 사용하는 데 있어서 오키나와전투는 중요한 판단 근거가 되었다. 히로시마와 나가사키에 원자폭탄이 투하되고 소련군이 참전하자 일본은 포츠담선언을 수락하고 항복했다. 본토결전을 위

---

85 "미 육군 사단원 4000명과 해병대원 2938명이 전사했고, 항공기 763대가 파괴되고 함선 38척이 가라앉았다. 일본군은 함선 16척, 그리고 거의 믿기지 않게도 모두 합쳐 항공기 7800대를 잃었다. 가미카제 임무 비행에 나선 항공기는 1000대가 넘었다. 오키나와섬의 – 일선 소총수, 행정병, 취사병, 오키나와인 징용 노무대원과 더불어 해안기지 근무 해군병사 등 – 일본 군인은 거의 마지막 한 사람까지 끝내 죽음에 이르렀다. 미군에게 잡힌 포로는 너무 심하게 다친 탓에 자살할 수 없었던 병사들을 포함해서 모두 7400명이었다. 11만 명에 이르는 다른 이들은 항복을 거부하면서 모두 다 죽었다. 오키나와는 태평양전쟁이 일본 본토의 외곽 방어선을 향해 다가감에 따라 무엇이 미군을 기다리고 있는지에 관한 무시무시한 경고를 남겼다. 오키나와전투는 일본 제국의 심장부로 가는 접근로상에 있는 커다란 섬 하나를 놓고 벌어진 첫 전투였으며, 그 대가와 지속 시간은 미 해군이 전진해서 세토나이카이 해안에 육군 병사와 해병대원을 내려놓을 때 닥쳐올 훨씬 더 심한 시련을 암시해주었다."(존 키건, 같은 책, 850~851쪽)

해 최대한 시간을 벌어야 한다는 명목으로 오키나와는 엄청난 희생을 강요당했지만, 결국 본토결전은 일어나지 않았고 미군의 점령하에 오키나와의 시련은 지속되었다. 일본이 항복한 이후에도 미군은 오키나와 점령을 유지했다. 일본을 점령한 맥아더는 일본을 비무장화하고 통치상 천황을 이용하며, 오키나와를 군사 요새로 확보하는 것을 기본 정책으로 확립했다.

　　맥아더는 1947년 6월 말, 도쿄를 방문한 미국인 기자단과의 간담회에서 오키나와를 미군이 지배하고 미 공군의 요새로 만들면 비무장 국가 일본이 군사적 진공 지대가 되는 일은 없을 거라는 생각을 명확하게 밝혔다.[86] 쇼와 천황은 '오키나와 메시지'[87]를 전하여 미국의 오키나와 지배를 용인하였다. 미국 정부가 오키나와를 군사 요새로 확보한 것은 전쟁 이후의 냉전 구도에 대비하기 위함이었다. 또한 항공기와 항공 기술의 변화라는 요소[88]도 작용했

---

86 아라사키 모리테루, 같은 책, 23쪽.

87 쇼와 천황은 측근인 데라사키 히데나리(寺崎英成)를 통해 미국이 오키나와를 빌리는 형식으로 25년 내지 50년 정도 오키나와를 지배하는 것은 미국과 일본의 이익에 부합한다는 메시지를 최고연합국사령부에 전달하였다.

88 2차 세계대전까지만 하더라도 미국에는 '공군'이라는 개념이 없었다. 비행기의 비행 거리가 짧았기 때문이다. 장거리 폭격은 불가능했다. 그나마 독일 폭격이 가능했던 것은 영국이 있었기 때문이었고, 일본 폭격은 태평양의 섬들이 있었기 때문이었다. 모든 비행기는 해군 소속이었고, 항공모함이 비행장을 대신했다. 따라서 전쟁에서는 해군이 매우 중요했다. 그런데 2차 세계대전이 끝나면서 미국은 세계 여러 지역

　　　　　　　　　　　　한국전쟁과 타자의 텍스트

다. 중화인민공화국 성립(1949. 10.), 한국전쟁 발발(1950. 6.)이라는 세계정세의 진전 속에서 비무장 국가 일본을 '반공 장벽'으로 전환시키는 정책은 급속히 구체화되었다. 특히 한국전쟁은 대규모 원정군을 지원할 후방 기지로 오키나와의 중요성이 실질적으로 부각된 계기가 되었다. 한국전쟁의 전황 악화와 함께 일본의 재무장 필요성이 제기되었고 1950년 8월 10일의 경찰예비대령이 공포되고 일본의 재무장이 시작되었다. 한국전쟁은 일본의 재무장에 부정적이었던 맥아더에게 미국의 전략을 보완할 현지 지상 병력의 필요성을 인식시켰던 것이다.

한국전쟁 중에 맺어진 샌프란시스코강화조약으로 일본은 독립을 회복했지만 오키나와는 일본 본토에서 분리되어 미국의 지배를 받게 되었다. 일본 독립은 오키나와의 포기를 전제로 한 것이었다. 한국전쟁 휴전 후, 미국은 동아시아에 육군 2개 사단, 해병대 1개 사단을 배치할 방침을 정한다. 당시 일본 본토에서는 반기지

에 군사기지를 갖게 되었으며, 비행장이 건설되었다. 또한 미사일 개발 등을 통해 장거리 비행이 가능한 비행기들이 등장했다. 장거리 폭격이 가능해진 것이다. 비행기들이 항공모함 아닌 비행장에서 뜨게 되니 새로운 군 조직이 필요했다. 이렇게 해서 공군이 탄생하게 되었다. 공군의 탄생은 미국의 안보 관련 방위선에서 비행기가 뜨는 기지를 건설할 수 있는 섬들이 중시되는 변화를 가져왔다. 적에서 가까운 지역은 오히려 적의 공격을 받을 수 있기 때문에 적절한 기지가 되지 못했다. 그런 의미에서 한반도의 전략적 가치는 더욱 떨어질 수밖에 없었고, 오키나와나 필리핀의 전략적 가치는 더욱 중요해졌다.(박태균, 『한국전쟁』, 책과함께, 2005, 128쪽)

투쟁이 고조되었고, 사회당이 급속하게 신장하고 있었다. 미국의 입장에서는 일본인의 반발을 초래하면 곤란했으므로 육군 제2사단을 한국으로, 제1사단은 본국으로, 그리고 제3해병사단은 오키나와로 이전시켰다. 일본 본토에서는 반기지 투쟁이 성과를 올린 것이었지만 한국과 오키나와가 미군 주둔의 부담을 떠맡게 된 결과를 초래했다.[89] 한국전쟁 이후 일본 본토의 기지 반대운동과 원수폭 반대운동[90]으로 반미 감정이 고조되는 것을 우려한 미국은 1958년까지 복역 중인 전범들을 감형·석방시키고 일본에 배치된 핵무기를 한국과 오키나와로 이전시켰다. 일본 본토는 비군사화 또는 군사부담의 경감이 진행되어 핵무기가 없어지고 군사기지 등이 줄었지만 그 부담은 주변 지역으로 옮겨진 것이다. 군사적 부담이 옮겨진 지역들은 타이완, 한국, 오키나와, 필리핀 등으로 모두 과거 일본이 점령하거나 식민지로 삼았던 지역이었다. 일본의 경제를 살려서 공산주의를 막는 방파제로 삼으려는 미국의 전략은 공교롭게도 과거 일본 제국의 대동아공영권 범위와 중국 대륙을 제외하고 상당 부분 일치했다.

태평양전쟁 시기 일본에 의해 미군의 잔혹성을 세뇌받았던 오

---

89 하야시 히로후미, 현대일본사회연구회 옮김, 『일본의 평화주의를 묻는다』, 논형, 2012, 85~88쪽.

90 1954년 미국이 태평양의 비키니섬에서 실시한 핵실험 때 발생한 방사능 낙진으로 일본 어선의 선원들이 피폭된 사건이 발생했다. 도쿄 스기나미구의 주부 단체가 처음 시작한 원수폭 반대운동은 일본 전역으로 확산되었다.

키나와인들은 미군들을 경계했지만 조금씩 경계심을 풀었다. 하지만 시간이 지날수록 미군들이 저지르는 강간 사건 등이 속출하며 피해가 늘기 시작했다. 일본이 허용한 미군 기지와 비행장 건설에 오키나와 주민들의 동의 여부는 중요하지 않았다. 미군들이 기지를 확대하면서 새로운 기지를 건설할 토지를 강제로 접수하자 주민들의 반발이 심해졌다. '철의 폭풍'이라고 불릴 정도로 엄청난 총탄과 포탄이 소모되었던 오키나와전투의 결과 섬에는 곳곳에 탄피와 부서진 군장비가 널려 있었는데 미군기지 건설과 함께 한국전쟁이 발발하자 고철 가격이 폭등하는 '고철 붐'[91]이 일어났다. 불발탄과 침몰선을 수거하다가 죽고 다치는 주민이 속출했지만 전후 궁핍에 시달리던 주민들에게 고철 수거는 중요한 수입이었다. 미군 기지가 늘어나면서 오키나와 경제는 미군에게 철저하게 의지하는 구조로 고착되었다. 오키나와전투에서 미군의 폭격과 일본군의 학살로 엄청난 수의 주민들이 목숨을 잃었지만, 전쟁이 끝난 후에도 오키나와는 일본 본토에서 벌어진 기지 반대운동의 짐을 떠안은

---

91 "오키나와의 고철 수출액은 사탕수수 수출액의 약 2배가 되어 액수 면에서 1위를 차지했다. 그러나 고철 붐의 다른 한편에서는 불발탄에 의한 폭발이나 침몰선 해체 작업 중의 폭발 등 사고가 잇따랐다. 이로 인해 전후 13년 동안 623명이 사망하고, 천 명도 넘는 주민이 부상당했다. 그러다 경기하강에 따른 가격 폭락으로 인해 고철 붐은 물거품처럼 사라졌다. 고철 붐은 1950년대 중반, 미군과 오키나와 주민의 관계를 상징하는 대표적 사례였다." (야카비 오사무, 강현정 옮김, 「경계를 넘는 오키나와」, 『냉전 체제와 자본의 문화』, 소명출판, 2013, 274~275쪽)

채 미군과 공생해야만 했다.

　중국의 공산화에 따른 일본의 중요성 부각, 냉전의 격화, 한국전쟁을 거치면서 오키나와는 미국의 동아시아 정책의 핵심적인 지역으로 부상했다. 한국전쟁이 시작되자 오키나와의 미군기지도 전시체제로 운영되었고 주민들은 태평양전쟁의 악몽을 다시 떠올리게 된다. 등화관제(灯火管制) 중 기숙사의 등을 켰다는 이유로 근신 처분을 받고 그 부당성을 호소한 학생들이 퇴학당한 사건(1953년), 미군의 부당한 토지 수용에 저항하는 학생들이 집단 퇴학 처분을 받은 사건(1956년)이 벌어졌다. 미군은 1951년부터 기지 건설에 박차를 가했고, 여기에 참여한 일본 기업들은 막대한 달러를 벌어들였다. 일본의 전후 부흥의 기폭제가 되었던 한국전쟁으로 초래된 이른바 '조선 특수'의 상당 부분은 오키나와 미군의 수요가 차지했다. 오키나와 사람들에게 한국전쟁은 처참했던 오키나와전투의 악몽이 되살아나는 체험이었다. 전쟁 기간 동안 섬 전체에는 등화관제가 실시되었고, 밥을 짓는 연기까지 철저히 통제되었다. 그로 인해 전쟁의 공포는 증폭되었고, 소련군이 상륙할지도 모른다는 소문이 퍼지면서 혼란과 불안은 극에 달했다. 군정은 오키나와 사람들의 반응은 부당한 우려이며, 만일의 사태에 대비하는 것일 뿐이라는 성명을 발표했다. 한국전쟁은, 기지의 섬에 사는 한, 오키나와인들이 전쟁으로부터 자유로워질 수는 없다는 사실을 각인시켰다.[92] 작가 오

92　임경화, "오키나와와 북한에 '전후'는 없다", 『레디앙』, 2013년 7월 17일,

에 겐자부로는 오키나와 반환이 이루어진 1972년 오키나와를 취재한 수기에서 태평양전쟁 때 일본군이 저지른 범죄와 한국전쟁과 베트남전쟁으로 경제 특수를 누린 일본의 행태를 고발했다.

여학생들은 오키나와전투에 강제로 끌려 나가 살아남을 가능성을 객관적으로도 주관적으로도 상상할 힘마저 빼앗기고 참혹하게 죽었다. 오키나와 여학생의 죽음은 류큐처분 이후 오키나와에서 이상적인 일본인으로 살아가려던 여성들의 역사와 연관된 것이었다. 그런데 총리의 눈물은 오키나와 여학생들의 죽음을 거짓으로 꾸며낸 여학생들의 추상적인 죽음으로 단순화시켜버렸다. 따라서 본토 일본인은 어린 여학생들이 전쟁터에서 죽은 것을 가슴 아픈 일이라고 일반화시켜버린다. 그러고서 인간의 본질을 자극하는 오키나와라는 눈물이 마르자 이제 '오키나와 문제는 종결되었다'라는 한가로운 상황이 만들어졌다.

멱살이 잡힌 채 깊고 어두운 균열을 확인해야 할 결정적 순간에까지 다가섰건만 마지막 순간에 휙 돌아서버린다. 다시 오키나와에 대한 본토 일본인의 상투적인 태도로 돌아가 사토-닉슨 공동성명과 1972년 반환으로 끝내려 한다. 오키나와에 대한 무지의 단순화는 의식적인 회피의 단순화와 마찬가지로 아시아에서 벌인 100년 동안의 교활하고 냉혹한 일본인의 행태를 보여준다. 아시아에서 침략적으로

〈http://www.redian.org/archive/57999〉

날뛰지 않을 때조차 일본인은 단순한 인식을 바탕으로 아시아인을 차별했다. 오키나와적인 것을 몽땅 빼앗기고 전쟁터에서 죽은 여학생 앞에서 흘린 눈물이 마르기도 전에 그 속에 차별의 씨, 단순한 오키나와 인식을 분명 심어놓을 것이다.[93]

오키나와 작가 중 최초로 일본 최대 문학상인 아쿠타가와상을 수상한 오시로 다쓰히로(大城立裕)의 소설 『칵테일파티』(1967)는 미군과 오키나와인의 불편한 공존을 묘사한 대표적인 작품이다. 『칵테일파티』에서는 미군 관계자 밀러의 칵테일파티에 초대된 오키나와인 '나'가 밀러의 아들이 실종되었다는 소식을 듣고 동분서주하는 모습이 그려진다. '나'는 자신에게 친절하게 대해주는 미군 관계자 밀러에게 분명한 호의를 지니고 있다. 그러나 소설의 후반부에 '나'의 딸은 미군에게 강간당했지만 범죄를 저지른 미군을 재판에 넘기지도 못한다. 친절했던 밀러도 도움을 거절한다. 망연자실하여 도움을 호소하는 '나'에게 밀러는 합리적인 사고를 요구한다. 밀러는 전쟁에 패배했다는 열등감에 젖어 미군을 무조건 가해자로 몰고 가지 말라고 충고한다.

"잠깐만요. 당신이 피해를 입은 것은 안타깝기 그지없지만, 당신의 결론은 너무 감정적입니다. 미국인일지 어떨지 모르는 가해자를

---

93 오에 겐자부로, 이애숙 옮김, 『오키나와 노트』, 삼천리, 2012, 170~171쪽.

미국인이라고 단정해버리는 것은 당신이 미국에게 패배했다는 의식 때문입니다. 이번 사건만 해도 그때 겪은 감정을 나에게까지 감정적으로 연결시키는 건 당신답지 않아요."[94]

일본은 전쟁에서 패배했다. 오키나와는 일본의 영토였고 전쟁 후에는 미국이 점령했다. 미국은 오키나와를 철저히 지정학적인 이점을 지닌 '기지의 섬'으로 규정했고, 일본인들은 전쟁의 피해와 책임을 상기시키는 과거를 외면하기에 급급했다. 미군들은 오키나와 전투에서 원주민들에게 희생을 요구했던 일본인들보다 훨씬 세련된 친절함을 보여줬다. 하지만 그들의 세련된 태도는 철저한 차별에서 비롯된 태도에 불과하다.

오시로 다쓰히로가 오키나와전투를 겪은 세대를 대표한다면 전후 세대에게 가장 큰 영향을 준 사건은 1972년 오키나와의 일본 복귀와 '고자 폭동(コザ暴動)'[95]이다. 오키나와의 도시 '고자'는 미군의 가데나 기지와 그에 인접한 환락가를 중심으로 발달한 도시였다. 전후 오키나와 문학을 대표하는 작가 마타요시 에이키(又吉栄

94　오시로 다쓰히로, 손지연 옮김, 「칵테일파티」, 『오시로 다쓰히로 문학 선집』, 글누림, 2016, 111쪽.

95　1970년 9월 미군의 차에 치여 오키나와 주민인 한 여성이 사망했다. 이 사건에 분노한 오키나와 주민들은 미군 헌병들에게 돌을 던지기 시작했고 시위대의 숫자는 순식간에 5000명 이상으로 불어났다. 군중은 미군들에게 돌을 던지면서 미군기지까지 난입했고 미군은 시위를 진압하기 위해 최루가스를 사용해 진압했다.

흄)는 이 도시를 배경으로 문제적인 텍스트들을 썼다. 마타요시의 대표작 「조지가 사살한 멧돼지」(1978)에는 오키나와에 주둔한 미군의 탈영이 그려지고, 「낙하산 병사의 선물」(1988)에는 오키나와의 하늘에 미군 제트전투기가 휘젓고 다니는 장면이 묘사된다. 당시 오키나와는 미군들이 베트남에 파병되기 전 보급과 훈련을 위해서 집결하는 장소였다. 베트남으로 파병되는 부대에 소속된 미군들은 환락가에서 돈을 탕진했고, 일부는 탈영하여 헌병과 추격전을 벌였다. 그의 소설에는 어딜 가나 미군들과 부딪칠 수밖에 없는 오키나와인의 일상이 담겨 있다.

마타요시 에이키의 다른 소설 『긴네무 집』(1981)에서는 전후 오키나와에 잔류한 조선인을 소재로 삼고 있다. 이 조선인 남자는 오키나와전투 직전 비행장 건설 작업에 투입된 징용자다. 전쟁이 끝난 후 조선인 남자는 미군기지에 엔지니어로 일하면서 오키나와에 정착한다. 이 소설에는 일본인에게 차별을 받았던 오키나와 사람들이 조선인 남자를 더 교묘한 방식으로 차별하는 장면이 그려진다. 학대와 차별을 받은 경험이 다른 약자들을 향한 폭력으로 전환된 것이다. 이 폭력의 악순환은 오키나와전투의 상처가 아직도 아물지 않았음을 의미한다. 마타요시 에이키는 일본의 식민지 억압에서 고통 받은 오키나와를 다루면서 자연스럽게 같은 기억을 지닌 한반도와 베트남으로 눈을 돌린다. 그리고 미군의 지배로 형성된 아시아 속의 오키나와를 다루면서 오키나와인이 받았던 억압과 오키나와인이 다른 종족에게 가하는 폭력을 부각시켰다.

　　　　　　　　　　　　한국전쟁과 타자의 텍스트

「등에 그린 협죽도」(1981)는 오키나와를 둘러싼 폭력이 세대를 넘어서 전승되고 있음을 보여준다. 주인공 미찌코는 미국인 아버지와 오키나와 원주민 어머니 사이에서 태어난 혼혈아다. 미찌코가 태어나고 얼마 후 미군이었던 아버지는 한국전쟁에 파병되어 전사한다. 홀어머니 밑에서 성장한 미찌코는 미군기지 주변에서 미군들에게 그림과 옷을 팔아 생계를 유지한다. 그러던 중 미찌코는 미군 재키와 친분을 쌓게 된다. 재키가 소속된 미군 부대는 곧 베트남전쟁에 투입될 예정이다. 당시 오키나와에서는 베트남에 투입될 예정인 미군 병사들이 탈영을 비롯한 각종 사고를 일으켜 사회문제가 되고 있었다. 재키도 베트남전쟁에 파병되길 두려워하면서 수영장에서 익사(溺死)한 것처럼 연기하는 등 온갖 기행을 저지른다. 발을 다쳐서 재키가 입원한 오키나와 미육군병원의 시체보관소에는 베트남전쟁에서 전사한 미군들의 시신이 가득하다. 미찌코는 재키의 무사 귀환을 염원하면서 그의 점퍼에 협죽도를 그려준다. 그리고 오키나와에서 액운을 몰아낸다고 알려진 협죽도가 재키의 목숨을 지켜줄 것이라고 말한다.

"재키, 나 지금부터 참회할게. 그저 들어주기만 하면 돼. 참회니까 말이야. 우선 우리 아빠는 미국 군인이야. 백인이지. 군인이었다고나 할까, 이십 년이나 전에 한국전쟁에 참전한 병사였으니까. …우리 아빠는 전쟁에 나갔으니 여자를 버릴 자격이 있는 걸까. …재키는 아직 전쟁터에서 싸운 적이 없으니 여자를 버릴 자격이 없겠지? 맞아, 참회할게. 나는 말이야, 한번은 엄마가 아빠를 죽였다고 생각했어. 다양한 살해 방법을 굉장히 자세하게 상상했었지. 그러자 기분이 굉장히 편해졌어. 그래도 표정은 여전히 굳어 있었나 봐. 지금도 그렇지만 말이야. 이제 그런 무서운 생각은 안 하지만 양손으로 뺨과 눈을 필사적으로 문지를 때가 있어. …아빠는 날 좋아했을 거야. 이렇게 귀여운 딸을 어떻게 싫어하겠어. 아니, 농담이야. …태어나서 처음 참회해보는 거라 무슨 말을 하면 좋을지 모르겠어. 난 아빠를 잊고 살았지만 엄마는 잊을 수 없어. 나는 엄마에게는 불평할 수가 없어. …재키 목사는 아내와 딸 중에 한 명을 구하라고 한다면 어떻게 할 거야?"

"내겐… 너무 어려운 질문이야."

"하지만 재키 목사는 만일 나 같은 여자가 애인이면 언젠가는 버리겠지?"[96]

'목사'라는 별명을 지녔던 재키는 다른 미군들처럼 성 관련 범죄를 저지르지 않는다. 그래서 재키는 미찌코를 비롯한 오키나와인들과 가까워질 수 있었다. 재키는 부대로 복귀하기 전 미찌코에게 자신이 성적으로 불능임을 고백한다. 여기서 '성적 불능'이라는 설정은 매우 중요하다. 오키나와 현대문학의 주된 소재 중 하나는

---

96 마따요시 에이끼, 곽형덕 옮김, 「등에 그린 협죽도」, 『돼지의 보복』, 창비, 2019, 167쪽.

미군기지 주변의 매춘이었다. 전쟁터에서 생명의 위협을 겪은 미군들은 자신들의 트라우마를 오키나와 여성들에게 전가시켰고 전장에 내몰린 군인들과 그들 못지않게 불안한 삶을 영위하는 기지촌 여성들 사이에는 일종의 동지애가 형성되는 경우가 많았다. 혼혈아인 미찌코의 아버지와 어머니도 그렇게 만났을 것이다.

혼혈아인 미찌코의 존재는 오키나와 여성에 대한 미군의 성적 지배를 나타내는 알레고리다. 지배자의 전쟁에 동원되어 희생을 강요당하고 지배자의 굴레를 벗어날 수 없는 오키나와의 현대사는 무수한 혼혈아의 존재로 드러난다. 이 성적 지배는 전쟁을 거치면서 점차 심화하는 구조를 지닌다. 오키나와를 둘러싼 세 개의 전쟁(태평양전쟁, 한국전쟁, 베트남전쟁)은 미군 기지를 존속시키는 요인이면서 전쟁과 성적 지배의 착종을 심화시키는 요인이다. 「등에 그린 협죽도」에서 재키가 자신을 배웅하는 미찌코에게 자신이 성적으로 불능임을 고백하는 장면은 전쟁-매춘-혼혈로 상징되는 견고한 비극의 고리를 응시하는 마타요시 에이키의 작가의식이 반영된 설정일 것이다. 한국전쟁으로 미군 아버지를 잃은 미찌코는 이제 다른 전쟁터로 가는 미군을 배웅한다. 미찌코의 존재는 전쟁과 연계된 삶을 살아가야 하는 오키나와의 비극을 상징한다. 그리고 오키나와는 곧 한국이자 베트남이기도 하다. 한국과 베트남에도 또 다른 미찌코들이 존재하기 때문이다. 이 소설은 태평양전쟁과 한국전쟁, 그리고 베트남전쟁이 별개의 사건이 아니라 견고한 냉전의 구조 안에서 하나의 고리로 이어진 사건임을 암시한다.

2장   중국과 한국전쟁

강대한 조국이여(這是強大的祖国)

내가 태어나고 자라난 곳(是我生長的地方)

(…)

모든 곳이 평화의 햇빛으로 가득하네(到処都有和平的陽光)

— 중국 영화 〈상감령(上甘嶺)〉(1956)

주제가 '나의 조국(我的祖国)' 중에서

1. 한국전쟁과 중국의 집단기억

2011년 1월, 미국 백악관에서 열린 중국 후진타오(胡錦濤) 국가주석의 방미 환영 만찬에서 중국의 피아니스트 랑랑(郞朗)이 축하곡으로 〈나의 조국(我的祖国)〉을 연주하여 논란이 되었다. 이 곡은 한국전쟁 당시 미군과 싸운 중국군의 용맹을 주제로 한 것으로 수십 년 동안 반미 선전 음악으로 널리 알려진 곡이다. 이 곡은 2008년 베이징올림픽 개막식에서도 연주되었다. 한국전쟁이 휴전되고 70년에 가까운 세월이 지났지만 중국은 여전히 한국전쟁을 각별하게 회고한다. 중국군은 매년 한국전쟁 참전을 기념하는 행사를 가지는데 시진핑(習近平) 국가주석은 2017년 한국전쟁 참전 기념일에 군대를 방문하여 "인민군대가 사회주의 건설과 혁명에 적극 투신하고 조국과 인민을 지키는 기능을 전면 이행하며 항미원조전쟁과 여러 차례 변경의 자위 작전을 승리로 이끌어 국위와 군위를 떨쳤다"[97]고 언급하면서 한국전쟁에서 활약한 중국군을 추켜세웠다. 전쟁이라는 극한상황을 어떻게 기억하는가는 전쟁 이후 국가의 정체성 형성에 큰 영향을 미친다. 중국이 한국전쟁을 각별하게 기억하는 것은 한국전쟁이 중국의 정체성과 긴밀하게 연루되

---

97 심재훈, "시진핑 '항미원조 전쟁 승리로 국위 떨쳐'", 『연합뉴스』, 2017
    년 8월 1일.〈https://www.yna.co.kr/view/AKR20170801085300083〉

압록강을 도하하는 중국군(중국해방군화보사 사진, 눈빛출판사)

었다는 사실을 방증한다.

현대 중국의 전쟁-기억은 '중일전쟁'과 '한국전쟁'이라는 두 개의 축으로 구성된다. 중일전쟁은 중국 혁명의 승리, 중국공산당 및 중화인민공화국의 수립으로 이어진다는 점에서, 그리고 한국전쟁은 중국 정부 수립 이후 최초로 참여한 전쟁이라는 점에서 국가의 탄생과 공고화라는 기억의 정치와 밀접하게 연관된다.[98] 중국의 현대사에서 항일전쟁의 의미는 각별하다. 중국 혁명의 지도자인 마

---

98 태지호·정헌주,「중국의 항미원조기념관을 통해서 본 한국전쟁의 기
    억과 정치적 함의」,『한국정치학회보』, 한국정치학회, 48(4), 2014. 9,
    303쪽.

오쩌둥은 중국의 항일전쟁(1937~1945)은 외세의 침략에 저항한 민족 전쟁이었다는 사실을 줄곧 강조했다. 그리고 기나긴 항전의 승리는 단지 일본이 항복했다는 사실에만 있는 것이 아니라 19세기 중반 이래 중국 인민을 착취해온 외국 세력과 이들과 함께 국내에서 착취를 가한 봉건 세력에 저항해 100년이 넘는 세월 동안 중국 인민이 투쟁한 결과라고 추켜세웠다. 일본을 물리친 중국은 곧바로 내전에 휩싸이게 되지만 마오쩌둥의 공산당 군대는 장제스가 이끄는 국민당을 타이완으로 축출하는 데 성공했다.

1949년 10월 1일 마오쩌둥은 베이징의 톈안먼(天安門)광장을 가득 메운 중국 인민 앞에 서서 중화인민공화국의 수립을 선포했다. 1949년 10월 중화인민공화국의 수립은 중국 인민이 외국과 국내의 착취 세력 모두에게서 동시에 해방되었음을 의미했다. 항전의 최고 목표는 외국 세력에게서 민족을 해방하는 것이었지만, 항전의 궁극적인 의미는 결국 민족해방과 더불어 사회혁명적 변화를 함께 추구하는 것이었다. 항전의 승리는 19세기 중반 이후 시작된 중국 혁명의 한 단계를 마무리하는 것이기도 했다.[99] 새로운 국가를 건설하고 얼마 지나지 않아 한반도에서 전쟁이 발발하자 중국은 전황을 주시하면서 참전 여부를 고민했다. 유엔군의 참전과 인천상륙작전으로 북한군이 38도선 이북으로 후퇴하고 한국군이 북진을

---

99 황동연, 박찬승 엮음, 「항일전쟁과 중국혁명, 그리고 중화인민공화국의 제2차 세계대전 기념」, 『제2차 세계대전과 집단기억』, 한울아카데미, 2017, 77~80쪽.

시작하자 만주에 주둔 중인 동북변방군이 10월 19일 압록강을 건너 한반도로 진군한다. 이것이 중국의 한국전쟁 참전에 대해 일반적으로 알려진 내용이다.

한국전쟁이 발발한 직후인 1950년 6월 27일, 트루먼 대통령이 발표한 미군의 참전 선언과 미 제7함대의 타이완해협 급파 뉴스가 전해지자 중국 전역이 요동치면서 온갖 풍문이 난무했다. 예컨대 "남한이 미국의 사주로 북한을 침공했다"거나, 미국의 지원을 받는 장제스는 이미 9개 병단(한국군의 야전군에 해당됨)에게 남한으로 상륙하라고 명령했다는 소문도 돌았다. 한국군을 지원하기 위해 타이완의 중국 국민당 바이충시(白崇禧)의 부대와 일본군까지 참전한 상태라는 유언비어도 퍼져 있었다. 두 번째 전국이 술렁거린 때는 중국 정부 정무원 총리 겸 외교부장 저우언라이(周恩来)가 중국 정부를 대표해서 미국의 개입을 타이완과 한반도에 대한 침략이라고 규정한 성명을 발표한 직후였다. 각계각층에서 나타난 반응은 다양했다. 하지만 공통적으로 하나같이 목전의 상황을 세계대전의 전조로 여기거나 혹은 세계대전이 발발한 것으로 크게 동요한 점이 특이하다. 예를 들면 "미 제국주의는 너무 강경하다. 우리의 저우언라이 외교부장의 성명도 강경하다", "눈에는 눈, 이에는 이라는 식으로 대응하면 제3차 세계대전이 일어나고 말 것"이라는 말들이 무성했다. 또 만약 소련이 나서서 북한을 지원한다면 세계대전은 피할 수 없다는 얘기도 돌았다. 즉, 적지 않은 시민들이 제3차 세계대전이 발발했다거나 혹은 이 전쟁을 제3차 세계대

한국전쟁과 타자의 텍스트

전의 도화선으로 인식하면서 불운을 암시하는 '변천(変天)'의 징조로 봤다.[100]

중국정부는 인민들의 동요를 막고 참전 부대의 사기를 진작시키려는 목적으로 주요 도시를 중심으로 자본가계급을 약화시키는 대중운동과 특히 반미 의식을 고취시키는 대중운동을 전개했다.[101] 중국 인민들은 오래 지속된 일본과의 전쟁에서 중국을 도왔던 미국에 상당 부분 우호적이었고 특히 지식인 계층은 더욱 그러했다. 중국 정부는 미국에 우호적인 인민들의 인식을 전환시키기 위하여 미국이 타이완과 동북 변경에 진출하여 중국의 안전을 위협하고, 장제스의 국민당 정부에 무기를 지원하면서 일본의 재무장까지 돕고 있다는 사실을 선전했다. 항일전쟁에서 형성된 일본의 극악무도한 이미지를 미국의 이미지로 전환하는 작업은 신문,

---

100 서상문, 「충격과 혼돈-6·25전쟁에 대한 중국사회의 반응과 동향」, 『군사논단』 통권 86호, 한국군사학회, 2016. 6, 251쪽.

101 "그 기본적인 사상교육 내용은 1)미국이 조선 침략전쟁을 벌임과 동시에 대만을 침략하여 중국의 안전을 심각하게 위협하므로 더 이상 좌시할 수 없게 되었다, 2)전국 인민은 미 제국주의에 대해 통일된 인식과 입장을 가지되, 3)친미 반동사상과 잘못된 공미 심리를 타파하고 미 제국주의를 적대시, 천시, 경시해야 한다는 것이었다. 이 선전교육의 목표는 각종 선전 형식을 통해 미국에 대한 인민들의 적개심을 고취함으로써 이데올로기상 통일된 입장을 형성하며, 이를 토대로 전 국민이 전쟁 수행에 자발적으로 기여할 수 있도록 이끄는 것이었다." (임우경, 백원담·임우경 엮음, 「번신(翻身)하는 국민과 냉전-항미원조 시기 중국의 반미대중운동」, 『'냉전' 아시아의 탄생: 신중국과 한국전쟁』, 문화과학사, 2013, 166~167쪽)

라디오, 시사학습책자, 연환화(連環畵), 카툰, 쾌판(快板), 슬라이드, 벽보, 사진, 그림자극, 소설, 연극 등 가능한 모든 형식을 통해 반복 생산되고 유포되었다.[102] 중국공산당은 반미 선전 운동과 1950년 겨울 전투의 승리를 홍보하면서 내부 결속을 다졌다. 그러나 초전의 승리에도 불구하고 전쟁은 쉽게 끝나지 않았다.

중국군과 북한군은 1951년 1월, 서울을 다시 점령했지만 봄부터 시작된 유엔군의 공세에 밀려 전선은 38도선 부근에서 교착되었다. 1951년 늦봄부터 교착된 상태에서 2년이 넘는 기간 동안 고지전이 벌어졌고 전황은 좀처럼 풀리지 않았다. 1951년 봄 중국군의 공세가 실패로 돌아간 후 양쪽 모두 앞으로 승리할 수 있는 절호의 기회를 갖게 될 것이라거나 혹은 전쟁의 성격이 바뀔 것이라고 확신할 수 없게 되었다. 협상을 통해 문제가 해결될 것이라는 기대는 현지에서 평화 회담이 열릴 것이라는 사실을 의미했기 때문에 상호 간에 유리한 위치에 서기 위해 충돌했고, 휴전선을 조금이라도 더 인정받기 위한 소규모 전투가 곳곳에서 벌어졌다. 이는 기존에 점령한 영토를 지키기 위해서 참호와 시멘트로 만든 벙커를 서로 연결한 정교한 요새가 필요하다는 것을 의미했다. 중국은 자신들이 지하 만리장성이라고 부르는 수백 킬로미터에 이르는 땅굴을 팠다. 병참 시설들은 포격에도 견딜 정도로 충분히 깊숙한 곳까지 파고 들어갔고, 유엔군의 공세는 무뎌졌다.[103] 언제 휴전협정이

---

102 임우경, 같은 글, 172쪽.

한국전쟁과 타자의 텍스트

타결될지 모르는 상황에서 협정 조인 시점까지 양측이 점령한 지역을 기준으로 군사분계선이 설정될 가능성이 높아지자 양측은 고지를 둘러싼 전투를 거듭했다.

1951년 6월 23일 소련의 국제연합 대표 야코프 말리크(Yakov Alexandrovich Malik)가 교전국들에게 정전 논의를 제안했고 미국의 트루먼 대통령이 동의하여 1951년 7월 10일 개성에서 휴전회담이 시작되었다. 회담은 여러 차례 중단되고 장소를 판문점으로 변경하여 다시 이어졌다. 양측 모두 군사분계선을 설정하는 문제로 이견을 보였지만 협상이 지연된 주된 요인은 포로들의 교환 문제였다. 중국과 북한 측은 모든 포로의 교환을 주장했고 미국 측은 송환을 거부하는 포로들을 문제 삼으면서 포로들의 개별적인 의사를 물은 후 송환과 잔류 중 선택할 기회를 주자고 주장했다. 이렇게 협상이 지지부진하게 되자 양군이 대치한 전선에서 전투는 더욱 치열해졌다. 국지적 승리를 바탕으로 협상에서 유리한 입장을 선취하기 위해서였다.

1951년 12월 18일 양측은 포로 명단을 교환했다. 유엔군사령부에서 제시한 공산 포로의 수는 13만2474명(북한인 9만5531명, 중국인 2만700명, 남한 출신 1만6243명)이었는데 비해 공산측이 통보한 국군과 유엔군 포로의 수는 한국군 7142명, 유엔군 4417명 등

---

103 찰스 S. 영, 이상호·박성진 옮김, 「전쟁포로 – 한국전쟁이 잊혀진 숨겨진 이유」, 『한국전쟁 연구의 새로운 접근』, 한국학중앙연구원출판부, 2017, 229쪽.

모두 1만1559명에 불과했다.[104] 양측은 서로 포로의 숫자에 이의를 제기했고 자유 송환 원칙과 1대 1 교환 방식의 충돌로 회담은 다시 지연되었다. 1952년 4월 4일 유엔군 측과 공산군 측이 포로들을 분류하여 송환될 최종 포로 수를 공개했는데, 중국군 포로 2만 700명 중 송환을 선택한 포로는 5천100명에 불과했다.[105] 양측은 포로의 숫자에 이의를 제기했고 다시 회담은 합의점을 찾지 못한 채 표류했다. 특히 중국군은 중국 송환 희망 포로의 비율이 현저히 낮다는 사실을 인정하지 않았다. 중국으로 송환되기를 희망한 포로의 숫자는 단지 32%에 불과했는데 송환을 거부한 포로들 대부분은 타이완을 택했다. 이 사실은 중국공산당 정부를 경악시켰다. 인민들에게 애국심을 강조하고 항미원조전쟁에서의 승리를 강조했던 중국의 입장에서 대다수 포로가 타이완행을 선택한 사실은 충격이었다. 이런 불협화음과 함께 거제도 포로수용소에서 발생한 폭동 사건과 공산군 측이 제기한 미군의 세균전 의혹은 회담을 결렬 직전으로 몰고 갔다.

　　1953년 1월, 제2차 세계대전 당시 연합군의 총사령관이었던 드와이트 아이젠하워(Dwight David Eisenhower)가 한국전쟁 종결을 주요 공약으로 내걸고 미국 대통령으로 선출되었다. 공산군 측 역시 스탈린이 1953년 3월 5일 사망하자 한국전쟁의 종결에 합

104　조성훈, 『한국전쟁과 포로』, 선인, 2010, 191쪽.
105　양대현, 『역사의 증언−휴전회담비사』, 형설출판사, 1993, 225쪽.

한국전쟁과 타자의 텍스트

의하고 휴전을 논의하기 시작했다. 한국의 이승만 대통령은 휴전 협정을 거부하고 한국군의 단독 북진을 주장하면서 미국으로부터 상호방위조약을 얻어내고자 했다. 1953년 6월 8일 판문점에서 포로 송환 협정이 체결되자 한국은 휴전 반대 결의문을 발표하고 6월 18일에 송환을 거부하는 반공 포로를 석방시켰다. 미국은 반공 포로들의 석방이 정전을 방해할 만한 것은 아니라고 판단했다. 포로 협상의 쟁점은 주로 중국군 포로들이었다.[106]

중국군은 6월 8일 송환 협정에 서명한 직후인 경기도 금성 지역에서 한국전쟁 중 마지막 공세를 펼쳤다. 이 공격은 이승만의 '반공 포로 석방'에 대한 보복적 성격을 지닌 것이었다. 마오쩌둥은 중국군 포로 1만4000여 명이 타이완을 선택하자 정전 협정 체결 전에 한국군을 공격할 것을 지시했다.[107] 1953년 7월 27일 오전

---

106 김보영, 「한국전쟁 포로협상과 중국군 포로의 선택」, 『사학연구』 123호, 한국사학회, 2016. 9, 199쪽.

107 "유엔연합군과 공산군이 휴전협정에서 전기를 마련한 것은 1953년 5월 25일이었다. 유엔군 측은 송환을 원하지 않는 포로들을 중립국 위원회에서 심사하는 것을 골자로 하는 수정안을 제시해 공산군 측의 동의를 얻어냈고 6월 8일 포로 송환 협정 최종안에 서명했다. 협정에 따르면 포로들은 자유의사에 따라 북과 남, 혹은 제3국으로 갈지를 선택할 자유가 있었다. 우리 정부는 그러나 북측이 제시한 국군포로 송환 수가 8300여명에 불과했던 반면 북한에 돌려보낼 포로수가 10만 명에 달한다는 점과 무엇보다 휴전 후 전쟁이 다시 일어나면 유엔군이 다시 참전한다는 보장이 없다는 것을 들어 휴전을 반대했다. 이승만 전 대통령은 '북진통일론'을 외치며 더욱 강경한 입장이었다. 그러나 미국을 비롯한 유엔은 중국군까지 참전한 상황에서 북진통

제159차 본회담이 열리고 양측은 휴전협정 문서에 서명했다. 이로

일은 제3차 대전을 초래할 수도 있는 위험천만한 발상으로 보았다. 전쟁 영웅 출신으로 대통령에 당선된 아이젠하워는 직접 전선을 시찰하며 단기간에 전쟁이 끝날 수 없다는 결론을 내리고 더 이상 소중한 목숨들을 무의미하게 희생시킬 수 없다는 생각이었다. 사실상 휴전 협상이 타결됐음에도 전선은 더욱 뜨거워졌다. 특히 중국군은 북진통일을 주장하며 휴전협정에 반대하는 이승만의 기를 꺾기 위해 이른바 6월 대공세를 펼쳤다.

포로 송환 협정이 타결된 지 이틀 뒤인 6월 10일부터 17일까지 한국군 2군단(군단장 정일권 장군)이 단독으로 방어하는 중부전선 '금성 돌출부'를 일제히 공격했다. 아군은 총 13km의 전선에서 평균 4km씩 물러나는 패퇴를 당했고 단독 북진을 외치던 이승만 대통령의 체면도 뭉개졌다. 그러나 이승만 대통령은 18일 전격적인 반공 포로 석방으로 금성 대참패를 묻히게 했다. 김태환 회장은 "노회한 이승만 박사는 서방식 언론플레이에 능해 패전 다음 날 이미 합의가 된 반공 포로 석방의 핵폭탄급 뉴스를 터뜨려 중국군의 승전보를 무색하게 만들었다"고 지적했다. 그는 "반공 포로 석방으로 휴전협정이 물거품 되는 위기는 피할 수 있었지만 중국군의 '7월 대공세'라는 더 큰 비극을 초래했다"고 안타까워했다. 중국군은 이승만의 코를 납작하게 만들기 위해 금성천 돌출부를 지도상에서 완전히 밀어버리겠다는 계획을 세운 것이다. 7월 13일 밤, 중공군은 한국전 개입 이래 최대의 포 사격을 가한 후에 물밀듯이 진격해왔다. 한국군은 수도사단 부사단장이 포로가 되는 등 최악의 참패를 당했고 실제로 금성 돌출부는 완전히 일직선이 되어 사라져버렸다. 금성천전투 참패 이후 이 대통령은 미국의 지원 없는 독자 북진이 불가능한 점을 깨달았기 때문에 휴전을 더 이상 반대할 수 없었다. 결국 7월 27일 판문점에서 쌍방 대표가 참석한 가운데 3년 1개월의 기나긴 전쟁을 멈추는 역사적인 조인식이 열렸다. 김태환 회장은 "휴전협정이 미뤄지면서 6월과 7월에만 5만3000여 명의 아군 사상자가 발생했다. 미군도 5000여 명의 사상자가 나와 아이젠하워는 '이승만의 만용으로 죽지 않아

한국전쟁과 타자의 텍스트

써 3년 1개월 3일 동안 계속된 한국전쟁의 포성이 멎었다. 휴전협정에 따라 이루어진 포로 교환은 중립국 송환위원회 감독하에 진행되었다. 유엔군 측은 7만5823명의 포로를 송환했는데, 그중 7만 183명은 한국인, 5640명은 중국인이었다. 공산군 측은 1만2733명을 인도했고 그중 미국인이 3597명, 한국인이 7826명, 그외 다른 나라 사람들이었다. 송환 거부 포로들의 처리는 훨씬 복잡했는데 중립국 송환위원회의 관리 아래 양측 대표가 송환 이점을 '해설'하게 되어 있었다. 유엔군 측에는 송환 거부 포로가 2만2604명이 있었으며, 그중 1만4704명은 중국인이었고, 7900명은 한국인이었다. '해설'이 끝난 후에도 남은 중국인과 한국인 포로들의 처리가 문제였다. 휴전협정에는 90일간의 해설 기간 후에도 남는 미송환자의 운명은 전후 정치 회담에 의거 결정하도록 했다. 그 결과 중국인 포로들은 타이완으로 갔으며 국군 포로는 대한민국에 인도되었다. 유엔군 측이 자원 송환 원칙을 제기하면서 포로 문제는 전쟁을 심리전·이념전으로 전환했고, 포로 협상의 난항은 전쟁을 장기전으로 이끈 주요인이었다.[108] '자원 송환'이란 처음부터 두 개의 선택지밖에 주어지지 않은 일종의 냉전적 강제였다. 표면적으로는 중립

도 될 많은 젊은이들이 희생됐다'며 크게 분노했다"고 전했다. (노창현, "한국전쟁의 영웅은 맥아더가 아니라 아이젠하워 - LA 김태환 회장", 『NEWSIS』, 2015년 6월 21일. 〈https://newsis.com/view/?id=NISX20150620_0013740718〉)

108 김보영, 『전쟁과 휴전 - 휴전회담 기록으로 읽는 한국전쟁』, 한양대학교출판부, 2016, 376~378쪽.

국이라는 제3의 선택 항이 있었음에도 수십만 포로 중 겨우 88명만이 중립국을 선택했다는 사실이 이를 방증한다.[109]

중국군은 '동방 평화의 전초를 지키다'라는 선언문에서 "중국 인민지원군은 중·조 두 나라 정부의 조선 문제를 평화롭게 해결하고, 극동의 긴장 국면을 완화하자는 주장을 일관되게 옹호, 지지하였다"[110]고 자평했다. 중국군은 북한의 재건 사업을 돕다가 1959년 북한에서 철수했다. 중국은 한국전쟁으로 엄청난 대가를 지불했지만 신생 중국의 국제적 위상을 높였고 건국 초기의 내부적 혼란을 잠재울 수 있었다. 그리고 이 전쟁을 계기로 중국은 한반도에서 소련보다 강한 발언권을 획득했고 그 영향력은 지금도 유효하다. 중국은 한국전쟁을 지속적으로 '항미원조전쟁'으로 칭하면서 '한국전쟁=정의로운 전쟁'이라고 규정하는 데 주저하지 않는다.

중국의 대중매체는 전쟁의 참상과 피해를 은폐하고 '승리'의 이미지를 반복적으로 재생산했다. 중국 인민들은 그 이미지를 내면화함으로써 점차 냉전 이데올로기에 포섭되어갔다. 그리하여 항미원조전쟁의 이미지는 전쟁 당시는 물론이거니와 현재까지도 냉

---

109 임우경, 「중국의 한국전쟁 귀환 포로와 동아시아의 탈냉전」, 『성균 차이나브리프』 4권 3호, 성균관대학교 성균중국연구소, 2016, 159~160쪽.

110 중국 해방군 화보사 글·사진, 노동환 외 옮김, 「동방 평화의 전초를 지키다」, 『그들이 본 한국전쟁 1 – 항미원조 – 중국인민지원군』, 눈빛, 2005, 187쪽.

전의 심미적 토대가 되고 있다.[111] 중국군은 인민들에게 자국의 병사들이 참여한 전쟁의 의미를 선전하고 애국심을 고취하려는 목적으로 여러 고지 전투 중 '상감령(上甘嶺) 전투'를 널리 홍보하였다. 이곳은 강원도 철원군 김화읍 오성산 남쪽, 저격능선(Sniper Ridge)과 삼각고지 사이에 있는 고개를

영화 〈상감령〉(1956) 포스터

지칭하는데 이 일대를 둘러싼 국군과 중국군이 벌인 '저격능선 전투'는 1951년 10월 14일부터 11월 25일까지 42일 동안이나 계속됐다. 이 전투에서 어느 쪽도 결정적인 승리를 거두지 못했다. 남쪽 능선의 A고지와 돌바위능선은 국군이, 북쪽 능선인 Y고지는 중국군이 점령한 채로 전투가 끝난 것이다. 전사자는 국군 4830명, 중국군 1만4867명이었다. 중국은 전쟁이 끝난 후 영화 〈상감령(上甘嶺)〉(1956)을 제작하였다. 조국을 위해 헌신한 병사들의 애국심을

---

111 이승희, 「전쟁의 정치적 변용 50~60년대 '항미원조' 전쟁영화를 중심으로」, 『사이間SAI』 17권, 국제한국문학문화학회, 2014, 76쪽.

주제로 삼은 이 영화는 크게 성공하였다. 실제로는 전투 11일째에 미군들은 후방으로 빠지고 중국군은 한국군과 주로 전투를 벌였으나 영화에서는 항미(抗美)를 강조하기 위해 미군들과의 전투를 주로 담았다. 이 영화에서 미군의 폭격으로 갱도에 갇힌 중국군 8연대 병사들이 합창하는 노래 〈나의 조국〉은 2008년 베이징올림픽 개막식에서도 연주되었을 만큼 중국인들의 자긍심을 상징하는 노래가 되었다.

1960년대에 접어들자 중국은 대약진운동으로 심각한 경제난을 겪었다. 대약진운동은 마오쩌둥의 주도로 전개된 철강, 식량의 증산운동이었는데 사유재산 폐지와 마을을 비롯한 각 집단에 공동식당을 설치하는 정책이 병행되었다. 그러나 분배가 획일화되자 노동자들은 의욕을 잃었고, 식량 증산 속도가 수요를 따르지 못해 식량난이 가중되었다. 중국공산당 정부는 현재까지도 이 시기의 아사자(餓死者) 숫자를 은폐하고 있지만 대체적으로 "2000만 명에서 4000만 명이 기근으로 사망한 것으로 추정"[112]된다. 아사자가 늘어나자 민심이 악화되었고, 마오쩌둥의 정치적 위상은 흔들렸다. 이때 중국 정부는 다시 한국전쟁의 기억을 소환했다. 영화 〈기습〉(1960)에서 한국전쟁에서 활약한 중국군의 모습을 다시 재현했다. 이 영화 속에서 미국 병사들은 물질적 풍요에 찌든 퇴폐적인 이미지로 그려지는 반면 중국군 병사들은 순수하고 정의로운

---

112 라오웨이, 이향중 옮김, 『저 낮은 중국』, 이가서, 2004, 261쪽.

모습으로 그려진다. '강한 중국'의 이미지와 '타락한 미국'의 이미지를 대비시키면서 핍박받은 아시아 민중의 구원자로 중국군을 묘사했다. 또한 이 영화는 부상당한 중국군 병사를 정성스럽게 간호하는 북한 여성을 등장시키면서 '북한'이라는 '여성'을 '중국'이라는 강한 '남성'이 보호해준다는 이미지를 구성했다.

중국의 국민작가 바진(巴金)의 소설 「단원」(1961)도 〈영웅아녀〉(1964)라는 영화로 제작되었다. 이 영화는 항미원조전쟁에 참전한 두 남매 왕청과 왕팡을 주인공으로 내세운다. 남매의 아버지 왕원칭은 국공내전 시기 장제스 군대의 만행을 보고 각성하여 공산당에 합류한 애국자로 나온다. 혁명 영웅인 아버지의 뒤를 이어 남매는 항미원조에 참전한다. 왕청은 전투 중 자신의 부대가 궁지에 몰리자 홀로 앞장서서 미군 진지를 향해 돌격한다. 왕청이 전사하자 지휘관은 그의 무용담을 들려주면서 왕팡을 위로하고, 울분과 슬픔이 차오른 부대원들의 사기는 높아진다. 전쟁에서 흔히 동원되는 도식적인 영웅 서사이지만 이 영화는 과거의 전쟁을 호명하면서 대약진운동의 실패로 곤궁에 빠진 중국의 현실을 은폐하는 장치로 활용되었다. 그리고 물불을 가리지 않고 적진을 향해 돌격하는 왕팡의 무용담을 병사들의 교육에 활용하는 장면에서 곧 시작될 문화대혁명에서 활약하는 홍위병의 모습을 쉽게 연상할 수 있다. 미군을 향해 홀로 무모한 돌격을 감행하는 왕팡은 마오쩌둥의 노선에 절대적으로 복종하며 인민의 적을 제거하는 데 앞장서는 홍위병과 겹쳐진다. 이 영화의 주제가 〈영웅찬가(英雄讚

歌)〉는 〈상감령〉의 주제가 〈나의 조국〉과 함께 오늘날까지 중국인들의 애창곡이다.[113] 황루(黃露)의 소설 「용병단 이야기」(1968)에서도 미군이 점령한 평양에 들어선 사창가의 모습을 강조하고 북한을 구하러 온 중국군을 긍정적으로 묘사하는 서사가 이어진다. 애국심의 고취라는 목적을 지닌 이런 영화들은 중국 내부의 불만과 빈곤한 경제, 독재적인 중국 정부를 은폐하는 장치로 활용되었다.

한국과 수교를 맺은 이후 한국전쟁 미화는 다소 줄어들었지만 21세기에 접어들면서 미국과 어깨를 나란히 할 정도로 성장한 중국은 다시 한국전쟁을 재조명하고 있다. 2001년, 중국은 한국전쟁 드라마 〈항미원조〉를 전국에 방영하려고 했지만 당시 9·11테러를 겪은 미국을 자극할 것을 우려한 중국 외교부의 만류로 방영이 불발된 적이 있다. 이후 미국과의 갈등이 증가하면서 한국전쟁 소재의 드라마와 영화 제작이 증가했다. 2016년 중국 중앙방송(CCTV)은 대하드라마 〈38선〉을 방영했고, 한국전쟁 70주년을 맞은 2020년에는 한국전쟁을 소재로 한 영화 〈금강천〉이 10월 중국 박스오피스 1위에 올랐고, 애니메이션 〈가장 사랑스러운 사람〉도

---

113 그러나 조국을 위해 희생하는 영웅적인 청년의 모습이 담긴 바진의 이 소설도 문화대혁명이 진행되는 과정에서 "평화주의를 선전하는 대독초"로 비판받았다. "영웅들을 죽게 하여 평화주의를 고취하는 반동적인 전쟁문학"이라는 이유에서였다.(이영구, 「파금(巴金)과 한국전쟁문학」, 『외국문학연구』 25호, 한국외국어대학교 외국문학연구소, 2007, 191~192쪽)

흥행에 성공했다. 한국전쟁을 다룬 대하드라마 〈압록강을 넘어서〉
도 제작 중이다. 그 밖에 1950년 12월에 미 해병대와 중국군 사이
에서 벌어진 '장진호전투'를 다룬 〈빙설장진호(氷雪長津湖)〉, 영화
〈삼강령전투〉의 리메이크작인 〈최후의 방어선〉, 〈혈전 삼강령〉이
만들어지고 있다.

2. 국가의 기억과 엇갈린 개인의 기억

국가의 기억과 개인의 기억은 필연적으로 어긋난다. 중국의
한국전쟁 수행 과정에서 국가의 기억과 개인의 기억이 가장 어긋
나는 지점은 바로 포로 송환 문제였다. 한국전쟁이 장기화된 가장
큰 요인이 된 포로 송환 문제는 애국심과 국민 단합, 정의로운 전
쟁을 외치던 중국 정부의 주장에 균열을 냈다. 대다수 포로들이 중
국 본토가 아닌 장제스와 국민당이 도피한 타이완으로 가는 것을
선택했기 때문이다. 이것은 '항미원조'라는 중국의 대의에 먹칠을
할 뿐만 아니라 군대의 사기에도 악영향을 미칠 수 있기에 지금까
지 한국전쟁 포로 문제를 논하는 것이 금기시되고 있다. 신생국가
로서의 정체성 형성이라는 절박함과 전쟁 이후 반미 정서와 문화
대혁명을 거치면서 중국에서 한국전쟁의 기억은 국가에서 주도하
는 애국 프로젝트의 성격을 지닌다. 따라서 타이완을 선택한 포로
들은 중국의 집단 기억 형성에 방해된다는 이유로 부정되었다. 중

국 문학에서 한국전쟁은 대부분 애국심을 강조하고 미국과 대등하게 싸운 중국군의 용맹함을 선전하는 소재이다.

한국전쟁 당시 중국군 포로를 소재로 창작된 하 진(HA-JIN, 본명 金雪飛)의 소설 『전쟁 쓰레기』(왕은철 옮김, 시공사, 2008, 이하 쪽수만 표시) 역시 현재까지 중국에서 출판되지 못했다. 작가 하 진은 1956년 중국 랴오닝에서 태어나 열네 살부터 스무 살까지 중국 인민해방군 병사로 복무했다. 이후 헤이룽강대학교에서 영문학 학사를, 산둥대학교에서 영문학 석사 과정을 마친 뒤 미국으로 건너가 브랜다이스대학교에서 영문학 박사 학위를 받았다. 1989년 미국 유학 도중 톈안먼(天安門) 사태를 접한 그는 귀국을 포기하고 미국에 망명하여 영어로 소설을 쓰기 시작했다. 1996년 『*Ocean of Words*』으로 헤밍웨이상을 수상하고, 1997년 『*Under the Red Flag*』로 플래너리 오코너 단편문학상을 받으면서 두각을 나타냈다. 1999년 중국의 문화대혁명 시기를 다룬 소설 『*Waiting*』으로 전미(全美)도서상과 펜/포크너상을 수상했고 퓰리처상 최종후보에 올랐다. 그는 2004년에 발표한 소설 『전쟁 쓰레기』로 또다시 펜/포크너상을 수상하고, 퓰리처상 최종 후보에 올랐다.

『전쟁 쓰레기』는 중국의 예민한 부분을 건드리는 텍스트다. 소설의 주인공 유안은 장제스의 국민당이 설립한 황푸군관학교 출신의 장교다. 1949년 마오쩌둥의 공산당이 집권하자 황푸군관학교 출신 장교들은 인민해방군에 편입되었다. 유안은 별다른 저항 없이 재교육을 수용하고 항일투쟁에서 혁혁한 공로를 세운 부

한국전쟁과 타자의 텍스트

대에 배치받는다. 국민당군 시절의 사고방식을 버리지 못한 몇몇 고위 장교들은 처벌받기도 했지만, 유안은 전쟁에 지친 조국에 평화를 가져다준 것 같은 공산주의자들에게 고마움을 느꼈다. 약혼녀와 홀어머니가 있었으므로 유안은 기꺼이 마오쩌둥의 군대에서 복무하는 길을 택했다. 1951년 춘제가 시작되기 3주 전, 유안의 부대에 만주 인근의 허베이성으로 이동하라는 명령이 떨어진다. 만주에 도착한 부대는 바로 한국전쟁에 투입된다. 유안의 부대는 압록강을 건넌 직후부터 미군의 공습을 받아 부대의 3분의 1이 희생당했고 가까스로 38도선에 집결을 마쳤다. 중국군은 서울을 점령한 여세를 몰아 계속 남진하기 시작했지만, 1951년 2월 지평리에서 미군과 프랑스군 대대의 반격을 받아 진격이 좌절되었다.

중국군은 전열을 가다듬고 4월 하순 제1차 춘계대공세를 전개했고, 5월 중순경 제2차 공세를 계속했으나 유엔군의 반격에 밀려 많은 사상자와 포로를 냈다.[114] 심각한 손실을 입은 중국군은 앞으로 나가지 못하고 전투 시점의 위치보다 평균 10여 킬로미터 후퇴했다. 특히 2개 군단의 병력이 포위되어 전멸할 위기에 몰린다. 180사단은 사단의 전력을 유지할 수 없게 되었다. 이 전투에서 중국군 1만7000여 명이 포로로 잡혀 한국전쟁 중 발생한 중국군 포로의 80%를 차지했다.[115] 『전쟁 쓰레기』의 주인공 유안이 소속된

---

114 중국 군사과학연구원 군사역사부, 한국전략문제연구소 옮김, 『중공군의 한국전쟁사』, 세경사, 1991, 393쪽.

115 양규송, 「중국의 한국전 출병 시말」, 박두복 편저, 『한국전쟁과 중국』,

사단은 1951년 제2차 춘계대공세에서 혹독한 피해를 입은 180사단이었다. 낙오된 유안은 미군의 포로가 된다. 그는 포로가 된 자신의 가족들이 받게 될 대우를 상상하면서 괴로워한다.

> 나는 적에게 사로잡혀 있었다. 포로가 된 것이다. 그 사실을 깨닫자 가슴에 날카로운 통증이 밀려왔다. (…) 나는 뻣뻣한 왼쪽 허벅지에 손을 대봤다. 하지만 아무리 노력해도 다리를 움직일 수 없었다. 부러진 게 틀림없었다. 이어 사타구니를 만져보았다. 우리는 미군들이 중국 포로들을 거세해버린다는 얘기를 들었다. 하지만 허벅지에 붕대가 감긴 걸 제외하면 모든 게 괜찮았다. 나를 사로잡은 자들은 살려두려고 하는 것 같았다. 왜 죽이지 않았지? 그랬다면 더 좋았을 것이다. 적어도 고향에 있는 사람들은 어머니를 순교자의 부모로 대접할 것이고, 정부는 어머니를 돌봐줄 것이었다.(67~68쪽)

유안은 부산 전쟁포로 집결지에 머물다가 거제도의 포로수용소로 옮겨진다. 거제도 포로수용소의 중국군 막사에서는 '작은 국공내전'이 벌어지고 있었다. 국민당 출신 반공 포로들은 중국으로 돌아가면 포로 출신들이 받게 될 모멸감을 상기시키면서 본토로 귀국하려는 자들을 설득했다. 반면 친공 포로들은 여전히 투철한 이념을 지니고 수용소의 미군들에게 비협조적인 태도를 보인다. 그

백산서당, 2001, 321쪽.

들은 미군 병력을 최대한 거제도에 묶어서 전방에 투입될 미군 부대를 줄이기 위한 투쟁에 돌입한다. 유안은 친공 포로와 반공 포로들 중 어디에도 섞이지 못한다. 국민당 장교 출신이지만 어머니와 약혼녀가 있는 중국으로 돌아가기를 희망하는 유안은 어느 한쪽을 선택하기가 곤혹스러웠다. 반공 포로들은 유안이 지식인이자 장교라는 사실을 상기하면서 그에게 타이완으로 갈 것을 설득한다. 반공 포로들은 타이완행을 결심한 포로들의 명단을 미군에 전달하고 이탈자를 방지하려고 포로들의 몸에 글자와 그림을 새긴다. '러시아와 마르크스를 몰아내자!' '마오쩌둥을 생포하자!', '국민당에 충성하자!', '공산주의를 근절하자!'와 같은 자극적인 글귀를 새긴 반공 포로들은 친공 포로들과 수시로 충돌했다. 미군들은 포로들을 방관하면서 전쟁이 끝나기만을 기다렸다. 반공 포로들은 장교이자 지식인인 유안을 협박하는 한편 포로가 되는 것을 인정하지 않는 공산주의 군대의 잔혹함을 비판한다.

"왕 대장님, 저는 공산주의자가 아니지만 고향에 돌아가야 합니다. 본토에는 아픈 노모가 계시고 약혼녀가 있습니다."

나는 호주머니에서 쥐란의 스냅사진을 꺼내 보여줬다. 그는 사진을 흘깃 보고 별다른 느낌을 받지 못하는 것 같았다.

"우리 모두는 중국에 부모와 형제들이 있지. 그러나 진짜 남자는 자신의 마음이 가는 곳을 고향으로 삼아야 하는 거야. 자네 약혼녀에 관한 건 말이 안 되는 거야."

"어째서 그렇죠?"

"나는 공산주의 군대에 근무했기 때문에 그들의 규칙을 알지. 자네는 대대장이 되기 전까지 여자와 같이 살 수도 없어. 자네가 언제 그런 자격을 얻겠는가? 그녀와 그렇게 떨어져 사는 걸 견딜 수 있겠는가? 황푸군관학교를 다닐 때, 마음에 드는 여자를 아무 때나 고를 수 있었던 걸 기억하나? 이것은 큰 차이가 아닌가?"(142~143쪽)

"바이 형제, 공산주의 군대 행동 수칙 7조가 뭔지 말해보게."

다지안이 숨을 헐떡이며 말했다.

"항복하지 마라. 목숨을 희생하는 한이 있더라도 포로로 잡히지 마라."

"맞아. 모든 사람이 들을 수 있도록 큰 소리로 말해보게."

(…)

"이것이 오늘 내가 얘기하고자 하는 것이오. 여러분은 모두 공산주의자들의 규율을 알고 있고, 또 전쟁포로로 돌아가면 무슨 일이 일어날지 이해할 것이오. 여러분이 아직도 본토로 돌아가기를 원한다면, 본토로 돌아가는 순간 탄핵이나 육체적인 처벌, 감옥형, 처형당할 마음의 준비를 해야 하오. 공산주의자들이 여러분을 살려준다 해도 여러분은 남은 일생 동안 사회의 쓰레기가 될 것이오. 형제 여러분, 여러분은 내가 여러분이 두려워서 맞서지 못하는 진실을 말하고 있다는 걸 알 거요. 그래서 나는 지금 그 문제를 끄집어내는 거요. 역사는 공산주의자들이 늘 자기편보다는 적들에게 더 관대했다는 걸 보여주고 있소. 여러분은 그들의 중요한 적이 되어야만 품위

있게 살아남을 수 있소."(158쪽)

소설에 그려진 포로들의 갈등은 실제 역사와도 겹친다.[116] 살해와 협박이 난무하는 가운데 반공 포로들은 선택을 못 한 채 머뭇거리는 유안의 몸에 'FUCK COMMUNISM'이라는 문신을 새겨 넣는다. 반공 포로들의 잔혹함에 질려버린 유안은 포로들을 이념에 따라 분리시키는 미군의 정책을 이용하여 친공 포로들의 막사로 옮긴다. 자신과 같은 180사단 소속 장교들이 지휘하는 그 막사에서는 '공산주의협회'라는 정치 조합이 결성되어 있었고, 친공 포

---

116 "1951년 7월 2일 제72수용소 5대대 안에서 인여량 등 179명이 '중국애국청년방공구국단'을 결성했고, 86수용소에서도 왕존명, 고종령 등이 주동이 되어 '반공항아애국청년동맹회'를 조직했다. 72수용소 장교대대에서는 위세희, 왕유민 등이 1951년 6월 3일 준비회를 개최한 후 '중국국민당 제63지부'를 조직했다."(장택석, 『중국군 포로의 6·25전쟁 참전기』, 국방부 군사편찬연구소, 2009, 85~86쪽); "우익 포로 지도자들은 중국군 포로들의 몸에 강제로 반동적 표어를 새겼다. 팔뚝에 '공산당에 반대하고 소련에 저항하자', '주더를 죽이고 마오쩌둥을 제거하자'를 새기는 것에서부터 가슴과 등에 중화민국 국기 '청천백일기'를 새기기도 했다. '대만으로 가기를 요구하는 혈서'에 강제로 서명하고 손도장을 찍었으며, 심지어는 '나를 대만으로 보내주지 않으면, 나는 차라리 자살을 하겠다'라는 '절명서'를 쓰도록 강요했다.(장택석, 같은 책, 156쪽); "27개 수용소마다 5천~7천여 명씩 수용된 포로들은 좌·우익으로 나뉘어 밤마다 처절한 싸움을 계속했습니다. 하룻밤에 수십 명이 흔적도 없이 사라지곤 했지요."("40년 전 악몽 눈물로 회상, '76인의 포로' 거제수용소 방문", 『국민일보』, 1993년 10월 18일 자)

로들의 향수를 달랠 연극과 노래 공연도 벌어졌다. 유안은 정치 조합에 가입을 신청하지만 보류된다. 친공 포로들은 수용소 교회의 미국인 신부 우드워스에게 찬송가의 영어 가사를 중국어로 번역해줬다는 이유로 유안의 가입을 인정하지 않는다. 유안은 친공 포로들의 지휘관인 인민위원 페이와 논쟁을 벌인다. 당이 자신을 필요로 하면서도 왜 받아들이지 않는지를 묻는 유안에게 페이는 친공 포로들 앞에서 자아비판을 할 것을 요구한다. 하지만 유안은 미국인 신부에게 찬송가를 번역해준 일이 그토록 큰 잘못으로 취급되는 사실을 인정하지 않았다.

"저는 제가 공산주의자라고 주장한 적은 없습니다. 그리고 그렇게 생각한 적도 더더욱 없습니다. 하지만 저는 사회주의만이 중국을 구할 수 있다고 믿고 있습니다. 그래서 공산주의자들을 따르려고 이곳에 와 있는 겁니다."

"말 한번 잘했네. 나는 자네의 솔직함이 좋네."

그의 말에 용기를 얻은 나는 속마음을 더 털어놓았다.

"저는 공산주의자들의 열의와 헌신과 규율을 존중합니다. 하지만 운영 방법상의 논리를 모두 받아들일 수는 없습니다."

"무슨 말인가?"

"공산주의자들은 모든 사람을 하나의 구성원으로만 생각합니다. 하나 더하기 하나는 둘이라는 거지요. 인간이 말이라도 되는 것처럼 백 사람이 단결하면 백 사람의 힘이 된다는 거지요. 제 생각에 그건

한국전쟁과 타자의 텍스트

너무 단순한 것 같습니다. 저는 개인보다 훨씬 더 큰 힘이 있는 게 분명하다고 생각합니다. 승수(乘數)처럼 말이죠. 그 힘을 건드리면 자신을 배가시킬 수 있습니다. 승수가 무엇이냐에 따라 백도 될 수 있고 천도 될 수 있는 거죠.”

“유안, 자네는 생각이 깊군그래. 그렇다면 자네는 신이 그 힘의 원천이라는 걸 알아냈단 말인가?”

“아닙니다. 아직은 아닙니다. 하지만 인간을 위한 그런 승수가 분명 있을 겁니다.”

“나는 그걸 찾아냈네.”

그가 단호하게 말했다.

“정말입니까?”

“그렇다네. 그건 마르크시즘이네.”(190~192쪽)

공산주의 조직에서도 의심을 받게 된 유안은 생존을 위해 그들에게 협조한다. 미군들에게 전달할 요구 사항을 영어로 번역하고 미군 장교와의 면담을 통역하는 일을 하면서 유안은 겨우 생존하게 된다. 그는 고향으로 돌아갈 희망을 포기하지 않았다. 그러나 1952년에 접어들자 휴전협정 중 포로 교환 문제가 더욱 첨예하게 대립하게 되었고 포로수용소 내의 친공 포로들과 반공 포로들의 갈등도 더욱 심화되었다. 1952년 2월, 송환 심사를 거부한 북한군 포로들이 폭동을 일으켰고 이를 진압하는 과정에서 70여 명의 포로들이 사망했다. 그리고 5월에는 포로수용소장이 포로들에게 납치되는 사건[117]이 벌어진다. 수용소장을 인질로 잡은 포로들은, 미군들의 폭력을 중단할 것, 포로들의 '자발적인 선택'을 보장하는 정책을 중단할 것, 북한군과 중국군의 송환 심사를 그만둘 것, 전쟁포로들의 조합을 적법한 단체로 인정할 것을 요구한다.[118] 가까스로 포로수용소의 폭동을 진압한 유엔군은 문제를 일으킨 포로들을 분산 배치하고, 유안이 소속된 602수용소의 중국군 포로들은 제주도로 보내진다. 제주도에 수용된 후에도 페이 인민위원을

---

117 유엔군 측의 포로 심사에 맞선 친공 포로들의 저항으로 1952년 5월 7일 거제도 포로수용소장 도드(Francis Dodd) 장군이 납치되는 사건이 발생했다. 도드 장군은 10일 22시 30분까지 78시간이 넘도록 감금당했다. 수용소장이 '포로의 포로'가 된 이 사건은 수용소장이 포로에게 납치되었다는 상징성과 함께 신임 수용소장 콜슨(Charles F. Colson)이 도드 석방을 위해 포로 대표에게 서명한 포로 심사 중단 및 학대 금지 등의 각서 내용으로 세계적인 주목을 받았다.(조성훈, 『한국전쟁과 포로』, 같은 책, 252~253쪽) 하지만 신임 유엔사령관 클라크(Mark W. Clark) 대장은 콜슨 장군의 서면동의가 포로의 위협 아래 이루어진 것이므로 '완전한 공갈(unadulterated blackmail)'이라고 평하면서 그 내용을 부인했다. 또한 수용소의 폭동은 유엔군을 난처하게 하려는 공산군 측의 계획적인 음모에서 비롯된 것이므로 진압 시에 무기를 사용한 것은 질서를 회복하기 위한 것이라고 주장했다. 미군사령부는 도드 장군과 콜슨 장군을, 존재하지 않는 포로 대우에 대한 곡해와 추론을 허용한 결과를 초래했다는 이유로 대령으로 강등시키는 불명예 조치를 내렸다.(조셉 굴든, 김쾌상 옮김, 『한국전쟁』, 일월서각, 1982, 615쪽)

118 『전쟁 쓰레기』에서는 '도드' 소장의 실명을 사용하지 않고 '벨' 소장을 납치하는 것으로 묘사되었지만 1952년 5월 발생한 사건 당시 포로들의 요구 조건이 사실 그대로 삽입되었다.

주축으로 한 친공 포로들은 중국 국기인 홍기를 게양하면서 〈인터내셔널〉을 합창하는 등 투쟁을 멈추지 않는다. 페이 인민위원은 제주도에서도 폭동을 주도한다. 수많은 포로들이 죽고 다쳤지만 페이를 비롯한 지도부는 성공적인 투쟁이라고 자평하면서 포로들에게 이름뿐인 훈장을 수여한다. 유안은 그런 친공 포로 지도부를 보면서 다시 회의에 빠진다.

> 우리한테 영광스러운 승리를 축하해주는 것 외에도, 오늘 목숨을 바친 모든 동지들에게는 영웅적 전사라는 호칭이 주어졌으며, 7대대에 소속된 모든 사람들에게는 2급 훈장이, 모든 공격조원들에게는 특별 훈장이, 부상을 당한 사람에게는 1급 훈장이 주어졌다. 또한 페이는 우리에게 7대대 사람들에게 경의를 표하고 그들의 용기를 본받으라고 했다.
>
> 나는 훈장에 대해 더욱더 의심하게 되었다. 페이 같은 고위 장교에게는 이따금 한 번씩 몇 개의 훈장을 수여할 자격이 있었다. 하지만 분명 그렇게 많이 줄 수는 없었다. 한데 그는 어째서 모든 훈장이 자기 호주머니에 있으며, 자기 마음대로 훈장을 줄 수 있는 것처럼 행동하는 걸까? 나는 벌써 세 개를 받았다.(362쪽)

1953년이 되자 미군은 중국군 포로들을 다시 선별, 분류하기 위한 면담을 진행했다. 페이 인민위원은 자신이 투쟁의 배후라는 사실을 숨기기 위해서 다른 포로들과 신분을 바꾼다. 유안은 다른 포로들을 희생시켜서 지도부를 유지시키려는 페이의 비열함에 질려버린다. 결국 유안은 타이완으로 갈 방법을 찾는다. 유안은 반공 포로들과 다시 만나지만 그들은 유안이 친공 포로들의 스파이일 가능성을 염두에 두고서 자백을 강요했다.

나는 기가 질렸다. 수많은 생각이 내 머릿속을 감돌았다. 당신네들과 공산주의자들의 차이가 무엇인가? 나는 이 세상 어디에서 진정한 동지들 속에 있을 수 있을까? 왜 나는 늘 혼자일까? 나는 언제쯤 어딘가에서 편안함을 추구할 수 있을까?(458쪽)

정전협정이 체결되고 포로들의 송환 날짜가 다가오자 타이완에서 국민당 장교들이 파견되어 중국군 포로들에게 선물을 나눠주고 설득을 시작했다. 중국군 포로들은 인도군이 경비하는 중립지대에서 한 사람씩 천막으로 들어가서 최종 설득 과정을 거쳐 행선지를 정하게 되었다. 유안은 다시 갈등에 빠진다. 고향으로 돌아가고 싶지만 처벌이 두려웠고, 타이완으로 가면 어머니와 약혼녀가 무사하지 못할 것이다. 제3국을 선택하는 길이 있는데 스페인어와 포르투갈어를 모르는 상태에서 브라질이나 아르헨티나로 가는 것은 무모한 선택이 될 것이다. 카스트라는 기이한 계급제도가 있는 인도로 가면 그곳에서 최하층민으로 살아가야 한다. 제3국행이라는 극단적인 선택을 고려하던 유안은 최종 설득 작업이 벌어지는 중립지대의 캠프에서 친구 차오린을 만난다. 차오린은 유안보다 앞서 석방된 후 중국군 장교들과 함께 포로들을 설득하는 작업에 투입되었다. 차오린은 유안에게 중국 본토를 선택해도 무사하다는 사실을 알려준다.

결국 유안은 약혼녀 쥐란과 어머니가 있는 중국 본토를 선택한다. 고향으로 가기에 앞서 중국 군의관은 포로들의 몸에서 (반공포로들이 새긴) 문신을 제거해주는 작업을 실시한다.

나는 병원에 가서 리앙 의사에게 배에 있는 문신을 제거해달라고 부탁했다. 그는 사람들의 몸에 새겨진 수치스러운 문구나 표시를 제거해주었는데, 때로 전체를 다 제거하지 않고 한두 자를 없애 거기에 쓰인 말이 무슨 말인지 모르게 하거나 거기에 새로운 의미를 부여하기도 했다. 영어를 잘 알아서 알파벳을 갖고 장난을 치기도 했다. 그는 내 경우에는 절차가 간단하다고 했다. **그는 'FUCK'은 그대로 두고 'COMMUNISM'에서 'U'와 'S' 역시 그대로 둔 채 나머지 글자만 지우자고 제안했다.** 나는 처음에는 망설였지만, 우연히 그 자리에 있던 훈련 담당 장교가 박수를 치면서 좋은 생각이라고 해서 동의해버렸다. 의사는 일을 잘 처리했다. 그는 그 사이에 세 개의 점까지 넣었다. **그래서 문신은 'FUCK...U...S'로 변해버렸다.** (510쪽, 강조는 인용자)

유안의 몸에 새겨진 문신은 냉전의 비극을 상징한다. 유안의 문신은 단지 사상 검증의 의미에 머물지 않고, 국가권력의 지배와 냉전적 질서에서 개인은 자유로울 수 없다는 사실을 암시한다. 개인의 육체에 새겨진 문신은 개인의 삶과 공동체의 상상력까지 이념화하고 장악한 냉전 시대의 표상이다. 유안이 우려했던 것처럼 귀환한 중국군 병사들은 마지막 숨이 끊어지는 순간까지 싸우지 못한 겁쟁이 취급을 받는다. 게다가 중국 정부는 생환한 포로들을 부역자로 취급했고 미군과 국민당 스파이들을 색출한다는 명목으로 감시하기 시작했다. 유안이 포로로 잡혀 있는 동안 어머니는 사망했고, 약혼녀의 가족들은 '치욕스러운 포로'와 결혼시킬 수 없다는 편지를 보내온다.

> 마음이 진정되자 우리 전쟁포로들이 이미 오랫동안 잃어버린 존재로, 아니 없는 존재로 간주되어왔다는 사실이 내 눈에는 분명해졌다. 대표단이 판문점에서 우리를 자주 언급했던 이유는 우리의 고통을 이용해 적을 난처하게 만들기 위해서였고, 또한 그들이 우리에 대한 관심을 보이지 않으면 더 많은 포로들이 타이완으로 가서 본토의 체면을 구길 것이기 때문이었다. 이제 우리가 돌아와서 더 이상 국민당 애호자들에 합류할 수 없는 상황이 되자, 우리는 더 이상 당의 관심 대상이 아니었다.(516~517쪽)

생환한 포로들은 대부분 반동분자로 몰린다.[119] 포로수용소에

---

119 타이완행을 선택한 포로들은 비교적 운이 좋았다. 타이완의 중화민국 정부는 1953년 한국에 있는 중국군 포로수용소를 방문하여 포로들에게 위문품을 전달하고 안전을 보장하는 서한을 전달했다. 또한 위문단을 파견하고 타이완으로 오면 직업의 자유를 보장한다는 사실

한국전쟁과 타자의 텍스트

서 유안은 공산당 가입이 허용되지 않았는데 그 사실 덕분에 귀환
한 후 당원 출신 포로들이 받은 가혹한 대우를 받지 않는다. 그리
고 반공 포로들과 같은 막사에서 지냈으면서도 타이완으로 가지
않은 사실을 뒤늦게 인정받은 덕분에 유안은 중학교에서 교사로
일할 수 있었다. 이념의 폭력이 만연했던 문화대혁명 시기에도 유
안은 문신 덕분에 살아남는다. 그렇게 문신은 마치 부적처럼 50년
가까이 유안을 지켜준다.

문화혁명 초기의 어느 날 아침, 2백여 명의 홍위병들이 집에 찾아
와 학교로 나를 끌고 갔다. 그들은 나를 연단에 서게 했다. 한 소녀
가 다가오더니 내 셔츠를 걷어 올리고 사람들에게 내 배에 있는 문
신을 보여줬다. 그들은 내가 늘 미국을 생각하고 있다고 말했다. 그
들은 'FUCK'이라는 말이 모든 영중사전에서 삭제되어 있었기 때문
에 그 의미를 알지 못했다. 나는 그들에게 집게손가락으로 글자를

을 선전했다. 타이완으로 간 포로들은 반공 의사로 환영받았고 대부
분의 포로들은 중화민국의 국군으로 편성되었다. 중국군 포로의 타
이완행은 중화민국 정부에 있어서 내전에서는 패배했지만 이데올로
기적으로는 승리했다고 선전할 수 있는 기회를 제공했다. 그들 중 일
부는 월남, 필리핀, 태국, 일본으로 파견되어 교포들에게 그들의 생활
을 선전했다. 그들은 냉전체제 아래서 중화민국 정부와 자본주의의
우월성을 선전하는 데 활용되었고 한국과 중화민국이 돈독한 관계를
형성하는 데도 일조했다.(박영실, 「타이완행을 선택한 한국전쟁 중공
군 포로 연구」, 『아세아연구』 통권 163호, 고려대학교 아세아문화연
구원, 2016, 181~211쪽)

가리키며 분명하게 말해줬다.

"이건 씹이라는 의미입니다. 내가 정말 미국을 좋아한다면 씹이라는 말은 쓰지 않았겠죠?"

청중은 와자하니 웃음을 터뜨렸다. 덕분에 나는 목숨을 건질 수 있었다.(519쪽)

1980년에 전쟁포로들이 복권되고 1986년이 되자 중국은 외국에 문호를 개방한다. 미국으로 유학을 간 유안의 아들은 캄보디아 출신의 여자와 결혼해서 그곳에서 살아간다. 아들을 만나러 미국에 간 유안은 자신의 몸에 새겨진 문신을 다시 의식한다. 자신이 미국에서 돌아오지 않을 것으로 정부가 의심할 것을 우려한 유안은 문신을 지우지 못한다. 미국에 도착하자 문신은 거짓말처럼 마력을 잃는다. 미국인들은 낯선 중국인 노인의 문신 따위에는 관심이 없다. 오직 세 살배기 손녀딸만이 유안의 문신에 호기심을 가질 뿐이다. 이제 전쟁은 개인의 기억과 육체에만 남아 있을 뿐 사람들은 전쟁을 애써 기억하지 않는다.

일흔네 살이 다 된 나는 관절염과 녹내장으로 고생하고 있다. 더 이상 쓸 힘도 없다. 하지만 이것을 '우리의 이야기'라고 생각하지 말아주었으면 좋겠다. 내 존재의 깊은 곳에서 나는 그들 중 하나인 적이 결코 없었다. 나는 그저 내가 경험한 것들에 대해 썼을 뿐이다.(523쪽)

한국전쟁과 타자의 텍스트

국가권력에 의해서 역사에서 배제된 자들의 목소리는 쉽게 누락된다. '항미원조 보가위국(抗美援朝 保家衛国)'을 외치는 국가의 기억에서 유안과 같은 자들은 불편한 존재일 따름이다. 이 소설에서 하 진은 유안이라는 허구의 인물을 통해 중국군 포로들의 경험을 사실적으로 묘사하고 있다.

귀환 포로가 실질적으로 복권된 1980년대 후반까지 중국에서 귀환 포로에 관한 서사는 거의 공백 상태였다. 중국대륙에서 발표된 것 중 귀환 포로를 다룬 최초의 문학작품은 멍웨이자이(孟偉哉)의 단편소설 「戰俘」(1979)로 추정된다. 그나마 귀환 포로가 주인공이었을 뿐 포로 체험보다는 귀환 후 국내에서 겪었던 정치적 역경에 초점이 맞추어져 있어 발표 당시 포로 서사라기보다는 문화대혁명 직후의 상흔문학 정도로 평가되었다. 본격적인 포로 체험 서사는 그로부터 다시 10여 년이 지난 후에야 등장하기 시작했다. 1987년 거제도 포로수용소의 체험을 다룬 삐이에(碧野)의 장편소설 『死亡之島』와 다잉(大鷹)의 인터뷰 모음집 『志願軍戰俘紀事』를 필두로 위징(于勁)의 『厄運』(1988), 왕궈즈(王国治)·차오바오밍(曹保明)의 『一個志願軍戰士的経歴』(1990), 가오옌싸이(高延賽)의 『重囲』, 『絶地戰歌』, 장쩌스(張沢石)의 『我従美軍集中営帰来』(1988), 『一個志願軍帰俘的遭遇』(1992), 『戰俘手記』(1993), 『我的朝鮮戰争』(2000), 『考験』(1998), 허밍(賀明)의 『忠誠』(1998), 『見証』(2001), 아이웨이(艾偉)의 단편소설 『戰俘』(2011) 등이 연달아 출판되었다. 포로들의 귀환이 이루어진 지 30여 년만에 비로소 그들의 체험이 세상에 알려지게 된 것이다. 그간 포로 서사에 대한 연구가 거의 전무한 것은 물론이다. 사실 남한 국군포로 박진홍의 수기 『돌아온 패자』(역사비평사, 2001)에서도 언급되었듯이, 어느 나라나 귀환 포로에 대한 시선이 고운 것만은 아니다. 그렇지만 전후 남한의 경우 포로 체험에 관한 서사가 포로 본인들은 물론이고 여러 작가들에 의해 꾸준히 나왔던 걸 보면, 그것이 이데올로기에 심각한 도전이 되지 않는 이상 적어도 포로 서사 자체가 금지된 것은 아니었음을 알 수 있다. 반공 포로들을 반공 의사로 추대했던 대만에서는 두말할 것도 없이 상당한 선전 자료가 축적되어 있고 그에 대한 연구도 제법 나와 있는 상황이다. 유독 중국에서만 냉전 시기 포로 관련 담론이 거의 부재했던 셈이다.[120]

그토록 한국전쟁 참전의 의미를 강조하면서도 생환한 포로들의 존재를 외면하는 중국 정부의 이중적인 태도는 지금도 계속되고 있다. 1980년대 후반에야 포로들의 경험이 본격적으로 알려지기 시작했지만 그때는 이미 냉전이 끝나가던 시기였다. 타이완으로 갔던 반공 포로들은 이제 본토의 고향을 오가게 되었고, 그들을 '반동'으로 몰아갔던 중국 정부는 고향에 투자할 자금을 가지고 오는 그들을 환영했다. 그 장면을 지켜본 중국군 포로들의 상실감은 더욱 컸을 것이다. 그들은 냉전 시기 국가권력에 이용되다

120 임우경, 「'가장 사랑스러운 사람'-한국전쟁 귀환 포로와 신중국 영웅 서사의 그늘」, 『중국학보』 73권, 한국중국학회, 2015, 317~318쪽.

한국전쟁과 타자의 텍스트

미국 시사지 『Life』에 실린 거제도 포로수용소 사진

가 활용 가치를 잃은 존재로 남았다. 2000년대 이후 대국 반열에 오른 중국은 미국과 잦은 갈등을 일으키면서 한국전쟁의 영웅 서사를 다시 생산하고 있다. 이런 상황에서 생환 포로들의 존재는 여전히 부정될 수밖에 없다. 『전쟁 쓰레기』의 주인공 유안이 한국전쟁을 회고하면서 "나는 그들 중 하나인 적이 결코 없었다"고 고백한 이유이기도 하다.

　미국으로 망명한 하 진은 중국의 현대사에 관한 자료를 대부분 해외에서 접했을 것이다. 하 진은 앞서 언급했듯이 1989년, 미국 유학 생활 중 톈안먼 사태의 소식을 듣고 망명을 결심한다.[121]

중국 정부는 톈안먼 광장에서 벌어진 대학생들의 민주화 시위를 강경 진압했다. 비공식적인 집계로 민간인 713명, 군인 14명이 사망한 것으로 알려졌지만 실제 희생자들은 훨씬 많다는 것이 정설이다. 그날의 충격적인 학살은 중국 지식인들에게 공산당과 사회주의에 커다란 실망과 좌절을 안겨주었다. 그 후 중국 사회는 급속히 보수화되었고, 공산당 일당 체제를 유지하면서 신자유주의적으로 경제가 탈바꿈하기 시작했다.[122] 민주화운동을 주도했던 중국의 학생과 지식인들이 주로 도피한 곳은 미국이었고 이 사실은 당시 유학 중이었던 하 진에게 큰 영향을 주었을 것이다.[123] 하 진은

---

121 "중국에서 영문학 석사학위를 취득하고 1985년에 미국으로 건너와 브랜다이스대에서 영문학을 공부했어요. 그런데 1989년 '톈안먼(天安門) 학살(massacre)'이 발생했었죠. 귀국을 포기했어요. 인민해방군에 복무까지 했던 저로선 인민에게 봉사해야 할 인민해방군이 인민을 죽였다는 것을 받아들일 수 없었습니다. 더욱이 당시 아들이 태어났는데 아이에게 그런 폭력의 악순환을 경험하게 하고 싶지 않았습니다."(공종식, "세계 지성 신년 인터뷰-美 문단 돌풍 중국계 작가 하 진", 『동아일보』, 2006년 1월 2일 자)

122 백승욱, 「신자유주의와 중국 지식인」, 『세계화의 경계에 선 중국』, 창비, 2008.

123 "톈안먼 광장에서 민주화운동을 주도했던 학생 지도자들은 지금은 모두 30대 후반이 됐다. 해외로 나가 학문을 하면서 민주화투쟁을 계속하거나 기업인이 됐다. 중국이 당시 수배령을 내렸던 학생운동 지도자들은 모두 21명. 홍콩 인권 민주화운동 정보센터에 따르면 14명이 해외 망명 중이다. 이들의 망명에 호의적이던 미국에는 현재 12명이 살고 있다. 대표적 지도자였던 왕단(王丹·38·당시 베이징대 학생)은 중국에서 10년 동안 감옥 생활을 한 뒤 98년 미국의 압력으로 풀

한국전쟁과 타자의 텍스트

개인의 연애와 결혼의 문제까지도 정부가 결정했던 문화대혁명 시기의 중국을 배경으로 한 소설 『기다림』(1999)을 출간한 후 중국 내에서 번역 출판 금지 및 영구 입국금지 처분을 받았다. 귀국을 포기한 하 진은 오직 영어로만 글을 쓰겠다고 다짐했고, 그는 중국의 어두운 현대사를 조명하는 작품들을 창작했다.

그러나, 하 진과 같은 국외자에게 영어로(만) 글을 쓰는 행위는 내적인 식민화를 의미한다는 비판을 받기도 한다. 작가의 언어 사용에 대해 비평가의 견해가 양분되는 것은 많은 서평과 신문, 잡지 기사에서 드러난 것처럼 미국의 독자들이 하 진의 중국 재현이 실제라는 것을 의심의 여지없이 믿는 것에서 기인한다. 하 진이 통과한 삶은 시공간을 달리해서 『전쟁 쓰레기』의 유안의 행적과 교차된다. 미국이라는 적대국이 선사한 역설적인 자유가 그것이다. 유안이 'FUCK...U...S'라는 문신으로 귀환 심사의 사상 검증과 문화

려났다. 그는 현재 하버드대학 사학과 박사과정 학생으로 '1950년대 대륙과 대만의 공포 정치에 대한 비교 연구'로 학위논문을 집필 중이다. 그는 이와 함께 미 전역을 돌아다니며 톈안먼 사태에 관한 강연을 하고 있다. 대표적 여성 지도자로 단식 농성을 주도한 차이링(柴玲·38·당시 베이징사범대 학생)은 하버드대학 경영대학원에서 석사학위를 받은 뒤 현재 보스턴에서 인터넷 관련 기업을 경영하고 있다. 우얼카이시(吾爾開希·당시 베이징사범대 학생)는 대만에서 TV 사회자가 됐다. 중국에 남아 있는 7명의 학생 지도자들은 대부분 샐러리맨이 됐다. 칭화대학 출신의 장밍(張銘)은 유일하게 98년 반체제 활동 혐의로 다시 붙잡혀 현재 상하이 교도소에서 복역 중이다."(홍인표, "천안문 사태 당시 주역들은 지금…", 『경향신문』, 2004년 6월 2일 자)

대혁명의 위기에서 예상치 못하게 살아남았듯이 당과 국가에 실망하여 망명한 하 진이 미국에서 글쓰기의 자유를 얻었다는 사실은 소설의 장면들과 교차되면서 기묘한 아이러니를 연출한다.

한편 대만의 영화감독 왕퉁(王童)이 연출한 〈홍시(Red Persimmon)〉(1996)[124]라는 영화는 『전쟁 쓰레기』와 비슷한 설정을 지녔다. 〈홍시〉는 국민당 정권이 내전에서 패했을 때 타이완으로 건너간 군인 가족의 이야기다. 주인공의 부하였던 저우푸순이라는 병사는 타이완으로 후퇴하는 과정에서 배를 놓친다. 그는 공산당의 포로가 되었고 타이완으로 간 가족들과 헤어지게 된다. 저우푸순은 한국전쟁이 발발하자 공산군으로 편입되어 한반도에 투입된다. 한반도에서 미군의 포로가 된 그는 포로수용소에서 선택의 기로에 놓인다. 저우푸순은 대만을 선택하는데, 그곳에서 자신의 옛 상사인 주인공과 재회한다. 저우푸순의 몸에는 유안처럼 선명한 문신이 새겨져 있다. 포로수용소에서 자신이 반공 포로임을 증명하기 위해서 대만 국기를 새겨 넣은 것이다. 그들은 어느 곳을 선택해도 자유로울 수 없었고, 그들의 육체는 냉전을 상징하는 표상이 되었다.

한편 한국전쟁 직후에 창작된 장아이링(張愛玲)의 장편소설 『赤地之恋(적지지련)』(1954)도 중국과 대만 양쪽에서 출판에 어려움

---

124 1996년 제1회 부산국제영화제에서 '아시아 영화의 창'이라는 프로그램에 초청, 상영된 바 있다.

한국전쟁과 타자의 텍스트

을 겪었다. 한국전쟁에 투입된 병사들의 참전 동기를 체제에 대한 환멸로 기록했고 당시 벌어진 사상운동을 비판했다는 이유로 장아이링의 소설은 반공 소설로 분류되어 중국에서 배척받았다. 반공 국가인 대만에서도 장제스와 국민당을 조롱하는 표현이 삽입되었다는 이유로 출간에 큰 진통을 겪었다.

이 소설은 중국 정부를 불편하게 만드는 요소가 많다. 소설의 주인공인 류취안은 베이징대 학생이다. 1949년 공산당 정부가 수립된 이후 류취안은 토지개혁단의 일원으로 농촌에 파견된다. 그곳에서 그는 황쥐안이라는 여학생을 만나 호감을 느끼지만 그녀에게 마음을 표현하지 못하고 토지개혁 활동에 몰두한다. 토지개혁 활동은 부르주아 지주들을 비판하고, 농민들과 지식인의 괴리감을 없애려는 엄숙한 사상운동이었기 때문이다. 그러나 당에서 외치는 토지개혁은 공허한 구호에 불과했다. 부정 축재를 일삼는 당간부들의 행태는 과거 지주들과 별로 다르지 않았다. 오히려 사상 검증을 핑계로 이웃들끼리 서로를 고발하고 살해하는 일이 빈번하게 일어난다. 류취안은 인민재판을 열어 사람을 죽이고 소유물을 분배하는 토지개혁에 회의를 느낀다. 함께 파견된 동료 대학생들도 당간부들의 행태를 답습하기 시작했다. 류취안은 오로지 황쥐안만 생각하면서 토지개혁 시기를 견딘다.

당 지도부는 비협조적인 류취안을 상하이의 당 기관지 『해방일보』로 옮기도록 조치한다. 상하이에 도착한 류취안은 그곳에서 미모의 여자 간부 거산을 만나고 그들은 서로를 육체적으로 탐닉하는 사이가 된다. 사상과 도덕, 혁명에 대한 회의에 빠진 류취안은 자포자기의 심정으로 쾌락에 몰두한다. 그런 류취안 앞에 상하이로 발령받은 황쥐안이 나타난다. 류취안은 거산과의 관계를 정리하고 황쥐안을 선택하지만, 누군가의 모함을 받아 신문사 내부 횡령 사건에 개입한 혐의를 받고 공안에 체포된다. 황쥐안은 그것이 거산의 음모임을 알고, 그녀를 찾아가 선처를 부탁한다. 거산은 류취안을 풀어주는 대신 황쥐안에게 당간부의 첩실로 들어가길 요구한다. 뒤늦게 그 사실을 알게 된 류취안은 절망감을 견디지 못하고 한국전쟁에 투입될 인민해방군에 자원한다. 류취안이 참전한 동기는 중국 정부의 선전처럼 '국가', '인민', '이념', '해방'을 위해서가 아니다. 그는 자신을 학대하고자 전쟁에 뛰어든다. 전장에서도 류취안은 공산당이 실시하는 정신교육에 전혀 감화되지 않는다. 오히려 '인민지원군'이라는 호칭을 자조적으로 해석한다.

압록강 변에 있는 안동(安東)에 도착하자 중국 국경 안쪽의 한 작은 마을에서 사병들은 이름과 부대 번호가 적힌 하얀 표찰을 가슴에서 뜯어내고 중국인민해방군과 관련된 모든 증거를 다 소각해 버리라는 명령을 받았다.

"너희들은 지금부터 중국인민지원군이다!" 장관이 그들에게 일러주었다.

류취안은 가끔 생각했다. '이 많은 사람들 중에 나 혼자만 진정한 지원군일걸. 나 말고 지원자는 아무도 없을 거야. 작가 웨이웨이가 지원군을 찬양한 소설 『누가 가장 사랑스러운 사람인가』를 썼지. 그 정답은 삼반운동 기간에 거의 총살당할 뻔했던 나 하나뿐일 거야. 그걸 만약 작가가 안다면 아마 황당해하겠지.' 류취안은 웃음을 금치 못했다.[125]

류취안은 전투 중 남한군의 포로가 된다. 류취안이 수감된 제주도 포로수용소의 포로들은 『전쟁 쓰레기』에서 묘사된 것처럼 양분되어 있다. 그러나 이 소설에서는 포로수용소의 갈등은 세밀하게 기록되지 않는다. 포로 교환 시기가 오자 류취안의 유일한 친구 예징쿠이는 중국 본토로 돌아가는 것을 거부하고 타이완을 선택한다. 반면 류취안은 대륙으로 돌아가는 것을 선택한다. 류취안이 귀환을 결정한 이유는 추상적이고 감상적이다. 그는 자신의 목숨은 황쥐안의 행복과 맞바꾼 것이므로 "자신의 목숨을 잘 써야 한다"고 다짐한다.

그가 대륙으로 돌아가는 것은 이곳의 포로들을 떠나 또 다른 포로들 속으로 가려는 것이었다. 한 사람이라도 자기 같은 사람이 그들 속에 있으면 공산당은 영원히 안심할 수 없을 것이었다.

---

125 장 아이링, 임우경 옮김, 『적지지련』, 시공사, 2012, 287쪽.(이하 쪽수만 표시)

그는 황쥐안을 다시 볼 수 있을 것이라고는 생각하지 않았다. 하지만 그의 생명은 그녀의 행복과 맞바꾼 것이었으므로 그는 늘 그녀에 대한 책임감을 가지고 자기 목숨을 잘 써야 한다고 생각했다. 그리고 그는 이보다 저 좋은 사용법을 생각해내지 못했다.(325쪽)

소설의 제목 '적지지련'의 '적지'는 이중적인 뜻을 지녔다. '적지(赤地)'란 두 가지로 해석될 수 있다. 원래 '적지'의 사전적 정의는 '가뭄이나 병충해 등으로 황폐화된 땅'이다. 그런 점에서 '적지'는 우선 벌거벗은 땅, 헐벗은 땅, 척박한 땅, 황폐한 땅으로 해석된다. 다음으로는 붉은 땅, 즉 공산화된 중국을 은유하는 것으로 해석할 수 있다. 두 가지 해석을 연결하면 '공산화되어 척박해진 땅' 정도로 해석할 수 있다. '지련(之恋)'은 그러한 '적지'에서 전개되는 청춘남녀의 사랑을 의미한다. 『적지지련』이 홍콩 주재 미국 공보처의 지원을 받았다는 사실이 알려지자 중국 정부는 『적지지련』을 금서로 규정했다. 작품 외적인 상황까지 고려하면 '적지지련'의 의미는 '적의 땅(敵地)' 홍콩으로 도피해 출간한 연애소설이라는 의미로 해석되기도 한다.

중국은 체제에 비판적인 작가들을 가혹하게 처벌해왔다. 2000년에 노벨문학상을 수상한 중국계 프랑스 작가 가오싱젠(高行健)은 조국의 아픈 역사를 서구에 전시하여 명예를 획득한 자로 비판받았고, 민주화운동가 류샤오보(劉曉波)도 2010년 노벨평화상을 수상했지만 중국 정부는 자국의 사법기관에서 형벌을 받는 죄인에

한국전쟁과 타자의 텍스트

게 상을 주는 것은 서구의 음모라고 강하게 반발했다. 또한 중국은 현재까지 1989년에 벌어진 톈안먼 사태를 소재로 다룬 영화의 제작과 상영을 제한하고 있다. 2006년 칸영화제 경쟁 부분에 아시아 영화로는 유일하게 진출했던 러우예(婁燁) 감독의 영화 〈여름궁전〉(頤和園, Summer Palace)[126]이 대표적인 예다. 〈여름궁전〉은 1989년, 섹스와 맥주, 팝송에 탐닉하면서 자유를 외쳤던 베이징대 학생들의 들뜬 분위기와 톈안먼 사태를 병렬적으로 배치하면서 두 남자와 한 여자의 16년에 걸친 삼각관계를 다룬 영화다. 체제의 억압과 감시가 남녀의 개인적인 감정을 구속할 수 없다는 메시지를 담은 이 영화는 당국의 승인을 받지 않고 외국 영화제에 참여했다는 이유로 상영금지 처분을 받았다.

---

126 "2006년 칸영화제 출품 당시 〈여름궁전〉(和園, Summer Palace)에 세간의 이목이 집중된 건 두 가지 이유에서다. 첫째, 베일에 싸인 6·4 천안문 사건을 이례적으로 다루었다는 점. 둘째, 남녀의 성기까지 노출시킬 정도로 파격적 베드신을 구사했다는 점. 정치와 성, 두 영역에서 '금기'를 깨뜨렸다."(이승희, "우울과 우울증 사이, 6·4 천안문 세대에 대한 회고", 『한겨레』, 2016년 6월 3일 자)

3. 냉전의 최전선: 진먼다오(金門島)전투와
타이완 반공 정책의 그늘

1894년 조선에서 갑오농민전쟁이 발발하자 청과 일본이 한반도에 진주했고 두 나라 사이에 전쟁이 벌어졌다. 이 전쟁에서 승리한 일본은 1895년 시모노세키조약을 맺고 중국으로부터 타이완을 할양받았다. 그렇게 타이완은 조선보다 앞서 일본의 식민지가 되었다. 타이완은 섬이라는 지정학적인 특성상 국공내전과 태평양전쟁에서 큰 전투는 벌어지지 않았다. 1945년, 일본군이 철수하자 타이완은 51년 만에 해방되었고, 타이완 토착민들은 조국에 대한 희망으로 가득 차 있었다.

그러나 기대와는 달리 국민당 정부는 타이완인들을 멸시하고 차별했다. 국민당 정부는 타이완을 마치 전투를 통해 획득한 적국의 군사점령지와도 같이 취급했다. 일본인이 썰물처럼 빠져나간 타이완의 최고 상층부 정부 요직은 장제스 정부가 데리고 온 외성인(대륙에서 온 중국인)으로 순식간에 채워졌다. 대륙에서 온 외성인은 타이완에 살고 있던 토착민(본성인)의 약 두 배에 달하는 월급을 받았다, 이 차이는 일제강점기 타이완인이 일본인 월급의 50%를 조금 넘게 받았던 것보다도 오히려 더 나빠진 것이었다.[127]

127　장세진, 『슬픈 아시아 - 한국 지식인들의 아시아 기행』, 푸른역사,

이런 상황에서 타이완 본성인들의 분노가 폭발한 '2·28사건' 이 일어났다. 1947년 2월, 정부의 전매품인 담배를 허락받지 않고 노점에서 팔았다는 이유로 한 여인이 담배전매청의 직원에게 구타를 당하는 일이 벌어졌다. 여인은 경찰에게 총신으로 머리를 가격당해 피를 흘리고 쓰러지자 흥분한 군중들이 모여들었다. 당황한 단속원이 군중들을 향해 발포했고 1명이 사망하자 타이완인들의 누적된 분노가 폭발했다. 군중들은 경찰과 헌병대를 포위하면서 단속원을 처벌할 것을 요구했다. 이 사건이 폭동으로 치닫자 처리위원회가 조직되어 중재에 나섰다. 국민당 정부는 3월 9일 타이완에 군대를 보내 군중을 진압했다. 이 과정에서 타이완의 많은 지도층 인사와 지식인들이 살해되었고 총사망자는 거의 3만 명에 이르렀다.

2·28사건 이후 1949년 타이완으로 쫓겨 온 국민당은 대륙 수복을 위한 장기간의 군사계엄(1949. 5. 20.~1987. 7. 14.)을 실시하여 각종 악법을 제정하고, 여러 폭압 기구 등을 만들어 지식인과 문화계 인사, 노동자들을 탄압했고, 철저한 반공이데올로기를 기반으로 한 장기간의 국가권력을 구축했다. 국민당의 억압적 지배는 타이완으로 쫓겨 온 1949년부터 한국전쟁이 끝난 직후인 1954년까지 가장 엄혹했는데 이 시기를 '백색공포' 시기라고 부른다.[128] 타이완으로 쫓겨 온 장제스와 국민당은 새로운 국가를 건설했지만, 그

2012, 130쪽.

128 박강배, 「타이완 사람들의 기억과 기념-대만 2·28 기념관」, 『민주주의와 인권』 제5권 2호, 전남대학교 5·18연구소, 2005, 239~240쪽.

과정에서 타이완 본성인들의 의사는 조금도 중시하지 않았다. 타이완인들은 일본의 식민 시대보다 더 엄혹한 지배를 받아야 했다. 1949년 후반기에 벌어진 구닝터우전투(古寧頭戰役)와 이듬해 벌어진 한국전쟁은 군사계엄을 정당화하는 요인이 되었다.

1949년 9월, 10만의 인민해방군 병력은, 패퇴하던 5만의 국민당군 병력을 추격하여 남부 항구도시 샤먼(廈門) 일대로 진출했다. 마오쩌둥은 승리의 여세를 몰아 타이완을 점령해 통일을 완결하고자 했다. 중국공산당은 10월에 샤먼을 별다른 저항 없이 점령한 여세를 몰아 진먼다오로 퇴각한 국민당군을 향한 공격에 나서지만, 병력 이송에 필요한 선박의 부족 등으로 공세가 늦추어진다. 사지에 몰렸던 국민당군은 전열을 정비하고 진먼다오에서 결전을 준비한다. 10월 하순에 들어서야 인민해방군은 진먼다오 북서쪽에 상륙했지만, 3일 밤낮으로 전개된 공방전에서 6100명이 전사하고 3000명이 포로로 잡히는 막대한 타격을 입게 된다. 1949년 10월 21일에서 23일까지 전개된 이 금문상륙작전(대만에서는 '금문보위전'으로 지칭)을 기점으로 진먼다오는 쌍방 모두에게 전략적 요충지가 된다. 또한 향후 이 일대에 드리울 전쟁의 먹구름을 예고하는 것이기도 했다.[129] '구닝터우전투'로 명명된 이 충돌 이후 마오쩌둥의 군대는 타이완 점령을 목표로 다시 남부 해안에 집결했고 국

---

129 이정훈, 「샤먼과 금문의 '심리전'」, 정근식·김민환 엮음, 『냉전의 섬 진먼다오의 재탄생』, 진인진, 2016, 124쪽.

한국전쟁과 타자의 텍스트

민당 군대도 결사항전을 준비하는 등 양안(兩岸)의 긴장은 고조되었다. 하지만 한국전쟁이 발발하자 남부 해안에 집결했던 마오쩌둥 군대의 주력은 한반도로 이동했고, 장제스는 타이완에서 새로운 국가를 수립할 시간을 벌 수 있었다.

한편 미국의 전후 아시아 정책은 오판과 실책의 연속[130]이었다. 미국은 국민당이 타이완으로 패주하는 것을 방관했다. 국공내전에서 국민당 군대의 무기력을 목도하고 계속 지원하는 것은 무의미하다고 판단했기 때문이다. 하지만 한국전쟁이 발발하자 상황이 달라졌다. 미국은 타이완의 전략적 가치를 다시 평가했다. 미국은 제7함대를 급파해 타이완을 수호하겠다는 의지를 천명하고 경제원조를 약속했다. 1951년에는 상호방위협정을 맺었고 군사고문단을 파견했다. 장제스는 여기에 호응하여 한국전쟁에 전투병을 파병하겠다는 의사를 밝혔지만, 소련과 중국을 자극할 것을 우려한 트루먼은 그 제안을 거절했다.

비록 국민당 군대의 참전은 이루어지지 않았지만, 장제스는

---

130 "국공내전에서 미국은 우유부단하고 이중적이었다. 트루먼 대통령은 전 육군 참모총장 마셜 원수를 특사로 파견하여 국공의 협상을 강요하면서도 장제스에게 막대한 원조를 제공했다. 이런 행태는 장제스와 마오쩌둥은 물론 미국에게도 아무런 도움이 되지 않았다. 또한 국제사회는 미국을 '믿을 수 없는 존재'로 낙인찍어버렸다. 미국이 중국에서 실패한 가장 큰 이유는 국공 쌍방의 뿌리 깊은 증오심을 간과한 채 미국의 방식을 강요했기 때문이었다."(권성욱, 『중일 전쟁-용, 사무라이를 꺾다 1928~1945』, 미지북스, 2015, 824쪽)

한국전쟁의 전황을 주시했다. 특히 1953년 휴전을 앞두고 한국전쟁에 대한 장제스의 관심은 더욱 고조되었다. 1만4000여 명에 이르는 중국군 포로가 대만을 선택했기 때문이다. 타이완 신문 『중앙일보』는 인민지원군 포로들을 '반공 대업의 인자'라고 칭하면서 "반드시 조국의 품으로 돌아올 것"이라는 내용의 기사를 여러 차례 게재했다. 1954년 1월 포로들이 입국하자 타이완 언론은 그들을 '반공의사'로 명명하면서 환영했다.[131] 국공내전 말기 수많은 국민당 군대가 공산군으로 넘어가 총부리를 반대로 돌리는 쓰라린 경험을 했던 장제스는 매우 감격하면서 일기에 "최근 5년간 거둔 중대한 승리"[132]라고 적었다. 타이완에 도착한 그들을 환영하는 행사에는 수천 명의 인파가 몰렸다. 그들 중 상당수는 과거 국민당 군대 장교 출신들이 많았다. 그들은 곧바로 타이완 군대에 흡수되었고 일부는 훗날 진먼다오 포격전에 투입되었다. 마오쩌둥은 장교들 중심의 고급 인력을 빼앗겼다는 사실에 분노했다. 그토록 강조하던 '정의로운 전쟁'에서 대륙으로 귀환하는 것을 선택한 자들보다 타이완을 선택한 포로가 더 많다는 사실은 충격적이었다.

한국전쟁 이후 장제스는 반공의 기치를 내걸고 대륙을 수복하겠다는 의지를 거듭 천명했다. 그렇지만 장제스 정부는 외교적으로 고립을 면치 못했다. 홍콩의 안전을 염두에 둔 영국은 소련과

---

131 란스치, 「'반공'의 희망에서 망각된 전쟁으로−대만의 한국전쟁 기억」, 『'냉전' 아시아의 탄생: 신중국과 한국전쟁』, 322~323쪽.

132 레이 황, 구범진 옮김, 『장제스의 일기를 읽다』, 푸른역사, 2009, 589쪽.

함께 마오쩌둥의 공산당 정부를 승인했고, 한국전쟁이 한창 진행 중이던 1951년 9월에 열린 샌프란시스코 대일 강화회의에서 장제스 정부가 참여하는 것을 반대했다. 중국인들은 중일전쟁과 태평양전쟁으로 가장 심각한 피해를 입었음에도 불구하고, 전후 배상 문제를 논의하는 강화회의에 마오쩌둥과 장제스는 참여하지 못했다. 외교적으로 수세에 몰린 장제스는 1952년, 일본과 평화조약을 맺었고, 1954년에는 주도적으로 나서서 일본, 한국, 필리핀과 함께 '아시아민족반공연맹'을 결성했다. 소련과 동유럽 국가들은 마오쩌둥 정부의 정통성을 인정하는 결의안을 유엔에 제출했고, 미국은 계속 거부권을 행사했다. 이 과정에서 장제스 정부의 미국 의존도는 더욱 높아졌다. 1954년 장제스 정부와 상호방위협정을 맺은 미국 정부는 타이완의 방위는 돕겠지만 미국과 중국의 전면전을 감수해야 할지도 모를 도발 행위는 돕지 않을 것이라는 점을 분명히 했다. 이는 국민당 정부를 현행 유지하려는 정책이었다. 이후 아이젠하워 정부는 대륙을 차지한 중국 정부를 승인하지 않고, 대만 정부를 도우면서 중국의 대만 주변 섬들에 대한 도발을 격퇴하도록 공군력과 해군력을 강화시켰다.[133]

한국전쟁이 휴전되자 마오쩌둥은 다시 남부 해안으로 시선을 돌렸다. 중국은 다시 진먼다오 인접 해안에 부대를 집결시켰다.

---

133 정일준, 「대만과 한국의 발전국가로의 전환 비교연구—1950년대 미국의 아시아 냉전전략을 중심으로」, 『사회와 역사』 통권 100집, 한국사회사학회, 2013, 455쪽 참고.

상륙이 어렵다고 판단한 중국군은 포격으로 진먼다오를 제압하는 방법을 선택했고, 1954년 9월 3일부터 1955년까지 이어진 '9·3 포격전', 1958년 8월 23일부터 10월 5일까지 벌어진 '8·23포격전'이 이어졌다. 특히 '8·23포격전'에서 무려 47만 발에 이르는 포탄이 진먼다오에 쏟아졌다. 초기 포격에서만 200명에서 600명 사이의 군인 사상자와 140명의 민간인 희생자가 발생했다. 1958년 10월 6일 포격은 잠시 멈췄으나, 그다음 날부터 1978년 12월 15일까지 홀수일마다 포격하고 짝수일에는 포격하지 않는 상황이 계속되었다. 포격은 홀수일 초저녁에 이루어졌는데, 진먼다오 주민들은 짝수일에는 평상시의 삶을 계속하다 홀수일 초저녁이 되면 가까운 방공호로 들어가 몇 시간을 머물고 그날 밤의 포격이 끝났다고 생각하면 방공호에서 나오는 생활을 반복했다. 진먼다오는 냉전 시기 동아시아의 섬들 중 가장 격렬한 냉전적 '장벽'이었다.[134]

'8·23포격전'을 계기로 국민당 정부는 진먼다오를 군사 요새로 변모시켰다. 대만군은 화강암으로 구성된 지반을 콘크리트로 보강한 지하 벙커를 건설했고 그곳에 4만 명 이상의 군대를 주둔시켰다. 그리고 국민당 정부는 진먼다오에 주둔한 군인들의 성욕을 해결하기 위해 일명 '군중낙원'이라고 불린 '831부대'를 만들었다. 1990년 본토와의 긴장이 완화되면서 주둔군을 축소하기까지

---

134 김민환, 「경계의 섬과 포격전의 기억」, 『냉전의 섬 진먼다오의 재탄생』, 92~93쪽.

냉전시대 진먼다오를 다룬 영화 〈군중낙원〉

40년간 군이 관리하는 공창(公娼)이 운영된 것이다. 2017년 부산국제영화제 개막작인 영화 〈군중낙원〉(2016)은 '죽음의 섬'이었던 진먼다오에 주둔한 국민당 병사들과 공창 여성들 사이의 사랑을 다룬 작품이다. 영화에는 당시 전시 상태였던 진먼다오의 풍경이 사실적으로 담겨 있다.

국민당이 대만으로 패퇴한 뒤에 검토한 실패의 원인은 조직의 해이함과 부패, 그리고 사상적으로 무너진 점이었다. 이 때문에 '반공 수복'이라는 국가정책에 부합하는 문화개조운동(文化改造運動)이 국민당의 수많은 기획 중에서도 가장 중요한 개혁 정책의 일환이 되었고, 아울러 1950년대 대만의 문화 생태 환경을 조성하기에 이른다. 장제스는 국민당이 '선전 활동을 소극적으로 전개하고 이론을 충실하게 구축하지 못했기 때문에' 공산당이 우세를 점하게 되었다고 거듭 강조했다. 이에 따라 조직된 건전선전기구(健全宣伝機構)가 '군중문화전람회(軍中文化展覧会)', '반공항러'(공산주의에 반대하고 러시아에 대항하다) 만화전람회, 미술전람회를 개최하고 반공 영화를 순회 상영함과 동시에 방송국 설립 및 반공 신문과 잡지의 창간을 주도해나갔다. 다른 한편으로는 주요 철도 노선이 위치한 각 정거장에 '반공항러' 선전 열차 설치를 계획하는 등 수많은 선전 활동이 그야말로 봇물 터지듯 쏟아져 나왔다. 이 때문에 국민당이 전개한 개조 운동은 불과 2년 만에 사람들의 뇌리에서 반공 의식을 각인시키는 데 성공했다.[135] '반공항러'를 강조하는 국민당의 정책은 '항미원조'를 외치면서 국가 결속을 도모한 대륙의 마오쩌둥 정책과 정반대였다. 이 대조적인 모습은 한국전쟁 이후 분단된 한반도에서도 고스란히 재현되었다.

한국 문화 친선단을 조직하여 타이완 방문을 추진한 주체가 바로 이 아세아민족반공연맹의 한국지부 격인 한국아세아반공연맹이라는 반관반민(半官半民)의 단체였다.[136] 친선방문단의 일원으로 타이완을 방문한 한국 시인 조병화는 양안 갈등의 최전선 진먼다오를 소재로 시를 남겼다. '진먼다오'라는 제목의 시에서 조병화 시인은 진먼다오를 '아세아의 요새'로 묘사했다. 시인의 눈에 들어

---

135 펑더핑, 「언어 속에 타오르는 전쟁의 불꽃-1950년대 반공전투문학과 모더니즘의 대두」, 김순진 외 옮김, 『문학@타이완』, 역락, 2014, 182~183쪽.
136 장세진, 같은 책, 158쪽.

한국전쟁과 타자의 텍스트

온 진먼다오는 조국의 분단과 겹쳐지는 아픈 장소였을 것이다. 타이완을 친선 방문한 한국 문인들의 기록이 담긴 책『自由中国의 今日』(1958)은 단순한 문화 교류 차원을 벗어나 대만과 한국이 동일한 적을 가진 형제와 같은 나라임을 기념하기 위한 여행기였다.

그 옛날 이 섬 진먼다오는
남지나해 일대에 출몰하는
해적들의 본거지라 한다
그런데 지금 이 섬 진먼다오는
자유의 요새
아세아의 아성
극동의 창두보(槍頭堡)
온 자유 아세아 시민들을 지켜주는 불면의 섬이다

그런데 지금 이 작은 섬은
　　우리의 우방 자유중국의 뜨거운 심장
그런데 지금 이 나무가 없는 섬은
　　우리의 우방 자유중국의 믿음의 수림
그런데 지금 이 바람이 많은 섬은
　　우리의 우방 자유중국의 사랑의 요새
그런데 지금 이 암석만 남은 불모의 섬은
　　우리의 우방 자유중국의 불멸의 의지

그런데 지금 보잘것없이 모래바람만이 억센 이 섬은

　　우리의 우방 자유중국의 피와 눈물 땀과

　　온 형제자매들의 뜨거운 사랑 믿음 의지 그리고 악수

　　한결같이 맑은 혈액이 흐르는 땅

　─「진먼다오」부분[137]

이처럼 냉전 아시아를 상징하는 타이완과 한국은 일본의 식민 지배, 내전과 분단, 군사정권 수립, 민주화투쟁까지 매우 비슷한 역사를 지녔다. 여기서 각별하게 다가오는 타이완의 문학 텍스트는 천잉전(陳映眞)의 소설집 『충효공원(忠孝公園)』(문학과지성사, 2011)이다. 국내에 처음 번역된 이 소설집에 수록된 세 편의 중편소설에는 타이완의 현대사가 잘 압축되어 있다. 소설 「귀향(歸鄕)」에는 타이완 출신으로 대륙으로 끌려가 공산당과 싸우다 포로가 되어 40여 년간 대륙에서 살았던 타이완 출신 노병과 대륙 출신으로 국공내전에 참전했다가 어쩔 수 없이 국민당에 섞여 타이완으로 건너온 대륙 출신 노병이 등장한다. 이들은 중일전쟁, 국공내전, 한국전쟁, 문화대혁명 시기를 거치면서 '반혁명분자', '제국주의의 주구'라는 죄명을 얻는다.

1950년 초 몇 년간 한국전쟁을 치르는 동안, 타이완 병사들도 해

137　조병화, 「진먼다오」, 송지영 편, 『自由中國의 今日』, 춘조사, 1958, 62쪽.

방군에 끼어 계속해서 전쟁에 참여했다. 어떤 이는 퇴역하여 기관에 근무하기도 했다. 그러는 동안 직업도 얻고, 결혼을 하기도 했다.

1955년, 부대에서, 기관에서 '반혁명 숙청' 바람이 불었다. 1958년부터 1966년 문화대혁명이 일어난 때부터 대부분의 타이완 출신 병사들은 '역사의 반혁명분자'라는 누명을 썼다.

"타이완 병사들은 두 가지 죄명에서 벗어날 수 없었어. 국민당을 위해 싸웠으니 내전 중에 반동을 한 것이고, 이는 '역사의 반혁명분자'로 반혁명의 역사적 배경을 가지고 있는 것이지."

양빈이 말을 이었다.

"두 번째는 타이완 병사들 중에는 일제강점기 둥베이 지역이나 하이난다오로 끌려가 일본 군대를 위해 부역을 한 사람도 있었어. 이것은 제국주의의 주구와도 같은 것이라는 거야."[138]

「충효공원」에는 일제 식민지 시절 타이완 출신 일본군으로 남양군도에 종군했던 린뱌오라는 노인의 삶이 그려진다. 린뱌오는 일본 정부에게서 배상받으려고 자신이 '자랑스러운 일본 군인'이었음을 증명하고자 한다. 일본 정부는 린뱌오와 같은 강제 징병자들은 이제 일본 국민이 아니라는 이유로 배상을 거부한다. 타이완이 고향인 린뱌오는 대륙에서 온 외성인들을 싫어한다. 타이완을 지배하는 국민당 정부는 타이완인들과 외성인들을 '하나의 국가'로

---

138 천잉전, 「귀향」, 『충효공원』, 문학과지성사, 2011, 80~81쪽.

묶으면서 충성을 강요한다. 그러나 린뱌오는 자신이 일본인도, 타이완인도, 중국인도 아니라고 생각한다. 국가는 린뱌오에게 환멸만 안겨준 집단일 뿐이다. 어느 국가에도 소속감을 느끼지 못한 채 그의 삶은 노년에 접어든다.

「밤안개(夜霧)」의 주인공은 38년간 지속된 계엄령 시기에 국민당 정보부에서 일한 리칭하오라는 인물이다. 그는 국민당 정부에 충성하면서 계엄령과 반공법을 위반한 사람들을 혹독하게 고문한다. 온갖 폭력을 행하면서 리칭하오는 스스로 '애국자'라고 굳게 믿는다. 그러나 타이완에 민주화운동이 벌어지자 리칭하오가 감금하고 고문했던 사람들이 풀려난다. 리칭하오와는 달리 정보부 동료들은 재빠르게 정권의 변화에 따라 대처한다. 계엄령이 풀리고 민주 사회가 오자 리칭하오는 순식간에 '척결 대상'으로 전락한다. 리칭하오는 죄책감과 피해의식으로 점점 미쳐가면서 생각나는 사건들을 적기 시작한다.

> 상부에서는 수단 방법을 가리지 말고 감옥에 처넣으라고 했던 사람들을 모두 석방시켜 사나운 호랑이가 울타리를 뛰쳐나가도록 하고 있었다. 결국 나는 '나쁜 놈', '국민당 프락치'라는 꼬리표가 일생동안 따라다니게 되었고, 윗사람들은 '깨어 있는', '민주적인' 훌륭한 인물이 되었다. 대체 어떻게 된 일인가?[139]

---

139 천잉전, 「밤안개」, 같은 책, 108~109쪽.

천잉전의 소설에 등장하는 인물들은 모두 낯설지 않다. 전쟁과 분단을 거치면서 그들은 고향을 상실했고, 국가로부터 배신당했으며 분단을 이용하는 권력자의 도구가 되었다. 그들의 고통은 국민당 정권이 내세운 '반공'의 구호에 가려졌다. 반대로 '정의로운 전쟁'을 강조하는 대륙에서도 고통의 은폐는 정반대로 자행되었다. 만약 천잉전 소설의 배경을 한반도로 각색하여 다시 쓴다면 어떠한가. 한반도의 역사를 돌아보면 소설에 적합한 인물들은 너무도 많다.

3장   미국과 한국전쟁

"이 전쟁에는 미국인의 감정에 호소할

이야깃거리가 별로 없었다.

거의 재앙적인 시작에서부터, 명예롭긴 하지만

불만스러운 종결에

이르기까지 미국인의 감정에

호소하는 것은 별로 없었다."

─ 페렌바크(T. R. Fehrenbach)

1. '부자연스러운 동맹'의 붕괴와 새로운 갈등

제2차 세계대전 기간 내내 미국과 소련은 공동의 적에 대응하면서 유례가 없는 협력 관계를 유지했고, 전쟁 후반기에도 루스벨트는 소련과 신뢰적인 관계를 지속하기를 원했다. 루스벨트가 세운 '전시 우선 목표'의 첫째는 동맹국인 영국, 소련, 중화민국을 지원하는 일이었다. 승전을 위해서는 별다른 방도가 없었기 때문이었다. 미국 홀로 독일과 일본을 상대로 싸울 수는 없었다.[140] 실제로 미국은 대다수 독일군을 감당하면서 위태로운 전투를 지속하던 소련을 전폭적으로 지원했다. 다수의 무선통신 장비를 비롯하여 미국은 50만 대가 넘는 차량, 즉 지프 7만7800대, 경화물차 15만1000대, 그리고 20만 대가 넘는 스터드베이커사(Studebaker社)의 군용화물차를 공급했다. 이런 지원은 소련군에게 결정적인 기동력을 제공했다. 또한 항공연료 57.8%, 모든 폭발물의 53%, 전시에 공급된 구리, 알루미늄, 고무 타이어의 거의 절반가량이 미국의 지원 품목이었으며 기관차 1900대, 객차 1만1075대가 미국에서 왔다. 냉전 시기 소련은 제2차 세계대전 기간 중 서방, 특히 미국으로부터 원조를 받은 사실을 애써 함구했지만 서구의 원조가 없었더라면 전

---

140 존 루이스 개디스, 정철·강규형 옮김, 『냉전의 역사』, 에코리브르, 2010, 34쪽.

쟁 기간 내내 소련은 독일을 능가하는 무기를 생산해낼 여력이 없었을 것이고, 소련의 전쟁 수행 능력은 거의 틀림없이 빈약한 기동성과 힘이 떨어진 운송 체계 때문에 무너졌을 것이다.[141]

1945년 8월까지 미국이 소련에게 제공한 지원은 약 436억 달러에 달했다. 미국을 비롯한 서방국가들이 스스로의 입장을 고수하면서도 소련의 독재자 스탈린을 지원한 것은 단지 히틀러 제거라는 공동의 목적을 위한 것이었다. 이런 동맹의 지속은 양측이 각각의 이데올로기적·정치적 주장을 자제해야만 가능했다. 전쟁 초기 독일과 폴란드를 분할하고 히틀러와 불가침조약을 맺었던 스탈린이었지만, 독일군의 침공으로 위기에 몰렸던 1941년 9월 소련은 서방국가들이 내세운 민족자결권, 정부 체제의 자유로운 선택, 합병 반대, 무력 포기와 자유 교역에 대한 요구를 골자로 하는 '대서양헌장(Atlantic Charter)'을 수용했다. 또한 서방의 지원에 대한 답례로 1943년 5월, 1919년 이래로 사회주의 세계 혁명의 적극 지원을 과제로 삼아왔던 코민테른(Communist International, Comintern)을 해체함으로써 서방국가들에게 우호적인 제스처를 보였다.[142]

유럽에서 승전이 목전에 다가온 1945년 2월에 개최된 얄타회담

---

141 리처드 오버리, 류한수 옮김, 『스탈린과 히틀러의 전쟁』, 지식의풍경, 2003, 269~271쪽.

142 베른트 슈퇴버, 최승완 옮김, 『냉전이란 무엇인가 – 극단의 시대 1945~1991』, 역사비평사, 2008, 32~33쪽.

1945년 2월 얄타회담에서의 처칠, 루스벨트, 스탈린

에서 루스벨트는 소련이 베를린까지 진주하는 것을 허용했으며 폴란드에 독일의 영토를 상당 부분 반환하는 것도 허용했다. 발칸반도의 여러 나라에 공산주의 정부가 수립되는 것도 동의[143]했고 소

---

143 1943년 쿠르스크전투 이후 소련군의 연이은 승전 소식은 서구, 특히 영국의 입장에서는 그렇게 달가운 소식이 아니었다. 루스벨트가 전쟁 기간 동안 비교적 스탈린의 전략에 호의적이었던 것에 비해 영국의 처칠은 그렇지 않았다. 스탈린은 소련에 집중되는 독일의 힘을 분산시키는 제2의 전선을 유럽에 전개하라고 성화였다. 영국은 북아프리카에서 독일의 아프리카 사단에 맞서 힘겹게 승리했지만 미국의 힘을 빌리지 않고는 단독으로 유럽에 전선을 형성할 여력이 없었다. 1943년 이탈리아에 상륙한 연합군은 독일군의 방어선을 결정적으로 돌파하지 못했고, 이탈리아의 연합군은 알프스산맥의 스위스 국경 인근에서 종전을 맞이했다. 처칠이 이탈리아를 거쳐서 남동부 유럽으로 진출하려고 한 것은 전쟁 이후에 전개될 국제 정세를 간파하고 최대한 소련군이 장악할 동유럽의 면적을 줄이려는 시도의 일환이었다. 이탈리아 전선이 정체되고, 1944년에야 연합군은 프랑스에 대규모 상륙

련이 일본과의 전쟁에 개입한 대가로 소련에 만주를 양여하기도 했다. 앞서 대서양헌장에 동의했던 소련도 비슷한 내용의 '유럽해방선언'에 동의했다.

그러나 루스벨트가 얄타회담 직후 1945년 4월 사망하자 사태가 급변했다. 소련군은 연합군보다 앞서 베를린을 점령하고자 무리한 작전을 펼쳤다. 베를린 공방전에서 소련군은 엄청난 피해를 감수해야 했다. 이것은 서방과의 '부자연스러운 동맹'이 깨지기 전에 독일의 심장부를 먼저 장악하려는 스탈린의 조바심이 낳은 결과였다. 이 사실을 간파했던 히틀러는 서방과 소련의 부자연스러운 동맹을 역이용해 서방국가의 지원을 받으면서 소련과의 전쟁을 지속할 수도 있다는 희망을 잠시 품기도 했다. 그러나 1945년에 소련군의 진격은 이런 희망을 불식시켰고, 소련군은 빠르게 동유럽 대부분을 점령했다. 미국 부통령 해리 트루먼(Harry Truman)이 대통령직을 승계할 시점에 베를린은 이미 소련군에게 점령되었고, 유럽에서 전쟁은 끝났다.

그러나 태평양 전선의 일본군은 여전히 연합군에 저항하고 있었다. 당시 오키나와에서 벌어진 끔찍한 전투는 일본의 결사항전 의지가 꺾이지 않았다는 사실을 연합군에 각인시켰다. 소련군이

을 전개했는데, 1944년 여름에는 '바그라티온 공세'를 펼친 소련군이 이미 폴란드의 바르샤바 접경 지역까지 진출해 있었다. 그러므로 양보나 동의보다는 전선의 상황에 따라서 영국과 미국의 암묵적인 합의에 가까운 결정이었다고 보는 것이 더 타당하다.

한국전쟁과 타자의 텍스트

시베리아를 가로질러 만주 지역으로 이동하기 시작한 것은 이 시점이었다. 대일전 참여의 대가로 스탈린은 루스벨트와 처칠에게 일본의 영토인 쿠릴열도와 사할린섬 남부 지역을 요구했고 그것을 관철시켰다. 그 지역은 모두 러일전쟁(1904~1905)의 패배로 제정러시아가 잃었던 영토였다. 스탈린은 자신이 일본에게 결정적인 패배를 안기고 (러일전쟁의 보복과 더불어) 세계대전을 마무리 짓는 실질적인 주역이 될 것을 기대했다. 그러나 소련군이 참전하기 직전인 1945년 7월, 미국은 원자폭탄 실험에 성공한다. 소련의 첩보망은 '맨해튼계획'[144]을 이미 파악하고 있었지만, 미국이 원자폭탄 실험에 성공하고 불과 3주 후에 바로 실전에 사용하자 충격을 받았다. 스탈린은 원자폭탄을 가진 미국이 "갑자기 전쟁터에 군대를 투입하는 것에 의존하지 않는 군사적 역량을 확보"[145]하게 된 것이 불편했다. 더구나 원자폭탄으로 종전이 앞당겨질수록 아시아에서 소련의 입지는 축소될 수밖에 없었다. 동유럽에서 소련에게 이미 많은 양보를 했던 미국은 진주만 기습 이후 거의 홀로 수행한 일본과의 전쟁을 마무리하는 데 소련의 힘을 크게 빌리지 않고자 했다. 그래서 오키나와에서 일본의 필사적인 저항에 부딪히자 원자폭탄 투하 결정을 앞당겼던 것이다.

원자폭탄은 미국과 소련 사이에 불신이 증폭되는 요인이 되었

144　제2차 세계대전 중 미국, 영국, 캐나다가 합동으로 추진했던 원자폭탄 개발 계획을 의미한다. 원자폭탄 실험은 1945년 7월 16일에 성공했다.
145　존 루이스 개디스, 같은 책, 45쪽.

다. 스탈린은 미국이 원자폭탄을 수단으로 소련에게 전후 양보를 받아내려 한다고 판단했다. 현실로 입증된 원자폭탄의 위력은 열강들이 세계대전이 끝난 후 평화를 모색하면서도 군비를 확장하고 원자폭탄 개발에 몰두하는 모순적인 결과로 이어졌다. 원자폭탄의 투하로 일본의 항복이 예상보다 앞당겨지자 일본전에 소련의 도움이 필요치 않은 상황이 되었고 미국은 일본을 점령하고 분할하는 과정에서 소련을 배제했다. 그러나 최근 연구는 소련군의 참전이 일본의 항복에 결정적인 요인이 되었다고 판단한다. 일본계 미국 역사학자 하세가와 쓰요시는 원자폭탄 투하에도 불구하고 일본 군부에는 여전히 항전 의지가 남아 있었는데, 그것은 만주와 사할린이 위협받지 않는 상황을 전제로 한 것이라고 지적했다. 일본이 공식적으로 항복한 이후인 1945년 8월 21일에도 소련군은 일본군의 항복 의사를 접수하지 않고 쿠릴열도에서 무리한 전투를 감행했다. 쿠릴열도에서 벌어진 '슘슈(일본명 슈무슈토)섬 전투'에서 일본은 1081명, 소련은 1567명의 사상자를 냈다. 하세가와 쓰요시는 이 전투를 예시로 들면서 "스탈린은 쿠릴 작전에서 소련 병사들의 희생이 필요"했고 "소련 병사들의 희생은 쿠릴을 손에 넣기 위한 담보물로서의 계약금"이었다고 지적했다. 뒤늦게 참전한 소련군은 불필요한 희생을 자진해서 감수했다. 소련은 태평양전쟁 승리에 동참한 것을 입증할 수준의 전사자가 필요했던 것이다.[146]

---

146 하세가와 쓰요시, 한승동 옮김, 『종전의 설계자들』, 메디치, 2019,

한국전쟁과 타자의 텍스트

소련에 대한 미국의 인식은 소련 주재 미국대사관 대사 대리였던 조지 케넌(George F. Kennan)이 1946년 2월 22일 미 국무성에 보낸 유명한 전문에 잘 드러나 있다. 미 재무성은 전후 복구를 위한 세계은행 설립과 국제통화기금 설립에 비협조적인 소련의 의도를 파악하고 싶어했다. 케넌은 외부의 침략을 많이 받았던 러시아의 역사적 경험을 환기시키면서 소련은 자신의 안보에 예민할 수밖에 없고, 전후의 세계를 사회주의 체제와 자본주의 체제의 대결 양상으로 여기고 있다고 답했다. 소련과의 평화공존은 어려우며 소련의 팽창을 저지하기 위해서 정치적 봉쇄정책을 취하고 군사적 충돌 가능성을 줄이면서도 미국 민주주의의 우월성을 입증해야 한다고 보고했다. 또한 서유럽 국가들을 부흥시켜서 소련의 위협에 맞서야 한다고 역설했다.

미국이 소련을 협력이 어려운 국가로 인식하였던 시점에 소련 역시 미국을 비슷하게 인식했다. 1946년 9월 27일 미국 주재 소련 대사인 노비코프(Nikolai Novikov)는 소련 외상 몰로토프(Vyacheslav Molotov)에게 장문의 전보를 보낸다. 노비코프는 독점 자본가가 통제하는 미국은 소련에 매우 적대적이며, 또 다른 전쟁을 통해서 세계 전체를 장악하려는 의도를 갖고 군사력을 증강시키고 있다고 보고했다. 이와 같은 시각은 레닌의 제국주의론을 논리적으로 연장한 것이었다. 자본주의 최후의 단계는 금융자본이며

536~537쪽.

금융자본은 자본을 수출할 지역을 확보하기 위해서 세계를 식민지로 분할한다는 주장이다. 노비코프는 제국주의 국가들 간의 충돌 가능성이 있으며 그 충돌은 석유 자원을 둘러싸고 중동 지역에서 일어날 가능성이 높다고 보았다. 그리고 독일에서도 나치를 청산하기보다는 소련과의 충돌에 이용하기 위해서 기존의 세력을 포섭하고 있다고 지적했다. 이렇듯 두 국가는 서로를 경계하면서 상대의 팽창을 심각한 위협으로 간주했다.[147] 미국은 소련의 팽창을 저지하는 데 군사적인 방법보다는 정치적인 방법을 선호했지만 케넌의 후임으로 취임한 니츠(Paul H. Nitze)는 소련의 팽창을 저지하기 위해서는 군사력 증강이 필요함을 강력히 주장했다. 1949년 8월 29일 소련의 핵실험이 성공하자 니츠의 목소리는 더욱 커졌다. 소련의 핵실험 성공 이후 미국의 국가안전보장회의(National Security Council)에서는 소련의 팽창을 저지하기 위한 군사력 증강의 필요성을 골자로 하는 보고서 'NSC-68'[148]를 제출했고, 한국전쟁이 발발한 후 트루먼은 이 보고서를 채택하게 되었다.

---

147 이근욱, 『냉전-20세기 후반의 국제정치』, 서강대학교출판부, 2012, 31~34쪽.

148 1950년 4월 14일 미국 국가안전보장회의(NSC)가 작성한 전체 58쪽의 비밀 정책 문서이다. 이는 미국 냉전 정책에 관한 가장 중요한 문서 중 하나로 공산주의 세력 확대에 대한 봉쇄에 높은 우선순위를 부여한다는 결정을 담고 있어 냉전기 향후 20년간 미국 외교정책 형성에 지대한 영향을 미쳤다. 1950년 9월 30일에 트루먼 대통령이 'NSC-68'에 공식 서명했으며 1975년 기밀 지정이 해제되었다.

극동에서는 일본의 패배 후 발생한 공백 속에서 지정학적으로 중국의 중요성이 부각되었다. 중국 대륙에서 일본군이 물러나자 곧바로 전개된 내전은 소련과 미국의 대리전과 같았다. 소련의 지원을 받은 마오쩌둥의 중국공산당과 미국의 지원을 받은 장제스의 국민당 내전은 점차 확대되었다. 1949년 마오쩌둥이 이끄는 중국공산당이 승리했고 장제스의 국민당군은 타이완으로 밀려났다. 중국공산당은 만주 지역에 진주한 소련군 덕분에 내전에서 큰 도움을 얻었고 1949년에 새로 건국된 마오쩌둥의 중화인민공화국은 소련과 우호적인 관계를 맺었다. 중국 대륙에서 벌어진 공산당과 국민당의 내전은 미국과 소련의 이해관계가 우회적으로 충돌한 사건으로 불과 1년 뒤에 한국에서 벌어질 전쟁을 예고하는 것이었다. 전 세계에서 가장 많은 인구를 지닌 나라인 중국을 공산당이 통치하게 된 사실은 미국의 위기감을 증대시켰다. 더구나 세계대전 이후 영국, 프랑스, 네덜란드 등의 유럽 국가들이 전쟁으로 상실했던 동남아시아의 영토를 회복하고자 눈을 돌리기 시작하면서 아시아의 냉전은 더욱 악화되었다. 말레이시아(영국), 인도차이나반도(프랑스), 인도네시아(네덜란드)에서 촉발된 독립전쟁은 자연스럽게 냉전의 대리전 같은 성격을 지니게 되었다. 한반도의 상황도 이 대립의 연장에서 파악할 수 있지만 동남아시아의 경우와 조금 달랐다. 말레이시아, 인도차이나반도, 인도네시아의 경우는 전쟁 이후 식민 종주국들이 되돌아오면서 문제가 야기되었지만, 한반도에는 일본이 패배한 이후 중국과 마찬가지로 소련과 미국에 우호적인 정부가 생겨났고, 미군과 소련군이 철수하면서 불안정한 공백이 생성되었다. 냉전사 연구의 대표적인 학자인 존 루이스 개디스(John Lewis Gaddis)는 당시 불안정한 한반도의 상황을 이렇게 언급하고 있다.

1948년과 1949년 사이에 점령군은 철수했지만, 이 나라를 누가 통치할 것인가에 대해서는 합의가 없었다. 그 대신 한반도는 분단된 채로 남았다. 즉 국제연합이 승인한 총선거 덕분에 미국의 지지를 받는 대한민국이 남반부를 통치하고, 한편으로는 소련의 지지를 받는 조선민주주의인민공화국은 선거를 치르지 않는 북반부를 지배했다. 그때까지 이 나라를 통일시키는 유일한 방법은 내전, 즉 저마다 자기가 합법 정부라고 주장하면서 상대방을 침공하겠다고 위협하는 것이었다. 따라서 강대국의 지지 없이는 어느 쪽도 그렇게 할 수 없었다.[149]

내전의 가능성이 높아지는 가운데 남한의 이승만 정부를 불신[150]했던 트루먼 행정부는 아시아 본토의 모든 거점을 정리하고

---

149 존 루이스 개디스, 같은 책, 65쪽.
150 "미국은 한국전쟁 이전부터 이승만 치하의 남한을 중무장하는 것을 거부함으로써 이미 이승만에 대한 불신을 드러냈다. 미국이 중무장을 거부한 것은 남한 정부가 지나치게 공격적으로 남북통일을 강조함으로써 우려를 자아냈기 때문이었다. 당시의 분위기에서는 남한이 먼저 통일전쟁을 일으킨다 해도 미국 정부 내에 놀랄 사람은 아무도 없을 정도였다."(베른트 슈퇴버, 「변방의 전투? – 한반도와 한국전쟁을 둘러

일본, 오키나와, 필리핀 같은 도서 지역의 전략적 거점 방어[151]에 집중하기로 결정한다. 이러한 미국의 조치는 북한의 김일성이 남한을 침범하는 중요한 계기가 되었다. 1949년 장제스의 국민당이 중국에서 패퇴할 때 미국이 개입하지 않았듯이 극동의 방어 거점에서 한반도를 제외한 상태에서 미국은 전쟁에 개입하지 않을 것이라는 오판을 하도록 만든 것이다.

중국공산당 지도부는 '타이완 해방 선행론'을 스탈린에게 제기했지만 스탈린은 세계대전으로 비화할 가능성을 우려했다. 1949년 7월 류사오치(劉少奇)와 스탈린의 회담에서 류사오치가 이 목적을 위해 무기와 항공기의 공급을 요구했을 때 스탈린은 제2차 세계대전으로 소련은 경제적 타격을 입었으며, 소련의 군사 지원이 홍콩과 타이완의 해방을 위한 것이 되면 미국과의 대립을 피할 수 없다고 보았다. 따라서 세계대전의 구실이 될 수도 있다고 말하며 원조에 부정적인 입장을 피력하였다. 타이완과 한반도를 미국의 방위권에서 제외한다는 미국 국무장관 애치슨의 발표를 분석한 소련은 타이완보다는 한반도에서의 분쟁이 대미 관계에 미치는 위험성이 더 적다고 여기게 되었다.[152] 스탈린은 북한의 남한 침공을 승

　　　싼 강대국의 전략」, 역사문제연구소·포츠담현대사연구센터 엮음, 『한
　　　국전쟁에 대한 11가지 시선』, 역사비평사, 2010, 24쪽)

151　미국의 국무장관 애치슨은 한국전쟁이 발발하기 직전인 1950년 1월
　　　12일 발표한 선언에서 유사시 방어해야 할 미국의 관심 지역에서 한
　　　반도가 제외됨을 분명히 했다.

152　시모토마이 노부오, 정연식 옮김, 『아시아 냉전사』, 경북대학교출판

인한 직후 베트남의 호찌민에게 인도차이나에 주둔한 프랑스군과 대치하고 있는 베트민(越盟)의 공세를 강화할 것을 요구했다. 스탈린은 한반도와 베트남에서 공산당이 승리하는 것이, 전후 일본을 자국의 군사동맹 체제 안에 배치하려는 미국의 노력을 견제하는 발판이 될 것이라고 판단했다. 하지만 그것은 명백한 오판이었다.

1950년 6월, 전쟁이 발발하자 미국은 스탈린과 김일성의 예상과는 다르게 신속하게 한반도의 전쟁에 개입했다. 비록 한반도가 애치슨이 선언한 극동의 전략 방어 거점에서는 제외되었지만 가까운 일본에 주둔하던 미군은 쉽게 한반도로 이동할 수 있었다. 국제연합도 신속하게 전쟁 지원을 승인했다. 세계대전 이후 국제연합(UN)에 의한 집단안전보장이라는 구도가 흔들린 것은 바로 그러한 행위를 묵인하여 붕괴된 국제 질서로 인해 세계대전이 일어났다는 사실을 환기시켰기 때문이다. 그리고 마오쩌둥의 중화인민공화국이 국제연합 가입을 거부당하자 이에 대한 항의로 소련이 국제연합 안전보장이사회에 출석하지 않았기에 소련의 거부권은 행사되지 않았다. 유엔 결의안 통과와 미국의 참전은 남한의 붕괴를 막았지만 유엔군이 38도선을 넘어서 북진을 시작하자 중국군이 개입했고 한국전쟁은 중국과 미국이 정면충돌하고 다수의 유엔 가입 국가가 참전하는 국제적인 전쟁으로 변모했다. 유럽과는 달리 "지역의 다자주의적 안보 질서가 제도화되지 않았던 상황"에서

___

부, 2017, 90~91쪽.

한국전쟁은 "동아시아 냉전 질서를 최초로 제도화시키는 결정적인 계기"[153]가 되었다.

2. 매카시즘의 광풍과 희생자들

뇌가 반이라도 있는 미국인이라면 북한 공산군이 배를 타고 6천 마일을 건너와 미국을 공격할 거라는 말을 믿겠니. 그런데 사람들은 그렇게 얘기해. '공산주의의 위협을 감시해야 한다. 그들이 우리나라를 집어삼킬 거다.' 트루먼은 공화당원들한테 자신의 힘을 보여주려는 거야. 그게 그가 노리는 거야. 그래서 이런 일이 벌어지는 거야. 무고한 한국 민중을 제물로 삼아 자신의 힘을 과시하고 있어. 한국에 쳐들어가 그 개자식들을 폭탄으로 쓸어버리겠다 이거지, 알겠니? 이게 다 이승만이라는 파시스트를 지원하기 위해서야. 훌륭한 트루먼 대통령, 훌륭한 맥아더 장군, 공산주의자, 공산주의자. 이 나라의 인종차별, 이 나라의 불평등이 문제가 아니야. 그래, 공산주의자가 문제라는 거야! 이 나라에서 오천 명의 흑인이 린치를 당했지만, 린치를 가한 자는 아직까지 한 명도 유죄 선고를 받지 않았다. 이게 공산주의자 탓이냐?[154]

---

153 김학재, 「'냉전'과 '열전'의 지역적 기원」, 『사회와 역사』 114집, 한국사회사학회, 2017, 219쪽,
154 필립 로스, 김한영 옮김, 『나는 공산주의자와 결혼했다』, 문학동네,

냉전은 결국 열전으로 확대되었다. 그러나 전쟁은 물리적인 충돌에만 국한되지 않았다. 한국전쟁이 미국에 미친 영향은 다양하지만 1950년대 초반부터 미국 사회와 미국인들의 사고를 경직시켰던 매카시즘[155]의 광풍을 빼놓을 수 없다. 1946년 영국과 캐나다의 공산주의자들이 소련을 위해 간첩 활동을 한 사건이 터지자 미국 사회는 커다란 충격에 빠졌다. 여론이 들끓자 트루먼은 1947년 3월 '연방정부 공무원 인사 검증 및 보안 프로그램(federal employee loyalty program)'를 시행했다. 개인의 정치적 신념이나 행동을 분석하고 명백한 범법 행위가 아닌 '의혹'만으로도 심사와 처벌을 할 수 있는 이 제도는 개인의 자유를 침해할 소지가 다분했음에도 강행되었다. 이 제도는 공무원들과 일반 대중들의 공포심을 고조시켰고 극단적인 반공주의자들의 활동 반경을 넓혀주는 결과를 가져왔다. '태프트·하틀리법(Taft-Hartley Act)'[156]도 통과되

2013, 319쪽.(이하 쪽수만 표시)

155 미국 상원의원 조지프 매카시의 이름에서 유래된 용어로 미국 『The Washington Post』지의 시사만화가 허버트 블록(Herbert L. Block, 1909~2001)이 매카시의 광적인 활동을 풍자하는 만화를 그리면서 신조어가 되었다.

156 1947년에 제정된 미국의 노사관계법. 노동조합의 활동을 제한하고 단결권에 저항할 수 있는 고용주의 권리 보장을 목적으로 한다. 법안 제안자인 태프트(공화당 소속 상원의원)와 하틀리(민주당 소속 하원의원)의 이름을 붙여 태프트·하틀리법이라는 명칭이 붙었다. 파업권의 제한, 클로즈드숍의 금지, 유니언숍의 대폭 제한, 부당노동행위의 금지, 쟁의의 조정 절차로서 긴급조정제도의 신설 등을 그 주요 내용

한국전쟁과 타자의 텍스트

어 공산주의 사상에 물들기 쉬운 노동자 계급의 노동조합 활동도 억압하기 시작했다.

이 시기에 '앨저 히스(Alger Hiss) 사건'이 터졌다. 국무부 차관보급으로 얄타회담 실무 책임자였던 인물이 국가 기밀을 소련에 넘겨준 혐의로 체포된 것이다. 1948년 여름 연방하원의 '조사위원회'는 시사 주간지 『타임(Time)』의 편집인인 체임버스(Whittaker Chambers)와 미국 공산당 당원이었던 벤틀리(Elizabeth Bentley)를 청문회에 불러 그들이 과거 공산주의자였음을 자백하게 만들었고, 루스벨트 행정부의 재무부 고위 정책 수립가로서 국제통화기금(IMF)과 세계은행(World Bank)의 창설에 주도적인 역할을 담당했던 앨저 히스(Alger Hiss)가 공산주의자로서 간첩활동을 했다고 폭로했다. 히스는 혐의를 부인했으나 조사위원회의 캘리포니아 출신 공화당 하원의원 닉슨(Richard M. Nixon)은 히스를 끝까지 추궁하여 뉴욕 연방법원 배심원들로 하여금 위증죄 평결을 받아내는 데 성공했다. 닉슨은 연방정부에서 근무하는 국가 반역자들로 인하여 미국의 국가안보가 심각한 피해를 받고 있다고 주장했다. 1950년 1월 미국의 언론들은 히스의 위증죄와 간첩죄 판결을 보도했고 히스는 44개월 동안 복역하게 되었다.[157]

으로 하고 있다. 태프트·하틀리법에 따르면 노동자들의 파업이 국가 경제 또는 안보를 위협할 경우 대통령이 법원의 허가를 얻어 노동자들의 직장 복귀를 명령할 수 있다.

157 권용립, 『미국 대외정책사』, 민음사, 1997, 533쪽.

1949년 8월, 소련이 핵폭탄 실험에 성공했고, 10월에는 마오쩌둥의 공산당이 중국 대륙을 장악했다. 이와 함께 소련에 원자폭탄 제조 기술을 넘겨준 혐의로 기소된 '로젠버그 부부(Julius and Ethel Rosenberg) 스파이 사건'과 영국의 물리학자 푹스(Klaus Fuchs)가 소련에 원자폭탄 제조 기술을 팔아넘긴 사건이 연이어 터졌다. 공화당은 트루먼 정부가 공산주의자들에게 관대하다고 연일 공격했고 트루먼 정부는 위기에 몰렸다. 전국적으로 일어난 반공 운동의 선두 주자는 공화당 상원의원 조지프 매카시(Joseph McCarthy)였다. 매카시는 웨스트버지니아주 휠링에서 기자들에게 "여기 내 손에 국무장관이 파악한 205명의 공산당원 명단이 있다. 이들은 지금 이 시간에도 국무성에서 미국의 정책을 구상, 집행하고 있다"[158]고 폭로했다. 매카시의 폭로에 언론은 즉각적으로 호응했다. 매카시가 휠링에서 솔트레이크시티로 향하는 짧은 시간 동안 언론들은 매카시의 말을 대서특필했고 매카시는 반공주의의 상징적인 인물로 급부상했다. 매카시는 '언론을 능숙하게 이용하는 법'[159]을 잘 알고 있었다.

---

158 실제로 매카시는 리스트 따위는 가지고 있지 않았다. 그가 가지고 있던 것은 국무장관 번스(James F. Byrnes)가 일리노이주의 하원의원 사배스(Adolph J. Sabath)에게 보낸 1946년 7월 26일 자 편지였다. 이 편지는 의회 속기록에 이미 기록되어 있었다.

159 "매카시가 기존의 우익 정치인들과 다른 점은 언론의 속성을 잘 알고 능숙하게 이용했다는 점이다. 어떤 것이 기자들의 주목을 받는지 직감적으로 알고 있었던 매카시는 기자들이 자기의 주장을 확인

공직에 있는 자는 누구나 매카시의 공격 대상이 되었다. 매카시는 거친 언사로 자신을 대중에게 알리는 특별한 재능으로 워싱턴 전역의 행정부 관리들을 무력하게 만들었다. 매카시즘은 미국 내의 공산주의자들을 색출한다는 명분을 내세웠지만 정략적인 의도로 활용되는 경우가 더 많았다. 공화당 의원들도 매카시의 선동이 대부분 날조된 것이라는 사실을 알고 있었지만, 자극적인 폭로로 대중들을 흥분시키는 매카시의 화법을 선거에 유리하게 활용했고, 민주당 의원들도 매카시의 공격을 피하기 위해서 더욱 강력한 반공 정책을 시행하면서 자신들이 공산주의자와 무관하다는 사실을 입증하려고 애썼다. 선거에서는 전국의 후보자가 모두 상대편 후보자를 공산주의에 유화적인 사람, 정부 안의 공산주의자를 옹호하는 사람, 공산주의 동조자, 공산주의 경향을 가진 사람으로 매도하는 방식으로 대중들을 선동했다. 매카시즘을 분석한 학자 로버트 그리피스(Robert Griffith)는 "매카시 파워는 분명히 환상"이

할 시간이 없도록 교묘하게 마감 시간에 맞춰 보도자료를 내보내거나 기자회견을 했다. 매카시는 또 계속적으로 선동적 발언을 함으로써 이전의 그의 주장을 기자들이 확인할 시간을 주지 않았다. 물론 많은 신문들이 매카시가 주장한 것보다 부정확하거나 왜곡되게 부풀려 보도했다. 반면 매카시의 주장을 반박한 국무부의 발표나, 매카시의 주장이 사실과 다르다는 것을 입증할 만한 기사들은 전혀 보도되지 않거나 매카시의 주장보다 훨씬 작은 지면을 차지했다."(이영태, "장호순 교수 '매카시즘의 필수요소는 언론'", 『미디어오늘』, 2003년 10월 13일.〈http://www.mediatoday.co.kr/news/articleView.html?idxno=23559〉)

었지만 그것은 "미국 정치의 논리적 산물"이었다고 지적했다.

> 어떤 사람들은 매카시즘을 세기의 중반에 나타난 괴물 혹은 일
> 시적 탈선 정도로 가볍게 취급하기도 한다. 그러나 사실은 그렇지가
> 않다. 그것은 미국 정치 문화의 자연스러운 표출이었으며, 비록 극단
> 적이긴 하지만 미국 정치의 논리적 산물이었다. 매카시즘은 미국 역
> 사에 깊이 뿌리내리고 있는 미국인들의 일련의 태도와 상상력, 판단
> 력에 기반을 두고 있다. 미국인들은 오랫동안 급진주의를 두려워했
> 다. 그 두려움의 흔적은 과거 역사 속에 파편처럼 흩어져 있다. 외국
> 인방첩법, 이민 제한, 헤이마켓 사건, 투쟁적 노조주의 금지법, 순례
> 자 소탕 사건 등이 이러한 파편의 일부다. (…) 대외적으로 반공주의
> 는 고립주의와 국제주의 사이의 케케묵은 진부한 싸움을 완전히 새
> 로운 일련의 감정적 이슈와 슬로건으로 몰고 가 미국의 대소(對蘇)
> 정책에 관한 전후 논쟁의 핵심을 이루었다. 공화당은 민주당이 동
> 유럽과 중국을 '팔아먹고'는 소련의 환심을 사려 하고 있다고 비난
> 했다.[160]

1940년대 후반부터 1950년대 초반까지 미국의 대표적인 베스
트셀러 작가였던 미키 스필레인(Mickey Spillane)의 소설들은 당시
미국 사회에 만연한 편집증적인 불안을 사설탐정 마이크 해머라

---

160 로버트 그리피스, 하재룡 옮김, 『마녀사냥』, 백산서당, 1997, 44~45쪽.

는 캐릭터에 효과적으로 집약시켰다. 내란을 획책하는 공산주의자들을 막는 것을 사명으로 여기는 사설탐정 마이크 해머가 등장하는 미키 스필레인의 소설들은 매카시의 선동과 맞물려 내부의 적을 색출해야 한다는 강박증을 미국 사회에 확산시켰다.[161] 미키 스필레인의 소설이 인기를 얻은 현상과 로버트 그리피스의 진단에서 알 수 있듯이 매카시즘은 갑작스럽게 돌출된 현상이 아니라 사회주의 확산을 우려하는 중산층들의 공포와 냉전으로 야기된 불안이 맞물린 결과였다.

매카시즘은 미국 중앙정보국(Central Intelligence Agency, CIA)의 활동과도 밀접한 연관이 있었다. 중앙정보국은 1947년 설립 당시부터 정보 요원, 정치인, 기업인 등의 인맥과 아이비리그 출신들의 학맥을 이용, 광범위한 분야의 유력 인사들을 끌어들여 컨소시엄을 만들기 시작했다. 이제 막 출범한 중앙정보국의 두 가지 목표는 공산주의라는 병균이 퍼지지 않도록 예방접종의 역할을 하는 것, 그리고 미국의 외교적 이권을 선취하기 위해 길을 닦는 것이었다. 그 결과 협력자들로 이루어진 놀라울 정도로 견고한 인적 네트워크가 만들어졌고, 그들의 힘으로 모종의 관념을 널리 알리

---

161 스필레인의 데뷔작인 『내가 심판한다*I, the Jury*』(1947)는 미국에서 천만 부의 판매고를 올렸는데 악을 척결하지 못하는 나약한 사회를 대신해 자신이 직접 악을 처단하는 주인공 사설탐정 마이크 해머의 이미지는 매카시의 폭로와 함께 미국 사회의 편집증을 자극했다.(데이비트 핼버스탬, 김지원 옮김, 『데이비드 핼버스탬의 1950년대(하)』, 세종연구원, 1996, 228쪽 참고)

게 되었다. 그 관념은 바로 '팍스 아메리카나(Pax Americana)'였다. 새로운 계몽의 시대가 전 세계적으로 요청되며, 그러한 시대는 곧 '미국의 세기'라고 부를 수 있으리라는 것이었다.[162] 1950년 6월 한국전쟁이 발발하자 매카시즘은 더욱 확산되었다. 공산주의에 대한 혐오감은 더욱 증폭되었고 매카시는 1950년 8월 위스콘신주 밀워키에서 행한 연설에서 미국의 젊은이들이 한국에서 죽어가는 현실을 강조하면서 정부의 고위 관리들 속에 있는 공산주의자를 몰아내야 한다고 주장했다. 1950년 가을 중국군의 참전으로 미군이 엄청난 피해를 입고 후퇴를 거듭하자 12월 16일 트루먼은 '국가비상사태'를 선포하기에 이른다.[163] 한국전쟁의 전황이 악화하는 와중에 유엔군 총사령관인 더글러스 맥아더는 전쟁의 확대와 원자폭탄 사용을 요구했고 세계의 여론은 들끓었다. 특히 영국 수상 애틀리는 워싱턴까지 날아와 트루먼을 설득하며 원폭 사용을 반대했다. 1951년 4월 11일에 트루먼이 확전을 주장하던 맥아더를 해임시키자 매카시는 극단적인 욕설을 퍼부으면서 맥아더를 옹호하고 트루먼을 원색적으로 비난[164]했다. 매카시는 맥아더 해임을 계기로 마

---

162 프랜시스 스토너 손더스, 유광태·임채원 옮김, 『문화적 냉전−CIA와 지식인들』, 그린비, 2016, 16쪽.

163 이 시기는 필립 로스의 소설 『울분』(문학동네, 2011)의 주인공 마커스가 대학에 진학한 시점과 일치한다. 마커스의 아버지와 대학의 학생과장은 모두 공산주의에 대한 공포에 장악된 1950년대 기성세대의 알레고리인 것이다.

164 매카시는 맥아더를 '가장 위대한 미국인'으로 치켜세우면서 트루

한국전쟁과 타자의 텍스트

셜 장군의 외교정책을 비판하고 트루먼 대통령과 애치슨 국무장관
도 음모에 가담했다고 의혹을 제기하기에 이른다.

매카시즘은 미국의 문화예술계에도 큰 영향을 미쳤다. 조사
위원회의 활동으로 예술가와 지식인들은 광범위한 감시 대상이 되
었고 할리우드를 비롯한 문화예술계 안에서 폭로와 감시가 일상
화되었다. 수많은 감독과 배우, 작가들이 '조사위원회'의 청문회에
출석하여 사상을 검증받았고 자신이 공산주의와 소련에 우호적이
지 않다는 사실을 스스로 증명해야만 했다. 할리우드 안에는 매카
시에 동조하는 세력도 있었다. 훗날 대통령이 되는 영화배우 로널
드 레이건(Ronald Reagan), 공화당 상원의원 배리 골트워터(Barry
Goldwater), 연방수사국(FBI) 국장 에드거 후버(Edgar Hoover), 디
즈니 영화사 설립자 월트 디즈니(Walter Disney)와 영화감독 엘리
아 카잔(Elia Kazan)[165] 등은 매카시즘에 동조하면서 할리우드에서
활동한다고 의심되는 공산주의자들의 명단을 '조사위원회'에 넘

먼에게 이렇게 욕설을 퍼부었다. "The son of bitch should be
impeached!"(강준만, 「왜 언론은 매카시즘의 공범이 되었는가?-조
지프 매카시」,『인물과사상』 2016년 10월, 인물과사상사, 44쪽)
165 아서 밀러와 절친했던 영화감독 엘리아 카잔(〈에덴의 동쪽〉(1955),
〈초원의 빛〉(1961) 연출)은 문화예술계에 포진한 150여 명의 좌익 인
사 명단을 '조사위원회'에 넘겼다. 반면 아서 밀러는 '조사위원회'의
청문회에서 명단을 작성하길 거부했다. 이것을 계기로 둘의 관계는
파탄에 이르렀고 끝내 해소되지 못했다. 1999년 미국 영화계 최대 축
제인 아카데미상 시상식에서 엘리아 카잔이 공로상을 받을 때 수많
은 배우와 감독들은 냉소로 일관했다.

겄다. 원자폭탄 개발에 공헌한 과학자 로버트 오펜하이머(Robert Oppenheimer), 작곡가이며 지휘자인 레너드 번스타인(Leonard Bernstein), 영화감독 에드워드 드미트릭(Edward Dmytryk), 문인 릴리언 헬먼(Lillian Hellman) 등이 그 명단에 올랐고 이들은 대부분 진보적인 성향을 지닌 유대인 출신이었다. 그리고 17세기 미국 세일럼에서 벌어졌던 마녀사냥을 다룬 희곡 『The Crucible』(1953)을 써서 미국을 휩쓸고 있는 무분별한 사상 검증 사태를 비판한 극작가 아서 밀러(Arthur Miller)도 '조사위원회'의 사상 검증을 받았다. 앨저 히스, 로젠버그 부부, 미국에 잠입한 친소련 스파이들에 대한 일련의 재판들은 조지 오웰의 상상이 현실화될지도 모른다는 매카시의 망상에 불을 지폈다. 매카시가 '조사위원회'의 청문회 의장까지 위협하는 가운데, 고발과 블랙리스트 폭로가 당대의 유행이 되었다. '조사위원회'의 블랙리스트에 올랐던 릴리언 헬먼은 당시를 '불한당의 시간(Scoundrel Time)'이라고 표현했다.[166]

1952년 대통령 선거에서 아이젠하워가 당선되자 공화당은 매카시의 비난 행보에 동참하는 것을 꺼리게 되었다. 매카시의 무분별한 사상 검증 공세가 새로운 공화당 행정부에 부담으로 다가온 것이다. 1953년 초 워싱턴 정가의 정치가들은 소모임을 결성하여 매카시즘에 반발하기 위한 새로운 전략을 모색했다. 일부 공화당 의원들은 양심선언을 하면서 매카시의 술책이 자유를 지킨다는 명

166　프랜시스 스토너 손더스, 같은 책, 319쪽.

분을 앞세워 사상을 탄압한다고 비판하기 시작했다. 언론도 조금씩 매카시에 등을 돌리기 시작했다. 1954년 3월 9일 CBS에서 방영한 에드워드 머로(Edward Murrow)의 〈시 잇 나우(See It Now)〉라는 시사프로그램 출연을 계기로 매카시는 몰락하기 시작했다. 이 프로그램의 진행자 머로는 미국에 공산주의자들이 넘쳐난다는 매카시의 선동이 거짓이라는 사실을 조목조목 파헤친다. 머로의 실증적인 고발은 전파를 타고 곧바로 시청자들에게 전달되었다. 라디오와 텔레비전, 신문을 이용해 파급력을 높였던 매카시는 바로 그 매체들의 보도로 위기에 몰렸다. 〈시 잇 나우〉 방송 후 시청자들의 전보와 전화로 집계된 머로와 매카시의 지지 비율은 15대 1이었다. NBC 방송국도 머로의 압승을 인정하면서 매카시의 거짓을 명쾌하게 밝혀냈다고 보도했다.

그러나 매카시는 폭로 활동을 멈추지 않았다. 매카시는 군부 내의 공산주의자를 색출한다는 명목으로

'조사위원회'의 활동을 풍자한 허버트 블록
(Herbert L. Block)의 카툰

청문회를 열어 육군 장성들에게 모욕적인 비난을 퍼부었다. 군인 출신 대통령인 아이젠하워는 군대를 모욕하는 매카시의 발언을 듣고 분노했다. 미국 육군성은 매카시가 군에 입대한 자신의 보좌관들에게 특혜 제공을 요구했다는 사실을 폭로했고 1954년 4월 상원은 이 문제를 조사하는 청문회를 열었다. 궁지에 몰린 매카시가 자제력을 잃고 고함을 지르면서 청문회의 진행을 거부하는 모습이 텔레비전을 통해 실시간으로 중계되었고 그의 정치적 생명은 끝났다.

매카시즘의 여진은 길었다. 매카시의 활동으로 번진 광범위한 사상 검증은 수많은 행정부 관료와 비판적인 지식인들을 실직시켰고 창작 활동을 극도로 위축시켰다. 시민운동도 거의 봉쇄되고 말았다. 무엇보다도 미국 외교의 편향성을 심화시켜 냉전 구조가 고착되었고 사회에는 음모론과 이분법적 사고가 퍼졌다. 매카시의 활동이 절정기였던 시기에 발발한 한국전쟁은 매카시에게 더없이 훌륭한 명분을 제공했다. 역사학자 브루스 커밍스(Bruce Cumings)는 이 시기에 뿌리내린 냉전적 사고의 폐해를 이렇게 적고 있다.

냉전이 양극화한 세계에서, 우리는 옳은 편에 있고 우리의 동기는 순수하며 선한 일을 하고 전혀 해를 끼치지 않는다. 그들은 몹쓸 폭도이고 공산주의자일 뿐만 아니라 범죄자이며 정체를 알 수 없고 (1950년대 영화에서는 심지어 외계인이나 화성인으로 나온다) 기괴

한국전쟁과 타자의 텍스트

하고 정신이상자이며 무슨 짓이든 할 수 있는 자들이다. 우리는 인간적이고 품위 있고 개방적이지만, 저들은 비인간적이고 불가사의하며 우리가 존중할 가치가 있는 권리를 지니지 못한 격리된 '타자他者'이다. 이 적이 옳은 일을 하고 증발하고 사라지며 스스로 소멸할 때만이, 우리는 행복하게 쉴 수 있을 것이다.[167]

필립 로스의 소설 『나는 공산주의자와 결혼했다』(1998)[168]는 매카시즘에 함몰되었던 1950년대 미국 사회를 배경으로 삼은 대표적인 텍스트다. 작가의 성장기 경험이 반영된 이 소설은 매카시즘이 휘몰아치던 1950년대 이후 반세기 가까운 시간이 흐른 다음에 출간되었다. 이 소설은 필립 로스의 작품에서 자주 화자로 등장하는 네이선이라는 작가가 자신의 성장기에 영향을 주었던 린골드 형제의 이야기를 서술하는 방식으로 전개된다. 네이선은 필립 로스의 다른 소설 『울분』의 주인공 마커스와 같은 나이다. 네이선은 1950

---

167 브루스 커밍스, 조행복 옮김, 『브루스 커밍스의 한국전쟁』, 현실문화, 2017, 158쪽.

168 필립 로스는 이 소설에서 로버트 스티븐슨(Robert Stevenson) 감독이 만든 동명 영화 〈나는 공산주의자와 결혼했다〉(1949)의 제목을 차용했다. 과거 공산당에 가입했던 경력을 숨기고 아내와 결혼한 남자의 이야기를 다룬 이 누아르 영화는 매카시즘이 팽배했던 시기 미국의 사회 분위기를 잘 반영하고 있다. 필립 로스는 이 영화의 모티프를 따와서 아이라 린골드라는 배우의 파멸 과정을 그린 소설을 썼다. 한국어 번역본은 2013년(김한영 옮김, 문학동네, 이하 쪽수만 표시)에 출간되었다.

년 고등학교를 졸업하고 고향을 떠난다. 고등학교 시절 영어 선생님이었던 머리 린골드와 그의 동생 아이라 린골드는 네이선의 성장기에 큰 영향을 끼쳤다. 1997년, 거의 반세기 만에 고등학교 시절의 머리 선생님과 만난 네이선은 선생님의 동생 아이라 린골드의 안부를 묻는다. 머리 선생님은 네이선에게 동생 아이라 린골드의 불행한 삶을 털어놓는다. 가난하게 자란 아이라 린골드는 군대에서 존 오데이라는 마르크스주의자를 만난다. 오데이의 영향으로 아이라는 사회의 부조리와 계급 문제에 눈뜨게 된다.

아이라처럼 어린 나이에 버림받은 사람은 모든 인간이 어쩔 수 없이 빠지는 힘든 상황에 남들보다 훨씬 더 일찍 빠진다. 교육이란 걸 전혀 받지 못했거나, 열정과 신념에 너무 쉽게 휩싸여 이념을 주입하기가 수월하기 때문이다. 아이라의 젊은 시절은 관계 파탄의 연속이었다. 매정한 가족, 학교에서의 좌절, 대공황의 나락, 유년에 버려진다는 것은 나처럼 한 가족과 한 장소 그리고 그 제도에 붙박여 살아온 소년, 감정의 인큐베이터에서 막 벗어난 소년의 상상력을 사로잡았다. 유년에 버려진 경험은 아이라를 해방시켜 그가 원하는 어떤 것과도 관계를 맺을 수 있게 해준 동시에, 어떤 것에든 거의 즉시 빠져들어 그 속에 완전히, 영원히 처박힐 때까지 표류하게 만들었다.(363쪽)

제대 후 레코드공장에서 일하게 된 아이라는 노조원들 앞에서

한국전쟁과 타자의 텍스트

공연한 연극에서 링컨 역을 맡게 되었다. 링컨의 연설문을 암송하는 그의 대사는 사람들에게 깊은 감명을 준다. 그 후 아이라는 라디오에서 활약하면서 '강철의 린골드'라는 뜻의 '아이언 린'이라는 별명으로 불리는 라디오 스타가 된다. 유명 인사가 된 아이언 린은 '기득권과의 타협'이라는 대중들의 비난을 무릅쓰고 스타 배우 이브 프레임과 결혼한다. 그러나 두 사람의 결혼 생활은 초반부터 흔들렸다. 이브 프레임은 극단적인 인종차별주의자였고 허영으로 가득 찬 인물이었다. 아이라는 이브 덕분에 화려한 연예계에 입성했으면서도 자신의 사상을 포기하지 않았고 이것은 이브 프레임과 아이라의 결혼이 파경에 이르는 원인이 된다.

감정을 절제하거나 세련되게 말하는 법을 교육받지 못한 아이라는 이브 프레임의 인종차별적 사고를 견디지 못하고 사사건건 충돌했고, 특히 전남편과의 사이에서 낳은 딸 실피드에게 집착하는 이브 프레임의 모습은 아이라의 이성을 잃게 만든다. 아이라는 영화계의 제작자들과 배우들, 평론가, 기자들에게 '허위의식을 참지 못한 아이'라는 독설을 퍼부어댔고, 많은 적이 생겨났다. 딸의 구박에 자학적일 정도로 순종하는 이브는 아이언 린이 간절히 원했던 아이 갖기를 거부한다. 방황하던 아이언 린은 실피드의 동료인 패멀라와 불륜의 관계를 맺는다. 복수심과 성적 충동을 견디지 못하고 불륜을 저지른 아이라는 결국 이브 프레임과 이혼하게 된다. 극단적인 사상 검증과 폭로가 끊이지 않았던 1950년대 할리우드에서 아이라는 만만한 타깃이 되었다. 유대인, 공산주의자, 불류이라는 키워드는 연예계 호사가들의 관음증을 자극하기에 충분했다.

　"리스트 천지야. 이름, 고소, 고발 리스트. 다들 리스트를 하나씩 갖고 있어." 아이라가 말했다. "『적색 채널』, 조 매카시, 외국전 참전용사, 반미활동조사위원회, 재향군인회, 가톨릭 잡지, 허스트의 신문, 리스트마다 신성한 번호가 매겨져 있지. 141번, 205번, 62번, 111번. 미국에서 어떤 문제로 불만을 품거나 비판하거나 항의한 적이 있는 사람은 누구나 리스트에 올라. 심지어 비판하거나 항의했던 사람과 관계있는 사람까지. 그런 사람들은 죄다 공산주의자, 공산주의의 앞잡이, 공산주의에 '협력한 자', 공산주의 '재정'에 기여한 자, 노동계, 정부, 교육계, 할리우드, 연극계, 라디오와 TV에 '침투'한 자로 분류돼. 워싱턴의 모든 관공서가 '제5열 분자' 명단을 열심히 만들고 있어. 모든 반동 세력이 서로 이름을 교환하고, 이름을 혼동하고, 이름을 연결시키고 있다고. 존재하지도 않는 거대한 음모를 입증하겠다고 말이야."(360쪽)

　아이라는 아내 이브에게 의지하지만, 그녀는 아이라를 외면한다. 이브 프레임은 기자 브라이든 그랜트의 권유로 『나는 공산주의자와 결혼했다』라는 책을 펴낸다. 이 책의 서문에서 이브 프레임은 "미국의 여배우로서 그토록 많은 사랑과 답례와 행복을 선물해 준 미국 청취자들에게 막중한 책임감"을 느끼고 있으며 "대중문화

　　　　　　　　　　　　　　　한국전쟁과 타자의 텍스트

를 무기로 삼아 미국인의 삶을 찢어발기려고 결심한 남자"를 고발한다고 적었다. 그리고 "공산주의의 손길이 방송계에 어디까지 침투"했는가를 폭로하기 위하여 책을 쓸 결심을 하게 되었다고 덧붙였다. 사실상 브라이든 그랜트의 창작물인 이브의 책은 미국 사회에 큰 파문을 일으킨다.

그로부터 반년이 채 지나지 않았을 때, 서둘러 출간된 책 한 권이 미국 서점가에 등장했다. 이브 프레임의 이야기를 브라이든 그랜트가 받아쓴 『나는 공산주의자와 결혼했다』라는 책이었다. 앞뒤 표지에는 미국 국기가 그려져 있었다. 앞표지의 국기는 누더기처럼 찢겨 있었고, 찢긴 타원형 틈 안에 최근에 찍은 아이라와 이브의 흑백사진이 들어가 있었다. 사진 속 이브는 다정하고 사랑스러운 표정을 짓고 있었다. 그녀는 자신이 유행시킨 물방울무늬 베일이 달린 모자를 쓰고, 모피 코트를 입고, 둥근 백을 든 채 카메라를 향해 활짝 웃으며 남편과 팔짱을 끼고 웨스트 11번가를 걷고 있었다. 하지만 아이라는 조금도 행복해 보이지 않았다. 중절모를 쓴 그는 심각하고 괴로운 표정을 짓고 두꺼운 안경 너머로 카메라를 응시했다. 표지 한복판엔 "나는 공산주의자와 결혼했다. 이브 프레임 저, 브라이든 그랜트 대필"이라고 큼직하게 쓰여 있고, 아이라의 얼굴 주위에 굵직한 붉은색 동그라미가 둘려 있었다.(404~405쪽)

책이 베스트셀러가 되자 아이라는 결혼을 이용해 할리우드에

잠입한 거물 공산주의자로 낙인찍힌다. 아이라가 죽은 뒤 그의 형 머리 린골드는 자신의 제자인 네이선에게 아이라의 불행했던 마지막 나날들을 털어놓는다. 머리는 아이라의 분노가 어디서 비롯되었는지, 그가 왜 이브와 결혼을 했는지, 그가 어떤 과정을 거쳐 공산주의자가 됐는지, 그 내막을 네이선에게 들려준다. 필립 로스는 머리의 입을 빌려 미국의 불안하고 고통스러웠던 한 시기를 회고한다.

원래 그런 거라네. 인간의 비극이란 게, 일단 완성되고 나면 언론인들한테 넘어가 오락거리로 전락하지. 그건 그 말도 안 되는 미친 이야기들이 우리의 문턱을 넘어 쏟아져 들어오고, 신문의 어설프고 의심스러운 시시콜콜한 이야기들을 우리가 그냥 지나치지 못하기 때문이야. 난 매카시의 시대가 전후에 가십, 세계에서 가장 오래된 이 민주공화국을 통합시키는 이념으로 끌어올려진 가십의 승리를 선포한 시대라고 생각하네. 우리는 가십을 믿노라. 가십이 복음이고 국교가 됐지. 매카시즘은 결코 진지한 정치의 출발점이 아니라, 대중에게 재미를 선사하기 위해 진지한 모든 것을 오락거리로 만드는 행위의 출발점이었네. 지금은 도처에 만연한 미국인의 몰지각함을 전후에 처음으로 활짝 꽃피운 게 매카시즘이었어.
(…)
매카시가 애국심을 앞세워 이끈 여론 조작 재판은 보여주기 위한 쇼에 불과했네. 카메라를 비추면 바로 현실 같은 거짓된 진실을 보

여주지. 매카시는 입법을 업으로 삼은 자들이 연기를 하면 훨씬 유리하다는 걸 앞선 어느 정치인보다 잘 알았다네. 또 굴욕이 오락으로 가치가 있다는 걸 이해했고, 어떻게 하면 국민들에게 과대망상의 쾌락을 제공할 수 있는지도 잘 알았어. 그놈은 우리를 이 나라의 출발점으로, 죄수에게 차꼬를 채우던 17세기로 데려갔어. 이 나라는 그렇게 시작했지. 도덕적으로 망신을 주는 게 대중의 오락이었어. 매카시는 흥행주였던 셈이지. 볼거리가 난폭할수록, 비난이 격렬해질수록 방향감각은 사라지고 재미는 반발하거든. 〈조 매카시의 자유와 용기〉, 이 쇼에서 내 동생은 일생 최대의 역할을 소화한 셈이지.(473~474쪽. 강조는 인용자)

매카시즘을 소재로 다룬 또 하나의 대표적인 소설은 닥터로(E. L. Doctorow)의 『다니엘서*The Book of Daniel*』(1971)를 꼽을 수 있다. 이 소설은 1950년대 미국과 전 세계의 여론을 들끓게 한 '로젠버그 부부 스파이 사건'을 소재로 삼고 있다. 1950년 6월, 연방수사국은 대대적인 공산주의자 색출 작업 중 로스앨러모스국립연구소(Los Alamos National Laboratory)의 원자폭탄 개발프로젝트에 참여한 데이비드 그린글래스(David Greenglass)를 간첩 혐의로 체포했고, 그는 자신의 매형 줄리어스 로젠버그를 통해 소련에 원자폭탄 기밀을 넘겼다고 자백한다. 가난한 유대계 이민 자녀로 태어난 줄리어스는 18세 때 청년 공산주의자 연합에 가입했고, 여기서 만난 여인 에설 그린글래스와 사랑에 빠져 결혼했다. 그는 21

세에 미 육군 통신부대에 들어가 군 생활을 이어갔지만, 공산당에 가입한 사실이 밝혀져 복무 7년째에 군에서 추방됐고, 이후 개인 사업을 하던 중이었다. 줄리어스는 이적 행위를 한 적이 없다고 항변했다. 그러나 연방수사국 국장 에드거 후버는 로젠버그 부부의 사건을 가리켜 '세기의 범죄'라고 목소리를 높였다.

1951년 3월 6일 재판에서 판사 어빙 코프만(Irving Kaufman)은 "부부가 소련에 원자폭탄 기밀을 넘김으로 인해 한국전쟁이 발발했고, 이에 따라 막대한 사상자가 발생했으므로 이들은 살인보다 더한 범죄를 저지른 것이다"고 로젠버그 부부를 맹비난했다. 마침 한국전의 전황은 좋지 않았다. 로젠버그 부부를 향한 비난은 더욱 거세졌고, 얼마 뒤인 4월 5일 사형을 선고받았다. 로젠버그 부부는 1953년 6월 19일 뉴욕주 싱싱교도소 전기의자에서 나란히 죽음을 맞았다. 후일 냉전이 종식되고 로젠버그 부부와 소련의 관계를 증명한 자료가 공개되면서 줄리어스가 진짜 소련의 스파이로 활동한 행적이 드러나 놀라움을 안긴 바 있다. 그러나 그가 넘긴 정보는 원자폭탄의 핵심 기술과는 거리가 먼 스케치에 불과했고, 더욱이 아내 에설은 아무런 혐의가 포착되지 않았다. 남편의 자백을 위해 아내를 볼모로 삼았다는 것이 전문가들의 견해다.[169]

---

169 김희윤, "6·25 일으킨 주범? 로젠버그 부부를 사형시킨 미국", 『아시아경제』, 2017년 6월 20일 자.

한국전쟁과 타자의 텍스트

매카시즘 시대 이후 시차를 두고 창작된 필립 로스의 소설과는 달리 닥터로의 『다니엘서』(1971)[170]는 1950년대 '로젠버그 부부 스파이 사건'과 연루된 인물들이 거의 생존해 있거나 현역으로 활동하던 시기에 창작되었다는 점을 주시할 필요가 있다. 『나는 공산주의자와 결혼했다』가 매카시즘에 물들었던 시기를 집중적으로 거론하고 있다면, 『다니엘서』는 로젠버그 부부의 아들을 화자로 내세워 매카시즘 이후의 시대까지 시야를 확장한다. 『다니엘서』는 로젠버그 사건과 관련된 실제 인물들이 이름을 바꿔서 등장한다. 줄리어스 로젠버그와 에설 로젠버그는 각기 폴 아이작슨과 로셸 아이작슨으로 변경되고, 로젠버그의 두 아들인 마이클과 로버트는 다니엘과 수전이라는 남매로 변경되었다. 또한 사건의 재판을 담당한 코프만 판사는 허쉬 판사로, 로젠버그 부부의 변호사였던 아셔의 이름은 그대로지만 실제와는 달리 보수적인 정치적 성향을 가진 인물로 재창조된다. 로젠버그 부부의 아이들을 입양한 미러폴 부부는 법대 교수인 루인으로 변경된다. 로젠버그 부부를 기소한 검사의 증인인 치과의사 셸리그 민디시만이 완전한 허구의 인물이다.

이 소설의 화자는 사형된 아이작슨 부부의 아들 다니엘이다. 아이작슨 부부의 자식 다니엘과 수전 남매는 보스턴대학의 법대

---

170 E. L. 닥터로, 정상준 옮김, 『다니엘서』, 문학동네, 2010.(이하 쪽수만 표시)

교수 루인에게 입양된다. 다니엘은 대학에서 역사학을 공부하고 대학원에 진학한다. 소설에는 다니엘이 대학원에서 쓴 논문인 「냉전의 참역사-라가*True History of the Cold War-A Raga*」가 소설 곳곳에 삽입된다. 소설에 삽입된 다니엘의 논문은 20세기 미국의 역사를 해체하고 재구성하는 역할을 담당한다.

소설의 1부는 1967년 현충일부터 전개된다. 정신병원에 입원한 동생 수전을 만나러 간 다니엘은 '펜타곤 행진'[171]을 벌이는 시위대를 보고, 자기 부모의 석방을 요구하면서 벌어졌던 과거의 시위를 떠올린다. 역사를 공부한 다니엘은 이미 알고 있었다. 세계 각지에서 벌어진 시위에도 불구하고 자신의 부모는 처형되었다. 집회에 모인 사람들은 자신의 부모를 위해서가 아니라 각자의 목적을 위해서 모인 것에 불과하다. 이것은 매카시즘의 시대에만 국한된 것이 아니라 20세기 내내 반복된 현상이었다. 다니엘은 1919년 노동자 파업, 1920년 '파머(A. Mitchell Palmer) 공격', '사코(Nicola

---

171 1967년 10월 21일, 베트남전쟁 반대를 외치는 5만 이상의 시위대가 전쟁 주무 부처인 국방부(펜타곤)까지 행진한 사건이다. 진보적인 학자, 작가들과 징집을 거부한 대학생들, 흑인, 히피들까지 다양한 사람들이 시위에 참가했다. 시위를 진압하려고 출동한 헌병대가 들이댄 총구에 꽃을 꽂는 사진은 세계적인 반전 여론을 불러일으켰다. 시위에 참가했던 작가 노먼 메일러(Norman Mailer)는 이 시위를 둘러싼 풍경들을 픽션과 르포르타주로 엮은 소설 『밤의 군대들*The Armies of Night*』로 1968년 퓰리처상과 전미(全美)도서상을 수상했고, 이 소설은 베트남전 반전운동의 상징이 되었다. 『다니엘서』에서는 시위의 날짜가 다니엘이 수전을 만나러 가는 날인 6월 6일로 변경되었다.

Sacco)와 반제티(Bartolomeo Vanzetti) 재판' 등 제1차 세계대전 이후 미국 사회를 강타한 '적색 위협(Red Scare)'이 매카시즘의 예고편이었고, 매카시즘 역시 한 선동가의 사기극이 아니라 전 사회가 참여한 음모극에 가깝다고 지적한다. 소설의 2부는 다니엘의 논문 작업과 과거-부모 아이작슨이 생존했던 시기-의 회상이 전개된다.

① 1949년으로 기억한다. 학교마다 대대적으로 공습 훈련을 했다. 소련 사람들이 원자폭탄을 터뜨렸다. 트루먼은 공산주의에 너무 나약하게 대처한다고들 했다. 중국공산당은 장제스를 쫓아냈다. 미국의 공산주의 지도자들은 폭력에 의한 정부 전복을 옹호하고 가르치려 했다는 혐의로 재판을 받았다. 우리 학교에서도 자주 공습 훈련을 했다. 여자아이들은 무릎을 세우기보다는 고개를 숙이고 꿇어앉아 목 뒤로 둔 손을 깍지 끼는 자세를 좋아했다. 그렇게 하면 복도 저편에 있는 남자아이들이 치마 속을 보지 못했기 때문이다. 우리는 원자폭탄이 떨어질 경우에 대비해 훈련을 받았다. 아빠는 머리를 무릎에 대고 웅크리지 마라고 했다. 그리고 하늘에서 폭탄이 떨어지는 것처럼 가장하라는 요구에도 따르지 마라고 했다. 아빠는 전쟁이 임박했다는 생각을 학생들이 받아들이도록 가르치는 모든 선생들을 저주했다.(154~155쪽)

② 아빠는 모든 것을 읽는다. 종교재판관의 사형선고에 관해 이야기한다. 나는 사악한 나치 선동가 오토 더피의 파쇼 사상이 전 미

국을 휩쓰는 모습을 지켜본다. 이것은 단순한 스파이 체포가 아니라 포스터와 데니스를 비롯한 공산당 지도부에 대한 정치재판이다. 앨저 히스 같은 뉴딜주의자에 대한 모욕이다. 할리우드 시나리오 작가에 대한 반미활동위원회의 수사이다. 법무장관의 전복 집단 명단이다. 아빠가 그린 그림은 이러하다. 우리 집은 미치광이들의 군대에 완전히 포위당해 있다.(165쪽)

③ 아빠는 기자들에게 자기를 기소한 것은 미친 짓이라고 말한다. 나는 수갑을 차고 폴리 광장의 FBI 본부 앞에 서 있는 그의 사진을 본다. 아빠는 영국 과학자, 캐나다 이민자, 뉴저지의 기술자를 모른다고 주장한다. 민디시는 친구일 뿐이다. 우리 삶의 테두리는 줄어들고 있지만 또 다른 존재와 다른 차원의 이미지와 목소리는 커지고 있다.

(…)

이 새로운 차원에서 우리의 삶은 신문의 헤드라인과 뉴스 방송으로 변형된다. 우리 군대가 포로로 잡히고 죽임을 당하고 있다. 엄마는 한국에 있는 어떤 언덕에 관한 기사를 읽고 나서 "우리한테 모든 비난이 쏟아질 거야"라고 말한다. 엄마의 얼굴은 창백하고 야위어간다.(183쪽)

④ 내 부모가 감옥에서 재판을 기다리는 동안 군사령관이 본국으로 소환되었다. 더글러스 맥아더 장군은 파이프를 물고 비행기 조종사용 선글라스를 쓰고 장교모를 비스듬하게 쓴 멋진 모습이었다.

그는 워싱턴의 결정에 반하는 정책을 시도했으며 총사령부에 맞서는 발언을 했다. 그는 불복종과 우매한 자존심, 그리고 아마추어 포병 대위 출신 대통령의 명령에 현명하게 처신하지 못했다는 전반적인 실패의 대가로 최고사령관직에서 해임되고 본국으로 소환되어 떠들썩한 환영을 받았다. 미국은 자신의 영웅을 잊지 않았다. 워싱턴과 뉴욕의 거리에는 함성과 비명을 지르는 숭배자들이 모였다. 퍼레이드가 있었다. 상하원 합동회의에서 몹시도 감상적인 연설이 있었다. 대통령 탄핵에 관한 언급이 있었다. 맥아더를 대통령으로 선출하자는 말이 나왔다. (233쪽)

다니엘의 회상은 사실적이고 구체적이다. 소련이 형성한 공포심을 어린 학생들에게 주입하는 학교 교육(①), 신문에 실린 체포된 아버지 폴 아이작슨과 집을 둘러싼 기자들과 연방수사국 요원들(②), 한국전쟁의 전황이 악화하자 희생양이 될 것을 걱정하는 어머니 로셀 아이작슨의 모습(③), 중국군의 개입으로 한국에서 미군이 위기에 몰리자 원자폭탄 사용과 확전을 주장하다가 경질된 맥아더의 귀환 장면(④)은 실제의 역사와 그대로 겹쳐진다.

다니엘은 실제 역사와 함께 자신의 성장기 기억의 조각들의 의미를 해석한다. 다니엘은 부모의 결백을 증명하려고 애쓰지만 동생 수전과는 달리 어떤 과거도 확신하지 않는다. 그는 파편처럼 떠오르는 기억들을 퍼즐 조각처럼 맞추면서 과거의 풍경들을 해체한다. 3장에서는 처형을 앞둔 다니엘의 아버지 폴 아이작슨이 등장한다. 아이작슨은 자신을 처형해 대법관에 필요한 경력을 쌓으려는 허쉬 판사와 미국을 더럽히는 이질적인 자들을 제거한다는 아집에 사로잡힌 포이르만 검사의 의도를 잘 안다. 그는 소크라테스와 예수의 죽음을 반추하면서 세계는 변하지 않는다고 생각한다. 자신이 사상과 신념을 굽히지 않는 것처럼.

수전은 부모 아이작슨의 이름으로 혁명재단을 설립하여 아이작슨 부부를 순교자로 만들고자 한다. 하지만 신좌파들은 필요한 것은 아이작슨 부부의 명예 회복이 아니라 재단을 이용하여 활동 자금을 만드는 것이었다. 사람들은 누군가의 죽음을 안타까워하는 것이 아니라 자신들의 이해관계를 더 중요시한다. 수전은 충격을 받고 정신병원에 입원한다. 다니엘이 역사를 공부한 이유는 부모를 죽이고 동생을 정신병동으로 몰아넣은 냉전의 동기와 원인을 규명하기 위해서다. 다니엘은 전후의 냉전이 통치자들의 과오로 시작된 것이라고 확신한다. 통치자들이 과오를 은폐하고 명분을 쌓는 과정에서 너무나 많은 개인의 삶들이 파괴되었다. 공산주의를 막는다는 명분을 내세웠지만, 이념 대립은 사라지지 않았고 오판은 계속되었고 전쟁도 끊이지 않았다.

당시에는 스푸트니크 사건이 있기 여러 해 전이어서 소련의 과학 수준을 폄하하는 시각이 일반적이었어. 이런 사실을 알고 있던 사람들은 실수를 범하지 않았지. 하지만 『타임』지 정도 수준에서는 러시아인들이 어떻게 모든 걸 베낀 다음 그게 자기네들 것이라고 우기

　　　　　한국전쟁과 타자의 텍스트

는지 농담을 주고받는 일이 흔했어. 말하자면 그런 생각의 필연적인 결론은, 그들이 가진 건 우리 폭탄이고 그게 의미하는 바는 우리가 배신당했다는 것이었어. 전쟁이 끝난 다음 우리의 대외정책은 우리는 원자폭탄을 가지고 있고 소련은 가지지 못했다는 데 전적으로 의존했지. 지독한 오판이었어. 그 사실이 세계를 무장시켰지. 그리고 소련이 핵을 가지게 되자 우리의 지도력과 국가적 전망이 파탄났다는 사실을 인정하지 않는 유일한 대안은 불법 공모를 색출하는 것뿐이었고, 양자택일의 문제였지. (328~329쪽)

다니엘은 미국 정부가 트루먼 독트린과 마셜 플랜으로 유럽을 재건한 것은 종전 후 경제공황이 다시 발생할지도 모른다는 공포를 반공주의로 틀어막은 것에 불과했다고 적는다. 다시 말해 트루먼 독트린은 미국의 투자를 수용한 외국 정부에 미국이 군사적 안보를 제공한 것에 불과했지만 '자유애호국'을 보호하는 정책으로 포장되었고, 마셜 플랜은 미국 상품의 해외시장 확보가 목적이지만, 실제로는 전쟁 후 유럽 국가의 재건을 돕는 수단으로 홍보되었다고 분석한다.

독일과 일본과의 전쟁이 종결되기 전에도 러시아와의 공존정책은 시험은커녕 심각하게 고려된 적도 없었다. 얄타회담에 대한 잘못된 일반적 견해. 유화 외교에 대한 심각한 혼란. 트루먼과 번스, 반덴버그가 표명한 외교는 전후 소련과의 평화적 데탕트의 수단이 아니라 미국 주도의 세계를 러시아의 목구멍에 쑤셔 넣는 것이었다. 역사학자 W. A 윌리엄스의 분석에 따르면 미국의 지도자들은 대공황을 떠올리며 전후 경제 불황을 우려한다. 해결책은 미국 상품을 팔 수 있는 해외 시장의 확보이다. 이는 미국의 번영을 보장하기 위한 전통적인 해결 방안이다. 많은 사람들이 이 해결 방안을 다양한 이름으로 불렀지만, 국방부는 그것을 문호개방정책이라고 불렀다.(347쪽)

다니엘이 파악한 '공식적인 역사'는 왜곡과 과장이 섞인 광고 문구와도 같다. 국가의 통치자들은 오판을 감추기 위한 음모가 필요했다. 그것은 바로 극단적인 반공 정책이었다. 아이작슨 부부의 스파이 혐의는 그 정책을 추진하는 데 필요한 공포 생산 과정이었다. 아이작슨 부부는 냉전의 공포와 불안을 달래는 소도구였다. 세계 일류 국가라는 자만심에 젖어 소련의 위협을 과도하게 단정할수록 미국 사회는 반공주의와 매카시즘이라는 덫에 걸렸다. 이 모순을 지적하거나 비판하는 사람들은 국가로부터 애국심이 결여된 자라는 낙인이 찍혔다. 4장에서 논문을 끝낸 다니엘은 검사의 증인으로 활동했던 부모의 옛 친구인 민디시를 만나려고 로스앤젤레스로 간다. 민디시의 증언은 다니엘의 부모가 구속된 결정적인 요인이 되었다.

다니엘과 민디시는 우여곡절 끝에 디즈니랜드에서 재회한다. 소설의 마지막 장에서 두 사람이 만나는 장소인 디즈니랜드는 실제로 벌어진 사건에 가공의 인물을 삽입하여 냉전의 역사를 재구

한국전쟁과 타자의 텍스트

성하는 소설의 역사관을 대변하는 장소다. 디즈니랜드는 미국의 모든 지역과 풍광들을 한 공간에 압축시켜 놓고 미국의 역사를 배경으로 만든 놀이기구가 밀집한 곳이다. 다니엘은 디즈랜드를 "자궁 같은 모양"을 지닌 곳이라고 서술한다. 이곳에서 미국의 이미지와 이야기는 역사를 소재로 만든 인공적인 테마파크에서 새롭게 각색된다.

> 이 유명한 놀이동산은 자궁 같은 모양을 하고 있다. 모텔, 레스토랑, 주유소, 볼링장과 다른 오락 시설들이 들어선 평지에 자리 잡고 있으며 거대한 주차장이 붙어 있다. (…) 공원은 주제별로 다섯 개의 주요 오락 구역으로 나뉜다. 미국의 서부를 주제로 한 프런티어 랜드, 현대 과학기술을 주제로 한 터마로 랜드, 동화의 세계인 판타지 랜드, 큰 짐승들과 원주민 마을이 있는 험한 밀림을 탐험하는 식민주의자들의 어드벤처 랜드. 관람객들은 기분에 따라 각 구역이 제공하는 즐거움을 탐색하면 된다. 모든 구역들이 한데 모이는 공원 중심에는 광장이 있고 이 광장에서 공원 입구까지 '메인 스트리트 USA'라는 이름의 거리가 산도(產道)처럼 뻗어 있다. 이곳이 다섯 번째 오락 구역이며 이 거리를 따라 세기별로 작은 마을의 생활상이 낭만적으로 재현되어 있다.(420쪽)

디즈니랜드의 각 구역은 관람객들에게 흥미와 오락을 제공하고 미국 역사의 잔혹성을 아름답게 포장한다. 그곳은 디즈니와 할리우드의 만화와 영화들을 바탕으로 세련된 이미지를 판매하면서 삶을 이미지로 만드는 공간이다. 놀이를 위한 그 공간에서 심각한 토론과 비판은 어울리지 않는다. 이를테면 '허클베리 핀의 모험'이 테마인 코너에서 마크 트웨인 소설의 미시시피강 뗏목을 재현한 놀이기구를 타고 즐기는 사람들은 실제 소설을 읽지 않아도 된다. 독서는 오히려 놀이에 몰입하는 것을 방해한다. 유럽 중상주의(重商主義) 시대의 탐험과 무역, 공해상의 해적 활동은 할리우드가 만든 해적 영화의 장면들을 재현한 디오라마로 변형되고 관람객들은 해적의 모자와 칼 같은 기념품을 구입한 다음 기념 촬영을 하며 즐긴다. 다니엘은 디즈니랜드를 묘사하면서 이곳을 역사의 무의미를 대변하는 공간으로 인식한다. 이미지와 놀이는 교육과 경험을 대체한다.

디즈니랜드의 이상적인 고객이란 상품을 구매하는 순간 자신들이 제공한 핵심적인 감상의 정점에 이르는, 상징적인 조작 과정에 제대로 반응하는 사람이라고 할 수 있다. (…) 정치적 함의가 있는 것은 명백하다. 디즈니랜드는 축약된 속기(速棋) 문화 기법으로써 전기 충격처럼 머리 쓸 필요 없는 흥분을 대중에게 제안한다. 동시에 자국의 역사와 언어와 문학에 대해 수용자가 맺고 있는 심적 관계를 강조한다. 인구 과포화 상태에서 고도로 대중을 제어해야 할 다가올 시대에 이러한 방식은 교육을 대체할 뿐만 아니라 궁극적으로 경험을 대체할 수단으로써 극히 유용할 것이다.(425쪽)

한국전쟁과 타자의 텍스트

디즈니랜드에서 민디시를 만난 다니엘은 아무것도 얻지 못한다. 민디시는 그저 치매에 걸린 초라한 노인에 불과했다. 민디시의 치매는 단지 노화(老化)라는 생물학적인 현상에 머물지 않고, 기억의 '공백'을 의미한다. 다니엘은 민디시에게 왜 자신의 부모를 죽음으로 내몰았냐는 질문을 하지 못하고 돌아선다. 민디시의 잃어버린 기억처럼, 진실은 어디에도 없다. 디즈니랜드에는 허탈감에 젖은 다니엘을 비웃듯이 관람객의 비명과 웃음소리만이 가득할 뿐이다. 환호로 가득한 그 공간은 역사라는 신화 위에 형성된 인공적인 허구가 바로 역사라는 사실을 대변한다.

닥터로는 『다니엘서』의 결말을 다니엘의 세 가지 모습으로 제시한다. 부모와 살던 옛집을 찾아가는 다니엘의 모습, 아이작슨 부부와 동생 수전의 장례식을 회상하면서 과거와 화해하는 다니엘, 자신이 쓴 글을 교정하고자 도서관에 가지만 베트남전 반전시위로 도서관에 들어가지 못하는 다니엘의 모습이 그것이다. 이런 열린 결말은 닥터로의 역사관을 대변한다. 닥터로는 역사란 결코 객관적일 수 없고 인간의 상상력을 바탕으로 한 기록이라는 사실을 다니엘의 텍스트의 열린 결말로 제시한다. 닥터로는 부모를 잃은 슬픔을 견디면서 진실을 규명하고 과거와 어렵게 화해한다는 식의 성장 서사, 그러니까 할리우드 방식의 긍정적인 서사를 거부한다.

다니엘은 고정된 역사를 회의하는 작가의 페르소나다. 그는 역사라는 이름의 상상이 어떤 방식으로 왜곡되고 폭력으로 돌변하는지, 고정된 역사를 기록하는 과정에서 얼마나 많은 개인의 삶을 파괴했는가를 응시한다. 역사가 상상력을 바탕으로 적힌 기록이라는 닥터로의 견해는 매카시즘을 설명하는 유용한 단서가 된다. 매카시즘이라는 광풍은, 무지와 상상에서 비롯되었기 때문이다. 그 무지와 상상은 소련과 공산주의라는 적을 더욱 기괴하고 악랄한 이미지로 각인시켰다. 거기서 생성된 공포와 혐오는 미국 사회를 퇴행시켰고, 숱한 희생자를 만들었다. 그리고 '완전한 박멸'이라는 불가능에 집착하는 사고를 고착시켰다.

3. 미국의 청년들과 전장의 실상

미국의 역사학자 브루스 커밍스는 미국 문학에서 한국전쟁은 "1950년대에 성년이 된 인물의 배경 정도로만 쓰인다"고 지적하면서 그 원인으로 "제2차 세계대전 같은 승리도 아니었고 베트남전쟁 같은 패배도 아니었던 한국전쟁은 큰 전쟁에서 싸웠던 부모를 존경했던 젊은이들을 비껴 지나갔다"[172]는 사실을 꼽는다. 커밍스의 지적처럼 한국전쟁은 당대 미국 젊은이들의 의식에 직접적인 영향을 미치지 못했다. 아시아에 대한 무지와 제2차 세계대전 이후 도래한 물질적 풍요는 한국전쟁을 쉽게 망각하게 했다. 필립

---

172 브루스 커밍스, 같은 책, 111쪽.

한국전쟁과 타자의 텍스트

로스의 소설 『울분』은 브루스 커밍스가 지적했듯이 '배경에 머문 한국전쟁'을 소재로 한 작품이다. 소설은 한국에서 죽음을 목전에 두고 모르핀 진통제를 맞은 미국 청년 마커스의 회상으로 시작된다.

1950년 6월 25일 소련과 중국 공산주의자들의 지원으로 무장한 북한의 정예 사단들이 38도선을 넘어 남한으로 들어가면서 한국전쟁의 고통이 시작되었고, 나는 그로부터 두 달 반 정도 뒤에 뉴어크 시내에 있는 작은 대학 로버트 트리트에 입학했다.[173]

유대계 미국 청년 마커스는 1950년에 스무 살을 맞이한다. 시골 마을에서 정육점을 운영하는 마커스의 아버지는 아들을 과도하게 보호한다. 아버지는 마커스의 사촌 형들이 제2차 세계대전에서 전사한 사실을 떠올리면서 한국전쟁이 길어지면 마커스도 징집될지 모른다고 우려한다. 아버지는 성인이 된 마커스를 끊임없이 감시한다. 집의 앞문, 뒷문을 이중으로 채우고 통금 시간을 설정할 정도다. 마커스는 "소중한 외아들이 성인이 되어가는 다른 아이들과는 달리 삶의 위험에 대비가 되어 있지 않다는 걱정"으로 가득한 아버지에게서 벗어나고자 한다. 마커스는 집에서 멀리 떨어진 와인

---

173   필립 로스, 정영목 옮김, 『울분』, 문학동네, 2011, 13쪽.(이하 쪽수만 표시)

스버그대학으로 진학한다. 마커스는 대학에서 자유로운 생활을 기대한다. 그러나 대학 기숙사는 전혀 다른 가치관을 지닌 학생들이 뒤섞인 곳이었고, 권위적인 학생과장은 아버지처럼 융통성이 없었다. 마커스는 학교에 적응하려고 노력한다. 자퇴하거나 제적을 당하면 그것은 곧 징집되어 한국으로 가는 것을 의미했다. 마커스는 1951년 한국전쟁의 상황-중국군의 인해전술과 늘어나는 미군의 피해-을 보면서 졸업 후 학생군사교육단(ROTC) 장교로 한국에서 근무할지도 모를 자신의 미래를 상상한다.

전쟁은 이제 이 년째로 접어들며 무시무시하게 전개되고 있었다. 중국군과 북한군 칠십오만 명이 연거푸 대규모 공세를 퍼부었으며, 미국이 이끄는 국제연합군은 많은 사상자들 낸 뒤 대규모 반격으로 대응했다. 그전 한 해 동안 전선은 내내 한반도 위아래로 오르내렸으며, 남한의 수도 서울은 네 번이나 주인이 바뀌었다. 1951년 4월 트루먼 대통령은 맥아더 장군이 중국을 폭격하고 봉쇄하겠다고 위협하자 그를 사령관직에서 해임했으며, 내가 와인스버그에 들어간 9월에는 후임자 리지웨이 장군이 북한 공산당 대표단과 휴전협정을 시작하여 첫 단계의 난관에 부딪힌 상황이었다. 전쟁은 앞으로도 몇 년 동안 계속되면서, 미국인 수만 명이 더 죽고, 부상당하고, 포로가 될 것처럼 보였다. 미군은 이보다 더 무시무시한 전쟁을 해본 적이 없었다, 미군은 총을 쏘아도 끄떡없이 파도처럼 밀려오는 중국 병사들과 마주해야 했으며, 일인용 참호에서 총검과 맨손으로 싸우는 일

한국전쟁과 타자의 텍스트

도 많았다. 미군 사상자는 이미 그 수가 십만을 넘었고, 한반도 겨울의 혹한으로 인한 사망자도 중국군과의 육박전이나 야간전투를 벌이다 생긴 피해자만큼이나 많았다.(41~42쪽)

한국전쟁의 전황과 마커스의 대학 초년 시절은 나란히 기술된다. 트루먼과 맥아더의 충돌, 확전의 위기, 트루먼을 향한 매카시의 공격 등 당대의 정치적인 갈등들이 언급되지만, 당대의 청년들에게 그것은 정치하는 어른들이 연출하는 의미 없는 풍경에 불과했다. 마커스에게 더 절박한 것은 같은 학교에 재학 중인 올리비아라는 여학생과 섹스하고 싶은 욕구다. 그러나 경직된 규율을 지닌 학교는 마커스를 불량한 사상을 지닌 학생으로 낙인찍는다.

전쟁이 형성한 공포와 불안으로 미국의 기성세대는 보수적인 기독교 세계관에 집착했다. 기성세대는 헌신, 복종, 순결, 예의를 강조하는 규율을 청년들에게 강요한다. 안정과 질서에서 벗어난 모든 것은 사회를 불안정하게 만드는 요인으로 치부된다. 올리비아를 둘러싼 불량한 소문, 과중한 아르바이트, 기숙사에서의 불화, 헌신과 순종을 강요하는 학생과장은 마커스의 울분을 증폭시킨다. 학생들은 억압적인 학교 규율로 스트레스가 최고조에 이른다. 그러다가 눈싸움 사건이 터진다. 폭설이 쏟아진 날, 와인스버그대학의 남학생들은 속옷 차림으로 눈싸움을 벌인다. 처음에는 장난으로 시작한 눈싸움은 서로 맥주 캔을 집어 던지는 과격한 다툼으로 커진다. 눈싸움이 과격해지면서 피를 흘리는 학생들이 속출하자 학생들은 흥분과 해방감에 휩싸인다. 그들은 여학생 기숙사에 난입하여 속옷을 강탈하며 환호한다.

> 여학생들이 숨을 곳을 찾아 사방으로 달아나는 동안 침입자들은 옷장 서랍이란 서랍은 다 열어젖혔다. 아이들은 방마다 들어가 약탈을 하여 하얀 팬티란 팬티는 모두 찾아냈다. 그것을 창밖에 돛처럼 걸기도 하고, 그림처럼 하얀 안뜰을 향해 던지기도 했다. 밑의 뜰에 모인 남학생 수백 명, 캠퍼스 밖의 클럽하우스에서 달려 나와 버키스트리트에 높이 쌓인 눈을 헤치고 여학생 기숙사 뜰에 모인 수백 명은 전혀 와인스버그답지 않은 이 거친 소동에 환호했다.
> "팬티! 팬티! 팬티!" 사춘기를 시작할 때와 다를 바 없이 대학생들에게도 여전히 선동적인 이 말이 밑에서 우렁차게 되풀이하며 외쳐대는 환호의 전부였다.(214쪽)

학장은 대학의 이름을 더럽힌 남학생들을 모아두고 매섭게 훈계한다. 한국에서 또래의 젊은이들이 공산주의자들과 싸우면서 숱하게 죽어가는 현실을 잊고 대학생들이 유치한 장난을 벌이면서 키득거리는 행위는 "반역적인 오만"이라고 규정한다.

> "(…) 우리나라는 소련과 상상도 할 수 없는 원자전쟁을 치르게 될 분명한 가능성과 마주하고 있다. 그런데 와인스버그의 사내자식들은 자신들과 학교를 다니는 죄 없는 젊은 여자들의 옷장 서랍을

　　　　　　　　　　　　한국전쟁과 타자의 텍스트

습격하는 용감한 행동을 하고 있는 것이다. 너희 기숙사 너머의 세상은 불타고 있는데 너희는 여자 속옷에 마음이 불타오르고 있다. (…) 인간의 행동은 규제할 수 있고, 규제될 것이다. 봉기는 끝났다. 반역은 진압되었다. 오늘 밤부터 모든 일과 모든 사람이 제자리로 돌아갈 것이고, 와인스버그의 질서는 회복될 것이다."(230~231쪽)

학교를 발칵 뒤집어놓은 '와인스버그대학 하얀 팬티 습격 사건' 이후 학칙은 더욱 엄격해진다. 마커스는 채플 수업에 대리 출석시킨 사실이 발각되어 학교에서 퇴출당한다. 퇴학과 동시에 징집된 마커스는 한국의 낯선 고지에서 벌어진 중국군과의 전투에서 전사한다. 『울분』에서 한국전쟁은 희미한 배경으로만 존재한다. 한국은 기성세대에 반항하는 청년들이 징집되어 끌려가는 곳으로 묘사된다. 기성세대는 청년들에게 공산주의의 위협과 불안을 강조할 때 한국전쟁을 들먹인다. 정작 한국에서 벌어지는 일에는 모두 관심이 없었다.

당대의 평범한 미국 청년들에게 한국은 단지 '불길한 곳', 혹은 '낯설고 먼 땅'에 불과했다. 인천상륙작전, 중국군의 참전 등 전황이 급변하는 시기가 지나고 전쟁이 소모전에 돌입하자 언론의 관심은 시들었다. 한국에 파병된 병사들은 참혹한 희생을 겪었지만 그들을 자세히 취재하는 언론은 드물었다. 병사들은 "죽거나 부상을 당하는 것"을 유일한 구원이라고 생각할 정도로 고통을 겪었지만, 미국인들 대다수는 한국의 지리적인 위치조차 몰랐다.

포효하는 한 마리의 사자처럼 2월이 찾아왔다.

눈이 꽤 내렸고 날씨도 아주 추웠다. 평화회담은 달팽이가 움직이는 것만큼 느리게 진행됐고 우리들 대부분은 전쟁이 끝날 것이라는 기대를 거의 하지 않고 있었다. 죽거나 부상을 당하는 것이 한국에서 빠져나가는 유일한 길이라 생각했고, 끝까지 살아남는다면 복무 기간을 마친 뒤 교대되는 것이었다. 몇 명은 이미 복무 시간을 마쳤고 우리도 언젠가는 그렇게 될 수 있다는 희망을 가져야 했다.[174]

한국전쟁 당시 미군 제2사단 제72전차대대 등에서 지휘관으로 참전했던 역사가 시어도어 페렌바크(T. R. Fehrenbach)는 자신의 회고록 『실록 한국전쟁*This Kind Of War: The Classic Korean War History*』(1963)에서 1950년 7월 북한군과 첫 교전을 벌인 스미스 부대의 참담한 패배, 중국군 참전 가능성을 무시한 미군 지도부의 오판, 한국과 동양인에 대한 미국의 편견 등을 거론하면서 한국전쟁은 '준비되지 않은 전쟁'이었다고 기록했다. 페렌바크는 1950년 겨울 중국군에게 당한 예기치 않은 패배는 아시아 국가와 인종을 '삼류 국가'로 치부했던 미국의 오만과 편견이 낳은 결과라고 비판했다.

한국전쟁이 발발해서 수개월이 되었을 때야 비로소 미군 훈련소

---

174   덴질 뱃슨, 길재섭 엮고 옮김, 『끝나지 않은 전쟁』, 다밋, 2016, 184쪽.

의 신병들은 그들의 훈련기간의 반을 야전에 적응시키는 훈련을 받기 시작했고 또 야간훈련을 받기 시작했다. (…) 청천강 연안에서 미 8군이 패배한 주요 원인은 북진하는 병사들이 어떤 사태가 자기네를 기다리고 있는가를 명백히 인식지 못한 데 있었다. 카스터 중령이 그리지·그라스 계곡을 향해 돌진해 들어가면서 생각한 것은 자기네를 기다리고 있는 군대는 그다지 염려할 것이 못 되는 삼류 국가의 군대라는 그런 정도의 추측뿐이었다.[175]

페렌바크는 엄청난 군사 비용과 인명 손실에도 불구하고 한국전쟁이 오랫동안 망각된 이유로 '미국인의 감정에 호소할 이야기의 부족'과 '전쟁의 불만스러운 종결'을 꼽았다.

미국 정부는 이 전쟁을 한국동란이라고 호칭하였으며 이 동란은 미국 역사상 가장 망각된 전쟁으로 곧 퇴색해버렸다. 이 전쟁에는 미국인의 감정에 호소할 이야깃거리가 별로 없었다. 거의 재앙적인 시작에서부터, 명예롭긴 하지만 불만스러운 종결에 이르기까지 미국인의 감정에 호소하는 것은 별로 없었다.

그러나 이 전쟁에 대해 만족할 감정으로 회고하거나, 아니면 패배

175　T. R. 페렌바크, 안동림 옮김, 『실록 한국전쟁(実録 韓国戦争)』, 문학사, 1965, 283쪽. 1965년에 번역 초판이 나온 이 책은 2019년에 영어 원문을 그대로 번역한 『이런 전쟁』(플래닛미디어)이라는 제목으로 재출간되었다. 여기에서는 초판본을 참고하였다.

한 국가가 때때로 그렇듯이 망집에 가까운 자존심으로 회고할 요소
조차 없었기 때문에 미국인은 이 전쟁을 아예 회상하려고 하지도 않
는다.(558쪽)

한국전쟁에서 미국은 "아무리 안간힘을 써도" 완전한 승리를
얻을 수 없었지만, 그렇다고 완전히 손을 떼기도 물러나기도 어려
웠다. 병사들의 희생은 계속 늘어갔다. 한국전쟁은 갈수록 '인기 없
는 전쟁'이 되었지만, 페렌바크는 한국전쟁에서 미국이 북한과 중
국을 저지한 것에 큰 의미를 부여했다. 이러한 평가는 당대 아시아
냉전을 바라보는 미국 엘리트들의 시각과도 일치한다. 원자폭탄을
사용하는 확전에 이르지 않고 공산주의 세력을 저지했다는 사실에
방점을 찍은 것이다.

회고록이 출간된 1963년의 시점에서 페렌바크는 "한국전쟁의
결정적인 역사는 기록되지 않았다"고 서술했지만 이후 전개된 냉
전에서 미국의 오판은 반복되었다. 미국 국무부 고문이자 전직 책
임자였던 조지 케넌도 자신의 회고록에서 극동에서의 세력균형의
짐을 미국이 떠맡게 된 사실을 적시하면서 이렇게 한탄했다. "물론
일본을 한국에서 몰아낸 것은 정당했다. 하지만 전후에 우리는 과
거 일본이 짊어졌던 짐을 대신 져야 한다는 사실을 알게 되었다.
그동안 일본은 한반도에서 경쟁하는 대륙 세력을 견제하고 있었
다. 일본이 견제하던 세력은 과거 러시아였지만, 이제 러시아와 중
국 공산주의의 연합 세력이 되었다."[176] 거듭된 오판으로 수많은 미

한국전쟁과 타자의 텍스트

국 젊은이들의 목숨이 희생되었지만, 미국은 제한된 전쟁으로 세력 균형을 꾀하는 정책을 지속했다. 그 결과 일본과 오키나와, 필리핀에 대규모 군사기지를 유지하게 되었고, 훗날 베트남전쟁에 휘말리게 되었다.

전투기 조종사로 한국전쟁에 참전했던 작가 제임스 설터 (James Salter)[177]의 소설 『사냥꾼들 *The Hunters*』(1956)[178]에는 지상전을 중심으로 서술된 페렌바크의 회고록과는 전혀 다른 풍경이 담겨 있다. 주인공 클리브에게 전쟁은 단조로운 게임과 흡사하다. 전쟁이 막바지에 이른 1953년 지상에서는 산등성이 하나를 뺏고

---

176 윌리엄 스톡, 김형인 외 옮김, 『한국전쟁의 국제사』, 푸른역사, 2001, 128~129쪽.

177 1925년생인 제임스 설터는 육군사관학교인 웨스트포인트에서 비행 훈련을 마치고 필리핀, 오키나와, 하와이 등 여러 공군기지에 근무 중 자원하여 1952년 한국전쟁에 참가하게 되었다. 제임스 설터는 1952년 2월부터 8월까지 제335전투비행대대에서 'F-86' 세이버 전투기를 몰고 100여 차례 이상 출격했다. 세이버는 재빠른 미그기를 내세운 소련에 열세로 몰리던 미국이 대항마로 내놓은 야심작으로, 이 결과 한국전쟁은 제트전투기들 간의 전투가 벌어진 첫 무대가 되었다.

178 1956년 제임스 설터의 소설이 출간된 이후에 영화사 21세기폭스 (20th Century-Fox)사가 소설의 판권을 사들여서 영화로 제작했다. 국내에서는 1960년 11월에 개봉되었지만 크게 흥행하지는 못했다. 1976년 11월 20일 MBC에서 〈비상착륙〉으로 제목이 변경되어서 방영되었고, 2010년 6월에 국군방송에서 방영된 바 있다. 국내에서는 제임스 설터의 다른 소설들이 알려진 이후 2016년에야 첫 작품인 『사냥꾼들』(마음산책, 이하 쪽수만 표시)이 출간되었다.

빼앗기는 치열한 전투가 이어졌지만 그것은 어디까지나 육군과 해병대가 치르는 전쟁이었다. 클레브가 속한 공군기들은 하루에 2~3회씩 폭격 임무를 띠고 출격을 반복한다. 가끔 격추되어 행방불명되는 동료들도 있었지만, 조종사들은 위험보다는 아무런 전과를 기록하지 못하고 그냥 귀국하게 될지도 모른다는 사실을 더 아쉬워한다.

지상의 병사들이 전쟁의 조속한 종결을 원했던 것과는 달리 클리브가 속한 전투비행대대원들은 날이 갈수록 초조감에 휩싸인다. 전쟁이 이대로 끝나버리면 진급의 보증수표인 에이스 파일럿이 될 기회가 사라지기 때문이다. 클리브의 전투비행대는 압록강 변을 오가는 폭격기들을 엄호하고 중국의 단둥 지역에서 날아오는 소련제 미그-15 전투기들을 요격하는 임무를 띠고 있었다. 하루 평균 3회씩 출격을 거듭해도 공중전이 벌어지는 일은 드물었다. 적기를 만나고 싶은 조종사들은 더 많은 출격을 자처했다.

제임스 설터의 동명 소설을 원작으로 한 영화 〈사냥꾼들The Hunters〉(1958년) 포스터(한국 개봉명 〈추격기〉)

한국전쟁과 타자의 텍스트

클리브는 스물네 번의 임무를 마쳤다. 데즈먼드의 윙맨으로 나섰던 다섯 번째 출격을 빼고 교전은 한 번도 일어나지 않았다. 설령 적기가 출현했다 하더라도 언제나 하늘 저 높이 파리보다 작게, 때론 굴뚝새만 하게 떠 있다 사라질 뿐이었다. (…) 클리브는 얼마간은 이런 상황을 그저 운의 문제로 치부했지만 무의미한 시간이 길어지자 더 이상 할 말이 없었다. 더욱이 그가 할 수 있는 일도, 상황을 바꿀 방법도 전혀 없었다. 절망의 늪에 빠진 기분이었다. 어처구니없게도 매일같이 텅 빈 하늘로 날아오르는 수밖에 없었다.(98쪽)

실제로 한국전쟁 당시 제2차 세계대전 시기와 같은 대규모 공중전은 자주 벌어지지 않았다.[179] 당시 한국전쟁에 비공식적으로

---

179 그러나 예외적인 경우도 있었다. 중국에서 발간된 신문과 소련 조종사의 회고록에는 전투 기록과 함께 한국전쟁에서 미 공군이 입은 피해가 구체적으로 언급된다. "중국공산당 기관지 인민일보사에서 발행하는 『환구시보(環球時報)』의 지난 1일 자 기사를 통해 소개됐다. 신문은 최근 러시아에서 발간된 한국전쟁 참전 옛 소련군 조종사의 회고록 『사람들이 모르는 전쟁』(중국명 '不為人知的戰爭')에 나오는 내용을 발췌, 소개했다. 신문이 소개한 책 내용에 따르면 소련 공군이 한국전에 처음 모습을 드러낸 것은 1950년 11월 8일. 당시 소련은 미국과 전면전으로 비화할 경우 제3차 세계대전이 발발할 것을 우려, 자국 조종사들을 중국 군복을 입혀 위장을 시키고 조종사 간 교신도 중국어와 한국어로만 하도록 지시했다. 작전 범위도 압록강과 청천강 사이로 제한했다. 1951년 4월 12일은 미소 공군사에 희비가 엇갈린 하루. 미군은 압록강 철교와 주변 지역 폭격을 위해 72대에 달하는 B-29 폭격기와 호위 임무를 맡은 F-80 전투기 32대를 출격시켰

참전했던 소련 공군이 극도로 제한적인 작전을 펼쳤던 것도 중요한 원인이었다. 소련 공군기의 비행은 평양-원산 선을 넘지 말아야 했으며 전투기의 마크를 중국 공군과 북한 공군으로 위장했고 복장은 중국군 제복을 착용하였으며 무선통신을 할 때도 한국말로 교신하도록 했다. 특히 평양-원산 선을 넘는 것을 금지한 것은 격추된 항공기의 조종사가 유엔군이나 한국군에게 사로잡히게 되면 소련군의 참전 사실이 드러나기 때문이었다. 그래서 소련 공군과 미국 공군은 주로 압록강과 청천강 사이의 한정된 구역에서 공중전을 벌였다.[180]

이런 상황은 『사냥꾼들』에도 그대로 언급된다. 한정된 구역에서만 전투가 벌어졌으므로 적기를 격추할 기회는 드물었고 조종사들 사이에서는 격추 경쟁은 더욱 치열해졌다. 부대에 갓 배속된

다. 소련 공군도 이에 맞서 60대의 전투기를 발진시켰다. 이날 공중전에서 소련은 단 한대의 손실도 없이 B-29 폭격기 16대와 F-80 전투기 10여 대를 격추시키는 승리를 거뒀다. 소련 공군이 압도적 승리를 거둘 수 있었던 것은 당시 세계 최고의 전투기로 불렸던 미그-15 제트전투기와 철갑도 뚫는다는 37mm 기관총을 보유하고 있었기 때문이었다. 미그-15기는 한국전쟁 기간 모두 651대에 달하는 B-29기를 격추할 수 있었다. 그 결과 극동 주둔 미 공군은 전략 폭격 능력에 치명적인 타격을 입고 말았다. 이를 두고 신문은 "이 때문에 미국 아이젠하워 대통령은 소련, 중국, 북한 등 3국에 원폭을 투하하겠다는 구상을 포기할 수밖에 없었다"고 평가했다."(이지운, "한국전 美공군 피해 소련의 3배", 『서울신문』, 2007년 6월 5일 자)

180 일리야조바 금밭(Iliiazova Kymbat), 『한국전쟁에서 소련공군의 비밀 참전에 대한 연구』, 서울대학교 석사학위 논문, 2014, 31~33쪽.

신참 소위 펠은 적기를 격추하려는 욕심으로 편대 대형을 벗어나 단독 비행을 일삼고 적기의 출현을 편대원에게 알리지 않는 등 명령 계통을 무시하는 행위를 저지른다. 클리브는 펠 소위의 행동을 부대에 보고하지만 비행단장은 오히려 짧은 시간에 5대의 격추를 기록한 펠 소위를 칭찬하면서 더 많은 전과를 올리기를 강권한다. 격추 경쟁에 몰입하는 비행대원들을 보면서 클리브는 환멸을 느낀다. 그러나 지상과 멀리 떨어진 창공에서 클리브가 겪는 전쟁은 지극히 개인적인 체험에 머물 뿐이다. 『사냥꾼들』에는 전장의 참혹함이나 이데올로기의 대립, 참전 병사들의 생생한 고통은 담겨 있지 않다. 세계대전으로 비화할 가능성이 있는 소련군의 참전 사실이나 휴전협상 과정에서 불거진 포로 교환 문제, 폭격으로 인한 민간인 피해 등은 비행대원들의 관심사가 아니다. 단지 미그-15기를 격추하여 에이스 파일럿이 되기를 꿈꿀 뿐이다.

한국전쟁이 배경인 소설이지만 한국인은 거의 등장하지 않는다. 조종사들의 심부름을 하는 소년 정이 소설 속의 유일한 한국인이다. 그러나 정의 존재는 미미하다. 정은 미군 조종사들의 심부름을 하고 막사를 청소하는 일만 하는 인물로 나온다. 동양인에 대한 미군들의 편견은 조종사들이 휴가를 보내는 일본에서 노골적으로 나타난다. 태평양의 섬들을 둘러싸고 일본인들과 끔찍한 전투를 겪은 지 얼마 되지 않았지만, 한국전쟁 시기 일본은 미군들의 거대한 보급기지와 휴양소 역할을 담당하게 되었다. 미군들은 일본의 술집과 호텔에서 휴식을 취하고, 일본 여자들과 쾌락을 즐겼다.[181] 전쟁에 찌든 병사들에게 도쿄나 일본의 다른 도시들의 아름다운 밤 풍경은 경이로움 그 자체였다. 병사들은 '휴식과 회복 (R&R: Rest and Recuperation)'이라는 말을 바로 '성교와 술 취함 (I&I: Intercourse and Intoxication)', 심지어 '엉덩이와 술(A&A: Ass and Alcohol)'로 바꿔 불렀다. 그만큼 병사들에게 여자와 술은 휴가를 즐기는 데 필수 조건이었다.[182] 미국의 역사가이자 저널리스트인 데이비드 핼버스탬(David Halberstam)은 한국전쟁을 다룬 저서 『콜디스트 윈터 The Coldest Winter』(2007)에서 제2차 세계대전 종전 후부터 한국전쟁 시기에 이르기까지 일본에서 미군들이 벌인 향락을 상세히 기록하고 있다.

모두들 도쿄에서 근무하는 것이 꽤 유리하다고 생각했다. 전쟁의 승자가 되는 영광을 누릴 수 있는 데다 가난하기 짝이 없는 동양권 국가에서 호화롭게 지낼 수 있다고 생각했기 때문이다. 그리고 실제로 군부대 관련 책임은 거의 없다고 생각했다. 고향에서 일본으로

---

181 페렌바크의 회고록에도 한국전쟁 당시 미군들의 방황이 상세히 적혀 있다. "때때로 그들은 동두천에서부터 헤어 나와 금지된 군대 주변 지역 안으로 들어오기까지 하였다. 미군 헌병들이 늘 그들을 잡아서 한국 경찰에 넘겨주면 그들은 다시 풀려나와 소위 미국인들이 '작은 시카고'라고 부른 곳으로 다시 와서 헤매게 된다. (…) 모두 위험한 전쟁터로 간다는 공포에 사로잡혀 어쩔 줄을 모르는 미군들은 한국과 일본에서 술과 매춘부에 취하여 세월을 보냈다."(T. R. 페렌바크, 같은 책, 529쪽)

182 정연선, 같은 책, 206쪽.

한국전쟁과 타자의 텍스트

갓 파견된 사람들은 대단한 환영을 받았으며 일본이 굉장히 좋은 근무지라는 말을 귀가 따갑게 들었다. 또한 조금만 요령을 알면 아주 편히 지낼 수 있으며 암시장 덕에 꽤 재미를 볼 수 있다는 소문도 나돌았다. 하사관급 이상 장교들은 모두 고향에서 맛보지 못한 호사스런 생활을 누렸다. 다들 시쳇말로 '현지처'를 하나씩 데리고 있었다. (…) 이미 강하게 뿌리내린 미국인 우월주의와 모든 면에서 백인이 아시아인보다 낫다는 편견이 더 확고해졌다. 전쟁에서 백인이 승리하는 것은 당연한 일이며 아시아권 남자들은 백인들의 군화나 닦고 여자들은 백인들의 노리개나 될 법한 존재라는 인식이 만연했다. 각 부대의 전투력이 아직 쓸 만하다는 걸 증명하려면 중대 행정병이 나서서 기적이라도 일으켜야 할 지경이었다.[183]

일반 병사들도 일본으로 휴가를 갔지만, 일본의 고급 온천과 호텔, 고급 요정의 주요 고객들은 사병들보다 경제적 여건이 좋았던 장교들이었다. 클리브 역시 일본 여인과 섹스를 즐기면서 전쟁을 잠시 잊으려고 한다.

물은 뜨거웠지만 깨끗했다. 세상만사 모든 것이 씻겨 나가는 느낌이었다. 클리브는 현실과 동떨어진 채 나른한 꿈속에서 두둥실 떠다니는 듯했다. 여자도 물속에 있었다. 티끌 하나 없이 투명한 피부

183   데이비드 핼버스탬, 정윤미·이은진 옮김, 『콜디스트 윈터』, 살림, 2009, 203~204쪽.

와 탄탄한 몸뚱이가 수면 아래에서 관능적으로 뒤틀려 보였다. 곱게 빗은 머리는 수건으로 단단히 틀어 올린 채였다. 여자는 언제 그랬 냐는 듯이 정숙함을 벗어던지고 물속에서 그의 몸을 애무했다. 그들 은 별거 아닌 일에 웃음을 터뜨렸다. 뿌옇게 증기 서린 방에서 그들 은 어린아이처럼 천진난만하게 놀았다.(159쪽)

미군을 접대하는 일본 여성들은 태평양전쟁에서 남편을 잃은 과부들이거나 고아가 된 여성들이 대다수였다. 그러나 그들은 미 군들에게 적대감을 내보이지 않는다. 오히려 미군 장교들에게 지난 전쟁에서 가족을 잃었던 경험을 스스럼없이 털어놓기까지 한다. 과 거 동양인(일본)과 싸워서 이긴 경험을 되새기면서 다시 동양인(중 국과 북한)들과 싸우고 있던 미군들은 백인 우월주의를 충족하면 서 동양인을 향한 멸시를 노골적으로 드러냈다. 하지만 한국전쟁 을 거치면서 일본인들에 대한 미군의 호감은 점차 높아졌다. 미국 인과 일본인이 바로 얼마 전까지 서로를 증오하던 적이었다는 사 실은 새롭게 당면한 전쟁으로 쉽게 지워졌다. 제2차 세계대전으로 형성된 일본에 대한 적대 감정은 한국전쟁을 거치면서 애정으로 바뀌었다.[184]

미국 군사역사관 존 셔우드(John Sherwood)는 한국전쟁에

---

184 Bevin Alexander, *Korea: The First War We lost*, NY；Hippocrene Books, Inc, 1997, p. 397.

한국전쟁과 타자의 텍스트

참전한 수십 명의 공군 조종사들을 인터뷰한 기록들을 모은 『전투 조종사*Officers in Flight Suit*』(1996)[185]라는 저서를 낸 바 있다. 미군에 소속된 역사기록관의 저서인 탓에 다소 과장이 섞여 있고 미 공군이 수행한 공중전과 폭격 임무의 성과를 강조하는 내용이 대부분이다. 그러나 『전투 조종사』의 곳곳에는 미군 조종사들이 민간인 공격을 합리화[186]하고 적기를 격추하는 것을 스포츠 경기처럼 즐기고[187] 긴장과 공포를 매춘으로 해소하는 모습[188]이 담겨 있다. 셔우드는 제임스 솔터의 『사냥꾼들』을 인용하면서 공중전의 흥분을 성교에 빗댄 조종사들의 농담을 거론하기도 한다. 셔우드

---

185 존 셔우드, 전춘우 옮김, 『전투 조종사』, 답게, 2003. 인용은 번역본을 참조했다.

186 "북한에 있는 어떤 것이든 간에 나는 적의 군인으로 간주한다. 그들은 분명코 우리들의 편이 아니다. 따라서 조금도 동정의 여지가 없는 것이다. 만약 촌락에 있는 주민들을 보게 되면, 왜 내가 그들을 적군 부대나 혹은 지원하는 적군 부대로 간주하는가? (…) 적군을 지원하는 어떤 무리도 그것은 우리들의 적군이다. 그러므로 공격해야 할 당위성을 가지게 된다."(존 셔우드, 같은 책, 176쪽)

187 "나는 너무 흥분해서 두 사람의 인간을 죽였다는 생각이 들지 않았다. 첫 번째로 중요한 것은, 격분해서 전투에 격동적이 되었다는 사실이다. 두 번째로, 내가 격추시킨 비행기는 목표물이지, 인간들이 아니었다."(존 셔우드, 같은 책, 156쪽)

188 "새털리 같은 여타 조종사들은, 거의 매주 일본으로 휴가를 갔었다. 대개 동경에 있는 매춘부의 집에 자주 들렀고 후방 정비 사령부 기지에 갔었다. 이를테면 쓰이키 기지는 유명한 보급 창고를 가지고 있고, 보급 창고는 'Sabre Dancer(여인이 많다)'라고 특유하게 불리었다.(존 셔우드, 같은 책, 217쪽)

가 기록한 조종사들의 교육 과정을 보면 한국전쟁 시기의 조종사들은 제2차 세계대전 시기의 조종사들과 참전 동기가 확연히 달랐다. 조종사들의 선발은 인문학적·사회학적인 능력보다 육체적인 숙련도에 치중됐고 파시즘과 군국주의에 맞서 싸우는 것을 명분으로 삼았던 제2차 세계대전 시기의 조종사들과는 달리 개인적인 출세와 진급을 위해 싸웠다.[189] 전쟁의 의미를 포장하고 선전하는 언론인·정치인들과는 달리 대다수의 미국 젊은이들은 낯선 땅에서 기능적으로 전쟁을 수행하면서 끊임없이 자신을 합리화하고 각자의 방식으로 전쟁을 견뎌야 했다.

전쟁이 장기화될수록 상호 간의 비방과 심리전도 치열해졌다. 특히 휴전협상 기간 중에 제기된 '세균전 의혹'은 미국을 곤경에 빠뜨렸다. 미국이 제2차 세계대전에서 세균무기 사용을 검토한 것으로 알려진 첫 상황은 독일의 에르빈 로멜(Erwin Johannes Eugen Rommel) 장군이 이끄는 독일군이 1943년 2월 북아프리카 '카세린'에서 미군에게 타격을 가한 직후였다. 그러나 영미 연합군이 로멜의 아프리카 군단을 제압하자 이 계획은 실행되지 않았다. 그 후 태평양의 타라와섬과 이오지마섬 탈환전에서 많은 미군 사상자가 생기자 독가스 공격을 검토했으나 루스벨트 대통령이 거부하여 수포로 돌아갔다. 태평양전쟁 막바지에 원자폭탄이 투하되기 직전

---

189 졸고, 「타자의 시선으로 재현한 한국전쟁 서사화 양상 연구」, 『語文論集』 68호, 중앙어문학회, 2016, 221쪽.

미군의 화학전을 담당한 윌리엄 포터(William N. Porter) 장군은 일본에 세균무기를 투하하여 일본의 농작물을 오염시켜버리는 계획을 건의했으나 반려되었다. 농작물을 오염시키는 것은 즉각적인 효과를 볼 수 있지만 일본이 항복한 이후 아사(餓死)의 위기에 직면하게 될 엄청난 수의 일본인들을 먹여 살려야 하는 부담 때문이었다.[190] 비록 실전에 사용하지 않았으나 세계대전이 끝난 이후에도 경제적 기반 시설을 파괴하지 않으면서 적을 사살하고 아군의 희생을 줄일 수 있는 세균무기는 군대에게 여전히 유혹적인 옵션이었다.

중국과 북한은 세균전 의혹을 대대적으로 선전했다. 1952년 2월, 북한 외교부장 박헌영과 중국 총리 저우언라이는 미국이 전선과 후방에 세균을 투하하고 있다고 폭로했다. 새로 수립된 국가 내부의 단결을 추구하던 중국은 미군에 의한 세균전 의혹을 집요하게 제기했다. 미군 폭격기가 압록강을 건너 만주 지역에 빈번히 출몰해 세균에 감염된 곤충 등을 담은 폭탄을 투하했고 그 결과 전선과 후방의 병사와 민간인들이 원인을 알 수 없는 증상에 시달렸다는 것을 근거로 내세웠다. 포로로 잡힌 미 공군 조종사들을 심문하여 세균전을 시행했다는 진술[191]을 확보하는 등 중국

---

190 스티븐 엔디콧·에드워드 해거먼, 안치용·박성휴 옮김, 『한국전쟁과 미국의 세균전』, 중심, 2003, 66~69쪽.
191 일례로 포로로 잡힌 미 공군 조종사들 중 가장 높은 계급이었던 워커 마후린(Walker Mahurin)이 쓴 자술서가 있다. 그는 자술서에서 메릴

과 북한은 한층 선전을 강화했다. 중국은 미군이 포로들에게 병원 균이 함유된 식물을 먹게 했다고 비난하면서 베이징에 '세균전 전시관'을 세워 미군이 만들었다는 파리 등 곤충을 전시하기까지 했다. 중국군 중앙방역위원회는『세균전을 방어하는 상식』이라는 소책자를 발행하여 각지에 보내 학습도록하고 청소 방역 운동을 전개하는 등 대중선동운동을 강화했다.[192] 중일전쟁부터 태평양전쟁 시기에 세균전을 준비했던 일본의 731부대의 사령관 이시이 시로 (石井四郎)가 세균전 자료를 미국에 넘기고 처벌을 면한 다음 미군의 세균전 프로그램에 참가하고 있다는 소문도 돌았다.[193] 영국의 생화학자인 조지프 니덤(Joseph Terence Montgomery Needham) 을 단장으로 하는 국제과학자협회 공식 조사단이 1952년 작성한 이른바 '니덤 보고서'[194]에도 동일한 내용이 수록되어 있다. 1946년

랜드주의 포트 데트릭(Fort Detrick) 연구소에서 세균전 관련 업무를 수행했음을 인정했다. 그러나 석방된 이후에는 자신의 진술서가 중국 측의 협박으로 쓴 것이라고 번복했다.

192 박실,『중공군의 한국전쟁』, 청미디어, 2013, 285~286쪽.

193 이러한 의혹은 일본에서 유명 작가 모리무라 세이치(森村誠一)의『악마의 폭식(悪魔の飽食)』이라는 3부작 대중 추리소설을 통해 극화되기도 했다.

194 "미국이 세균전 방법을 일본으로부터 배워 한국전쟁에 사용했다고 주장하는 이른바 '니덤 보고서' 원본 전문이 최초 공개됐다. 올해 초 64쪽짜리 니덤 보고서 요약본이 미국 학자에 의해 대중에 공개된 바 있지만, 세균 투하 지역 비행지도와 당시 세균전에 참여했던 미군의 자필 진술서 등이 소상하게 기록된 전문이 나온 것은 이번이 처음이다. (…) '니덤 보고서'는 영국의 생화학자인 조지프 니덤을 단장으로

한국전쟁과 타자의 텍스트

니덤 보고서

하는 국제과학자협회 공식조사단이 1952년 작성한 것이다. 보고서에
는 미 공군이 일제 강점기 생체실험을 자행해 악명이 높았던 731부
대장 이시이 시로(石井四郎) 등에게 기술을 건네 받아 한국전쟁 당시
북한과 중국을 상대로 세균전을 치른 것으로 추정하는 내용이 담겼
다. 이후 '니덤 보고서'는 폐기된 것으로 알려졌으나 올해 초 미국 심
리학자 제프리 카이가 진보 성향의 온라인 블로그 '디센터'에 64쪽짜
리 요약본을 공개하면서 논란을 일으켰다. 이번에 발견된 전문은 조
사 내용만 670쪽으로, 요약본 분량의 10배가 넘는다. 이와 함께 참
고자료로 전쟁 당시 중국과 북한 일대에 뿌려진 벼룩 사진, 해당 지
역의 주민 사진, 세균을 뿌리다 잡힌 미군 포로의 수기 진술서, 미군
의 세균 배포 경로 비행지도 등 세균전을 뒷받침할 증거가 200장 가
까이 수록됐다. 보고서를 보면 세균을 살포하다가 포로로 잡힌 것으
로 여겨지는 미 공군 조종사 플로이드 오닐은 1952년 6월 30일 진술
서에서 "미국의 한 시민으로서, 북한과 중국 북동부 주민들에게 세균
무기를 사용한 것에 대해 어떤 정당성도 볼 수 없었다"고 토로했다.
이어 "민간인들에게 그렇게 끔찍한 무기를 쓸 이유는 없다"면서 "이
런 식의 무기는 민간에게 쓰인 어떤 무기보다 비인간적이고 (전쟁 포
로의 인권을 규정한) '제네바협정'을 위반하는 것"이라고 자백했다.
피해 지역 현장검증 사진과 세균이 투하된 지역의 비행 사진, 미군이
떨어뜨린 세균폭탄 사진, 이시이가 2차대전 당시 만든 세균폭탄 사

프랑스에서 조직되어 국제적인 인권문제를 다루는 국제민주법률가협회의 조사 보고서도 비슷한 내용을 담고 있다. 국제민주법률가협회의 보고서에는 731부대 사령관 이시이 시로의 보좌관이었던 오가와(小川透)가 운영하는 연구소가 일본에 세워졌으며 세균을 감염시키는 매개 동물인 쥐를 대량으로 배양하고 있었다고 보고했다. 또한 미국이 나치의 세균 전문가들을 활용했고 일본이 한국전쟁에서 미국의 세균전에 도움을 주었다는 사실이 『인터내셔널 헤럴드 트리뷴(International Herald Tribune)』에 보도되어 큰 파문을 일으켰다.

1925년 제네바협정에서 세균전은 국제적으로 금지하기로 합의되었지만 미국과 일본이 그것을 거절한 유일한 강대국이었다는 사실도 의혹에 신빙성을 더하는 요인으로 작용했다. 미국 정부는 세균전 역량을 지녔다는 사실은 인정했지만 그것을 실전에 활용했다는 의혹은 줄곧 부인하면서 전쟁 당시 북한군과 중국군이 계절병 대비에 미흡하여 퍼진 전염병이 돌자 이것을 미국의 책임으로

진 등은 조사가 얼마나 꼼꼼하고 광범위하게 이뤄졌는지 짐작게 한다. (…) 이 보고서는 임 감독이 약 2년간 개인 소장하고 있다가 영화 제작비 마련을 위해 코베이의 6월 경매에 내놓기로 하면서 그 존재가 알려지게 됐다. 다만 지금까지 미국 정부가 세균전을 공식 부인하고 있어 보고서만으로 한국전쟁에서 미군이 진짜로 세균무기를 사용했다고 확신할 수는 없다. 이 보고서가 제삼자에 의해 작성되긴 했지만, 전쟁이 끝나지 않은 상황에서 그것도 전쟁 당사국이었던 중국에 의해 발행했다는 점도 논쟁거리로 남아 있다.("미국, 6·25서 세균전' 니덤보고서 최초 공개", 『시사IN』, 2015년 6월 9일)

한국전쟁과 타자의 텍스트

돌리고 선전에 이용하고 있다고 반박했다.[195] 이러한 보고서들과 증거들이 사실이라면 미국의 비인도적인 범죄행위를 명백하게 입증하는 것일 테지만 실제 확인이 불가능한 북한 주민들의 증언이 그대로 보고서에 포함되었고 중국과 북한이 증거를 조작했을 가능성을 배제하기 어렵다.

정전협상이 진행되는 와중에도 전선에서는 전투가 끊이지 않았고 후방의 도시와 마을도 계속 폭격 대상이 되었기에 양측이 공동으로 참여하는 조사 활동은 사실상 불가능했다. 한편 2018년 중국과 미국의 역사학자들은 공동으로 펴낸 연구서 『한국전쟁의 거짓말』[196]에서 한국전쟁 당시 소련과 중국, 북한 사이에 오간 기밀문서들과 포로들을 고문하여 강제로 진술서를 받아낸 정황을 근거로 세균전 의혹의 조작된 과정을 밝혔다.

미국의 선전전도 활발하게 전개되었다. 미국은 적의 이미지를 실추시키고 아군의 이미지를 고양시키는 데 영상매체를 이용한 선전술을 적극적으로 활용했다. 미군은 별도의 촬영부대를 동원하여 수많은 영상물을 제작했다. 북한군과 중국군의 잔혹성과 대비되는 우호적인 미군의 모습은 카메라에 찍혀서 활발하게 전파되었다. 고아들을 돌보고 피난민에게 구호물자를 전달하는 미군의 모습, 인

---

195 미군의 세균전 의혹의 근거들은 강정구의 『분단과 전쟁의 한국현대사』(역사비평사, 1996) 243~271쪽에 상세히 다루고 있다.

196 천젠·캐스린 웨더스비·션즈화·밀턴 라이텐버그, 오일환 외 엮고 옮김, 『한국전쟁의 거짓말』, 채륜, 2018.

천상륙작전 당시에 바다를 가로질러 적진으로 걸어가는 맥아더의 모습, 전장에서도 여유와 유머를 잃지 않는 미군 장교들과 병사들의 모습은 영웅적이면서도 친근한 이미지로 박제되었다. 북한 지역에서 '초토화 작전'을 수행했던 미 공군이 민간인에게 입힌 참혹한 폭격도 포장되었다. 영상 속에서 미공군은 폭격을 시작하기 전에 민간인 대피를 알리는 전단을 살포하는 작전을 먼저 수행하는 것으로 나타난다. 그리고 군용 다리와 도로를 정확하게 폭격하는 모습을 주로 영상에 담으면서 민간인들의 피해는 언급하지 않는 식이었다. 할리우드 영화에서 중국군은 마치 동물처럼 묘사되고, 잔혹하고 비열한 모습으로 그려진다. 가령 〈포크촙 힐(Pork chop Hill)〉(1959)에서 수류탄을 들고 괴성을 지르면서 참호로 뛰어드는 중국군을 원숭이에 비유하고, 〈전쟁터의 남자(Men in War)〉(1957)에서는 비열한 공격을 시도하고 거짓으로 투항하는 북한군의 모습이 그려진다.[197] 치열하게 전개된 '이미지의 전쟁'은 전쟁 이후에도 계속되었다. '적에 대한 증오와 불신'은 한국전쟁을 거치면서 더욱 견고한 이미지로 각인되었고 냉전 지속의 중요한 동력이 되었다.

---

197 "할리우드 한국전쟁 영화가 한국인을 다른 아시아인과 같은 맥락에서 재현하고 타자화하며 특히 아시아 공산주의자들을 비인간적으로 재현하는 것은 2차대전 이후 이른바 '자비로운 미국'이 주도하는 세계 질서로의 편입을 정당화하는 이데올로기임에 분명하다."(심경석, 『관계망의 해체와 재구성』, 보고사, 2018, 154쪽)

4. 한국전쟁을 돌아보는 텍스트들

한국전쟁은 제2차 세계대전처럼 빛나는 '승리의 서사'를 덧씌우기 어려운 전쟁이었고, '잊힌 전쟁'이라는 오명을 얻었다. 한국전쟁이 끝나고 얼마 후에 격화된 베트남전쟁은 여러모로 한국전쟁의 복사판이었다. 한국전쟁은 미국이 베트남전쟁이라는 수렁에 빠지기 전에 먼저 체험한 일종의 막간극이었다. 베트남전쟁은 한국전쟁보다 오래 지속되었고 미국의 한 세대가 휘말렸으며 격렬한 반전운동과 사회운동의 도화선이 되었다. 한국전쟁의 기억은 더욱 희석될 수밖에 없었다. 한국전쟁이 다시 미국 문학 텍스트의 소재가 되기까지는 오랜 시간이 요구되었다. 21세기에 접어들어 미국에서 창작된 한국전쟁을 다룬 텍스트들은 기존의 텍스트들과 다른 시선을 지니고 있다. 우선 그들은 한국이라는 '지역'보다 '전쟁'이라는 집단적인 폭력에 초점을 맞추면서 현실과 전쟁의 기억을 교차시키는 방식으로 한국전쟁을 응시했다.

미국 흑인작가 토니 모리슨(Toni Morrison)의 소설 『*Home*』(2012)은 한국전쟁을 인종적인 폭력과 연계시킨 문제적인 텍스트다. 『*Home*』은 끔찍한 인종차별과 전쟁을 겪고 외상후스트레스장애를 앓는 프랭크 머니라는 청년의 회상으로 구성된 소설이다. 스물네 살의 프랭크는 미국 남부의 고향 로터스(Lotus)에서 한 흑인남자가 백인들에게 생매장당하는 끔찍한 장면을 목격한다. 백인들은 게임을 벌여서 한 흑인 부자(父子)를 선정하고 그 부자에게 한 사람이 죽을 때까지 서로 칼부림("dogfight")을 하도록 강요한다. 죽음에 이를 때까지 싸울 것을 강요하는 것도 끔찍했지만 프랭크는 싸움을 구경하면서 열광하는 백인들이 더 무서웠다. 프랭크는 결국 싸움을 말리지 못한다. 아들과의 싸움을 포기한 아버지는 백인들에게 생매장당한다. 그 모습을 목격한 프랭크는 큰 충격을 받는다. 프랭크의 가족은 텍사스에서 백인들의 인종차별을 견디지 못하고 조지아주의 로터스로 이주했지만 대도시가 아닌 작은 시골 마을은 더 좁은 지옥에 불과하다는 사실을 깨닫는다. 프랭크는 로터스를 벗어나고자 친구인 마이크, 스터프와 함께 한국전쟁에 참전한다. 그러나 인종차별을 피해서 간 한국에서 프랭크는 더 큰 고통을 겪는다. 프랭크의 부대는 혹독한 추위에 시달리면서 중국군의 인해전술을 막아내야 했다. 한국에 파병된 지 얼마 지나지 않아서 마이크와 스터프는 전사하고 만다. 프랭크는 9장의 서두에 한국에서의 혹독한 추위와 전투의 공포를 넋두리하듯이 서술한다.

Korea. You can't imagine it because you weren't there. You can't describe the bleak landscape because you never saw it. First let me tell you about cold. I mean cold. More than freezing, Korea cold hurts, clings like a kind of glue you can't peel off.

Battle is scary, yeah, but it's alive. Orders, gut-quickening,

한국전쟁과 타자의 텍스트

covering buddies, killing - clear, no deep thinking needed. Waiting is the hard part. Hours and hours pass while you are doing whatever you can to cut through the cold, flat days. Worst of all is solitary guard duty. How many times can you take off your glove to see if your fingernails are going black or check your Browning? Your eyes and ears are trained to see or hear movement. Is that sound the Mongolians? They are way worse than North Koreans. The Mongols never quit, never stop. When you think they are dead they turn over and shoot you in the groin. Even if you're wrong and they're as dead as a dopehead's eyes it's worth the waste of ammo to make sure.[198]

한국, 너는 그곳에 없었기 때문에 상상할 수가 없지. 너는 그곳을 결코 본 적이 없기 때문에 황량한 경관을 묘사할 수 없지. 우선 추위에 대해 말해볼게. 추위 말이야. 얼어버리는 것 이상이야. 한국의 추위는 고통스러워. 마치 벗겨낼 수 없는 아교풀과 같아. 전쟁은 소름 끼쳐, 그래, 하지만 그건 생생하게 살아 있지. 명령, 뒤틀리는 내장, 보조하는 전우들, 죽음, 아무런 깊은 생각도 필요치 않아. 기다리는 게 제일 힘든 일이지. 차가운 날을 견디기 위해서 무엇이든 하다 보면 몇 시간이 지나지. 무엇보다도 나쁜 것은 혼자 경계를 서는 거야.

---

198 Toni Morrison, *Home*, New York : Vintage Books, 2012, pp. 93~94.(이하 쪽수만 표시)

네 눈과 귀는 움직임을 보고 들도록 훈련되었지. 저것은 중국군이 내는 소리인가? 중국군은 북한군보다 더 끈질겨. 중국군은 포기하지 않고 멈추지 않아. 죽었다고 생각해도 그들은 일어나서 너의 사타구니를 쏠 거야. 그들이 죽었다고 잘못 판단할지도 모르니까 확실하게 끝내기 위해서는 탄환을 아끼지 말아야 해.

프랭크는 살아서 귀환하지만 정신적 충격으로 치료를 받게 된다. 소설은 군 병원의 침대에 묶인 프랭크의 회상으로 전개된다. 그의 기억과 서술은 일관성이 없다. 프랭크는 환청과 악몽 속에서 노골적인 인종차별을 겪던 시절과 한국의 참혹한 전장을 오간다. 전쟁터에서는 인종의 구분 없이 동등한 대우를 받으리라고 기대한 프랭크는 끔찍한 추위와 참혹한 전투를 거치면서 함께 갔던 친구들을 잃었다. 미국으로 돌아오자 참전 용사라는 신분도 의미를 잃는다. 사람들은 전쟁에 별로 관심이 없다.

여동생 시(Cee)가 아프다는 소식을 듣고 고향 조지아에 돌아온 프랭크는 "세상은 온통 흰색과 검은색만 존재하는 흑백영화"("the world became a black-and-white movie screen", 23쪽)와 같다는 느낌을 받는다. 고향에서 노골적인 인종차별은 여전했고 외할머니 레노어에게 학대를 받고 자랐던 여동생 시는 프랭크가 한국에 간 사이 백인 의사 보러가드 스콧의 집에 가정부로 들어갔다. 닥터 스콧은 지독한 인종차별주의자로 흑인을 비롯한 유색인종을 장애나 질병의 시선으로 바라보는 인물이다. 시는 사람의 생

한국전쟁과 타자의 텍스트

명을 구하는 직업을 지닌 닥터 스콧을 경외하면서 그의 보호 아래 안락한 삶을 살 수 있으리라고 기대한다. 그러나 스콧은 '우생학에 기반한 생체실험'을 행하여 시의 생식기능을 잃게 만든다. 시의 생식기가 심하게 훼손되어 회복될 가망이 없자 스콧의 비서는 프랭크에게 동생을 데려가라고 연락한다. 프랭크는 동생을 보고 분노에 휩싸이지만 백인 의사에게 보복하지 못한다. 시는 같이 일했던 사라의 도움으로 에설 포덤이라는 여성이 대표로 있는 퀼트 센터에서 치료를 받는다. 에설은 퀼트 센터에서 개별적이고 과학적인 치료보다는 집단적이고 심리적인 치료를 행한다. 창포 뿌리를 이용한 민간요법, 퀼트와 코바늘뜨기, 태양빛 아래 음부 드러내기 등 다양한 치료를 거치면서 시는 생식 불능의 충격에서 서서히 벗어난다. 에설은 민간요법과 따뜻한 소통으로 로터스의 흑인 여성들에게 새로운 의지를 불어넣는다.

"Look to yourself. You free. Nothing and nobody is obliged to save you but you. Seed your own land. You young and a woman and there's serious limitation in both, but you a person too. Don't let Lenore or some trifling boyfriend and certainly no devil doctor decide who you are. That's slavery. Somewhere inside you is that free person I'm talking about. Locate her and let her do some good in the world."(125쪽)

"너 자신을 들여다봐. 너는 자유로워. 너 자신을 제외한 어느 것도 누구도 너를 구원해주지 않아. 너의 땅에 씨앗을 뿌려. 너는 젊고 여자니까 거기에는 적잖은 제약이 있을 거야. 그러나 너는 사람이기도 해. 레노어나 보잘것없는 남자 친구나 딱 악마 같은 의사가 너의 삶을 결정짓게 하지 마. 그건 노예란다. 네 마음속에는 내가 지금 말하는 자유로운 인간이 존재해. 그 자아를 찾아서 그 아이가 세상에서 좋은 일을 할 수 있도록 해."

에설의 도움을 받은 시는 새롭게 거듭난다. 시는 의사 스콧의 실험으로 생식기능을 잃은 수치스러운 사실을 오빠 프랭크에게 담담하게 털어놓는다. 여동생의 용기를 마주한 프랭크는 여성을 보호하면서 우월감을 충족하고자 했던 자신의 모습을 돌아본다. 그리고 자신의 생각은 백인 남성을 그릇된 방식으로 동경하는 것과 다를 바 없다는 사실을 깨닫는다. 강력한 폭력을 바탕으로 타자를 보호하는 영웅적인 남성 이미지는 프랭크에게 공포이자 동경의 대상이었던 것이다. 그리고 프랭크는 한국에서 일어났던 수치스러운 경험을 다시 떠올린다.

병원에서 프랭크는 민간인 여성에게 성적 충동을 느낀 동료 병사가 민간인 여성을 죽였고, 한국의 민간인들 중 생존을 위해 자신의 딸을 미군에게 내놓는 무책임한 부모들이 있었다고 고백했지만 그것은 자신의 행위를 은폐하려는 방어기제가 작동한 결과였다. 프랭크가 용기를 내어 다시 진술한 진실은 달랐다. 번복된 진

한국전쟁과 타자의 텍스트

술에서 프랭크는 백인들의 폭력을 마주하면서 두려움에 떨었지만 그 역시 전쟁터에서 폭력과 남성성을 동일시하고 자신보다 약자를 제압하는 것에서 기묘한 쾌감을 느꼈다는 사실이 드러난다. 한국의 전쟁터는 그 불편한 진실이 명확하게 드러나는 장소였다. 죽음의 공포가 엄습할 때마다 프랭크는 광분하면서 살인을 거듭한다. 힘없는 민간인은 폭력을 행사할 수 있는 가장 만만한 대상이었다.

프랭크는 한국에서 음식을 찾아 미군 주둔지 쓰레기장을 배회하는 한국 민간인 소녀와 마주쳤었다. 음식을 구하던 소녀가 손을 뻗어 자신의 바지 윗부분을 만지자 프랭크는 순간 성적인 흥분을 느끼게 된다. 돌연한 상황에서 성적 흥분을 느낀 수치심과 죽어간 동료들의 모습이 뒤엉켜 프랭크는 격한 감정에 휩싸여 자신을 만진 어린 소녀를 향해 총을 쏜다. 프랭크는 음식을 찾으려고 자신의 주머니를 만진 소녀를 보고 순간적으로 구강성교를 강요하고 싶은 충동을 느꼈다. 프랭크는 자기 안에 흑인을 생매장하면서 열광한 백인들과 다를 바 없는 폭력성이 내재하고 있음을 깨닫고 당황한다. 그래서 소녀를 죽여서 자신을 불편하게 만드는 당혹감을 신속하게 제거하고자 한다. 프랭크는 자신의 얘기를 듣는 화자에게 "당신은 계속 글을 쓸 수 있지만, 진실을 알아야 한다"("You can keep on writing, but I think you ought to know what's true," 134쪽)면서 자신이 저지른 살인을 되새긴다.

I shoot the Korean girl in her face.

(…)

I am the one she said "Yum-Yum" to.

I am the one she aroused.

A child. A wee little girl.

(…)

How could I let her live after she took me down to a place
I didn't know was in me?

How could I like myself, even by myself if I surrendered to
that place where I unzip my fly and let her taste me right then
and there?(133~134p)

한국 소녀의 얼굴을 쏜 것은 나였어요.

(…)

그 여자아이가 "냠-냠"이라고 말한 상대는 나였어요.

그 여자아이가 흥분시킨 사람은 나였어요.

아이였어요. 아주 작은 아이였어요.

(…)

그 아이가 나 스스로도 모르는 욕망을 내 몸 안에서 느끼게 한
후에 어떻게 내가 그 아이를 살려둘 수 있었겠어요? 바지 지퍼를 열
고 바로 그때 그곳에서 그 아이에게 구강성교를 시키고 싶어 하는
내 욕망에 무너지면, 어떻게 내가 나 자신을 사랑하고, 내 자신이 될
수 있었겠어요?

한국전쟁과 타자의 텍스트

엉뚱한 곳에 분노를 터뜨리면서 죄책감에서 벗어나려고 했던 프랭크는 자신이 민간인 소녀를 사살한 사실을 털어놓는다. 프랭크는 그 자신이 인종차별의 피해자였지만, 자신 역시 더 약한 타자를 찾아 폭력을 행사했던 과오를 직시한다. 그러면서 프랭크는 폭력의 구조를 자각한다. 방아쇠를 당기는 간단한 행위와는 달리 자각의 과정은 복잡하고 느리다. 프랭크와 시는 어린 시절 두 사람이 목격한 살인의 장소로 간다. 두 사람은 과거 생매장당했던 흑인의 시신을 찾아 온전한 무덤을 만들어준다. 시는 자신이 만든 퀼트 천으로 유골을 감싸준다.

『*Home*』에는 세 개의 사건이 교차된다. 어린 시절 프랭크 남매가 목격한 생매장 사건, 한국전쟁에 참전한 프랭크가 저지른 살인, 인종차별주의자 닥터 스콧의 실험이 그것이다. 토니 모리슨은 세 사건을 교차시키면서 인종차별과 전쟁이라는 집단의 폭력 문제를 응시한다. 외상을 입은 피해자의 엇갈리는 진술 과정은 상처를 입은 자가 스스로 환부를 자각하기가 얼마나 어려운 일인가를 보여준다. 인종차별을 주된 주제로 다루었던 토니 모리슨은 1950년대 미국 남부의 인종차별과 한국전쟁을 동시에 겪은 프랭크의 정신적 외상을 그리면서 폭력의 근원에는 어김없이 타자를 향한 혐오와 차별이 존재한다는 것을 강조했다. 이 소설은 '자유'를 내세우면서 유색인종을 철저하게 차별하는 미국 사회의 부조리를 드러내는 매개체로 한국전쟁을 호명한다.

토니 모리슨과 비슷한 문제의식이 담긴 텍스트로는 제인 필립스(Jayne Phillips)의 소설 『*Lark & Termite*』(2009)를 꼽을 수 있다. 『*Lark & Termite*』는 그동안 미국이 인정하기 꺼려했던 민간인 학살의 문제를 다루고 있다. 주인공 미군 상사 레빗은 한국전쟁이 발발하자 임신한 약혼녀 롤라를 미국 웨스트버지니아에 남겨둔 채 한국으로 향한다. 레빗이 한국에 도착한 시기는 전쟁이 발발한 지 한 달 정도 지난 시기였다. 서울과 대전을 빼앗긴 남한군과 미군은 낙동강 근처로 후퇴하고 있었다. 개전 초기 서울을 빼앗기고 평택, 천안, 대전에서 큰 피해를 입은 미군은 극도의 긴장 상태에 빠져 있었다. 특히 한국에 무지했던 미군 지휘관들은 흰 옷을 입은 피난민들이 넘쳐나는 상황에서 북한군이 피난민들 틈에 섞여서 미군의 방어선 후방에 침투할 것을 염려했다.

그런 상황에서 1950년 7월 23일부터 29일에 걸쳐 다수의 한국 민간인들이 미군의 폭격과 총격에 의해 사망한 '노근리 사건'이 발생한다. 노근리 사건은 오랜 시간 알려지지 않았다가 1999년 9월 29일 〈AP〉 통신이 약 400여 명의 피난민들이 미군의 공격으로 죽었다는 사실을 보도하면서 주목을 받았다. 당시 사건에 대한 보도로 풀리처상을 수상한 〈AP〉 기자들의 보고서에는 당시의 혼란이 상세히 담겨 있다.

갓 도착한 제1기병사단도 '흰옷을 입은 사람들' 틈에 묻혀 적이 침투한다는 소문이 퍼지면서 거의 모든 한국인들에 대한 불신이 싹텄다. 제1사단장 게이 소장은 전선 도착 직후 기자들에게 자신은 한국군 지휘관들과 부대 이동에 대해 협의할 필요를 못 느낀다고 말한 바 있었다. 그는 제1기병사단 관할 지역 내 모든 한국 경찰을 소개시켜버려 피난민 통제를 더욱 복잡하게 만들었다. 국군 헌병은 미제1사단 병력이 자신들의 무기를 자꾸 압수하는 바람에 피난민 검문검색을 할 수 없다고 불평했다. 당시 후퇴 중인 국군마저 미군에게 무장해제를 당하고 감시받는 일까지 있었다. 미군의 한국인 경시는 한국군 보급품 지원 거부 등 여러 형태로 나타났는데, 심지어 혼란스런 길가에서 차에 치인 민간인 시신 위로 미군 차량이 계속해서 지나다닐 정도로 소름끼치는 모습도 종종 있었다.[199]

인용한 부분처럼 당시 미군은 한국군의 무장까지 해제할 정도로 한국인을 극도로 불신했고 미군 부대가 와해될지도 모르는 위기 상황에서 피난민들의 안전까지 신경 쓸 겨를이 없었다. 피난길을 안내해준다는 미군의 말을 듣고 노근리 지역까지 온 영동지구 주곡리, 임계리 주민들은 기찻길에서 검문을 당하게 된다. 그들을 검열한 미군이 무전을 취하자 미군 전투기들은 피난민에게 사격을 가하기 시작했다. 피난민들은 미군기의 폭격을 피해 철로 밑의 터널로 들어간다. 터널에 갇힌 그들을 감시하던 미군들은 터널에서 움직임이 감지될 때마다 기관총 사격을 가했다. 미 제1기병사

---

199 최상훈·찰스 핸리·마사 멘도자, 남원준 옮김, 『노근리 다리─한국전쟁의 숨겨진 악몽』, 잉걸, 2003, 128쪽.

단과 제25보병사단은 피난민 속에 적군이 숨어 있을지 모르니 전선을 통과하는 모든 피난민을 적으로 간주하고 총격을 가하라는 명령을 내렸다. 〈AP〉 기자와 미 국방성 조사반에게 미군이 노근리에서 민간인을 공격한 사실을 증언한 미 제대군인은 35명에 이른다. 그들은 적게는 수십에서, 많게 보면 수백 명의 양민이 죽었다고 증언했다. 이것이 노근리 사건의 전말이다.[200]

『*Lark & Termite*』의 주인공 레빗은 한국에 도착하자마자 노근리 사건에 휘말리게 된다. 그러나 소설에서 미군 레빗은 가해자가 아닌 인도주의적인 인물로 그려진다. 레빗은 피난민들에게 총격을 가했던 당시 미군들과는 정반대의 행동을 취한다. 그는 장애인 아동과 그의 누나를 돕다가 미군의 총격을 피해 피난민들과 함께 기찻길 밑의 터널에 함께 갇힌다. 그리고 아군의 총격에 목숨을 잃게 된다.

이 소설은 한국전쟁에서 벌어진 노근리 사건을 형상화한 최초의 작품이라는 점에서 큰 의미를 지닌다. 미국은 그동안 한국전쟁에서 벌어진 민간인 학살을 쉽게 인정하지 않았기 때문이다. 그럼에도 레빗 상사가 '인도적인 미군'의 이미지를 대변하는 인물이라는 점은 이 소설의 명백한 한계다. 소설은 보편적인 반전 의식을 담고 있지만 노근리 사건을 전쟁 중에 불가피하게 발생한 비극으로 바라보는 시선을 유지한다. 미군의 총격이 있기 전에 무당처럼

---

200 최상훈·찰스 핸리·마사 멘도자, 같은 책, 20~21쪽.

보이는 한 노파가 이상한 행동을 하다가 레빗의 총을 빼앗아 자신의 머리를 쏴서 자살하는 장면은 특히 문제적이다. 노파가 레빗의 총으로 자신의 머리를 쏜 이후에 터널 밖의 미군들은 무장한 적들이 피난민들 속에 섞여 있다고 판단하고 집요하게 사격을 가하기 시작한다. 실제로 무장한 민간인은 없었다는 생존자의 증언과는 달리 소설은 터널 속에서 발생한 총소리가 미군들의 총격을 유발한 것으로 그리고 있다. 실제 사건의 진실과는 달리 미군의 총격에 정당성을 부여하는 대목이다. 피난민을 도우려다가 함께 사망한 레빗 상사의 모습은 노근리 사건의 가해자를 모호하게 만들고 한국전쟁 기간 동안 미군이 강조한 '인도적인 구원자'의 모습에서 크게 벗어나지 못한다.

레빗이 죽음을 맞이한 순간에 약혼녀 롤라는 레빗의 아들 터마이트(Termite)를 출산한다. 선천적으로 뇌수종을 앓은 터마이트는 시력을 상실하고 제대로 몸을 가누지도 못한다. 그러나 장애를 뛰어넘는 다른 능력–남다른 기억력과 청력–을 지니게 된다. 소설은 레빗의 죽음 직전까지는 그의 시점에서 서술되다가 그가 사망한 이후에는 아들 터마이트의 서술로 대체된다. 시각장애인 터마이트의 비상한 청력은 각별한 의미를 지닌다. 고양이가 발을 긁는 소리, 이슬이 맺혔다가 떨어지는 소리까지 들을 정도로 발달한 터마이트의 청각은 파괴적인 전쟁의 굉음과 대비된다.

노근리에서 눈먼 소년이 멀리서 다가오는 미군 전투기의 엔진 소리를 감지해서 그것을 레빗과 공유하는 장면은 터마이트가 비상한 청력을 지니고 태어나리라는 사실을 암시한다. 터마이트는 죽은 아버지와 일종의 텔레파시로 소통하는데 그 연결도 청각으로 이루어진다. 터마이트는 진공청소기의 소음을 들으면서 노근리의 총소리를 동시에 듣고, 기차가 지나가는 소리를 들으면 레빗이 갇혔던 철교의 소음을 함께 듣는다. 그럴 때마다 터마이트의 뇌수종 상태는 악화된다. 전쟁의 소음을 동시에 들을 때마다 뇌척수액이 과잉분비되고 그것이 뇌를 압박한다. 터마이트의 고향 인근 댐이 폭우로 무너지는 자연재해가 일어나는 장면도 노근리의 학살과 교차된다. 레빗이 도와주는 한국 피난민 남매의 모습은 레빗의 죽음과 동시에 태어난 터마이트와 터마이트의 이복 누나인 라크(Lark)와 연결된다. 이 장면들은 전쟁의 비극은 쉽게 치유되지 않고 현재까지 지속된다는 반전 메시지인 동시에 전쟁에도 꺾이지 않는 생의 의지를 상징한다.

근래 미국 작가들이 한국전쟁을 바라보는 시선은 한국전쟁을 냉전시대의 군사 충돌로 기록하는 공식적이고 건조한 역사 기록의 한계를 넘어서 한국전쟁의 기억을 현재까지 계속되는 보편적인 폭력의 문제로 확장시키는 면모를 보여준다. 냉전시대가 야기한 공포는 미국 사회의 정상적인 판단을 마비시켰고, 미국 청년들은 낯선 나라에서 숱한 희생을 겪었다. 미국 소설들은 한국전쟁의 다양한 비극과 후유증을 다루고 있다. 그러나 제2차 세계대전이나 베트남전쟁과 비교하면 한국전쟁을 다룬 미국 텍스트는 매우 적은 실정이다.

5. 이주 한인 2, 3세대의 한국전쟁 소설

한국전쟁은 미국으로 수많은 한국인이 이주하는 계기가 되었다. 전쟁을 직접 겪은 1세대 작가들은 언어적 장벽으로 활발한 작품 활동을 하지 못했다. 김은국(Richard Kim)의 『순교자 *The Martyred*』(1964), 박태영(Ty park)의 『죄의 대가 *Guilt Payment*』(1983)이 대표적인 소설이다. 언어적 장벽을 극복하기 어려웠던 이주 한인 2, 3세대 작가들은 미국인으로 살아가면서 자유롭게 영어를 구사한다. 그들 중 어린 시절에 미국으로 이주한 이창래(Chang Rae Lee)는 프린스턴 대학에서 창작을 가르칠 정도로 미국 문단에서 인정받는 작가다. 그의 작품들은 한국인의 피를 물려받은 미국인으로서 정체성의 혼란을 겪는 이방인을 소재로 다룬다. 초기 소설 『영원한 이방인 *Native Speaker*』(1995), 『척하는 삶 *A Gesture Life*』(1999). 『가족 *Aloft*』(2004)은 모두 미국에서 소수자이자 이방인으로 살아가는 인물들의 혼란을 다룬 작품들이다. 세 살 때 미국으로 이주했기에 완벽한 영어를

한국전쟁 고아

구사하는 외국인이지만 그에게 한국전쟁은 자신이 미국인으로 살아가게 된 가장 큰 이유였다. 이창래는 2010년, 부모님의 전쟁 회고에서 모티프를 얻어 한국전쟁 소설 『생존자*The Surrendered*』(2010)[201]를 발표했다.

　『생존자』에는 전쟁의 비극을 온몸으로 체험한 세 사람 - 준,

201　재미교포 이창래(프린스턴대 창작과 교수)는 1965년 서울에서 태어났다. 세 살 때 가족과 함께 미국으로 이민했으며, 예일대학교 영문학과를 졸업하고 오리건대학교에서 문예창작 석사학위를 받았다. 월스트리트에서 주식 분석가로 1년간 일하다가 작가의 길에 들어섰다. 1995년 『영원한 이방인』으로 화려하게 문단에 데뷔한 그는 1999년 일본군 '위안부'의 참상에 충격을 받아 집필한 작품 『척하는 삶』으로 다시금 주목을 받았다. 한국계 일본인이었다가 제2차 세계대전에 일본군 군의관으로 참전한 후 미국으로 이민한 70대 남성 프랭클린 구로하타의 삶을 다룬 작품으로, 피해자가 아닌 가해자의 시선으로 '위안부' 문제를 다루었기에 더욱 충격을 안겨주었다. 이 작품으로 이창래는 애니스필드·울프 문학상을 비롯한 미 문단의 4개 주요 문학상을 수상하였고, 『뉴요커』의 '미국을 대표하는 40세 미만의 작가 20인'에 선정되었다. 2004년 출간된 세 번째 장편소설 『가족』은 50대 후반의 '불만투성이' 남자 제리 배틀과 그의 가족 이야기를 통해 미국 중산층의 화려함과 완벽함이 얼마나 피상적인지를 다루며, 현대 가족의 의미와 후기자본주의 사회에 대해 조명하였다. 전작들에서 주로 '이방인과 그 정체성'에 초점을 맞추었다면, 이 작품은 '가족'이라는 보다 보편적인 문제에 주목함으로써 미국 내에서의 작가적 입지를 단단히 다지는 계기가 되었다. 『타임』에서 '당신이 놓쳤을 수도 있는 훌륭한 책 6권' 중 하나로 이 책을 선정하기도 했다. 『생존자』로 2011년 퓰리처상 최종 후보에 올랐고, 같은 해 보스니아 내전 종식을 기념해 수여하는 데이턴 문예평화상을 수상했다. 국내 번역본은 2013년에 알에이치코리아 출판사에서 출간되었다.

　　　　　　　　　　　한국전쟁과 타자의 텍스트

헥터, 실비 – 이 중심인물로 등장한다. 한국 소녀 '준'은 1951년 1월 중국군의 공세를 피해 피난을 가는 길에 가족을 모두 잃는다. 준은 기차에서 떨어져 죽은 동생을 포기하고 홀로 기차에 올라타 가까스로 살아남는다. 그녀는 졸지에 고아가 되고 만다.

그녀는 동생을 안고 달리기 시작했다. 객차 하나의 문이 빠끔히 열려 있었다. 그녀는 힘껏 달려가서 객차를 가득 채운 사람들을 향해 동생의 몸을 치켜들었다. 몇몇 사람이 그녀에게 얼른 올라타라는 손짓을 했다. 기차가 속력을 내고 있었고 그녀는 점점 기차로부터 멀어져갔다. 그것은 이제 그들 남매에게 주어진 마지막 기회였다. 하지만 바로 그 순간, 지영의 다리에 묶여 있던 허리띠가 풀리면서 바닥으로 흘러내렸다. 그러자 마개가 벗겨진 것처럼 지영의 다리에서 핏물이 콸콸 뿜어져 나왔다. 준은 달리면서 절단된 다리 부위를 꽉 움켜쥐었지만 한 손으로는 제대로 힘을 쓸 수가 없었다. 거침없이 쏟아지는 피를 막기에는 역부족이었다. 준은 결국 멈추어 서서 동생을 땅바닥에 눕힌 다음 양손으로 절단 부위를 꽉 움켜쥐었다. 기차는 천천히 남매를 스치고 남쪽으로 굴러갔다. 이제 그들의 뒤로는 기차의 3분의 1만 남아 있었다.

"왜 멈췄어?"

지영이 우물거리며 말했다.

"더 이상 달릴 수가 없었어."

(⋯)

"아."

얼굴의 핏기가 빠져나가면서 지영은 의식을 잃어가고 있었다.

"날 찾으러 돌아올 거야?"

준은 고개를 끄덕였다.

"약속하는 거지?"

준은 다시 고개를 끄덕였다.

"괜찮아. 안 와도 돼."

준은 온기가 남아 있는 지영의 손을 내려놓고 역시 온기가 남아 있는 동생의 얼굴에 입을 맞췄다. 그러고 나서 동생의 곁을 가능한 한 오래 지켰다. 하지만 마지막 객차가 스치고 지나갈 때, 그녀는 자리에서 일어나 몸의 중심을 잡은 다음 오직 살아남기 위해 달리기 시작했다.[202]

미국의 평범한 청년인 헥터는 유명한 총기 회사가 있는 지역에서 성장했다. 아버지와 삼촌들, 사촌들은 모두 총기 회사에 고용되어 일하거나 그곳에서 만든 총기를 들고 전쟁터에 나갔다. 가족들이 전쟁에 나간 것처럼 헥터도 한국전쟁에 지원한다. 그러나 헥터의 지원은 도피에 가까웠다. 선천적인 수족 기형에 알코올중독을 앓는 아버지가 실족사하는 것을 막지 못한 죄책감에 시달리던

---

202 이창래, 나중길 옮김, 『생존자』, 알에이치코리아, 2013, 46~47쪽.(이하 쪽수만 표시)

한국전쟁과 타자의 텍스트

헥터는 도망치듯이 한국전쟁에 자원한다. 한국이라는 나라는 헥터에게는 낯설었지만 그런 것은 중요하지 않았다.

　헥터가 파병된 시기는 압록강까지 진격했던 유엔군이 중국군에 밀려 서울을 내줬다가 다시 반격을 준비하던 1951년 초봄 무렵이다. 자살부대처럼 몰려오는 중국군과 전투를 벌이던 중 헥터는 한 중국군 소년병을 사로잡는다. 중국군의 밤낮 없는 공격에 시달리던 미군 병사들은 포로로 잡힌 소년 병사를 학대한다. 헥터의 만류에도 불구하고 병사들은 다리가 부러진 포로를 심하게 짓밟는다. 부대가 이동하게 되자 포로를 사살하는 '뒤처리'를 맡은 헥터는 소년병을 풀어주려고 했지만, 고통을 견디지 못한 소년병은 헥터의 혁대에 달린 수류탄을 빼앗아 자결하고 만다. 그 끔찍한 체험을 기점으로 헥터는 전쟁에 깊은 환멸을 느끼게 된다. 헥터는 포로를 학대하던 병사 젤렌코와 싸움을 벌인 것에 대한 처벌로 전사자 처리부대에 배속되어 팔다리가 잘리거나 부패한 시체들을 수습하는 일을 맡게 된다. 헥터는 모두가 기피하는 그 임무를 묵묵히 수행하고 "꼼꼼한 저승사자"(155쪽)라는 호칭까지 얻는다. 헥터는 뒤틀리고 부패하고 분해된 시체들을 처리하면서 점차 죽음에 무뎌진다.

　그들이 맡은 일은 역겹기는 해도 다른 일들과 마찬가지로 일단 적응이 되고 나면 수월해졌다. 구역질이 나는 모습과 냄새, 그리고 시신 수습 과정에 일단 익숙해질 필요가 있었다. 전사자 몸의 일부는 흙에 파묻혀 있고 지나칠 정도로 부패가 진행된 시신은 두 팔을 끌어당겨 밖으로 끌어내면 되었다. 그리고 전사자가 눈이나 얼음에 얼굴을 파묻고 있으면 주전자에 담긴 뜨거운 물을 붓고 총검으로 시신을 바닥에서 떼어내야 했다. 그러다 보면 정육점의 고깃덩어리처럼 시신의 살점이 찢어지거나 부서지기도 했다. 죽은 지 하루나 이틀밖에 안 되는 전사자는 부패가 진행되지 않아 상태가 완벽하게 보존되어 있었다. 봄이 되어 눈이 녹으면 도랑에 처박힌 시신들은 군복만으로 그것이 아군인지 적군인지 구분해야 했다. 아군일 경우에는 피부색이 변해 모두 거무튀튀한 빛을 띠고 있기 때문에 머리카락을 보고서 그것이 백인인지 흑인인지 가려냈다. 그래서 부대원들 사이에는 사람은 죽으면 모두 흑인이 된다는 우스갯소리가 흘러나왔다.(154쪽)

헥터는 부대 안에서의 크고 작은 말썽에 연루되어 휴전 이후 불명예제대 판정을 받는다. 제대한 헥터는 미국으로 돌아가지 않고 한국의 고아원에서 일을 한다. 헥터와 준은 태너 목사와 부인 실비가 운영하는 '희망고아원'에서 만나게 된다. 헥터는 자신은 야구 경기를 보고 외식을 즐기는 평범한 삶으로 돌아가기 어렵게 되었다고 느낀다. 전장에서 본 숱한 죽음들과 망가진 시신들을 보면서 삶에 회의를 느낀 헥터는 고아원에서 스스로를 학대하듯이 고된 일을 도맡는다. 그는 자학적으로 노동을 하다가 밤이면 술을 마시고 겨우 잠든다. 헥터는 목사의 부인 실비와 육체관계를 맺지만, 그것에 대한 죄책감은 없다. 안온한 생활에 무료함을 느낀 중

한국전쟁과 타자의 텍스트

년의 여성이 자신과 섹스를 하면서 육체적 쾌락에 눈을 떴을 뿐이라고 여긴다.

태너 목사의 아내 실비는 고아원 아이들을 헌신적으로 돌본다. 실비의 헌신은 고아들을 위한 사랑에서 비롯된 것만은 아니었다. 실비 역시 헥터나 준처럼 정신적 외상에 시달리는 인물이다.

1934년, 실비는 선교사인 아버지를 따라 만주에서 10대를 보냈다. 불행하게도 그 시기는 만주를 장악한 일본군이 공산당과 국민당 저항 세력을 색출하려고 혈안이 되었던 때였다. 저항 세력의 잇따른 테러에 예민해진 일본군은 첩자를 잡는다는 명목으로 교회에 들이닥쳐 실비의 아버지와 선교사들을 살해했다. 그리고 실비의 첫사랑이었던 국민당원 벤저민 리를 협박하여 실비의 어머니와 강제로 성관계를 맺게 했다. 벤저민 리가 그것을 거부하자 일본군은 면도칼로 그의 눈꺼풀을 도려내고 실비를 강간하려고 했다. 벤저민은 실비를 지키고자 동료들의 이름을 털어놓았다.

장교는 벤저민을 실비 쪽으로 한껏 떠밀어 그녀의 벗은 몸을 보게 만들었다.

"이제 이 계집애한테 대체 무슨 일이 벌어지는지 보고 싶나? 보고 싶지? 응?"

벤저민은 눈을 꼭 감은 채 고개를 가로저으며 계속해서 혼잣말로 주절거렸다.

"그 자식들이 누군지 대란 말이야!"

장교가 소리를 버럭 질렀지만 벤저민은 그 자리에서 사라지려고 애쓰는 것처럼 몸을 둥글게 웅크렸다.

"아, 정말 돌아버리겠군!"

장교가 탄식을 했다. 그는 좌절감에 사로잡혀 벤저민을 걷어찼다. 그런 다음 그는 병사들에게 명령을 내렸다. 병사 두 명이 달려들어 몸을 움직이지 못하도록 벤저민을 바닥에 짓눌렀다. 장교는 벤저민의 옆자리에 무릎을 꿇고 앉아 뒷주머니에서 접고 펼 수 있는 면도칼을 꺼냈다. 그는 면도칼을 펴서 순식간에 일을 처리했다. 벤저민은 신음을 하다가 갑자기 실없이 웃음을 터뜨렸다. 그러다가 그는 비명을 지르기 시작했다. 장교가 뒤로 물러섰을 때, 벤저민의 양쪽 눈은 피범벅이 되어 있었다. 양쪽 눈알이 도려내진 것처럼 보였다. 장교는 그것들을 자신의 소매에 대충 닦았다. 이제 장교가 무슨 짓을 저질렀는지 명확해졌다. 그는 양쪽 눈꺼풀만 베어내고 눈알에는 손도 대지 않았던 것이다 안구가 훤히 드러나 있어 마치 괴물의 눈처럼 보였다. 병사들이 그의 등 뒤로 손을 다시 묶었다.

"자, 잘 봐둬, 이 병신 새끼야."

장교가 날카롭게 명령을 내리자 병사 하나가 실비의 앞으로 다가서더니 자신의 혁대를 끄르기 시작했다.

벤저민이 다시 비명을 지르기 시작한 것은 바로 그때였다. 그는 매우 괴로운 표정을 지으면서 큰 소리로 동지들의 이름을 하나씩 장황하게 털어놓고 있었다.(322~323쪽)

한국전쟁과 타자의 텍스트

만주에서 받은 충격으로 온전한 삶을 유지할 수 없게 된 실비는 목사인 태너와 결혼한다. 이 결혼은 일종의 도피였다. 목사인 태너는 실비에게 부모를 대체하는 인물이었다. 실비는 남편을 따라 전쟁이 휩쓸고 간 한국 땅에서 고아들을 돌보며 과거의 기억을 치유하려고 하지만 그녀의 의식은 1934년의 사건에서 조금도 벗어나지 못한다. 실비는 과거에서 벗어나려는 출구로 헥터와 섹스에 탐닉하고, 마약에 의존한다.

　　준은 고아원 생활에 잘 적응하지 못한다. 가족의 충격적인 죽음을 겪은 이후 생긴 정신적 외상으로 준은 거식증과 폭식증을 앓고 도벽까지 생긴 상태다. 달리는 기차에서 추락해 죽은 가족들의 기억이 준을 괴롭힐수록 그녀의 생존 본능은 오히려 맹렬하게 타오른다. 생존 본능은 준이 세상을 버티는 유일한 힘이었다. 고아원에서 준의 유일한 낙은 실비와 지내는 시간이었다. 준은 일종의 동성애적인 감정을 갖고 실비를 독점하고 싶어 한다. 하지만 헥터와 실비의 관계를 알게 된 준은 헥터를 격렬하게 질투한다. 준은 실비와 태너 목사의 양녀가 되어 미국으로 이주할 희망을 품고 유순하고 모범적인 원생으로 자신을 포장한다. 그러나 실비의 남편 태너는 준의 입양을 반대한다. 고아 입양을 원하는 미국인들은 유순하고 어린 아이들을 선호하기 때문이었다. 준은 실비에게 매달리지만 밤마다 헥터의 방으로 건너가는 실비를 보고 그녀는 더욱 깊은 절망감에 휩싸인다. 준은 충동적으로 고아원에 기름을 뿌리고 불을 지르고 만다.

준이 저지른 화재로 실비는 고아들을 구하려다가 사망하고 헥터는 자신 때문에 실비가 빠져나오지 못했다는 죄책감에서 평생 헤어나지 못한다. 준은 헥터의 도움으로 미국으로 건너가지만 평생 전쟁의 기억과 상실감에 시달린다. 오랜 시간이 흐르고 준과 헥터는 미국에서 재회하지만 그들의 삶은 이미 돌이킬 수 없을 정도로 망가진 이후였다. 47세의 준은 이미 암으로 시한부판정을 받은 상태고 헥터는 자책감에 시달리면서 스스로의 삶을 놔버린 상태다. 두 사람은 실비가 그토록 아끼던 책『솔페리노의 기억』의 배경이 된 '솔페리노'[203]로 향한다. 전쟁에서 죽은 자들의 유골이 채워진 교회에서 두 사람은 자신들의 삶을 망가뜨린 전쟁의 기억과 화해한다. 두 사람은 또 다른 전쟁과 죽음의 흔적 앞에 가서야 도피하고 질주하던 삶에 작은 쉼표를 찍는다.

---

203 1859년 솔페리노전투에서 죽은 자들의 유골을 가득 채워 넣은 솔페리노 교회가 있는데, 이것이『생존자』의 또 하나의 중요한 모티프이기도 하다. 북이탈리아 해방 문제를 둘러싸고 산악지대의 작은 도시 솔페리노에서 프랑스군과 오스트리아군 30만 명이 맞붙은 이 전투는 참혹하기 짝이 없었고, 전투 후에 부상자들은 고통을 겪으며 속수무책으로 죽어 나갔다. 좁은 땅에 이들의 주검을 묻는 것만도 벅찬 일이어서 일단 집단 매장을 하고 보았다. 나중에 이들의 유골을 땅에서 꺼내 교회 벽면에 가득 채워놓은 곳이 솔페리노 교회다.『솔페리노의 기억』은 적십자운동의 창립자 앙리 뒤낭이 쓴 책으로, 솔페리노전투의 부상자들을 구호하는 과정에서 적십자운동이 탄생했다. 이창래는 『생존자』에서 내내 이 솔페리노를 전쟁에 관한 명상의 화두로 쥐고 있다.

한국전쟁과 타자의 텍스트

폴 윤(Paul Yoon)[204]의 소설 『Snow Hunters』(2013)는 한국전쟁에서 소외되었던 '제3국행을 선택한 포로'를 다룬 작품이다. '전쟁포로의 선택'이라는 소재는 중국계 미국 작가인 하 진의 소설 『전쟁 쓰레기』, 한국의 대표적인 분단소설인 최인훈의 『광장』(1960)에서도 중요한 소재로 다루어진 바 있다. 그러나 『Snow Hunters』의 주인공 요한은 두 소설의 주인공과는 달리 제3국을 선택한다. 요한은 명준처럼 삶을 포기하지 않는다. 그는 남이나 북이 아닌 제3국행을 선택해서 브라질에 안착한다. 그가 제3국을 택한 이유는 포로수용소에서 겪은 끔찍한 경험 때문이다. 소설은 요한이 브라질에 도착한 시점에서부터 시작된다.

That winter, during a rainfall, he arrived in Brazil.

He came by sea. On the cargo ship he was their only passenger. In the last days of the ship's journey it had grown warm and when he remarked that there was no snow, the crew members laughed. They had been throwing fish overboard, as they always did, for luck, and he watched as the birds twisted their bodies in the wind and dove. He had never

---

204 뉴욕에서 태어난 폴 윤은 재미한국인 3세 작가다. 폴 윤은 한국전쟁을 겪은 할아버지의 이야기를 듣고 『Snow Hunters』를 구상했다고 밝혔다. 2009년 펴낸 첫 소설집 『Once the Shore』로 미국 문단에서 주목받는 신예 작가로 떠올랐다.

seen the ocean before, had never journeyed so far as he had in this month alone. He was called Yohan and he was twenty-five years old.(3p)

비가 내린 그해 겨울 그는 브라질에 도착했다.

그는 바다를 건너 왔다. 화물선을 타고 온 유일한 승객이었다. 항해가 막바지에 이를수록 차츰 따뜻해졌고 그가 눈이 보이지 않는다고 말하자 선원들이 웃었다. 그들은 언제나 그랬던 것처럼 행운을 가져오길 바라며 배 밖으로 물고기들을 던졌고, 그는 새들이 바람을 타고 몸을 틀어 물에 들어가는 것을 보았다. 그는 한 번도 바다를 본 적이 없었고, 이번 달에 홀로 이만큼의 먼 거리를 여행한 경험도 없었다. 그는 요한이라고 불렸고 스물다섯 살이었다.

요한은 브라질 작은 도시의 양장점에 취직하게 된다. 양장점 주인인 일본인 기요시는 요한의 신변에 대해 아무것도 묻지 않은 채 따뜻하게 대해준다. 그러나 소설의 각 장마다 요한의 기억들은 계속 되살아난다. 참혹한 전장의 기억과 포로수용소에서 겪은 일들로 깊은 정신적 외상을 입은 상태인 요한은 악몽에 시달린다. 소설은 요한의 악몽과 브라질에서의 일상이 교차되는 방식으로 진행된다. 요한은 전선으로 가던 중 유랑극단 단원 펭(peng)을 만나 친구가 된다. 두 사람은 폭발 사고로 눈에 파묻혔다가 함께 미군의 포로가 된다. 그러나 이 사고로 펭은 두 눈을 잃고 만다. 미군들

한국전쟁과 타자의 텍스트

은 눈밭에서 발견된 그들에게 '눈사람(snowmen)'이라는 익살스러운 별명을 붙인다.

— Snowmen, they called Yohan and Peng, because the Americans knew who they were.

They had found them in the mountains, not far from the wreckage of a bomb, lying buried in the snow. They had found them because Yohan's nose had been sticking up in the snow.

— Like a fucking carrot, they said.

And they had speared his nose with the butt of a rifle, assuming if he were alive, he would react. That sudden sound of bone cracking the air and Yohan screaming.

He had been part of a patrol unit in the mountains that day. Among the men he and Peng had lived with, walked with, fought and slept beside, they were the only survivors of the bombing.(87쪽)

— 눈사람, 그들은 요한과 펭을 그렇게 불렀다. 미국인들은 그들이 누군지 알았기 때문이었다.

그들은 그들(요한과 펭)이 폭탄의 잔해로부터 멀지 않은 산에서 눈 속에 묻혀 있는 것을 발견했다. 요한의 코가 눈 밖으로 튀어나와 있었기 때문에 그들은 그들을 찾았다.

　- 마치 염병할 당근같이 말이야, 그들은 말했다.

　그리고 그들은 그가 살아 있는지 알아보기 위해 소총의 개머리로 그의 코를 찔렀고 그는 반응했다. 뼈 부러지는 소리가 나고 요한은 비명을 질렀다.

　그는 그날 산속 순찰단 중 하나였다. 그 사람들 중에 그와 펭은 같이 살았고 같이 걸었고 같이 싸우고 잤고, 폭탄의 유일한 생존자들이었다.

　요한은 시력을 상실한 펭과 포로수용소에 수감된다. 폭탄 충격 증세를 보이는 요한은 밤마다 발작하고 그때마다 경비병들은 요한을 구타한다. 펭 역시 눈의 상처가 심하게 감염되어 고통스러워한다. 다른 포로들은 펭의 눈이 보이지 않는다는 사실을 알게 되자 펭의 옷과 음식을 빼앗아간다. 그곳의 사람들에게 전우애 따윈 없었고 모두 각자의 생존만을 추구했다. 포로수용소는 전장보다 더한 아귀다툼이 벌어지는 곳이었다. 펭은 굶주림에 시달리면서 제대로 치료도 받지 못한다. 어느 날 펭은 포로들과 수용소 근처 숲에서 벌목 작업에 투입된다. 휴식 시간에 포로들이 강가에서 목욕을 할 때 펭은 요한과 함께 물속에 있다가 요한의 손을 놓고 강물에 몸을 맡기며 떠내려간다. 점차 빨라지는 물살에 휩쓸려가던 펭은 곧 사라지고 만다.

　　　　　　　　　　　　　한국전쟁과 타자의 텍스트

It was the last he saw of him. In the madness of those seconds, while everyone around him rushed to the high banks, he was unable to move, standing there, his body rooted in the moving water and all the noise like light against him.

He had done nothing. He had held his breath. He had clasped his hands as though in prayer and he had followed the paleness of his friend's skin in the current.

A week after that, while washing a uniform, he tore it and, startled, he looked down at the wrecked fabric in his hands and wept.(115~116쪽)

그것이 그를 본 마지막 순간이었다. 광기의 순간에 주변 사람들은 둑으로 달려 올라갔지만 그는 움직일 수 없었다. 빠른 물살 속에서 그의 몸이 단단히 뿌리 내린 듯 서 있었고 모든 소리는 그를 지나치는 빛과 같았다. 그는 아무것도 하지 않았다. 숨을 멈추고 마치 기도를 하는 것처럼 두 손을 모아 쥐고 물살에 떠내려가는 친구의 낯빛을 눈으로 따라갔다.

일주일 후, 군복을 세탁하다가 그는 옷을 찢어버렸고 자신의 행동에 놀라 손에 쥐고 있는 찢어진 옷을 보며 울었다.

펭이 스스로 죽음을 택할 때 요한은 무력했다. 요한은 자신이 펭의 손을 붙잡지 못했다는 죄책감에 괴로워한다. 전쟁이 끝나

고 포로들이 행선지를 정할 때 요한은 북한으로 귀환거나 남한
에 남지 않고 중립국을 택한 유일한 포로가 된다. 포로수용소에서
본 잔인한 장면들 때문이었다. 탈출하다가 붙잡힌 후 자살한 포로
의 모습, 끔찍한 추위, 포로들 사이에 벌어졌던 폭력들. 요한에게
전장보다 더 끔찍한 기억으로 각인된 포로수용소의 기억은 브라질
에서도 요한을 불안하게 만든다. 양장점 주인 기요시는 그런 요한
을 말없이 방관한다. 요한을 향한 기요시의 침묵과 방관은 비슷한
종류의 고통을 겪은 사람만이 해줄 수 있는 배려였다. 대화의 부재
속에서 요한과 기요시는 기이한 안정감을 느낀다.

Though they were together often, he shared little with
Yohan. And he himself did not tell the tailor about his own
years. And yet he found comfort in this absence of telling.

He learned about the tailor by what the old man pointed
to, what his eyes fell on; by what he ate and how; by his
knowledge of fabrics and by the way he avoided certain
pedestrians and grinned at others.

From their reticence grew a kind of intimacy.(31쪽)

그들은 종종 함께 있었지만 그는 요한과 거의 나눈 것이 없었다.
그는 재단사에게 자신이 지내온 세월에 대해 말하지 않았다. 그렇지
만 이야기의 부재 속에 그는 오히려 위안을 찾았다.

한국전쟁과 타자의 텍스트

그는 노인이 가리키고 그의 눈길이 닿는 곳, 그가 먹는 음식과 먹는 방식, 그리고 옷감에 대한 그의 지식과 그가 어떤 행인은 피하고 다른 행인들에게는 웃음을 보이는지에 의해 재단사에 대해 알게 되었다.

그들의 침묵 속에 일종의 친밀감이 자라나고 있었다.

기요시의 건강이 악화되면서 요한은 양장점에서 더 많은 일을 맡게 된다. 양장 기술을 배운 요한은 혼자 옷 수선을 하거나 배달을 할 정도로 일에 익숙해지고 마을 사람들과 어울릴 정도로 회복된다. 요한은 고아인 산티와 비아, 장애인인 교회 관리자 페이시 등 브라질인 친구들도 사귀게 된다. 기요시가 죽고 난 후 교회 관리인 페이시는 요한에게 기요시의 과거를 말해준다. 기요시는 한때 일본군 군의관이었다. 그는 러시아 접경 지역에서 근무하다가 탈영해서 브라질까지 흘러 들어오게 된 인물이었다. 기요시는 모국 일본의 식민지였던 조선 청년이 전쟁에 휘말린 이후 브라질까지 오게 된 과정을 굳이 묻지 않는다. 자신 역시 탈영해서 가족을 일본에 남겨둔 채 브라질까지 온 디아스포라였기 때문이다. 페이시는 요한에게 오래된 사진을 보여준다. 사진 속에는 제2차 세계대전 시기 브라질의 일본인 수용소에 있던 사람들이 담겨 있었다. 페이시의 어머니는 일본인들에게 포르투갈어를 가르쳐주는 선생이었다. 페이시는 자신이 짐작하기에 기요시와 어머니는 서로를 사랑하는 사이였다고 말한다.

요한은 페이시의 말을 들으면서 언젠가 목격한 기요시의 모습을 기억한다. 요한은 새벽에 일어난 기요시가 어린아이의 코트를 만들어 마네킹에 입히는 것을 본 적이 있었다. 그때 기요시는 코트에 핀을 꽂다가 마루에 앉아 격렬하게 흐느꼈다. 그 모습을 본 요한은 조용히 자신의 방으로 돌아갔다. 아마도 기요시가 일본에 두고 온 어린 자식을 떠올리면서 코트를 만들었으리라고 쉽게 짐작할 수 있었지만, 요한은 모른 척한다. 기요시가 처음 자신에게 건넨 침묵의 의미를 잘 알고 있기 때문이다.

A coat covered it. It was a child's winter coat. It was made of wool, gray in color, double-breasted with wide lapels and dark buttons, like the one the sailors wore.

(…)

Yohan followed the light reflecting against the pin, the way it fell from Kiyoshi's fingers, the bright silver spinning in the air before it hit the floor.

Kiyochi kneeled and ran his palms along the wood. And then he began to cry, kneeling there with his head bowed and his shoulders shaking.(97~98쪽)

코트가 그걸 덮고 있었다. 어린아이의 겨울 코트였다. 선원들의 입는 옷처럼 넓은 칼라에 짙은 색 단추가 두 줄로 달려 있는 회색 양

한국전쟁과 타자의 텍스트

모 코트였다.

(…)

요한은 기요시가 놓친 밝은 은색 핀이 마룻바닥에 떨어지기 전 허공에서 회전하며 반사하는 빛을 응시했다.

기요시는 무릎을 꿇고 손바닥으로 나무 바닥을 쓸었다. 그는 무릎을 꿇은 채 머리를 숙이고 어깨를 떨며 격렬하게 울기 시작했다.

기요시가 사망한 이후에 요한은 양장점을 운영하면서 친구들과 안정된 삶을 유지한다. 요한은 특히 독특한 발음으로 자신의 이름을 불러주던 소녀 비아를 좋아했다. 비아는 마을을 떠났다가 5년 만에 돌아와 요한에게 자신이 다시 온 이유를 말해준다. 요한이 처음 브라질의 항구에 내렸을 때 어린 비아는 낯선 요한에게 파란 우산을 건네줬었다. 그때 요한은 그 우산을 받아들고 멍하니 서 있었는데, 그 모습을 보고 비아는 요한이 바다 건너에서 겪었을 끔찍한 기억과 홀로 남겨진 외로움에 공감했다고 말한다. 기요시처럼 고아인 비아는 낯선 땅에 버려진 요한의 외로움에 깊게 공감한 것이다. 비아와 함께 카누에 탄 요한은 그녀에게 이제부터 떠나지 말고 자신의 곁에 머물러달라고 말한다.

And he said, – Bia, Stay this time.

And she paddled once and stopped. He grew still and as they drifted away from the town he watched the shape of her there, rising. She lifted her arms for balance. Then she made her way toward him, across the length of the canoe, as lights appeared and the evening started.

그리고 그가 말했다,

– 비아. 이제 떠나지 말고 있어줘.

그러자 그녀는 노를 젓다가 멈췄다. 그들은 조용히 마을과 멀어졌고 그는 그녀가 일어나는 것을 보았다. 그녀는 균형을 잡기 위해 팔을 들었다. 그리고 그를 향해 걸어왔다. 저녁이 시작될 무렵 카누를 가로질러 빛이 다가왔다.(196)

『Snow Hunters』는 전쟁을 겪은 자의 정신적 외상과 버려진 삶을 주된 소재로 다루지만 전쟁의 참상을 직접적으로 묘사하지 않는다. 요한이 회상하는 전쟁의 풍경들은 순서가 생략된 채 나열된다. 제2차 세계대전을 겪은 기요시의 과거도 페이시의 말과 사진으로만 묘사될 뿐이다. 그렇지만 소설의 곳곳에 배치된 설명되지 않은 여백들은 전쟁의 폭력이 지닌 지속성을 드러낸다. 증오와 상처, 이데올로기적 논쟁은 침묵과 방관으로 대체한다. 『Snow Hunters』의 요한은 하 진의 『전쟁 쓰레기』와 최인훈의 『광장』에 등장하는 인물들처럼 관념적이거나 날선 언어를 내뱉지 않는다. 이것은 브라질 공간의 언어적 제약과 낯선 이들이 건넨 환대의 결과다. 침묵과 안정적인 나날을 보내면서 요한은 점차 전쟁의 기억과 멀어진다.

이 소설은 전쟁 이후 살아남은 자들의 모습을 통해 전쟁의 폭력성을 드러내는 방식을 취하면서 전쟁으로 상처 받은 삶이 서서히 회복되는 과정을 보여준다. 브라질에서 요한이 일하게 되는 양장점의 주인을 일본인으로 설정한 것 역시 많은 함의를 지닌다. 요한과 기요시가 처음 대화를 나눌 때 일본어를 구사하는데, 그것은 요한이 일제 식민지 시기에 조선에서 10대를 보냈기에 가능한 일이었다. 또한 요한을 브라질까지 태워주는 화물선의 선원도 조선인인데 그는 식민지 시기에 일본으로 건너갔다가 일본 여인과 결혼하여 그곳에 정착한 인물이었다. 그리고 요한의 아버지는 일본인 지주의 땅을 경작하던 소작인이었다. 이런 설정은 조선인 요한과 일본인 기요시의 만남에서 긴장감을 자아내지만 익숙한 대립구도는 형성되지 않는다. 무엇보다도 두 사람은 모두 국가의 기억에서 배제된 자들이고 전쟁을 겪으면서 기존의 삶을 상실한 자들이라는 교집합을 지녔다. 두 사람에게 국적과 고향, 인종이라는 잣대는 무의미하다. 요한이 '양장점'[205]에서 일하게 되는 설정도 이와

---

205 폴 윤은 한 언론사와의 인터뷰에서 자신의 책 『Snow Hunters』의 주인공 요한이 양장점에서 일하는 것으로 설정한 이유를 이렇게 설명한 바 있다. "I liked the idea of clothing as an extra layer of skin and protection. When you put on something, it can shift your identity in some way, and for someone who feels identity-less, without country, it's fascinating for me to put him in a place where his job is essentially creating personas through

맞물린다. 전쟁을 겪고 브라질이라는 낯선 땅으로 온 요한은 타인들의 따뜻한 침묵과 배려로 다시 새로운 삶을 시작한다. 처음 배를 타고 브라질 땅에 내렸을 때 요한은 혼자였지만, 소설의 마지막 장에서 요한은 비아와 함께 배에 오른다. 새로운 삶의 시작은 요한이 비아와 함께 카누를 타고 가는 모습으로 암시된다.

한국전쟁이 휴전되고 반세기가 넘은 시간이 지난 후에 미국에서 출간된 소설들은 냉전 시기의 작품들보다 다채로운 시각으로 한국전쟁을 바라본다. 이것은 세대를 거치면서 당사자의 경험에서 벗어나 한국전쟁을 다시 바라볼 수 있는 거리가 형성되었음을 의미한다. 그리고 전쟁 서사에서 누락된 소수자들 – 전쟁고아, 입양아, 전쟁 후유증 환자 등 – 을 주요 인물로 내세우면서 보편적인 인류애와 반전 의식을 보여준다. 특히 한인 2, 3세 작가들의 작품

---

clothing. Also, I think of patching clothes as a profession that's very solitary, and it seemed to work because the protagonist is naturally a solitary person(나는 피부와 보호막의 또 다른 한 겹이라는 옷에 대한 생각을 좋아한다. 당신이 무언가를 걸치면 그것은 당신의 정체성을 바꾼다. 나라 없이는 정체성도 없다고 느끼는 사람들에게도 그렇다. 근본적으로 옷을 통해 페르소나를 창조해내는 곳에 그를 두는 것이 나에겐 매력적으로 느껴졌다. 그리고 옷을 수선하는 일은 꽤 고독한 직업인데 주인공이 원래 홀로 사는 인간이라 괜찮을 것 같았다)."(『아시아 태평양 예술Asia Pacific Arts』 2013. 9. 9.〈http://asiapacificarts.usc.edu/article@apa-north_korean_war_refugee_in_brazil_interview_with_snow_hunters_paul_yoon_19036.aspx.html〉)

　　　　　　　한국전쟁과 타자의 텍스트

은 주목할 가치가 있다. 미국에서 성장한 미국인이자 소수자인 한인 2, 3세들의 한국전쟁 텍스트들은 부모와 조부 세대가 겪었던 전쟁의 기억을 재구성하면서 자신들의 정체성을 탐색한다. 한국전쟁은 그들이 미국인으로 살게 된 결정적인 요인이기 때문이다. 그러므로, 미국에서 소수자이자 이방인으로 살아가는 그들은 끊임없이 과거를 마주할 수밖에 없다. '전쟁의 기억'을 재구성하면서 그들의 소설은 '기억의 생생함'보다 '상처의 보편성'과 '환대의 의미'를 주시한다.

4장 유럽과 콜롬비아의 한국전쟁

"미래는 더욱 낫고, 더욱 정의로우며,

더욱 활력 있는 세상이 되기를 바라자.

구세기는 좋게 끝나지 않았다.

사회를 변화시키지 않는다면 그 결과는 암흑뿐이다."

— 에릭 홉스봄(Eric Hobsbawm), 『극단의 시대』

1. 프랑스

제2차 세계대전 종전 후 프랑스의 국제적인 위상은 급격히 하락했다. 1940년 프랑스 군대는 6주 만에 허무하게 무너졌다. 독일에 4년간 점령당했던 프랑스는 1944년 6월 노르망디에 미군과 영국군이 상륙하고 3개월이 지난 후인 1944년 9월에 이르러서야 해방될 수 있었다. 프랑스군은 뒤늦게 연합군에 합류하여 독일 본토 진격에 합류할 수 있었다. 전쟁이 끝난 후 독일의 점령, 분할 과정에서 프랑스의 몫이 할당되었지만 프랑스의 상처는 쉽게 아물지 않았다. 미국과 영국은 프랑스가 되살아나 독일을 감시하고 견제하는 역할을 수행함으로써 자국의 부담을 덜어주길 원했고, 소련은 영국과 미국에 대한 불신을 공유할 국가를 필요로 했다. 이러한 연합국들의 계산 아래 프랑스는 유엔안전보장이상회의 상임이사국 지위를 보장받았으며 독일과 오스트리아에 점령 지역을 할당받았다.

종전 후 프랑스는 표면상으로는 광활한 식민지를 유지한 제국이었지만 북아프리카와 인도차이나의 식민지를 완전하게 장악할 힘이 부족했고, 프랑스의 힘은 유럽 대륙에, 특히 독일을 감시하는 역할에 집중되었다. 하지만 프랑스는 동맹국인 영국과 미국을 신뢰하지 않았다. 1940년 7월의 '메르스엘케비르 해전'[206]을 잊지 않은 프랑스인들 사이에서 반영 감정은 여전했고, 프랑스 특유의 지성주의는 미국인들의 실용주의와 어울리지 않았다. 또한 프랑스인들은 미국이 소련과의 갈등을 이유로 독일을 충분히 징벌하지 않았으며 프랑스에 제공한 미국의 경제적 도움이 기대에 미치지 못한다고 여겼다. 프랑스공산당이 지향한 반미 의식도 이런 인식에 영향을 끼쳤다. 프랑스의 우파들도 제1차 세계대전 막바지에 참전한 미국이 패전국 독일을 사실상 방치했다가 다시 부흥할 기회를 준 과거를 복기하면서 이번에도 미국이 독일의 위협을 제거하는 데 적극적으로 나서지 않는다고 비판했다. 당시 프랑스의 분위기는 드골의 회고록에 잘 나타나 있다.

제1차 세계대전 중 우리 국토에서 영국, 벨기에 등이 우리와 함께 싸웠지만, 미국은 전쟁이 끝날 무렵에 참전했다. 최대의 노력과 역할을 한 것은 프랑스인이었다. 그럼에도 불구하고 1918년 11월 11일 승리의 결실을 거두려 하는 찰나에 앵글로색슨인들은 "이제 그만두자!"라고 했는데 전쟁을 급히 끝내게 된 데에는 그들의 역할이 컸다

---

206 1940년 6월 프랑스가 독일에 항복하자 영국은 강력한 전력을 지닌 프랑스의 해군함대가 독일군의 수중에 넘어가는 것을 극도로 두려워했다. 프랑스의 함정들을 독일군이 접수하여 영국 상륙작전에 활용하면 영국 본토 방위에 커다란 위협이 될 수 있었다. 영국 해군은 프랑스가 항복한 직후인 1940년 7월 3일, 알제리 북부에 위치한 메르스 엘케비르(Mers-el-Kébir)에 정박해 있는 프랑스 해군함대를 공격했다. 프랑스 전함 브르타뉴호가 침몰했고 5척의 전함과 구축함이 대파되었다. 프랑스 해군은 1500명이 넘는 인명 피해를 입었고 이 사건을 계기로 프랑스인들의 반영 감정이 고조되었다.

고 할 수 있다.

제1차 세계대전 후의 베르사유평화조약도 그렇다. 물론 프랑스에게 알자스로렌 지방을 반환했지만, 독일은 영토 면에서나 자원 면에서 민족적 단합을 변치 않고 이룩하며 예나 다름이 없게 되었다. 이것은 결국 미국의 윌슨 대통령의 약속과 소원을 지키기 위함이 아니었던가? 그뿐인가, 워싱턴과 런던의 요구를 들어주기 위해 파리 정부는 스스로 확보했던 담보물을 포기하고 당연히 받아야 할 전쟁배상도 미국의 터무니없는 플랜에 의해 포기하게 되었다.[207]

프랑스가 처한 전후의 빈곤과 국제적 위신의 하락 속에서 공산주의의 매력은 현실적이었다, 1945년 종전 직후의 첫 선거에서 프랑스공산당은 26.2%의 지지를 얻어 제1당으로 떠올랐다. 대독항쟁 시기에 프랑스공산당은 주도적인 역할을 담당했다. 프랑스공산당은 독일 점령 시기에 활동했던 저항세력 중 가장 큰 희생을 치른 집단이었다. 프랑스공산당은 당에 가입한 노조와 대중 시위를 활용해 반미 감정을 자극했다. 공산당과 사회당의 갈등 속에서 대통령의 권한 강화를 주장하던 샤를 드골(Charles de Gaulle)이 물러나고 공산당과 사회당, 기독민주당이 연립정부를 구성하게 된다.

그러나 알제리, 베트남, 마다가스카르 등에서 독립을 요구하는 폭동이 일어나자 식민지 문제의 해결을 둘러싸고 갈등이 끊이

---

207 샤를 드골, 심상필 옮김, 『드골, 희망의 기억』, 은행나무, 2013, 261쪽.

지 않았고 전후 프랑스 정치는 더욱 혼란스러워질 수밖에 없었다. 프랑스를 비롯하여 벨기에와 이탈리아에서도 공산당의 지지율이 높아지자 미국은 1947년 트루먼 독트린과 마셜 플랜을 내세우게 된다. 1947년 3월 12일 미국 대통령 트루먼은 의회에서 내전 중인 그리스와 터키에 대한 군사 및 경제 원조 계획을 표명하고 의회에 해외 지원 예산의 400만 달러 증액을 요청했다. 또한 같은 해 6월에는 유럽을 부흥시키기 위한 대규모 경제원조계획인 마셜 플랜을 선포했다. 마셜 플랜에 의한 경제원조의 상당 부분은 공산당의 세력이 커지던 프랑스와 이탈리아에 할당되었다. 열렬한 반공주의자였던 샤를 드골도 마셜 플랜을 긍정적으로 받아들였고 드골을 지지하던 '프랑스 인민연합'도 미국의 경제 지원을 반겼다. 유럽의 냉전과 경제 위기 속에서 미국의 지원이 늘어나자 공산당은 위기의식을 느꼈다.

인도차이나에서 독립운동이 거세지고 정부 내 공산주의자들의 입지는 더욱 어려워졌다. 그 이유는 공산주의자들이 호찌민에 우호적이었고, 인도차이나에 대한 프랑스의 재정복을 승인하지 않았기 때문이었다. 공산당은 1947년 선거에서 약 26%의 지지율을 획득했지만 사회당과 기독민주당과의 불화로 내각에 참여하지 못함으로써 3당 연합 체제는 마침내 종지부를 찍게 되었다. 하지만 공산당의 정치적·이데올로기적 영향력만은 최고조에 달했다.[208] 프

---

208 문지영, 「냉전 초기 프랑스 공산주의 지식인들과 반미주의, 1947~

　　　　한국전쟁과 타자의 텍스트

랑스공산당은 마셜 플랜이 전 세계에 미군기지를 확장하려는 미국의 제국주의적인 음모의 일환이며 서유럽을 자신의 영향력 아래 두고 시장을 확보하려는 계획의 일부라고 비판했다.

사회주의혁명의 가능성을 타진하고 있었던 당시의 지식인들에게 소련의 공산주의 체제는 하나의 실험장으로 받아들여졌고, 혁명의 진행 과정에서 불거지는 폭력의 용인 문제는 피할 수 없는 논쟁을 불러일으켰다.[209] 당시 프랑스의 대표적인 공산주의 지식인들은 작가 장 폴 사르트르(Jean-Paul Sartre)와 철학자 메를로퐁티(Maurice Merleau-Ponty), 화가 파블로 피카소(Pablo Picasso), 과학자 프레데리크 졸리오퀴리(Frederic Joliot-Curie) 등이었다. 냉전, 식민지 전쟁, 모스크바 재판[210], 마셜 플랜과 반미주의, 한국전쟁을 둘러싸고 프랑스 지식인 내부에서는 치열한 논쟁이 전개되었다. 특히 사르트르와 주변의 철학가, 작가들의 논쟁은 공산주의와 전체주의, 폭력의 타당성을 둘러싸고 치열하게 전개되었다. 사르트르는 이 논쟁 과정에서 오랜 동지였던 메를로퐁티, 알베르 카뮈(Albert

---

1957」, 『미국사연구』 26권, 한국미국사학회, 2007, 132쪽.

209 윤정임, 「카뮈-사르트르 논쟁사」, 『유럽사회문화』 6호, 연세대학교 유럽사회문화연구소, 2011, 23쪽.

210 1930년대 후반에 스탈린에 의해 자행된 숙청 재판을 말한다. 소련공산당 내의 좌파와 우파가 레닌, 스탈린 등 당 주류에 대항하기 위하여 수단을 가리지 않고 연합국과 관련을 맺어왔고 1930년대 이후에는 나치스 독일과 내통해왔다는 혐의를 받고 처형되었다. 이 재판 이후 스탈린의 권력이 확립되었다.

Camus), 레몽 아롱(Raymond Aron) 등과 결별하게 되었다.

독일로부터 해방된 이후 프랑스의 지식인들은 공산주의에 우호적인 반응을 보였다. 사르트르와 메를로퐁티는 공산주의에 우호적인 대표적인 지식인이었다. 제2차 세계대전 때 독일에 맞서 함께 싸웠던 두 사람은 1945년 10월 『현대 Les Temps Modernes』지의 창간에 함께했을 만큼 돈독한 우정을 나누는 사이였다. 당시 프랑스의 좌우파 지식인들 사이에서는 소련의 강제수용소(굴라크)와 폭력의 문제를 둘러싸고 논쟁이 벌어졌다.

이 논쟁은 공산당에 가입했다가 소련의 수용소와 독재체제에 환멸을 느껴서 전향한 작가 아서 케스틀러(Arthur Koestler)의 소설 『한낮의 어둠 Darkness at Noon』(1940)의 해석을 두고 불거졌다. 『한낮의 어둠』은 스탈린에 의해 자행된 모스크바 재판에서 숙청된 혁명가 부하린(Николай Бухарин)의 죽음을 소재로 다룬 작품이었다. 혁명가 루바초프라는 인물이 감옥에서 심문을 받다가 처형당하기까지의 과정을 그린 이 소설은 전향한 공산주의자인 작가가 공산주의의 폭력을 폭로했다는 점에서 큰 주목을 받았다. 전후 동유럽을 장악한 스탈린을 향해 의구심이 가득했던 서유럽에서 이 소설은 소련의 실상을 알리는 기폭제가 되었다. 개인의 자유를 억압하고 잔혹한 폭력을 동원하는 공산주의는 파시즘과 다를 것이 없다는 비난 여론이 고조되었다.

『한낮의 어둠』을 두고 벌어진 일련의 논쟁에서 메를로퐁티는 자신의 비평서인 『휴머니즘과 폭력 Humanisme et terreur』(1947)

에서 공산주의의 폭력을 두둔하고 나섰다. 메를로퐁티는 모든 정치체제는 폭력을 동원할 수밖에 없다는 사실을 지적하면서 '폭력의 진보성'이라는 개념을 끌어왔다. 메를로퐁티는 사람들이 서유럽의 번영 뒤에는 식민지와 다른 인종을 향한 무차별한 폭력이 있었음을 망각하고 소련의 폭력만을 부각하는 것은 온당치 않다고 주장했다.

한 반공주의자는 『한낮의 어둠』을 읽고 나서 "바로 그것이 그들이 프랑스에 세우고자 하는 것"이라고 말했다. 1905년 이민 온 러시아 출신의 한 동조자는 "이런 체제에 산다면 얼마나 흥미로울까!"라고 말했다. 첫 번째 인물이 망각하고 있는 것은 모든 체제가 범죄와 무관하지 않다는 사실이다. 서구 자유주의는 식민지의 강제 노동과 스무 차례의 전쟁에 기반하고 있으며, 루이지애나에서 맞아 죽은 흑인의 죽음이나 인도네시아, 알제리, 인도차이나 원주민의 죽음이 루바초프의 죽음과 마찬가지로 용서받을 수 없다는 사실이 그것이다. 다시 말해서 그는 공산주의가 폭력을 만들어낸 것이 아니라 이미 있던 폭력을 찾아낸 것이라는 점, **따라서 당면한 문제는 폭력을 인정하느냐 거부하느냐가 아니라, 행해진 폭력이 "진보적"이며, 또 폐지되는 경향이 있느냐 아니면 영구화되는 경향이 있느냐라는 것을 망각하고 있다.** 따라서, 그것을 판단하기 위해서는 범죄를 그 자체로, 혹은 "순수" 도덕이라는 잘못 인식된 도덕으로 판단하지 않고, 상황의 논리 속에서, 체제의 역동성 안에서, 체제가 속해 있는 역사적 총

체성 안에서 그 범죄의 성격을 설정해야만 한다.[211] (강조는 인용자)

메를로퐁티는 소련의 폭력보다 심각한 것은 은폐된 폭력에 익숙해지는 것이라고 지적하면서 소련이 행하는 폭력은 이름이 부여된 폭력이며, 그것은 인지하고 있는 한 추방할 기회가 남아 있는 폭력이라며 소련을 향한 비판을 반박했다. 사르트르도 메를로퐁티의 논의에 동조했고 이들은 우파를 지향하던 아롱, 케스틀러 등과 멀어지게 되었다. 그러나 한국전쟁이 발발하면서 프랑스 좌파 지식인들 사이에도 균열이 생기기 시작했다. 한국전쟁의 발발이 북침이냐 남침이냐를 두고 『현대』 내부에서도 이견이 발생했고 메를로퐁티는 북한을 사주하여 한반도에서 전쟁을 초래한 소련의 태도에 깊은 환멸을 느꼈다. 소련이 전쟁의 발발에 책임이 있다는 사실은 그가 소련에 가졌던 호의와 정면으로 충돌했다. 메를로퐁티가 한국전쟁으로 인하여 자신의 이념적인 입장을 바꿀 정도로 큰 영향을 받은 데 반하여 사르트르는 그렇지 않았다.

사르트르는 북한이 남한을 먼저 침공했다는 사실을 쉽게 인정하지 않았고 북한이 남한을 먼저 공격했더라도 그것은 남한의 도발에서 비롯된 것이라고 주장하기에 이른다. 사르트르가 이러한 주장을 개진한 저변에는 당시 프랑스 사회에 광범위하게 퍼진 반

---

211 모리스 메를로퐁티, 박현모·유영산·이병택 옮김, 『휴머니즘과 폭력』, 문학과지성사, 2004, 49쪽.

미 의식과 그것을 자극한 프랑스공산당의 대중운동이 존재했다.

메를로퐁티는 한국전쟁이 발발한 후부터 점차 현실 정치를 외면한 반면에 사르트르는 현실 정치에 격렬하게 참여한다. 그리고 그들의 관계는 사르트르가 한국전쟁 이후 점점 공산주의를 옹호하는 태도를 취하면서 결정적인 파국을 맞게 되었다. 매카시즘이 지배하던 당시 미국에서 벌어진 '로젠버그 사건'은 프랑스 사회에서 공산당의 주요 반미 선전 도구로 활용되었다. 프랑스 주재 미국대사관에는 연일 로젠버그 부부의 석방을 요구하는 편지가 쏟아졌다. 게다가 '자크 뒤클로(Jacques Duclos) 사건'[212]과 '앙리 마르탱(Henri Martin) 사건'[213]이 터지자 반미 여론은 더욱 확산되었다. 사르트르는 한국전쟁 이후 연이어 발생한 앙리 마르탱 사건, 자크 뒤클로 체포 사건 등에 이어 1952년부터 쓰기 시작한 「공산주의자와 평화」라는 논문 발표를 계기로 완전히 공산주의자들

---

212 프랑스의 공산당 간부이자 하원의원인 자크 뒤클로의 자동차에서 권총과 두 마리의 비둘기가 발견되었다는 이유로 체포된 사건. 자크 뒤클로는 소련의 간첩으로 의심받아서 체포되었는데 차에서 발견된 두 마리의 비둘기를 연락용으로 썼다는 것이 주된 이유였다. 이 사건을 둘러싸고 논쟁이 격화되었고 미국식 반공주의에서 비롯된 사건으로 비판받았다.

213 제2차 세계대전 참전 용사인 프랑스 해군 소속 앙리 마르탱이라는 병사가 툴롱에서 근무하던 중 인도차이나 전쟁에 반대하는 전단지를 작성하여 배포했다는 이유로 1950년에 체포되어 군법회의에 넘겨져 5년의 금고형을 받은 사건.

의 편에 서게 된다.[214] 한국전쟁에서 원자폭탄 사용과 확전을 요구하다가 해임된 맥아더의 뒤를 이어 미군을 지휘했던 유엔군 총사령관 매슈 리지웨이(Mathew Ridgway) 장군이 연합국 파견군 최고사령부의 사령관으로 유럽에 전속되자 대규모 반대 시위가 발생했다. 공산당은 리지웨이가 지휘하는 미군이 한국전쟁에서 세균전을 감행했다고 고발했고 공산당이 제기한 의혹에 공감한 수많은 시민들이 리지웨이 반대 시위에 참가했다.

이런 상황에서 사르트르의 반미 의식은 더욱 공고해졌는데 사르트르는 『현대』지의 다른 동지인 레몽 아롱과도 갈라서게 되었다. 처음에는 좌파 활동가였던 철학자 레몽 아롱은 스탈린식 전체주의를 비판하면서 미국의 마셜 플랜을 옹호하는 입장으로 바뀌었다. 아롱은 전후 프랑스인들이 소련에 대해 우호적인 감정을 갖게 된 것은 프랑스인들이 전쟁 중의 소련군을 보지 못했기 때문이며 독일과 맞서던 레지스탕스 출신들이 소련군의 용맹한 사투와 자신들의 활동을 동일시하는 환상이 있다고 비판했다. 아롱은 소련이 독일보다 더 위협적이라고 주장했고, 1950년 6월에 발발한 한국전쟁은 그의 생각을 더욱 확고하게 만들었다. 한국전쟁이 발발한 직후 아롱은 『르 피가로 Le Figaro』지에 기고한 글에서 전쟁 발발의 책임이 명백히 소련에게 있음을 밝히고 소련식 독재 체제가

---

214 변광배, 「사르트르와 메를로퐁티의 이념 논쟁과 한국전쟁」, 정명환 외, 『프랑스 지식인들과 한국전쟁』, 민음사, 2004, 135~136쪽.

대중들의 지지를 얻지 못하고 있음을 비판했다.

나는 남한 체제의 민주적인 장점들 혹은 결점들에 대해서 내 동료들보다 더 잘 알고 있지는 못하다. 그럼에도 불구하고 두 가지 사실을 언급해볼 것이다. 미국인들은 가능한 한 자유로운 선거를 두 차례에 걸쳐 '부과했다'. 소련인들은 독자적인 선거인단을 압도적 다수로 결정하게 했다. 동독에서와 마찬가지로 북한에서도 북한의 통치자들은 다만 만장일치의 선거를 확신할 수 있을 때에만 국민들의 심판에 복종하는 것에 동의한다. 그러므로 북한에 대한 소련의 보호와 남한에 대한 미국의 보호를 동일한 선상에 놓는 것은 받아들일 수 없다. 다른 곳에서와 마찬가지로 소련은 단 하나의 정당에 모든 권력을 양도하고, 전체주의적인 국가를 만들어내면서, 단절을 심화시키고, 냉전을 촉발시킨다. 적어도 소련 진영의 인구가 미국 진영 쪽으로 내려온다는 것은 대중들이 가장 싫어하는 것이 무엇인지 보여주고 있다.[215]

레몽 아롱은 한국전쟁에 미국이 신속하게 개입한 것은 현명한 결정이었으며 소련의 위협에 직면한 서유럽에 희망을 주었다고 판단했다. 1949년 4월 북대서양조약의 체결로 유럽과 미국은 북대서양조약기구(NATO)를 창설했고, 상당수의 프랑스인들은 조약 체

---

215 레몽 아롱, 「부록 4 – 힘의 시험」, 정명환 외, 같은 책, 272쪽.

결국들이 집단적으로 자위권을 행사하는 규정에 의구심을 가졌다. 아롱은 미국의 신속한 한국전쟁 개입은 그러한 의심을 소거하는 일이며 서유럽의 안보 불안을 덜어주는 결정이라고 옹호했다. 이러한 아롱의 행보는 공산주의를 옹호하던 사르트르와 충돌할 수밖에 없었고 두 사람은 결국 갈라서게 되었다. 레몽 아롱이 마셜 플랜을 환영하고 소련의 전체주의와 소련군의 포악함을 비판하던 1940년부터 두 사람의 생각은 평행선을 달리고 있었는데, 그들은 각자의 이념적 입장을 한국전쟁을 계기로 재확인하게 된 것이다.

1951년 파블로 피카소의 그림 〈한국에서의 학살〉

레몽 아롱과 함께 사르트르와 이견을 보인 또 다른 한 사람은 당대 프랑스를 대표하는 작가 알베르 카뮈였다. 알제리 출신인 카뮈는 사르트르나 메를로퐁티보다 앞선 1934년에 이미 공산당에 가입한 전력이 있었다. 그러나 카뮈는 스탈린이 프랑스공산당으로

하여금 회교도 지지를 철회하도록 한 일을 계기로 공산당에서 탈퇴했다. 전후에 그가 발표한 소설 『페스트La Peste』(1947)와 희곡 『계엄령L'État de siège』(1948)에서 언급된 페스트(흑사병)는 바로 전체주의의 알레고리였다. 카뮈는 공산주의와 독일의 파시즘을 구분하지 않았다. 집단수용소로 대표되는 전체주의를 수용할 수 없었던 카뮈는 공산주의 반대 입장을 분명히 했다. 이것은 『페스트』에 주요 인물 타루의 대사―"나는 직접적이든 간접적이든 사람들을 죽이거나 혹은 사람에 의한 사람의 살해를 정당화하는 모든 것을 거부하기로 결심했다"―를 통해서 언급되기도 했다.

사르트르와의 논쟁에서 카뮈는 다음과 같은 점을 특히 강조했다. 공산주의 성향의 지식인들이 자신들의 적을 '고매한 영혼', 다시 말해 멍청하고 특히 '손을 더럽히지 않으려는' 이상주의자들로 취급했다는 사실이 그것이다. 그러나 카뮈는 이와 같은 비판은 그대로 그 비판자들에게로 되돌아가야 한다고 보았다. 왜냐하면 결국 이 문제는 누가 이상주의자인가의 문제와 관련되어 있기 때문이다. 역사적으로 많은 사람들이 겪는 고통에 관심을 갖는 자가 이상주의자인가, 아니면 이론이나 애매한 선전에 기대어 그런 고통을 추상화해버리는 이념주의자가 이상주의자인가? 분명 이념주의자는 손을 더럽히는 것을 두려워하지는 않는다. 그렇다고 해서 그가 더 현실주의자인 것은 아니다. 그는 현실에 대해 냉소주의적 태도를 견지할 뿐이다. 1956년 '흐루쇼프(Ники́та Хрущёв) 보고서'가 나온 후 많은 사람들이 자신들의 과오를 뉘우치고 소련에서 일어난 일을 '몰랐다'고 말했다. 그러나 실제로 그들은 소련에서 벌어진 사태를 충분히 알고 있었다. 벌써 오래전부터 부르주아 매체들이 그들에게 많은 것을 가르쳐 주었던 것이다. 다만 그들은 자기들이 알게 된 것을 정면으로 바라보기를 거절했을 뿐이다. 그것도 혁명의 찬가가 울려 퍼지는 미래를 따라가고자 하면서 말이다.[216]

장 폴 사르트르

한국전쟁이 발발한 이후 활발한 활동을 벌였던 사르트르는 한국전쟁에 대한 카뮈의 침묵을 비판했다. 카뮈는 우회적인 답변으로 에세이 『반항하는 인간 *L'Homme révolté*』1951)을 발표했는데 이것은 교조주의적인 혁명과 마르크스주의에 담긴 메시아주의를 비판하는 내용이었다. 혁명을 위한 '더 나은 폭력'은 존재하지 않으며 소련의 전체주의는 파시즘과 다를 바 없는 폭력이라는 카뮈의 생각은 『반항하는 인간』에 그대로 반영되었다. 같은 시기 사르트르는 희곡 『악마와 선한

---

216 에릭 베르네르, 변광배 옮김, 『폭력에서 전체주의로』, 그린비, 2012, 37~38쪽.

신*Le Diable et le Bon Dieu*』(1951)을 발표하여 대조를 이루었다. 종교개혁이 한창이던 독일 농민전쟁 시기를 배경으로 한 희곡『악마와 선한 신』은 냉전체제로 양분된 1950년대의 시대 상황을 빗댄 텍스트였다. 이 희곡에서 사르트르는 집단적 투쟁을 통해서만 개인의 구원이 가능하다는 주장을 담았다. 이후 사르트르는 미래의 혁명이라는 문제에 집착하게 된 반면 카뮈는 공산주의와 파시즘을 동일하게 보는 시각을 바꾸지 않았다.

한국전쟁은 프랑스 지식인들에게 소련의 실상을 알리는 첫 번째 중요한 계기였다. 드레퓌스 사건(1894~1906) 이후 사회참여는 프랑스 지식인들에게 하나의 의무였거니와, 한국전쟁 동안 사르트르, 아롱, 메를로퐁티, 카뮈 등은 각자의 방식으로 이 의무를 충실히 수행했다. 한국전쟁이 끝난 후 카뮈와 아롱이 공산주의로부터 더욱 멀어지는 반면, 사르트르는 공산주의에 더욱 다가서고, 메를로퐁티는 특이하게도 강고한 공산주의자에서 환멸을 경험한 비공산주의자로 탈바꿈한다. 환언하면 한국전쟁은 프랑스 지식인들의 이념적 지도를 다시 그리게 만든 역사적 사건이었다.[217]

지식인들의 논쟁과 반전운동이 진행되는 와중에도 프랑스는 한국전쟁이 발발하자 미국이 주도하는 파병에 동참했다. 프랑스 정부는 1950년 7월 22일 유엔군에 참여할 것을 발표했다. 당시 프랑스는 전후 복구 작업과 인도차이나에 주력군이 발이 묶인 상황

---

217   유기환, 「카뮈, 공산주의, 한국전쟁」, 정명환 외, 같은 책, 255쪽.

이었기에 1950년 8월 24일에 이르러서야 1개 대대 규모의 파병 부대를 구성할 수 있었다.[218] 인도차이나에서 게릴라전의 수렁에 빠진 프랑스 정부는 한국전쟁에 차출할 여분의 병력이 없었다. 그럼에도 프랑스는 유엔과 미국의 요청에 부응하기로 결정했다. 오리올(Vincent Auriol) 대통령은 인도차이나에 발이 묶인 현실 때문에 프랑스의 한국전쟁 참여는 극히 제한적일 수밖에 없다고 밝혔고, 프랑스의 파병은 소규모의 부대만 동원한 상징적 개입이 될 것을 천명했다. 프랑스의 최대 정치 세력인 공산당이 남한의 북침을 주장하는 상황에서 반대 여론이 만만치 않았지만 프랑스 정부는 한국전쟁에 비록 소규모라도 참여한다면 인도차이나에서 유사한 문

---

218 프랑스 부대의 지휘는 제2차 세계대전에서 17번이나 부상을 당하고 각종 무공훈장을 받았던 전쟁영웅 랄프 몽클라르(Ralph Monclar) 장군이 맡게 되었다. 당시 중장이었던 몽클라르 장군은 대대급 부대를 지휘하기 위해서 계급을 스스로 중령으로 강등했다. 프랑스 대대는 1950년 11월 29일 부산에 도착했고 32개월 동안 총 3개 대대 약 3500명이 교대로 참전해 전사 262명, 부상 1008명, 실종 7명 등 1289명의 인명 피해를 입었다. 적은 인원으로 참전했기에 프랑스 대대는 미군 사단에 배속되었다. 프랑스군은 지평리 전투(1951. 2.), 단장의 능선 전투(1951. 9.), 화살머리 고지 전투(1952. 10.) 등 많은 전투를 겪었고 한국전쟁에 투입된 총병력의 3분의 1이상이 사상당하는 큰 피해를 입었다. 특히 지평리에서 프랑스군이 벌인 전투는 중국군을 상대로 유엔군이 거둔 첫 승리였으며 중국군으로부터 서울을 되찾는 발판이 된 중요한 전투였다. 그러나 한국전쟁을 둘러싸고 프랑스의 지식인들이 치열한 논쟁을 벌인 것과는 대조적으로 프랑스군이 겪은 전투와 피해는 프랑스 국내에 상세히 전달되지 않았다.

제가 발생했을 때 미국의 도움을 보장받을 수 있으리라고 기대했다. 한국전쟁이 발발하고 한 달이 지난 1950년 7월부터 미국은 인도차이나에 주둔한 프랑스 군대에 대한 군사 지원을 늘리기 시작했다. 프랑스의 한국전쟁 동참에 대한 보답의 차원에서 제공된 것이었다. 프랑스는 서독의 북대서양조약기구 가입에 동의하는 조건을 내세워 미국으로부터 더 많은 군사 지원을 받아내고자 노력했다.

한국전쟁 기간 내내 프랑스는 중국이 전선을 베트남으로 확대하지 않을까 노심초사했고 영국 또한 홍콩의 안전을 고민했다. 1952년 초, 중국 인민해방군이 인도차이나 접경 지역에 주둔시킨 250만 대군은 위협적이었다. 미국과 영국 정보 당국은 중국이 이미 한국에서 국력을 많이 소진했으므로 전선을 인도차이나로 확대할 가능성을 낮게 보았다. 하지만, 프랑스는 인도차이나에 중국이 군사 개입할 우려를 버릴 수 없었다. 프랑스는 중국이 인도차이나에 개입하면 공군력과 해군력을 지원해줄 것을 미국에 요청했다.[219] 스탈린의 사망과 아이젠하워의 집권으로 한국에서 휴전이 임박했을 때 프랑스는 인도차이나전쟁도 협상으로 끝낼 수 있는 방안을 모색했다. 하지만 미국의 계산은 달랐다. 미국은 한국전쟁과 인도차이나전쟁이 유사한 반공주의 전쟁임을 직시했으나, 한국에서는

---

219 Fredrik Logevall, *Embers of War: The Fall of an Empire and the Making of America's Vietnam*, Random House Trade Paperbacks; Reprint edition (January 14, 2014), p. 403.

휴전에 동의했지만 인도차이나에서는 협상을 바라지 않았다.[220] 결국 한국전쟁이 끝난 다음 해인 1954년, 인도차이나의 프랑스군 주력부대는 디엔비엔푸에서 호찌민의 군대에 패배했고 프랑스는 인도차이나를 상실했다. 공산주의 정부가 인도차이나에 들어서는 것을 원치 않았던 미국은 프랑스가 빠져나간 자리를 대체했다. 냉전 시기 아시아에 미국이 개입하면서 발발한 또 다른 전쟁의 서막이었다.

한국전쟁을 전면으로 다룬 프랑스의 문학작품 중 유일한 것은 미셸 비나베르(Michel Vinaver)의 희곡 『한국 사람들 Les Coréens』(1956)이다. 이 작품의 등장인물들은 한국의 민간인들과 낙오된 6명(벨레르, 보쥬롱, 보나씨에, 에그자제르게즈, 롬므, 로리종)의 프랑스군과 미군 1명(브룩스)이다. 낯선 나라의 전쟁터에서 낙오된 군인들에게 미개하다고 여겼던 한국의 민간인들이 고향과 인간다움의 소중함을 깨우쳐준다는 내용이다. 다친 병사를 치료해주고, 자기들의 고향을 파괴시킨 전쟁을 겪은 한국인들이 인간애를 잃지 않는 모습을 보면서 프랑스군 병사들은 생존의 의지를 되찾는다. 프랑스에서 한국전쟁은 주로 정치적 지향성에 근거한 철학자·작가들의 충돌과 반전운동의 계기로 작용했다. 『한국 사람들』도 먼 나라의 전쟁에 자신들이 왜 왔는지 모르는 병사들의 대사를

---

220 Kathryn C. Statler, *Replacing France: The Origins of American Intervention in Vietnam*, University Press of Kentucky; Reprint edition (November 11, 2009), p. 71.

한국전쟁과 타자의 텍스트

통해서 반전사상을 드러낸다.

> 에그자제르게즈: 야, 이게 전쟁이야?
>
> 보나씨에: 그럼 전쟁이 어떤 거야?
>
> 에그자제르게즈: 전쟁이라는 건 워터루처럼 평지라야 해. 한쪽엔 적군, 또 한쪽에 아군, 이런 거지. 이렇게 아무것도 안 뵈는 가시덤불 속에서 빙빙 돌거나 하는 게 아니라구.
>
> 보쥬롱: 잠잠해졌는걸.
>
> 보나씨에: 왜 이리 조용한지 모르겠네.
>
> 에그자제르게즈: **딴 데 또 참전하게 되면 진짜 전쟁인지 미리 좀 알아보고 가야겠어.**[221](강조는 인용자)

프랑스 병사 에그자제르게즈의 대사는 한국전쟁 이후 프랑스가 겪을 해외 전쟁에 대한 암시로도 읽을 수 있다. 한국전쟁이 끝난 후에 프랑스는 베트남(1954), 수에즈(1956), 알제리(1962) 등 많은 전쟁을 겪었지만 모두 성과를 거두지 못했다. 불행히도 프랑스는 한국전쟁에서 교훈을 얻지 못했다. 참전 규모가 크지 않았던 탓도 있지만, 제2차 세계대전 이후 옛 식민제국의 영광과 상처받은 자존심 사이를 오가던 프랑스는 냉전시대에는 더 많은 대가를 지불해야 했다. 2011년 프랑스에서 공쿠르상을 수상한 알렉시

---

221 미셸 비나베르, 안치운 옮김, 『한국 사람들』, 연극과인간, 2009. 98쪽.

제니(Alexis Jenni)의 소설 『프랑스식 전쟁술 *L'Art français de la guerre*』(2011)은 20세기에 프랑스가 겪은 전쟁들을 소재로 다루고 있다. 프랑스가 20세기에 수행했던 전쟁의 부당함을 묘사하고, 식민주의 전쟁에서 저지른 야만적 행위에 대한 신랄한 고발을 담은 이 텍스트는 제2차 세계대전이 벌어지던 1940년대부터 인도차이나전쟁과 알제리전쟁, 걸프전쟁과 2005년에 발생한 리옹 폭동까지 다루고 있다. 하지만 20세기 프랑스의 모든 전쟁을 다룬 이 소설에서도 한국전쟁은 언급되지 않는다.

2. 독일

제2차 세계대전이 막바지에 이른 1945년 1월 말, 연합군이 벌지전투[222]의 피해를 회복하고 독일 본토 진입을 준비하고 있을 때 소련군은 이미 독일 본토에 진입하여 베를린에서 그리 멀지 않은 오데르강에 도달한 상태였다. 처칠과 루스벨트는 동유럽과 독일 본토의 대부분을 소련군이 장악할 것을 우려했다. 전후에 펼쳐질

---

222 1944년 12월, 벨기에 아르덴 지역에서 벌어진 전투. 당시 가용한 부대와 보급품을 최대로 동원한 독일군은 아르덴 지역에서 최후의 기갑부대 반격 작전을 펼쳤지만 연료의 부족과 제공권 상실로 인하여 막대한 피해를 입고 패배했다. 서부전선에 남아 있던 독일군의 정예 사단들이 이 전투에서 소실되었다. 벌지전투의 피해로 독일군은 서부전선에서 조직적인 반격을 도모할 힘을 잃었다

새로운 대립을 이미 염두에 두고 있었던 것이다. 그러나 소련군의 진격 속도는 연합군보다 빨랐고 그것은 전후의 유럽 질서를 정립하는 데 있어서 소련의 입김이 훨씬 강력해진다는 것을 의미했다. 연합군은 비록 소련군보다 지상군 진격이 다소 느렸지만 자신들이 멀리 떨어진 곳까지 엄청난 일격을 가할 능력을 가진 공군을 소유하고 있다는 사실을 소련에 알리고자 했다. 그 결과 1945년 2월 13일부터 14일까지 이어진 '드레스덴 폭격'이 벌어졌다. 그것은 세 번에 걸쳐 1000대가 넘는 연합군의 폭격기가 동원되어 '엘베강의 피렌체'라고 불리던 도시 드레스덴을 완벽한 잿더미로 만드는 작전이었다. 영국 공군은 엄청난 양의 소이탄을 사용했고 그 결과 거대한 화재폭풍이 일어나 정확한 집계가 불가능할 정도로 많은 민간인들이 사망했다.

드레스덴 폭격은 연합국 국민들조차 경악시켰다. 전쟁의 승패가 결정된 상황에서 그토록 잔혹한 공격을 가할 군사 목표는 이미 존재하지 않았다. 연합군은 소련군의 진격을 돕기 위한 작전이었다고 발표했지만 그것은 변명에 불과했다. 작전 중 40여 대의 미군 폭격기가 항로를 잘못 잡아 체코의 프라하에 폭탄을 투하한 사례에서 알 수 있듯이 소련군이 진출한 지역과 가까운 드레스덴을 대규모로 폭격하는 것은 소련군과 우발적인 충돌이 벌어질지도 모르는 위험을 안고 있었기 때문이다. 이미 끝난 것이나 다름없는 독일과의 전쟁에서 그런 폭격을 감행한 것은 명백히 미국과 영국이

'엉클 조'(스탈린)에게 보내는 메시지였다.[223] 드레스덴 폭격은 제2차 세계대전이 끝나기 전부터 새로운 갈등이 이미 시작되고 있음을 알리는 상징적인 사건이었다. 히틀러는 미국과 소련이 전후에 갈등하게 될 것을 정확하게 예측했고 전쟁의 막바지에 그 갈등을 휴전 협상에 활용할 가능성을 타진하기도 했다.

1945년 5월 8일 제3제국이 끝나고 독일은 소련, 미국, 영국, 프랑스가 분할 통치하게 되었다. 그러나 점령과 함께 미국과 영국, 프랑스는 공산주의 파급을 우려했고 무엇보다 스탈린이 유럽을 지배하게 되는 것을 경계했다. 서방 측 연합국이 점령한 세 지역은 냉전이 임박한 상황에서 체계적인 반나치 정책을 시행하지 않았다. 우선순위는 공산주의 세력에 대한 투쟁이었다. 사실 나치 당원이었던 사람이 1200만 명에 달하고 그중 상당수가 주요 직책에 앉아 있던 상황에서 이들을 모두 제거할 수는 없었다. 다만 취업제한 조치가 일부 시행되기는 했다. 재교육은 1946년부터 시작되었고 1947년부터는 반공주의 프로파간다와 연계되었다.[224] 독일을 점령

---

223 자크 파월, 윤태준 옮김, 『좋은 전쟁이라는 신화』, 오월의봄, 2017, 213쪽.

224 "뉘른베르크 전범재판에서는 핵심 책임자들만 기소되었다. 아돌프 아이히만을 비롯한 상당수는 경우에 따라 미국의 도움을 받아 도피했다. 1982년까지 나치 전범에 대한 재판은 250여 건에 불과했으며, 대부분 처벌을 면하거나 금방 풀려났다. 예외가 있다면 프리츠 바우어(Fritz Bauer)에 의해 1965년 시작된 아우슈비츠 재판이었다. 홀로코스트가 존재했다는 사실을 부정하는 행위에 대한 처벌 조항은 실제로 거의 적용되지 않았지만 지금도 유효하다."(기오르기 스첼, 이세현

한 미국과 소련의 갈등은 점차 고조되었고, 여기에 독일을 향한 서유럽 국가들의 불신이 뒤섞이는 등 전후 독일은 유럽 냉전의 상징적 공간으로 바뀌었다. 냉전은 미국과 소련의 군사력 대결과 서유럽 국가들의 안보공동체를 탄생시켰다.

1947년 3월 프랑스와 영국은 던커크조약(Treaty of Dunkirk)을 체결하여 군사동맹을 유지했고, 1948년 3월에는 벨기에, 네덜란드, 룩셈부르크도 가세하여 브뤼셀조약(Treaty of Brussels)으로 발전했다. 조약을 맺은 국가들은 제2차 세계대전 때 독일과 맞서 싸웠다는 공동의 기억을 지니고 있었다. 이 동맹은 모두 독일을 잠재적인 적대국으로 간주하고 맺어진 것이었다. 그러나 미국은 독일보다 소련의 위협을 더 심각한 문제로 받아들였고 1947년 터키와 그리스를 지원하겠다는 트루먼 독트린과 서유럽 경제 부흥을 돕기 위한 마셜 플랜을 선언했다. 이것은 소련을 고립시키기 위한 봉쇄정책의 일환이었다. 소련도 미국의 정책에 맞서 동유럽 국가들을 위성국가로 만드는 작업에 몰입했고, 미국과 소련의 갈등은 1948년 6월, 베를린에서 불거졌다.

1948년 6월 23일, 소련은 새로운 동독 마르크화를 발행하고 베를린과 서독을 연결하는 철로를 차단하고 3주 뒤 운하도 폐쇄했다. 베를린의 서방 군정은 동쪽 소련 지구의 새로운 화폐의 확산을

옮김, 「냉전의 국제정치와 서독의 내부화된 반공주의」, 김동춘 외, 『반공의 시대 – 한국과 독일, 냉전의 정치』, 돌베개, 2015, 78쪽)

막았다. 그리고 소련군이 베를린에 이르는 지상 교통을 차단한 것에 대응하여 미국과 영국 정부는 공중 보급으로 베를린에 물자를 공급하기 시작했다. 6월 26일 첫 번째 수송기가 베를린의 템펠호프 공항에 착륙했다.[225] 통화 문제로 야기된 소련과 서방 세력 간의 적대감은 베를린에서 노골적인 힘겨루기로 이어졌다. 사실 서부 독일에서의 통화 개혁이 베를린 봉쇄의 직접적인 원인이 되었다고 하더라도 그 근본적인 요인은 더욱 깊은 곳에서 비롯되었다. 베를린 봉쇄는 서부 독일에서의 국가 탄생을 저지하려는 소련의 마지막 시도였다. 소련은 서방세계에게는 불리한 위치에 있었던 베를린의 지역적 조건을 이용하여 정치적 목적을 달성하려 하였다. 사실 소련은 베를린 봉쇄를 통해 쉽게 서방세계로부터 양보를 얻어낼 수 있으리라고 생각했던 것 같지만 서방세계는 베를린 문제를 독일이나 유럽의 문제로 확대 해석하면서 소련의 압력에 쉽게 굴복하지 않았다. 즉 베를린은 서방세계에게 있어서 공산주의의 팽창에 저항하는 정치적 상징물이었다. 독일 주둔 미군 사령관 클레이(Lucius D. Clay) 장군은 베를린을 넘겨주면 미국이 서유럽으로부터 신뢰

---

225 공수 작전은 1949년 5월 12일까지 계속되었다. 이 기간 동안 연합군은 27만7500여 회에 걸쳐 비행을 했고 73명의 승무원이 목숨을 잃으면서도 베를린에 약 230만 톤의 식량을 보급했다. 베를린 위기는 몇 가지 중대한 결과를 낳았다. 독일에 두 개의 국가가 확립되고 대규모의 미군이 유럽에 주둔하는 계기가 되었다. 또한 서유럽 국가들이 소련의 군사 공격에 대한 방어를 계획하게 되었다.

한국전쟁과 타자의 텍스트

를 잃는다고 주장하면서 공수작전을 지지했다.[226] 베를린 봉쇄는 서유럽 국가들이 소련의 군사적인 위협을 자각하는 계기가 되었고 베를린 봉쇄가 계속되던 1949년 4월 4일, 브뤼셀조약 당사국 5개 국과 미국, 캐나다, 포르투갈, 이탈리아, 노르웨이, 덴마크, 아이슬란드가 가세하여 총 12개 국가가 참여하는 군사동맹 나토(NATO, North Atlantic Treaty Organization)가 결성되었다. NATO의 주력은 미군이었지만, 제2차 세계대전 종전 이후 미국의 군사력은 현저히 감소한 상태였다.

미국의 방위비는 1945년에서 1947년 사이에 6분의 5가 감소했다. 유럽에서 전쟁이 끝날 무렵 미국은 97개의 전투태세가 완비된 지상군 사단을 배치하고 있었는데, 1947년 중반에 이르러 12개 사단만 남아 있었고, 그나마 대부분은 병력이 모자랐으며 행정 업무만 관여하고 있었다. 나머지는 귀국하여 해산했다. 주둔군의 축소와 철수는 미국 유권자들의 기대를 충족시켰다. 1945년 10월에 해외 문제를 국내 문제보다 우선시했던 유권자는 겨우 7%뿐이었다.[227] 소련의 군사적 위협에 맞서는 미국의 전력은 원자폭탄의 보유로 기술적으로는 우위에 있었지만 병력으로 따지면 열세에 놓여 있었다. 더구나 1949년 소련이 핵무기 실험에 성공하면서 미국은 기술적 우위도 상실했다.

---

226 최형식, 『독일의 재무장과 한국전쟁』, 혜안, 2002, 81쪽.
227 토니 주트, 조행복 옮김, 『포스트 워 1945~2005 1』, 플래닛, 2008, 191쪽.

1948년 여름, 베를린으로 물자를 공수하는 연합군 수송기를 보면서
환호하는 어린이들

1949년, 독일은 독일연방공화국(서독)과 독일민주주의공화국
(동독)으로 분단되었다. 베를린 봉쇄가 풀린 1949년 5월, 미국 측
점령 지역의 주권은 서독에 이양되었고, 소련 측 점령 지역에서도
10월에 주권이 이양되어 동독이 수립되었다. 하지만 정치적 상징인
베를린은 예외로 남았다. 소련은 1949년 독일 점령을 종식하면서
동베를린의 주권을 동독에 이양했지만 서베를린은 미국, 영국, 프
랑스 3개국 점령국이 공동으로 관리하는 점령지로 남았다. 서베를
린은 동독 한복판에 놓여 있었고 이것은 동독 입장에서는 심각한
정치적 문제로, 소련 입장에서는 매우 불편한 외교 문제로 작용했
다. 1949년 이후 수많은 동독 주민들이 서베를린으로 탈출했고 동

한국전쟁과 타자의 텍스트

독 정권은 심각한 위기를 맞이했다. 동독 주민들의 탈출을 막기 위한 베를린장벽이 세워진 1961년까지 탈출한 동독 주민은 전체 인구의 20%에 육박하였고 1959년에 12만230명, 1960년에 18만2278명, 1960년에는 10월까지 15만2000명에 달하였다. 소련과 동독 정부는 주민들의 탈출을 막기 위해서 서베를린 지역을 봉쇄하는 장벽을 설치하기에 이르렀다(1961년).[228]

베를린 봉쇄로 촉발된 서유럽 국가와 미국·캐나다의 군사동맹인 나토는 결성된 1949년부터 완벽한 형태로 출현하지는 않았다. 소련의 군사적 침공이 현실화되었을 때 서유럽을 현실적으로 방어할 수 있는 유일한 희망은 바로 독일의 재무장이었다. 패전국이었지만 전쟁을 지탱했던 산업 시설이 대부분 건재했고, 독일은 인구나 자원으로 볼 때 여전히 서유럽에서 가장 강력한 기반을 지닌 국가였다. 그리고 나토를 결성한 국가들 중 소련군과 실전을 겪은 국가는 없었다. 반면 독일은 제2차 세계대전 내내 소련군과 전투를 겪은 경험이 풍부했다. 요컨대 적을 가장 잘 아는 국가였던 것이다. 미국은 프랑스와 다른 유럽 국가들을 설득하기가 어려웠다. 보불전쟁(1870~1871)부터 제1, 2차 세계대전에 이르기까지 독일과 혹독한 전쟁을 치른 프랑스는 독일 군대의 재탄생이 불편할 수밖에 없었다. 또한 독일의 재무장은 스탈린을 자극할지도 모

---

228 Hope M. Harrison, *Driving the Soviets up the Wall: Soviet-East Germany Relations, 1953~1961*, Princeton, NJ: Princeton University Press, 2003, p. 158.

르는 문제였다. 하지만 프랑스나 영국 정부도 언제까지나 독일을 비무장 상태로 둘 수는 없다는 사실에는 공감했다. 마셜 플랜으로 인한 미국의 경제 지원도 독일의 재무장을 승인하는 데 큰 역할을 했다. 출구 전략은 경제 부문에서 나왔다.

1950년 5월 9일 프랑스 외상 쉬망(Robert Schuman)은 기자회견을 통해 프랑스 정부는 프랑스와 독일이 석탄과 철강 생산을 공동으로 관리, 감독할 것을 제의한다고 밝혔다. 즉 이 두 국가는 석탄과 철강의 생산 및 판매 관리를 위한 공동체를 만든다는 것이었다. 이로써 프랑스 외교정책 특히 프랑스와 독일의 관계는 새로운 국면을 맞이하였으며 유럽 통합 정책에 중요한 토대를 제공하였다. 바로 '쉬망 플랜(Schuman Plan)'의 시작이었다. 프랑스 정부는 쉬망 플랜을 통해 독일과 프랑스 간의 뿌리 깊은 갈등을 해소하고 유럽공동체의 형성을 위한 초석이 마련되기를 기대했을 뿐 아니라 나아가 두 국가 간에 전쟁을 유발할 수 있는 어떠한 요소, 특히 전쟁에 이용될 수 있는 자원과 물자가 철저히 공동 관리, 통제되기를 희망했다. 대부분의 독일인들도 쉬망의 조치를 환영했고 이를 계기로 독일이 완전한 주권을 획득하는 데 기여할 수 있으리라고 판단했다.[229] 평화와 번영의 유럽을 만들기 위해서 무엇이 필요한가를 고민했던 쉬망은 당시 경제 발전의 핵심 요소였던 석탄과 철강을 중심으로 서로 적국이었던 프랑스와 독일이 손잡게 만들어야

---

229 최형식, 같은 책, 110쪽.

한국전쟁과 타자의 텍스트

한다고 믿었다. 쉬망 플랜은 훗날 이탈리아, 영국 등 12개국이 참여하는 경제공동체로 발전해서 오늘날 유럽연합(EU)의 토대가 됐다. 독일의 재무장을 대하는 서유럽 국가들의 인식이 바뀌기 시작한 것도 쉬망플랜의 부수적인 성과였다.

1950년 6월 한국전쟁이 발발하자 서독과 동독은 모두 공포에 휩싸였다. 유럽에서 미국과 소련이 충돌한다면 독일은 주요 전장이 될 터였다. 17세기 30년전쟁 이래로 독일은 유럽 내에서 빈번히 충돌 지역이 되었고 독일인들은 그 피해를 숙명처럼 짊어져야 했다. 그래서 동독과 서독에서 재무장을 위한 논의가 전개될 때 누구보다도 그것을 반대했던 것은 다름 아닌 지난 두 차례의 세계대전에 지친 독일 국민들이었다. 더구나 미국과 소련에 의해서 분단된 아시아의 한반도에서 벌어진 전쟁은 패전 이후 국토가 동서로 분단된 독일인들에게 단지 멀리 떨어진 곳에서 벌어진 사건이 아니었다.

라디오 방송극 작가로 유명했던 귄터 아이히(Günter Eich, 1907~1972)는 한국전쟁 중 창작한 자신의 방송극 『꿈 *Träume*』(1950)에 반전의 메시지를 담았다.[230] 5막으로 구성된 『꿈』은 각기

---

230 1923년 라디오의 발명과 함께 탄생한 방송극은 짧은 역사에도 새로운 언어예술 형식으로 발전했다. 일체의 시각적 매체가 허용되지 않고 청각적 전달에만 의존해야 하는 방송극은 매우 불편한 언어예술 장르로 출발했으나 여러 가지 기술적 혁신과 많은 작가들의 창작 시도를 거치면서 완전히 하나의 문학 장르로 독립하게 되었다. 독일의 방송극은 히틀러가 집권한 1933년부터 제2차 세계대전이 끝난 1945

다른 5개의 악몽을 표현했다. 제3제국과 히틀러, 제2차 세계대전의 참상을 바탕으로 한 이 방송극은 청취자들에게 격렬한 비난을 받기도 했다. 아직 아물지 않은 제2차 세계대전의 기억을 되살린다는 이유에서였다. 그러나 귄터 아이히는 『꿈』에서 미국의 수소폭탄 실험이 이루어진 태평양의 비키니섬과 한국을 나란히 언급하면서 "이세계의 모든 비극에는 당신도 책임이 있다"고 역설한다. 과거의 악몽을 잊으려는 독일인들의 각성을 촉구한 것이다. 그는 비키니섬과 한국전쟁을 통해 앞으로 벌어질지도 모르는 핵전쟁의 위협을 알렸다.

생각하라, 커다란 파괴가 지나간 다음
누구나 자기가 죄 없음을 증명하려는 것을,

생각하라,
한국과 비키니는 지도 위에 있지 않고,
당신의 가슴속에 있음을
당신에게서 멀리 떨어진 곳에서 일어나고 있는,

년까지 문화적 공백기를 겪었으나 종전 후 모든 극장들이 파괴된 폐허에서 방송극은 차츰 영향력을 발휘하게 되었다. 막스 프리슈(Max Frisch), 프리드리히 뒤렌마트(Friedrich Dürrenmatt), 하인리히 뵐(Heinrich Böll), 지크프리트 렌츠(Siegfried Lenz), 잉게보르크 바흐만(Ingeborg Bachmann), 볼프강 보르헤르트(Wolfgang Borchert), 귄터 아이히 등이 전후 독일 방송극에서 활약했다.

한국전쟁과 타자의 텍스트

모든 끔찍한 일에 당신도 책임이 있음을 생각하라.[231]

볼프강 쾨펜(Wolfgang Koeppen)의『풀밭의 비둘기*Tauben im Gras*』(1951)는 전후의 독일 도시 뮌헨에서 하루 동안 벌어지는 일을 기록한 소설이다. 이 소설에는 주인공 요제프가 한국에서 전쟁이 발발했다는 소식을 라디오로 청취하는 장면이 등장한다. 독일을 점령한 미군은 독일 사람들에게 새로운 활력을 불어넣는 존재로 나온다. 미군으로 표상되는 미국의 부유함과 자유, 젊음의 이미지로 가득하다. 그러나 독일이 동서로 분단되고 냉전이 심화되면서 미국은 서독의 경제성장을 돕는 동시에 냉전 논리에 입각한 반공 국가로 길들인다. 독일인들은 경제적 부흥을 반기면서 서서히 나치의 과거를 망각하게 된다. 소설 속에서 흑인 미군 병사를 향해 독일인이 돌팔매질을 하는 장면은 문제적이다. 여기서 쾨펜은 과거의 유대인처럼 흑인 병사가 무시와 차별의 대상이 되는 장면을 통해서 독일 사회에서 아직 청산되지 않는 나치즘을 보여준다. 한국전쟁은 적과 아군을 철저하게 분류하는 냉전적 사고가 현실의 전쟁으로 다시 나타날 수 있음을 보여주는 장치로 활용되었다.

제2차 세계대전 중 미국으로 망명했다가 동독으로 귀환한 시인이자 극작가 베르톨트 브레히트(Bertolt Brecht)는 시「평화의 노

---

231 귄터 아이히, 김광규 옮김,「꿈」,『알라신의 마지막 이름 (외)』, 범우사, 2009, 30쪽.

래*Friedenslied*」(1951)에서 "한국의 어린이들에게 평화를!(Frieden den Kindern Koreas!)"라는 구절을 삽입하여 한국전쟁을 주시하고 있다는 사실을 알렸다. 브레히트는 사진과 시를 결합한 『전쟁교본*Kriegsfibel*』(1955)을 펴내어 소비에트와 파시즘, 냉전의 이름 아래 벌어지는 전쟁의 폭력과 광기를 비판했다. 1929년 노벨문학상을 수상한 작가 토마스 만(Thomas Mann)은 한국전쟁 시기에 전쟁 확대를 요구한 맥아더를 비난하고 트루먼을 히틀러에 비교하는 메모가 담긴 일기[232]를 남겼다. 제2차 세계대전 때 미국으로 망명했던 토마스 만은 한국전쟁 당시 스위스에 머물고 있었다. 미국 시민권까지 얻었던 토마스 만은 미국의 냉전정책에 비판적이었고 다시 전쟁이 일어나는 것을 우려했다. 하나의 경계를 설정하고 반대편의 사람들을 악마로 낙인찍는 냉전적 사고는 토마스 만에게 인종차별과 인종 말살 정책을 시도하던 나치의 모습과 다를 바 없이 비쳤던 것이다. 한국전쟁은 독일인들이 제2차 세계대전의 악몽을 되살리는 강력한 계기가 되었고, 정치적 지향과 상관없이 독일 사회

232 토마스 만의 일기는 메모 형식으로 기록되었다. 그중 휴전협정 직후인 1953년 8월 8일의 일기에는 이렇게 적혀 있다. "이승만 치하에서 '자유'에 대한 기만적인 소리. 이 모든 것이 얼마나 어리석고 경멸받아 마땅하며 우스꽝스러운 것인지!" 토마스 만은 한국전쟁을 미국의 제국주의적인 야욕이 드러난 현장으로 인식했다, 그리고 한국전쟁이 제3차 세계대전으로 확전되는 것을 우려했고 강한 반미 의식을 드러냈다.(김륜옥, 「토마스 만-"세계시민"? 한국전쟁 일기를 계기로 본 그의 정치관 및 그 형성 요인에 대한 새로운 관점」, 『독어독문학』 64권, 한국독어독문학회, 1997, 145~156쪽.)

에 강렬한 반전 분위기를 형성했다. 그러나 독일 작가들의 비판과 우려는 콘라트 아데나워(Konrad Adenauer)의 서유럽, 친미, 반공주의 지향적인 정책 결정에 영향을 미치지 못했다.

미국과 서유럽 국가들은 한국전쟁이 소련의 기만전술에 불과하고 독일이 다음 차례가 될 것이라는 잘못된 결론을 내렸다. 서독의 몰락을 공언한 동독의 초대 서기장인 발터 울브리히트(Walter Ulbricht)의 발언은 이런 추론에 힘을 실어주었다. 소련은 한국전쟁 발발 8개월 전 원자폭탄 실험을 성공리에 마쳤고, 이 때문에 미국의 군사 전문가들은 소련과의 전쟁을 대비하게 되었다. 미국의 방위 예산은 1950년 8월의 155억 달러에서 트루먼 대통령이 국가 비상사태를 선포한 뒤인 12월에 700억 달러로 급증했다. 1949년 국민총생산의 4.7%에 불과했던 미국의 방위비 지출은 1952년에서 1953년 사이에 국민총생산의 17.8%로 급증했다. 나토의 미국 동맹국들은 워싱턴의 요청에 응하여 자국의 방위비 지출을 늘렸다. 1946년 이후 꾸준히 감소하던 영국의 방위비는 1951년에서 1952년 사이에 국민총생산의 거의 10%에 달할 정도로 증가했다. 프랑스도 그에 필적하는 수준으로 방위비 지출을 증가시켰다.[233]

1949년 9월 서독 수상으로 취임한 콘라트 아데나워는 언론 인터뷰에서 독일이 서방의 방어에 기여하고 싶다는 견해를 피력했다. 아데나워의 논리는 간단했다. 서독인들이 자국 방어에 기여하

---

233   토니 주트, 같은 책, 257쪽.

지 않고 서방국가, 특히 미국에게 독일을 위해 자국 병사들을 희생시키도록 요청하는 것은 주권국가의 자세가 아니라는 것이다. 서독 스스로 방위력을 갖춰야 소련의 위협으로부터 안전을 도모할 수 있으며 서유럽의 형편상 서독의 재무장은 피할 수 없다는 논리였다. 한국전쟁의 발발은 아데나워의 주장을 뒷받침하는 현실적인 근거가 되었다. 아데나워는 스탈린이 한국에서 행했던 것을 독일에서도 똑같이 계획하고 있다고 확신했다.

한국전쟁으로 미군 병력이 한국으로 집중되면서 유럽은 소련군의 위협에 노출되자 독일의 재무장을 두려워하던 프랑스 등 서유럽 국가들도 생각을 달리하게 되었다. 아데나워는 이 상황을 적절하게 이용하였다. 이와 함께 서독의 재무장이 추진되었는데, 과거 나치 독일의 국방군과 차별을 두기 위해서 몇 가지 제약이 가해졌다. 먼저 서독 군대는 독자적인 작전을 펼칠 수 없고 나토에 배속되며 미군 장성이 사령관으로 있는 나토의 통합 지휘 체제의 일부로서만 작전할 수 있다는 단서가 붙었다. 독립적인 군대가 생길 경우 소련이 예방적 차원에서 서독을 선제공격할 수 있다는 우려를 계산한 조치였다. 나토의 기본적인 목적[234]에 충실하면서 소련을 자극하지 않는 '미국의 통제를 받는 독일군'을 창설하는 것을

---

234 나토의 목적은 세 가지였다. 우선 미국이 유럽 대륙에 주둔하는 것 (Keep the Americans In), 소련이 서유럽을 침공하지 못하도록 억제하는 것(Keep the Russians out), 그리고 독일이 다시 공격적으로 행동하지 못하도록 통제하는 것(Keep the Germany down)이었다.

골자로 하는 계획이 추진되기 시작했다.

　미국 산업이, 서독 산업이 생산을 허용받지 못한 군비에 집중해야 함에 따라 독일인들은 민간용 물품의 수출 붐을 맞이했고, 이는 수년간 지속되었다. 한국전쟁은 서독의 '경제 기적'을 고무했고, 이는 아데나워의 지위와 그의 정책을 강화시켜주었다.[235] 소련도 아데나워의 정책을 묵인했다. 독일에 주둔한 미군은 소련에게 불편한 존재였지만 독일의 부활과 복수를 방지하는 확실한 보증이었기 때문이다. 이처럼 한국전쟁은 유럽의 구도에 적지 않은 영향을 주었다. 한국전쟁은 서유럽 국가들이 경제·안보공동체를 통해 결속되는 계기가 되었고, 나토에 배속될 서독 군대가 창설되는 데 결정적인 영향을 주었다. 한국전쟁이라는 위기 상황은 독일 재무장과 주권 회복에 결정적인 요인이 되었다. 결국 1955년 서독은 나토에 가입했고 서독연방군(Bundeswehr)이 창설되었다. 아시아와는 달리 유럽에서 냉전은 안정적으로 유지될 수 있었다. 유럽의 냉전은 군사적 대결보다는 주로 정치적으로 전개되었다. 서유럽이 누린 안정과 번영은 아이러니하게도 냉전의 불확실성 덕분이었다. 냉전이 종식되고 분단된 독일이 다시 합쳐진 것은 아주 긴 시간이 지난 후였다.

235　윌리엄 스마이저, 김남섭 옮김, 『얄타에서 베를린까지』, 동녘, 2019, 224쪽.

3. 영국

제2차 세계대전 이후 세계의 패권은 미·소 양국이 분할하게 되었다. 승리가 확실해진 제2차 세계대전 말기부터 영국의 수상 처칠은 전후의 새로운 질서를 정확하게 예측했지만 영국은 새로운 질서를 재구성하는 과정을 주도할 수 없었다. 1940년 나치의 프랑스 점령과 됭케르크 철수 이후에 영국은 대독일전을 홀로 수행할 여력이 없었고 미국의 지원에 의존할 수밖에 없었다. 영국은 제2차 세계대전의 승전국이었지만 가장 큰 타격을 입은 국가이기도 했다. 이 피해는 인명과 물질의 손실로 계산되는 것이 아니었다. 광활한 해외 식민지의 지배력을 사실상 상실했고, 미국과 소련이라는 새로운 강대국에게 세계의 패권을 내준 것이야말로 영국이 입은 가장 큰 손실이었다. 영국은 더 이상 홀로 세계의 질서를 통제할 수 있는 국가가 아니었다. 제2차 세계대전 기간에 지출한 엄청난 군비로 전후 영국은 극심한 경제난에 직면했다. 과거 제국주의 시절처럼 식민지를 통한 수요 창출이 힘들어진 상황은 영국의 경제난을 더욱 가속시켰다. 그러나 전후에도 영국은 식민지 관리와 본토 방위, 그리고 새롭게 적으로 부상한 소련에 맞서기 위해서 상당한 군비를 계속 지출해야 했다.

영국이 강대국으로 존속하는 데 든 비용은 1939년 이래로 막대하게 증가했다. 1934년에서 1938년까지 영국이 군사와 외교 활동에 지출한 총액은 연간 600만 파운드였다. 하지만 1947년에 영국 정부는 군사비 지출에만 2억900만 파운드의 예산을 배정했다. 1950년 6월, 한국전쟁이 발발하기 직전 – 다시 말해 전쟁 발발에 따른 방위비 지출 증가 전 – 에 영국은 영구적인 '중국 주둔지' 외에 대서양과 지중해, 그리고 인도양에 각각 완전한 함대를 보유했다. 영국은 전 세계에 120개의 공군 비행대를 유지했고, 홍콩, 말레이반도, 페르시아만, 북아프리카, 트리에스테, 오스트리아, 서독, 그리고 영국 본토에 영구적으로 군을 주둔시키고 있었다. 그 밖에 식민지 공무원은 물론 비용이 많이 드는 대규모 외교, 영사, 정보 조직들이 세계 도처에 퍼져 있었는데, 이러한 비용은 영국이 얼마 전에 인도에서 철수함으로써 감소하기는 했지만 여전히 상당한 부담이었다.

이렇게 전후의 영국은 내핍의 시절을 보내야 했고 수출을 확대하기 위해(즉 필수적인 외화를 벌어들이기 위해서) 거의 모든 것이, 이를테면 고기, 설탕, 의복, 가솔린, 외국 여행, 심지어 사탕까지도 배급되었다. 1946년에는 빵도 배급되기 시작했다. 빵의 배급은 1948년 7월까지 계속되었는데 전쟁 중에도 없던 일이었다. 영국 정부는 1949년 11월 5일, 과시하듯 '통제의 제거'를 축하했다. 그러나 바로 그 통제들 중 여럿은 한국전쟁으로 말미암아 재차 강요되었고, 영국에서 기본 식량 배급은 다른 서유럽 국가들보다 한참 늦은 1954년에 가서야 종결되었다.[236] 1945년 전쟁을 승리로 이끈 처

---

236 토니 주트, 같은 책, 273~274쪽.

칠의 보수당이 노동당에게 선거에서 패배한 것도 승리의 영광보다 궁핍에서 벗어나는 것이 영국민들에게 더 절박한 문제였음을 보여준다. 새로운 수상 클레멘트 애틀리(Clement Attlee)는 계획된 경제 정책으로 난관을 헤쳐나가는 것을 정책 기조로 삼았다.

영국의 노동당 정부는 한국전쟁이 동아시아에만 국한된 문제가 아니라는 사실을 알았지만 한국전쟁에 깊이 관여할 여력이 없었다. 한국전쟁이 발발한 직후 미국은 영국에게 홍콩과 말레이시아에 배치되어 있는 영국군의 일부를 맥아더 사령부에 배속시킬 것을 요청했으나, 영국은 자체 식민지 방어에 필요한 전력이라는 이유로 난색을 표했다. 1949년 공산당이 이끄는 새로운 정권이 중국에 들어섰을 때 홍콩과 마카오는 예외 지역으로 남았다. 영국은 마오쩌둥의 중화인민공화국을 처음 승인한 서양 국가였는데 이것은 아시아 지역에서 영국에게 중요한 것은 홍콩의 안전이었다는 사실을 보여준다.

중화인민공화국이 성립되고 오래지 않아 중국은 군대를 보내 북한을 지원했다. 미국의 봉쇄정책 아래 대 중국 경제봉쇄가 진행되었고, 중국은 곧 외화와 전시 물자 부족의 위기에 빠졌다. 홍콩은 당시 중국이 무역 금지와 봉쇄정책을 깨뜨릴 중요한 돌파구가 되었고, 중국은 합법적 방법과 비합법적 방법, 예를 들어 밀수 등을 통해 미국의 봉쇄정책을 돌파해나갔다. 또한 홍콩은 정치와 군사적인 면에서 중국이 외국과 적대 지역의 정보를 수집하는 데 유리한 거점이기도 했다.

중국은 홍콩이 계속 영국의 식민 통치를 받는 현실을 동요시킬 의도가 결코 없었다. 즉 냉전이 홍콩에 기회를 제공한 셈이 되었는데, 바로 중국에서 거두어들인 대량의 자금이 홍콩에서 상업과 무역을 발전시킨 것이다. 홍콩은 한국전쟁이라는 열전과 냉전이라는 전쟁에 임박한 상황을 이용했고, 이 경제 회복은 미래 발전의 기초를 닦기에 이르렀다. 그러므로 한국전쟁과 냉전이 없었다면 오늘날처럼 경제가 번성한 홍콩은 불가능했다고까지 말할 수 있다.[237] 홍콩의 안전이 우려되었지만, 영국군은 전쟁 발발 나흘 뒤인 6월 29일 극동함대 군함 8척을 한반도 서해로 보내 북한 해안을 봉쇄하는 작전에 참가했다. 영국은 홍콩 주둔의 영국 제27여단을 파병키로 결정하고, 1950년 8월 말 한국 전선에 투입한다. 영국 제27여단은 1950년 9월에 호주군을 배속해 영연방 제27여단으로 개칭됐다가, 1951년 4월 뉴질랜드·캐나다·호주의 군대를 추가 배속해 영연방 제28여단이 되었다. 영국군은 유엔군 중 미군을 제외하고 유일하게 독립된 사단 체제를 유지하며 작전 활동을 전개했으며, 정주전투, 박천전투, 설마리전투, 가평전투 등에 참가했다.

대표적인 우방이었지만 한국전쟁 기간 내내 영국은 미국을 불편하게 여겼다. 이를테면 영국은 북한과 중국을 '중앙에서 지도되는 제국주의적 공산주의'라고 언급한 워싱턴의 표현에 우려를

---

237 뤼융성, 성공회대동아시아연구소 엮음, 김수현 옮김, 「홍콩의 탈식민주의 정치와 문화냉전」, 『냉전 아시아의 문화 풍경 1: 1940~1950년대』, 현실문화, 2008, 185쪽.

표명했다. 이것은 마오쩌둥을 소련의 도구로 간주하는 표현이었다. 영국 정부는 마오쩌둥을 공산주의자라기보다는 민족주의자에 가깝다고 파악하고 있었다. 그리고 영국은 유엔군사령관 더글러스 맥아더와 트루먼의 공격적인 언행도 불편하게 여겼다. 1950년 11월 트루먼은 기자회견에서, 미국은 군사적 상황을 호전시키기 위해서 필요한 모든 수단을 동원할 것이라 발언했다. 그리고 미국이 핵무기로 극동의 소련기지를 공격할 준비를 해야 한다고 주장하면서 만약 소련이 서유럽의 미군기지를 위협한다면 영국의 미군기지에 핵무기를 탑재한 전략폭격기를 배치할 계획임을 밝혔다. 애틀리는 그 계획에 마지못해 동의했지만, 영국 의회에는 그 사실을 말하지 못했다.

미국의 의도와 맥아더의 행동에 근심을 가진 애틀리는 그해 12월 트루먼과 회담하기 위해서 워싱턴을 방문했다. 애틀리는 트루먼으로부터 영국의 동의 없이 원폭을 사용하지 않는다는 보장을 받았다. 하지만 트루먼을 이 약속을 문서로 만들어주는 것은 거절했다. 결국 트루먼은 1951년에 한국에서의 전쟁 전략에 대한 불화로 맥아더를 해임했다. 그러나 전쟁 이후로도 핵을 탑재한 미국의 전략폭격기가 영국 내에 주둔하는 문제와 영국이 미국의 핵무기 사용을 거부할 권한을 보장하는 것이 정치적 쟁점이 되었다. 미국은 영국의 이견을 무시할 수 없었는데 대표적인 우방이라는 사실 외에도 한국전쟁에 참가한 유엔군 중 과거 영국의 식민지였던 국가(영연방)들의 군대가 적지 않은 비중을 차지하고 있었기 때

　　　　　　　　　　　　　한국전쟁과 타자의 텍스트

문이다. 영국의 지지를 잃으면 영연방 국가들이 동요할 수도 있었다. 1951년 봄 이후 한국의 전선이 고착화되자 영국을 비롯한 유엔군의 사기는 점차 떨어졌고, 휴전 협상이 진행되기 시작했다. 완전한 승리가 아닌 '제한적 승리'라는 미국의 애매한 목표는 의욕을 잃게 만들기에 충분했다. 영국은 한국전쟁에 미국 다음으로 많은 병력을 투입했지만 전황을 결정적으로 전환시키기에는 병력이 너무 적었고, 반면 전비는 영국 정부가 감당하기 힘들 정도로 부담스러운 것이었다.

영국군이 겪은 대표적인 전투는 설마리전투('임진강전투' 혹은 '적성전투'로도 명명된다)였다. 1951년 4월 중국군의 춘계대공세가 시작되자 1950년 겨울에 벌어졌던 후퇴의 공포가 유엔군을 덮쳤다. 당시 영국군 제27여단은 글로스터 연대 1대대를 경기도 적성 부근에 배치하고 있었다. 1대대는 달리 '글로스터 대대'라는 이름으로도 불렸는데, 다른 2개 영국군 대대 및 벨기에 대대와 함께 임진강 방어선을 형성하고 있었다. 중국군은 밤에 임진강을 도하하여 영국군 부대의 전면을 공격했다. 이 전투에서 영국군 글로스터 대대는 궤멸적인 피해를 입었다. 임진강에서 3일 동안 전투를 치르면서 발생한 영국군의 사상자 수는 1091명이고, 이 가운데 전투 중 사망자 수는 141명에 달한다. 부상으로 후에 사망하거나 포로수용소에서 사망한 병사는 포함되지 않은 수치이다. 이는 한국전에서 전사한 모든 영국인의 10%가 넘는다. 영국군은 총 8만7000여명이 참전해, 1078명이 전사했고, 2674명이 전투 중 부상을 당했

다. 게다가 글로스터 대대의 사상자 수는 2차 세계대전 이후 영국
군에서 발생한 단일 부대 손실로는 가장 컸다. 글로스터 대대의 병
력 750명 중 622명이 돌아오지 못했다.[238]

1950년 11월 초 중국군의 남진에 밀려 후퇴하는 영국군 제27여단

　　하비와 함께 탈출한 81명의 병사 중 41명만이 탈출에 성공했다.
이 중 16명은 부상을 당한 채였다. D중대에 합류했던 밥 마틴의 기
관총소대 병사 6명은 중국군이 계속에서 공격을 해왔을 때 일행에
서 떨어지고 말았다. 하지만 결국은 한국군 지역으로 들어올 수 있
었다. 글로스터 부대의 병사들은 자신들이 235고지를 탈출한 유일

238　앤드류 새먼, 박수현 옮김, 『마지막 한 발』, 시대정신, 2009, 535쪽.

한 사람들이라는 사실을 모르고 있었다. 대대 병력 중 9%만이 빠져 나온 것이다. 두말할 나위 없이 글로스터 대대는 궤멸을 당했다. 그리고 그들이 탈출을 시도하고 있는 동안 3마일 동쪽에서는 이에 상응하는 절체절명의 위기가 계속되고 있었다.[239]

이 전투에서 영국군은 중국군 주력부대의 진출을 3일간 저지했고 그 결과 중국군의 공세는 목적을 달성하지 못하고 실패로 끝났다. 영국군과 중국군이 대규모로 충돌한 이 전투는 아편전쟁 이후 두 국가 사이의 첫 전투였다. '아편전쟁의 굴욕'[240]을 기억하는 중국군은 이 전투의 승리를 대대적으로 홍보했고, 사로잡힌 영국군 포로들을 선전에 이용하였다. 이 전투에서 중국군에 포로로 잡

---

239 앤드류 새먼, 같은 책, 386쪽.

240 1840년 수출 불균형에 불만을 품은 영국은 중국에 아편을 수출하기 시작했다. 중국이 아편 밀수를 단속하자 영국은 무역항을 확대한다는 명분을 내세워 인도양 함대를 동원하여 중국을 공격하였다. 당시 중국의 하층민들 사이에서 아편이 선풍적인 인기를 끌자, 아편에 중독된 중국인들로 인해 '동방의 병든 남자'라는 뜻의 동아병부(東亞病夫)라는 말까지 생겨나게 되었다. 이 전쟁은 1842년 영국의 승리로 끝났고, 난징조약이 체결되었다. 난징조약으로 영국은 홍콩을 할양받고, 광저우, 샤먼, 푸저우, 닝보, 상하이 등 다섯 개 항구를 강제적으로 개항시켰다. 아편전쟁은 중국 역사에서 처음으로 서양에 패배한 전쟁이었고, 이 전쟁 이후로 중국은 한 세기 동안 서양의 수탈에 시달렸다. 아편전쟁은 중국인에게 큰 모멸감을 선사했고, 그 트라우마로 인하여 중국은 현재까지 자국 내에서 마약을 밀매하다가 적발된 외국인을 가혹할 정도로 처벌하는 관행이 생겼다.

했다가 휴전 후 포로 교환으로 1953년 8월 31일 판문점으로 귀환한 영국군 장교 안소니 파라 호커리(Anthony Farrar-Hockley) 대위의 수기 『*The Edge of Sword*』(1954)[241]는 한국전쟁을 다룬 영국군의 대표적인 기록이다. 설마리 전투에서 포로가 된 호커리 대위는 수감 중 일곱 차례나 탈출을 감행했고 귀환한 후에 자신이 겪은 전투와 포로생활을 기록한 회고록을 출간했다. 이 책은 개인의 경험과 기억을 기반으로 적힌 것이지만 전쟁 사료로도 높은 가치를 지니고 있다. 전쟁 상황에서 공식적으로 확인하기 어려운 전쟁 포로 관리의 실상, 포로를 대상으로 한 선전과 회유, 북한 지역 후방에 가해진 미군의 폭격, 한국군과 미군을 비롯한 유엔군 포로들의 실태 등이 담겨 있기 때문이다. 호커리 대위는 포로 생활 중 중국군의 고문과 회유 작업과 심리전을 특히 상세하게 기록하고 있다. 중국군은 일곱 차례나 탈출을 시도한 호커리 대위를 집중적으로 고문했다.

젊은 소령이 옆에 있는 물통에서 얼음처럼 차가운 물을 몇 바가지 떠서 나의 얼굴과 목에 끼얹자 포커페이스가 수건을 가지고 왔다. 그때까지도 나는 이들이 무슨 짓을 하려는 잘 이해하지 못하고 추위에 떨면서 반복되는 찬물 세례로 뼛속까지 냉기가 느껴진다는 생각만 했다. 그러나 포커페이스가 내 얼굴에 수건을 덮고는 그

---

241 국내에는 『한국인만 몰랐던 파란 아리랑』(김영일 옮김, 한국언론인협회, 2003)이라는 제목으로 번역되었다.(이하 쪽수만 표시)

파주시에 영국군 추모공원

위에 물을 계속 더 많이 부었다. (…) 그것은 간단하지만 대단히 효
과적인 고문이었다. (…) 나의 입과 콧구멍은 물로 가득 찼다. 얼굴
에 달라붙어 있는 젖은 수건을 떼내어 보려고 머리를 양쪽으로 흔
들어 마지막 안간힘을 쓰면서 나는 내가 죽어가고 있음을 깨달았
다.(275~276쪽)

중국군에게 고문을 받은 영국군 포로들은 모니카 펠턴
(Monica Felton) 같은 영국인들이 포로수용소의 실태를 조사하러
북한에 방문한 것에 냉소적이었다. 모니카 펠턴은 영국 노동당원
으로 애틀리 정권의 전쟁 정책을 반대하며 한국전쟁의 실태를 조

사하기 위해 1951년 5월 국제여성민주연맹이 한반도로 파견한 여성국제조사단에 참여한 평화운동가였다. 북한 지역을 방문한 모니카 펠턴은 『그래서 나는 갔다 *That's why I Went*』(1951)라는 수기를 출간했고 과도한 국방비를 지출하면서 한반도의 전쟁에 참전한 애틀리 정권을 압박했다. 아울러 영국공산당 기관지 『데일리 워커 *Daily Worker*』와 그 특파원 앨런 위닝턴(Alan Winnington)은 중국군과 북한군에 대한 지지를 표명하면서 유엔군의 폭격과 학살을 규탄하는 성명을 발표하고 폭격으로 희생된 민간인들의 사진을 기관지에 실었다. 영국정부는 이러한 행위를 반역으로 규정하고 발행금지까지 검토했다.

　모니카 펠턴이 참여한 조사단은 유엔군 전투기가 저공으로 비행하면서 가한 기총소사로 사망한 민간인, 강간과 고문, 집단 학살 등 미군과 한국군의 점령 하에서 저질러진 잔학 행위를 조사했다. 북한의 군중들은 조사단을 둘러싸고 이야기를 들어달라고 요구하면서, 고문으로 받은 상처를 보여주고 학대받은 경험이나 근친자들이 살해된 사실을 이야기했다. 모니카 펠턴은 한반도에 미국 다음가는 규모로 군대를 파병한 영국의 국민이라는 점에서 큰 주목을 받았고, 소련과 중국의 선전 기관들은 크게 환영했다. 영국 보수당 의원 테일러(Charles Taylor)는 모니카가 북한을 방문하고 모스크바 방송이나 집회에서 유엔군의 행위를 규탄한 것은 명백한 이적 행위이자 반역죄라고 주장하면서 글로스터 대대의 희생을 강조했다. 피셔(Nigel Fisher) 의원도 영국군 병사를 죽이는 적군

인 북한을 이롭게 하는 행위임을 지적하면서 모니카 펠턴을 비판했다.[242]

호커리 대위를 비롯한 수용소의 영국군 포로들에게도 모니카 펠턴과 앨런 위닝턴의 소식은 전해졌고, 혹독한 고문을 겪은 영국군 포로들은 분개했다. 호커리 대위는 모니카 펠턴을 비롯한 방문단이 포로수용소의 실태를 왜곡하고 있는 것에 분노했고 날짜까지 기록(①)했다. 그리고 중국군이 개최한 '수용소 올림픽 대회'를 취재하러 포로수용소를 방문한 영국공산당 기관지의 기자 앨런 위닝턴을 직접 만난 경험(②)도 정확하게 기록하고 있다.

① 영국으로부터 잭 게스더라는 사람이 중국에 왔는데 그가 중국에 체류하고 있는 동안 북한 정부의 초청을 받아 자국의 포로들이 어떻게 지내고 있는지를 살펴보기 위해 압록강 변에 위치한 포로수용소를 방문했다. 상하이 신문은 그를 변호사라고 소개했으나 그가 쓴 포로수용소 방문기를 읽고 나서 우리는 그가 변호사일 리가 없다고 생각하게 되었다. 그는 자신이 관찰한 바에 의하면 포로수용소 내의 상황은 전적으로 만족할 만한 수준-그가 우리 수용소에 와보지 않은 것은 확실하다-이라며 다음과 같이 말한 것으로 인용되고 있다.
"우리 포로들에게 제공되는 음식을 본다면 영국의 가정주부들조차 입맛을 다실 것이다."

---

242   후지메 유키, 「모니카 펠턴과 국제여성민주연맹(WIDF) 한국전쟁 진상조사단」, 『사회와 역사』 100집, 한국사회사학회, 2013, 279~301쪽.

그런 논평을 한 것을 보면 아마도 그는 자신의 방문에 대비하여 특별히 준비된 식단이라는 것을 몰랐을 것이다. 그것은 영국 여왕의 적에게 유리한 선전을 함으로써 우리의 포로 생활에 대한 진실을 외부 세계로부터 감추어주는 데 일조를 하게 될 또 다른 방문자-예를 들면 모니카 펠턴 여사-가 올 때까지는 다시 접하지 못하는 식단이었다. (…) 학대와 방관으로 몇천 명의 포로들이 죽어 나간 벽동 수용소에서 그가 어떻게 그런 발언을 할 수 있었는지 우리는 알 수가 없다. 분명한 것은 우리가 그의 글을 읽었을 때-정확히 1952년 4월 15일 아침이었음-는 안소니와 내가 수용소의 쉰밥과 뭇국으로 아침 식사를 막 끝냈고 난 후였다.(330~331쪽)

② 특히 외신기자 대표 한 명은 현 상황을 선전 목적으로 활용할 수 있는 이 기회를 반기고 있음에 틀림없었다. 그 사람은 바로 런던 노동자 신문의 알렌 위닝턴 특파원이었다. 그는 북한군이 유엔군 포로들을 심문하는 것을 도와주기도 했고, 우리 포로들에 대한 적군의 대우에 대하여 같은 동족인 영국에게는 불리하고 적군에게는 오히려 유리하게 계속 보도해온 자였다. 도날드가 그에게 접근하자 그는 거짓으로 명랑한 표정을 지으며 곧 우리 수용소로 우리를 인터뷰하러 오기를 희망한다고 말했다.

(…)

우리가 예상했던 대로 오래지 않아 압록강 변에 위치한 포로수용소의 행복한 생활을 독자에게 알린다는 제목으로 수용소 올림픽에 대한 화보가 출간되었다. 그 화보에는 우리 대대 대대장처럼 이미 오래전에 형기가 끝났는데도 계속 독방에 감금당하고 있는 포로들이라든가 샘처럼 형도 확정되지 않은 채 독방 생활을 하는 포로들, 그리고 한국전에서 세균전을 수행했다는 '자백'을 더 얻어내기 위한 고문을 당하며 산속 외딴 굴에 갇혀 있는 포로들에 대한 내용은 일절 취급되어 있지 않았다.(367쪽)

또한 호커리 대위는 중국군이 포로로 잡은 미군 조종사들을 협박하여 진술서를 받아낸 사실도 기록하고 있다. 그것은 1951년에 중국군이 세계 언론에 미군의 세균전 의혹을 퍼뜨린 이후였다.

서쪽 감방은 원래 장작 창고였는데 아보트라는 젊은 미 공군 이등중사가 그곳에 수감되어 있었다. 그 이등중사와 미 공군 장교 두 명─검은 수염의 대위는 반대쪽 감방에 수감되어 있었고 젊은 소위는 우리 건물의 남쪽 끝 방에 투옥되어 있었음─은 모두 세균전에 참여했다는 혐의를 받고 있었다. 그들은 지난 4월 이래 계속 독방에 감금되어 있었는데 자신들이 알지도 못하는 일에 참여했다고 자백하는 것을 완강히 거부하고 있어 풀려날 가망은 없어 보였다.

지난봄부터 우리는 세균전을 주제로 한 악선전을 끊임없이 들어왔는데 최근에는 그 악선전에 여러 공군 포로들이 서명한 소위 '자백서들'이 포함되어 있었다. 그 서류가 전적으로 자의에 의하여 작성되었다는 문구와 중공 인민 지원군으로부터 따뜻하고 관대한 대우를 받고 양심상 더 이상 자신들의 죄의 무게를 감당할 수 없어서 자백을 하지 않을 수 없었다는 문구가 자백서에 적혀 있는 경우도 있고 혹은 따로 첨부되어 있기도 했다.(351~352쪽)

그 밖에도 호커리 대위는 포로수용소에서 목격한 미군, 한국군, 필리핀군, 호주군 병사들의 이름과 그들과 나눈 대화, 중국군의 심문과 사상 학습이 벌어진 날짜까지 정확하게 기록하고 있다. 이 기록들은 훗날 포로들이 받은 학대와 고문, 그리고 세균전을 자백한 조종사들이 받았던 협박을 증명하는 유용한 자료로 활용되었다. 호커리 대위는 28개월간의 포로 생활을 마치고 1953년 8월 영국으로 귀환했다.[243] 호커리 대위가 묘사한 포로 교환 장면은 하 진의 소설 『전쟁 쓰레기』의 장면과 흡사하다. 다만 포로들이 걸어간 방향만이 다를 뿐이다.

트럭은 오른쪽으로 꺾어 판문점 주요 도로로 진입하기 전에 그 도로에 여기저기 널려 있는 멋진 미군 군화와 옷가지들 때문에 잠시 멈추어 섰다. 그것은 자신들의 영역으로 되돌아가면서 중공군과 북한군 포로들이 벗어 던져놓은 군화와 옷가지들이었다. 마침내 나는 텐트와 절대로 혼동할 우려가 없는 흰색 철모를 쓴 미군 헌병을 볼

---

243 호커리 대위는 귀환 후에도 영국 군대에 계속 복무했고 훗날 나토의 북유럽지역사령관까지 지냈다.

수 있었다. 내가 미처 그것을 깨닫기도 전에 텐트 바로 옆에 트럭이 멈추어 섰고 장이 뛰어내려 트럭 위에 사다리 두 개를 걸었다. 미군 한 명이 우리의 이름을 호명하면서 중공군 한 명과 함께 명단을 대조했다.

이제 내 소지품 꾸러미는 더 이상 필요가 없었으므로 나는 그것을 내가 앉았던 자리 밑에 그냥 두고 내렸다. 밝은 햇빛 아래 사다리를 내려오면서 나는 갑자기 아주 더운 여름날 아침이라는 생각이 들었다. 미군 한 명이 내 등을 툭툭 치더니 나를 나무로 만들어 세운 아치 쪽으로 안내했다. 올려다보니 그 아치에는 이렇게 쓰여 있었다.

"자유로의 귀환을 환영합니다."

나는 그 밑을 통과했다.

이때가 바로 1953년 8월 31일 오전 9시였다.(408~409쪽)

4. 동유럽 국가들

제2차 세계대전이 막바지에 이르자 스탈린은 동유럽을 주시했다. 스탈린은 전후 유럽에서 독일과 소련을 가르는 지역을 불확실한 상태로 남겨둘 수 없었다. 소련은 이 모든 것이 제2차 세계대전의 희생에 대한 보상의 일환이며 영국과 미국의 동의로 이루어진 것이라고 생각하였다. 대다수의 독일군과 상대한 대가로 소련은 얄타협정에서 연합국으로부터 양보를 얻어냈기에 동유럽에서 우월적 지위를 인정받았다고 여겼다. 스탈린은 동유럽에 소련의 안전에 위협적이지 않은 정권이 들어서기를 원했고 그 유일한 방법은 동유럽 국가들을 연합군보다 먼저 점령하여 소련 친화적으로 바꾸는 것이었다. 종전 이후 소련군이 점령한 동유럽 지역 국가에는 소련의 지원을 얻은 정부가 들어서기 시작했다. 히틀러의 동맹국이었던 헝가리와 루마니아는 막대한 배상금을 물어야 했고, 폴란드, 불가리아, 체코를 비롯한 대다수 동유럽 국가에서 공산당이 집권하게 되었다. 스탈린은 인접 위성국가들의 확고한 충성을 확보할 필요가 있었으며 그렇게 할 수 있는 유일한 방법을 알고 있었다. 소련군은 군부를 장악하고 '해방군'의 이미지를 강조하면서 지식인들을 매수하거나 협박하는 방식으로 동유럽 국가들의 언론과 정권을 하나씩 접수해나갔다. 이 과정에서 연합국과 소련의 갈등은 점차 깊어졌는데 폴란드의 경우가 대표적이었다. 독일과의 전쟁 전에 확보한 폴란드의 동쪽 지역은 얄타협정에 따라 소련의 지배권이 보장되었지만 전쟁 말기에 독일로 진격하는 과정에서 폴란드의 서쪽 지역도 점령한 소련은 그곳에 공산주의 정권인 '루블린 정부'를 세웠다. 자유선거를 통한 정부 수립을 주장하던 미국과 영국은 얄타협정을 위반한 것이라고 간주했고, 소련은 피를 흘려가면서 폴란드를 해방한 대가라고 여기면서 이를 묵살했다. 독일이라는 공동의 적에 맞서 협력을 유지했던 소련과 연합국의 관계는 종전 후 서서히 틀어지기 시작했다.

한국전쟁과 타자의 텍스트

전후 독일이 점령, 분할된 이후 동유럽은 소련화의 영향으로 유럽의 나머지 절반으로부터 끝없이 멀어져갔다. 그리고 냉전이 본격화될수록 동유럽은 더욱 소련에 종속되었다. 1946년 2월 9일 볼쇼이극장에서 행해진 연설[244]에서 스탈린은 원료와 시장을 장악하려는 자본주의 국가들의 오만과 욕심이 세계대전의 원인이 되었음을 강조했다. 이것은 미국과 영국을 향한 명백한 위협이자 우회적인 선전포고로 해석되기에 충분했다. 소련은 그리스를 지원하기로 결정한 미국의 트루먼 독트린과 서유럽의 경제 부흥을 돕는 마셜 플랜을 소련을 봉쇄하려는 미국의 전략으로 간주했다. 그 후 베를린봉쇄와 나토의 결성으로 동유럽과 서유럽의 사상적·군사적 대치 상태는 고착되었다.

그러나 이런 미·소의 갈등과는 별개로 제2차 세계대전 초기에 독일군과 소련군의 침공을 동시에 받았던 폴란드, 히틀러의 동맹국이었던 루마니아와 헝가리, 불가리아, 그리고 동독 지역에는 소련에 상당한 반감이 남아 있었다. 폴란드와 헝가리, 루마니아는 소련에 우호적이지 않았으며 진주한 소련군의 의도를 의심했다. 특히

---

244 "자본주의 국가들 사이의 발전의 불균형은 곧 이어서 언제나 자본주의의 세계적 차원에서 균형의 격렬한 동요에까지 미쳤으며, 원료와 시장이 다른 나라보다 덜 공급된다고 판단한 자본주의 국가들은 늘 자기들을 위해 무력으로 상황을 변경시키고 '세력권'을 재구분하려고 한다. 그 결과, 자본주의 세계 안에서의 상호 적대적인 양 진영으로 전쟁의 분리를 초래하고, 그들 사이의 전쟁이 빚어지고 있는 것이다."(김학준, 『러시아사』, 대한교과서주식회사, 2005, 371쪽)

폴란드는 소련군의 침공과 '카틴 숲 학살'[245], 그리고 '1944년 바르샤바 봉기'[246]에서 경험한 소련군의 이중성을 잊지 않았다.

헝가리와 루마니아도 배상금 지불로 경제가 파탄 지경에 이르렀고, 제2차 세계대전 시기에 독일군을 자력으로 몰아내서 소련의 간섭으로부터 상당 부분 자유로웠던 유고슬로비아의 지도자 티토(Josip Броз Тито)는 스탈린주의를 거부했다. 그러나 베를린봉쇄로

---

245 1939년 독일과 소련은 폴란드를 점령하여 두 국가의 완충지대로 삼고 불가침조약을 맺었다. 이때 소련은 폴란드의 저항운동을 막고, 국가로서의 기능을 말살하기 위하여 지식인, 공무원, 장교 등 폴란드의 고급 인력 2만2000여 명을 스몰렌스크 인근의 카틴 숲에서 집단 처형하고 암매장했다.

246 1944년 6월 시작된 소련군의 '바그라티온 공세'로 독일군이 러시아에서 폴란드까지 후퇴하게 되자 같은 해 8월 1일 바르샤바 시민들은 독일군을 축출하기 위해 봉기를 일으켰다. 바르샤바 시민군은 곧 진주할 소련군을 기다리면서 독일군과 맞섰다. 그러나 소련군은 바르샤바 외곽 비스와강 근처에서 진격을 멈추었다. 소련에 비우호적인 폴란드인들을 독일군이 소련군 대신 진압할 것이고 그 과정에서 독일군 역시 피해를 입을 것이라는 계산 아래 스탈린은 바르샤바 봉기를 수수방관했다. 무장이 빈약했던 바르샤바 시민군들의 저항이 약해지자 소련군은 독일군과 시민군의 전투를 지속시키려는 목적으로 일부 소련군으로 하여금 비스와강을 도하하도록 했다. 소련군이 진격을 시작했다는 소식에 시민군들은 궁지에 몰린 상황에서 다시 저항을 시작했다. 영국과 미국은 스탈린의 방관을 비난하면서 바르샤바 시민군들에게 무기와 식량을 공수했다. 미국은 소련군이 점령한 지역에 수송기가 착륙하고 재급유할 수 있도록 허가를 요청했지만, 스탈린은 이를 거절했다. 단 1대의 수송기만이 소련 국내에 착륙할 수 있었다.

안보 위협을 느낀 서유럽 국가들이 군사적으로 결속했고 동유럽은 점차 서유럽과 멀어졌다. 이때 발발한 한국전쟁은 유럽 국가들에게 냉전 구도가 미·소의 실제 충돌로 이어질 수도 있다는 위기의식을 확산시켰다. 동유럽에서는 언제든지 미국과 다른 제국주의 국가들이 동유럽을 공격할 수 있다는 선전이 늘어났고 한국전쟁은 동유럽 국가들을 반미 의식으로 단결시키고 반소 감정을 줄이는데 이용되었다. 1996년 노벨문학상을 수상한 폴란드의 시인 비스와바 쉼보르스카(Wislawa Szymborska)의 시 「한국에서Z Korei」는 당시 한국에서 발발한 전쟁 소식을 듣고 적은 것이다.

소년의 눈을 멀게 했다. 장님으로 만들었다.
동양인 특유의 치켜 올라간 그 눈에는 분노가 가득했기에.
그에게는 낮도 밤과 같으리라
대령은 가장 큰 소리로 웃었다.
암살자는 달러 지폐를 한 움큼 집어 올렸다.
그러고는 이마에서 머리카락을 걷어 올렸다.
소년이 두리번거리며 팔을 휘젓는 광경을
생생하게 바라보기 위해서.

1945년 5월,
나는 꽤 빨리 증오와 작별했었다.
모든 것을 기억 저편에 묻어두고,

공포와 분노와 굴욕의 시간을 떠나왔었다.

오늘 나는 또다시 증오에 길들여진다.

지금도 앞으로도 증오의 불꽃이 필요하리니,

나는 증오에게 감사하고, 그리고 당신 —

부끄러운 어릿광대 대령에게도 감사한다.

— 비스와바 쉼보르스카, 「한국에서」[247]

1950년 6월 공산당의 선전 기구들은 한국전쟁의 발발을 알렸다. 유엔군이 참전하고 전쟁이 장기화되자 동유럽에서는 '사회주의 형제국'인 북한을 도와야 한다는 여론이 확산되었다. 공산당 기관지들은 미군의 폭격으로 인한 민간인 피해를 선전하면서 반미주의와 대북 지원의 필요성을 연일 선전했다. 소련에 이어 두 번째로 북한을 한반도의 유일한 국가로 인정했던 폴란드는 1950년 6월 북한과 외교관계를 맺었다. 실제적인 교류는 거의 없었으나 유엔군의 참전으로 위기에 몰린 북한이 1950년 8월 7일 소련 주재 폴란드 대사 야누시 잠브로비치(Janusz Zambrowicz)에게 북한 인민군을 위한 군화와 군복, 방한복 등을 요청하기에 이른다.

---

247 비스와바 쉼보르스카의 이 시는 국내에 시집이 번역 출간될 때 누락되었다. 작가가 직접 요청한 것이었다. 이것은 1950년대 정부의 선전전의 일환으로 자발적인 작품이 아니었다는 추측이 가능하다. 인용한 시는 최성은의 논문 「폴란드 사회주의리얼리즘 시(詩)에 나타난 한국전쟁」(『동유럽발칸연구』 11(2), 한국외국어대학교 동유럽발칸연구소, 2003)에서 인용했다.

폴란드 공산 정권은 적극적으로 북한 돕기 모금 운동을 전개했다. 북한 돕기 모금 운동과 원조품 조달 운동은 평화수호자위원회(Komitet Obrońcow Pokoju)가 주관이 되었다. 전쟁 중 폴란드가 북한에 보낸 위문품들은 시, 군 단위로 조달되었는데 작업복, 구두, 설탕, 통조림 등 대부분 생활필수품이었다. 모여진 물품들은 10여 차례에 걸쳐 발트해의 폴란드 항구도시 그디니아(Gdynia)에서 북한으로 운송되었다. 1951년 5월에는 북한 재무부 장관이 폴란드를 방문하여 폴란드와 북한 사이에 무역협정이 체결되었다. 북한은 종전 후 변제하기로 약속하고 2500만 루블을 무이자로 빌렸고 500만 루블 상당의 무기 산업에 필요한 기계들을 제공받았다.[248]

이런 물적 지원 외에도 폴란드는 종전 후에도 북한에 학교, 병원, 극장 등의 건설을 돕고 공병 부대를 파견하기도 했다. 1951년 5월, 북한 후방 지역에 대한 미 공군의 폭격이 심해지고 피해가 극심해지자 김일성은 전쟁 후의 국가 재건과 인적자원의 보호를 위해서 동유럽 국가들에게 북한의 전쟁고아와 유학생을 받아줄 것을 요청하였다. 폴란드 정부는 이를 수락하였고 "1951년 11월에 200명, 1953년 7월에 1000명 등 두 차례에 걸쳐 1200명이 폴란드 바르샤바에 도착했다. 이들은 바르샤바에서 멀지 않은 작은 도시

---

248 김종석, 「한국전쟁과 폴란드」, 『동유럽연구』 7권, 한국외국어대학교동유럽발칸연구소, 1999, 75~79쪽.

고워트취나로 이동되어 양육되었다. 북한에서 15명의 선생들과 함께 온 이들은, 도착 즉시 2명은 사망했고 5명은 되돌려 보내졌으며, 나머지 1173명의 아이들 중 74명은 유치원에서, 1059명은 초등학교에서, 67명은 기술학교에서 각각 교육[249]받았다. 그 밖에도 헝가리, 불가리아, 루마니아 등도 북한의 전쟁고아들을 돌보는 데 동참했다. 전후 복구가 어느 정도 이루어진 1958년 말부터 북한은 동유럽 국가에 보냈던 전쟁고아들을 불러들이기 시작하여 1959년에는 해외에 위탁된 전쟁고아들 대부분의 송환이 완료되었다.

고아들은 폴란드에 머무르는 동안 북한 교사들로부터 이데올로기 교육과 사상 무장을 철저하게 받았으며, 특히 조국에 돌아

1950년대 북한 전쟁고아를 맡아 키우던 폴란드 프와코비체의 양육원 아이들 모습
(다큐멘터리영화 〈폴란드로 간 아이들〉의 한 장면)

---

249 김종석, 같은 글, 79쪽.

가서 "전문가가 되어야 한다"든가 "새로운 사회를 건설해야 한다"는 사명감을 끊임없이 주입받았다고 당시의 폴란드인 관계자들은 증언하였다. 실제로 폴란드에서 머물다가 돌아간 당시 전쟁고아 중에는 훗날 성장하여 북한의 상류층으로 성공한 경우도 있는데, 예를 들자면 한의표(주폴란드 대사 역임), 박동호 등은 외교관이 되었고, 조성무는 조·폴친선협회 의장을 거쳐 평양외국어대학 폴란드어과 조교수급 교원을 맡고 있으며 한경식은 인민군 대좌까지 진급하고 주폴란드 대사관 무관을 거쳤다.[250]

폴란드 언론인 욜란타 크리소바타(Jolanta Krysowata)와 파트리치크 요카(Patrick Yoka)는 이들의 숨겨진 이야기들을 영화로 만들어 세상에 알렸다. 이 이야기는 2003년 라디오 프로그램에서 처음 화두가 돼 2006년 폴란드 공영방송에서 『김귀덕(Kim Ki Dok)』이라는 제목의 다큐멘터리영화로 방영됐다.[251] 이 작품으로 여러 언

---

250 이해성, 「폴란드에 남겨진 북한 전쟁고아의 자취를 찾아서」, 『중동유럽한국학회 학술대회 논문집』, 중동유럽한국학회, 2014, 106쪽.

251 "폴란드 브로츠와프 지역의 한 공동묘지에는 한글로 '김귀덕'이라고 적힌 묘비가 있다. '김귀덕'은 한국전쟁 이후 폴란드로 보내진 북한 고아다. 김귀덕은 백혈병에 걸려 고국 땅을 밟지 못한 채 어린 나이에 먼 타국인 이곳에 묻혔다. 한국전쟁 이후 폴란드에는 1500명의 북한 고아들이 보내진 것으로 알려져 있다. 북한 고아들은 전쟁이 끝난 뒤 1959년 북한 측의 요청으로 송환됐지만 일부는 김귀덕처럼 고국 땅을 밟지 못하고 폴란드에서 짧은 생을 마치기도 했다. 하지만 아직도 많은 폴란드인들은 김귀덕의 무덤을 찾아 북한 고아들을 추모하고 있고 자신들이 돌봤던 이들을 그리워하고 있다."(우성덕, "계명대

론상을 수상한 폴란드 언론인 크리소바타는 2013년 '천사의 날개' 라는 제목으로 북한 고아들의 이야기를 책으로 발간했다. 그리고 동유럽에 보내졌던 북한의 전쟁고아와 인솔 교사들에 관한 사연은 국내에도 소개되었다. 1992년 6월 22일에 MBC에서는 처음으로 폴란드에 보내진 북한 전쟁고아들에 관한 동영상을 소개[252]했고, 2004년 KBS에서는 루마니아 국립 기록영화 보관소에서 발견한 북한고아들의 영상을 방영하고 전쟁고아를 인솔한 북한 교사와 루마니아인 여성과의 사랑을 다룬 특집물 〈미르쵸유, 나의 남편은 조경호입니다〉[253]를 방영하기도 하였다. 2018년에는 폴란드 전쟁고아들을 다룬 추상미 감독의 다큐멘터리 영화 〈폴란드에서 온 아이들〉[254]이 국내에 개봉되었다.

1953년 말 동유럽 국가들은 경제적 지원을 위해 북한과 협약을 맺었다. 체코는 기계제조공장, 동독은 석유공장, 헝가리는 기계제작설비공장과 페인트생산공장, 루마니아는 시멘트공장과 제약공장, 불가리아는 직물과 목제품 제조공장, 벽돌공장 건설을 위한 기술 및 재정 지원을 하였다. 1954년부터 1956년 사이 동유럽 국

서 북한 고아들 다룬 폴란드 다큐 '김귀덕' 시사회 열려", 『매일경제』, 2017년 3월 29일 자)

252 〈http://imnews.imbc.com/20dbnews/history/1992/1917561_6112. htm〉

253 〈http://www.kbs.co.kr/1tv/sisa/wedplan/vod/1322830_1068.html〉

254 이 영화는 제23회 부산국제영화제 와이드 앵글의 다큐멘터리 부문 쇼케이스에 공식 초청되었고, 2018년 10월에 개봉되었다.

가들의 북한에 대한 경제 지원은 10억 루블이 넘었다. 몽골도 농경제 회복을 위한 지원을 했다. 500명의 북한 고아를 맡고 북한에 의료봉사단을 파견한 불가리아의 소피아여성연맹 지역구 위원장이었던 바실카 니키포로바(Vasilka Nikiforova)는 평생 북한의 재건과 고아들을 위해 헌신했고 2009년 '김일성의 코리아와 함께 한 60년'이라는 자서전도 발간했다. 동유럽 국가 중에서 북한과 어떤 외교 관계도 맺기를 거부했던 나라는 유고슬라비아였다. 북한의 고위 외교관이 "1950년 티토 정부가 북한의 남한에 대한 '공격성'을 공개적으로 비난했다"는 발언으로 북한과 유고슬라비아의 관계는 동유럽 국가 중 유일하게 소원해졌다.[255]

불가리아 작가 게오르기 카라슬라보프(Георги Караславов)가 포함된 사절단은 한국전쟁 시기 북한을 방문하고 불가리아 신문에 회고록을 남기기도 했다. 게오르기 카라슬라보프는 신의주부터 평양까지 가면서 본 북한 주민들의 열악한 상황과 전쟁의 실상, 그리고 노동자들의 삶을 묘사했다. 그는 고아원, 공장, 마을 등을 방문하면서 북한 사람들이 제2차 세계대전을 겪은 불가리아 사람들과 비슷하여 마치 고향에 온 것 같다고 술회했다.[256]

---

255 김소영, 「바실카 니키포로바의 회고록으로 본 6·25전쟁 발발 직후 북한과 불가리아의 협력관계」, 『중동유럽한국학회 학술대회 논문집』, 중동유럽한국학회, 2014, 23~24쪽.

256 게오르기 카라슬라보프가 1951년 11월에 북한을 방문하고 쓴 회고록은 1952년 3월부터 불가리아 일간신문인 『노동신문 *Rabotnichesko delo*』에 24회에 걸쳐 연재되었다.(야니짜 이바노바·최권진, 「불가리

북한은 전쟁 이후의 국가 재건을 도모하기 위해서 유학생도 파견했다. 1952년 9월 말 북한 유학생 37명이 대륙을 횡단하는 열차 여행 끝에 10월 30일 동베를린에 도착했다. 그들은 뒤이어 도착한 63명과 함께 1년간 라이프치히에서 독일어를 배운 뒤 동독의 여러 대학으로 흩어졌다. 1956년까지 동독에 들어온 북한 유학생은 357명이었다. 그 외에도 1953년에 전쟁고아 600명도 북한에서 동독으로 보내져 집단생활을 하며 공장에서 기술을 익혔다. 동독의 북한 학생 수용과 교육 지원은 곧 '사회주의 국제연대'의 모범으로 간주됐다.

중국과 베트남, 그리고 아프리카와 아랍 지역에서도 동독과 동유럽에 유학생을 보내 '근대화 일꾼'들을 위탁 교육할 수 있었다. 그렇지만 1950년대 후반까지 동유럽 어디서나 북한 유학생이 가장 많은 외국 유학생 비율을 차지했다. 이를테면, 북한 유학생은 1956년 동독의 전체 유학생 중 37%를 차지했다. 북한은 '근대화'를 위한 교육열을 앞서 선보였고, 동독은 '반미 항전'의 모범이던 북한에 아낌없이 지원하며 국제적 위상을 높이고자 했다.[257]

그들 중 대다수는 전쟁고아들과 마찬가지로 1950년대 후반

아 작가가 본 한국전쟁 당시의 북한 사회-게오르기 카라슬라보프의 회고록을 중심으로」, 『교육문화연구』 22(6), 인하대학교 교육연구소, 2016, 587쪽)

257 이동기, 「잔인하게 길었던 긴 이별」, 『한겨레21』 1067호, 2015년 6월 26일.

한국선생과 타자의 텍스트

부터 1960년대 초반에 북한으로 다시 돌아왔다. 전쟁고아들과 마찬가지로 이들의 기록은 현재 거의 남아 있지 않다. 그러나 동독에 파견된 북한 유학생 홍옥근의 사연[258]이 독일에서 다큐멘터리[259]와 책으로 만들어졌고 국내에는 『아름다운 기다림 레나테』(유권하, 중앙북스, 2010)라는 제목으로 출간되었다.

북한은 한국전쟁 중 이례적으로 동유럽에 작가들을 파견했다. 1952년 12월 북한 작가 한설야가 중립국인 오스트리아의 비엔나에서 개최된 '세계평화이사회'에 참석했다. 한국전쟁의 참상과 한반도의 종전과 당위성을 알리기 위해서였다. 한설야는 다음 해인 1953년 6월 헝가리 부다페스트에서 개최된 세계평화이사회에 참석

---

258 1952년부터 1956년까지 동독으로 건너간 북한 유학생은 357명이었다. 동독 예나대학의 여학생 레나테는 1955년 같은 화학 학도인 북한 유학생 홍옥근과 사랑에 빠져 결혼한다. 1961년 남편이 북한으로 돌아간 뒤 레나테 홍은 혼자의 몸으로 두 아들을 키우며 다시 온 가족이 합칠 날만 기다렸다. 그러나 세월은 속절없이 지나갔고 레나테 홍의 머리도 하얗게 세어갔다. 레나테 홍의 사연이 세상에 알려지면서 그녀는 독일 정부와 적십자사의 도움을 받아 2008년 7월 꿈에 그리던 남편과 평양에서 재회한다. 그러나 47년 만의 긴 기다림 끝에 이뤄진 짧은 상봉은 얼마 되지 않아 다시 영원한 이별로 이어졌다. 상봉 4년 만인 2012년 9월 남편 홍옥근은 유명을 달리했다.

259 재독한인 영화감독인 조성형 감독의 다큐영화 〈사랑, 약혼, 이별 (Verliebt, verlobt, verloren)〉. 조성형 감독은 2006년 독일 북부 시골의 헤비메탈 축제를 다룬 첫 작품 〈풀 메탈 빌리지(Full Metal Village)〉로 독일에서 각광 받는 다큐영화 감독이 되었다. 그는 2009년 한국 남해의 독일인 마을을 배경으로 파독 간호사들의 이야기를 다룬 〈그리움의 종착역〉을 발표한 바 있다.

한 뒤 그곳에 있는 김일성초등학교에 유학 중인 북한 학생들을 방
문하였다.

북한 학생들은 유명 작가를 직접 만난다는 사실에 몹시 들떠 있
었다. 어린 학생들은 김일성초등학교의 소년단장 박찬우를 에워싸
고 한설야에 대해 이것저것 물었다. 박찬우는 한설야의 작품들과 발
표 연도 등 질문에 답을 한 뒤 자신도 한설야와 1분만이라도 대화하
고 싶다고 말했다. 이튿날 박찬우의 소망은 이루어졌다. 방학식 행
사 시 단상 옆 탁자에 박찬우의 자리도 마련되어 있었는데 바로 한
설야의 옆자리였다. 한설야는 김일성초등학교 학생들에게 인사말을
하였다. 백두산, 평양, 대동강, 그리고 금강산에 대해 이야기하며 조
국의 안부를 전해주었다. 북한 학생들은 모두 감동하였다.[260]

당시 김일성초등학교의 교사이자 훗날 북한 주재 헝가리대사
관의 문화관이 된 쇠베니 얼러다르(Sövény Aladár)[261]는 한설야와

---

260 초머 모세, 『헝가리 최초의 한국학 학자 북한을 만나다』, 노스보스,
     2015, 93쪽.
261 쇠베니 얼러다르는 1951년 헝가리가 한국전쟁 중 공산주의 국가 간
     연대 차원에서 초청한 북한 전쟁고아에게 헝가리어를 가르치면서 한
     국과 인연을 맺었다. 이후 북한 주재 헝가리대사관 문화관으로 임명
     되어 북한에 파견되었고 한설야, 이기영, 조기천 등 북한 작가들의 작
     품들을 헝가리어로 번역하였다. 1952년 헝가리 교육부로부터 사전
     편찬 사업을 제안받았으며, 1954~1956년 헝가리대사관의 문화관으
     로 평양에 주재하면서 사전 편찬을 주도했다. 1953년에 완성된 초판

만난 자리에서 한설야의 소설 『대동강』을 헝가리어로 번역하고 싶다는 뜻을 밝혔고 1954년 『대동강의 폭풍 Vihar a Tedong felett』이라는 제목으로 헝가리 부다페스트에서 출간되었다. 이후 쇠베니는 북한 주재 헝가리대사관 문화관으로 파견되었고 그곳에서 한설야와 재회했다. 그리고 이기영, 조기천 등 북한 작가의 시와 소설들을 헝가리어로 번역 출판했고, 『헝가리-조선어사전(웽조사전)』을 편찬했다.

북한의 무용수 최승희도 88명으로 구성된 예술단을 이끌고 1951년 8월 동독에서 열린 '세계청년학생축전'에서 공연한 데 이어 폴란드, 체코슬로바키아, 헝가리, 루마니아를 돌며 공연했다. 최승희의 공연에서 주목을 받은 작품은 「조선의 어머니」라는 작품이었

은 1957년 정식 출판된 『웽조사전 Magyar-koreai szótárat』의 토대가 됐으며, 초판에서 한글 단어들은 필사로, 헝가리어는 타자기로 제작했다. 헝가리 학술원 출판사는 사전의 정식 발간을 위해 북한과학원 언어학부에 협력을 제안해 1954년 하반기 북한과학원에서 사전 감수를 끝마쳤다. 당시 헝가리 학술원 출판사는 동양어 인쇄 경험이 없었고, 평양국립인쇄소는 헝가리 문자를 보유하고 있지 않을 뿐만 아니라 헝가리어를 구사하는 인쇄 인력이 없어 인쇄 과정은 순조롭지 않았다. 그 뒤 한글과 한자는 평양국립인쇄소에서, 헝가리어 인쇄와 제본은 헝가리 학술원 인쇄소에서 담당해 1957년 하반기에 1000부를 인쇄했다. 그러나 1956년 10월 헝가리 혁명의 영향으로 헝가리와 북한의 관계가 나빠지고, 북한 유학생들이 대부분 본국으로 귀국하게 되면서 널리 사용되지 못했다. 러시아어로 헝가리를 뜻하는 '웽그리아(Vengrija)'의 '웽'과 조선의 '조'를 합쳐서 지은 것이다.(초머 모세, 같은 책, 113쪽)

는데, 한국전쟁에서 자식을 잃은 어머니의 슬픔을 소재로 한 것이었다. 쇠베니 얼러다르의 삶을 기록한 주한 헝가리 대사 초머 모세는 최승희의 공연을 이렇게 기록하고 있다.

> 북한 예술단은 가는 곳마다 많은 선물과 환대를 받았다. 체펠의 마차시 라코쉬 공장 방문 시에는 현장에서 생산된 자전거 두 대와 방직 공장에서는 예술단 전원이 실크 스카프를, 지방 도시 죄르에서는 화병과 도자기 제품들을 선물로 받았다. 전쟁 영웅들은 헝가리 군대로부터 특별히 손목시계를 받았다. 나머지 남성 단원들은 은으로 제작된 담배 케이스를, 그리고 여성 단원들은 은으로 제작된 화장품 케이스를 선물로 받았다. 뿐만 아니라 헝가리 노동자 청소년 연맹으로부터는 대형 오디오기기와 악기들, 그리고 의료기기들을 받았으며 헝가리 문화교류원으로부터는 악기들과 모피 코트, 그리고 예술단 전원이 라이터와 헝가리산 수예품을 선물로 받았다. 특별히 최승희는 코트와 의류 한 벌, 구두, 스타킹을 비롯해 헝가리 국립예술단으로부터 의류 한 벌을 선물로 받았다. 북한 예술단은 부다페스트에서 10일간의 체류를 마치고 1951년 9월 27일에 루마니아로 출발했다.[262]

반면 유고슬라비아는 한국전쟁 중 북한과의 관계가 소원했는

---

262 초머 모세, 같은 책, 127~128쪽.

데 그것은 유고슬라비아와 소련 사이의 불화에서 비롯되었다. 대
독 항쟁 시기에 티토가 이끄는 유고슬라비아 파르티잔 부대에 무
기와 원조 물자를 대줬던 미국과 영국은 유고슬라비아에 유감을
표했다.

소련과의 갈등은 지도자 요시프 티토(Josip Broz Tito)의 독자
적인 외교·정치 행적과 스탈린의 유고슬라비아에 대한 완전한 통
제 욕심에서 비롯되었다. 2차 대전 동안 파르티잔을 통한 독자적
인 공산화 성공과 전쟁 이후 강력한 정치권력을 독점한 유고슬라
비아공산당의 자신감을 바탕으로 티토는 소련과의 관계가 종속적
이 아닌 평등한 사회주의국가로서의 관계로 유지되기를 희망했다.
티토는 스탈린의 우려와 간섭이 유고슬라비아를 위하는 것이 아니
라, 급속한 중공업 우선 정책을 통해 산업국가로 변모하려는 유고
슬라비아의 발전과 사회주의 블록 안에서 영향력을 약화시키기 위
한 전략에서 비롯되었다고 파악하고 있었다.[263] 소련은 불가리아
'부쿠레슈티 코민포름 대회'(1948. 7.)에서 유고슬라비아공산당이
붉은 군대를 불신하고 제국주의 국가들의 정책과 소련의 외교정책
을 동일시한다고 비판했다. 얼마 후 소련과 공산 정권이 들어선 동
유럽 국가들의 군대가 유고슬로비아의 국경에 집결하는 등 군사적
압력이 높아졌다, 한국전쟁이 벌어지자 유고슬로비아의 유엔 대표
단 단장이자 외무 장관인 카르델리(Edvard Kardelj)는 유엔에서의

---

263   김철민, 『한국전쟁과 동유럽』, 아카넷, 2008, 49~50쪽.

발언을 통해 한반도에서 벌어진 전쟁은 윌슨의 민족자결주의에 근거한 국가 수립의 원칙을 어긴 것이며 한국전쟁은 국제기구의 기능이 제대로 작동하는가를 판가름하는 중요한 사건이라고 천명했다. 유엔의 비상임이사국이었던 유고슬로비아의 이런 행보는 미국과 소련 양측의 견제를 받았다. 유고슬로비아는 한국전쟁이 미국과 소련 사이에 벌어진 냉전의 산물이라는 사실을 직시하고 있었다. 사회주의국가이면서도 소련에 의해 사회주의 블록에서 배척당하고 자본주의 국가들과는 체제 노선이 달라 쉽게 가까워질 수 없었던 유고슬라비아는 '제3의 길'을 선택하게 된다.

한국전쟁 기간 동안 계속된 소련 블록의 전쟁 위협과 이에 상대되는 미국 등 서방의 지원에도 불구하고 유고슬라비아는 한국전쟁 이후에도 여전히 사회주의국가로 남기를 원했다. 비록 서구 국가들은 유고슬라비아에 대한 경제적 지원을 통해 그들의 블록 혹은 질서 내로 편입시키고 싶어 했지만, 유고슬라비아는 이들 국가들의 내정간섭을 결코 받아들이지 않았다. 그것은 또한 한국전쟁의 경험을 통해 얻은 교훈으로 어느 한 블록으로의 편입은 유고슬라비아와 같은 지정학적 위치를 차지하고 있는 국가에게 있어선 곧바로 엄청난 전쟁 위기를 감내해야 한다는 것을 잘 알고 있었기 때문이다.[264] 이렇듯 한국전쟁 시기에 유고슬라비아를 제외한 대다

---

264 김철민, 「한국전쟁에 대한 유고슬라비아의 입장과 외교 전략 - 제6, 7차 UN 총회의 결의들과 그 내용을 중심으로」, 『동유럽연구』 20권, 한국외국어대학교 동유럽발칸연구소, 2008, 264~265쪽.

한국전쟁과 타자의 텍스트

수의 동유럽 국가들은 북한을 지지하고 고아들과 유학생을 위탁받고 의약품을 지원하는 등 인도적인 도움을 아끼지 않았다. 지리상의 제약과 제2차 세계대전 이후의 국력 저하로 동유럽 국가들은 한국에 전투부대까지 파견할 여력이 없었기에 대부분 인도적 지원에 머물렀다. 그러나 동유럽 국가들의 인도적인 지원도 소련의 입김이 작용한 결과였다.

한국전쟁의 사례는 1950년 당시 모스크바가 제국 전역을 자신의 정치적 전시장으로 확장했음을 명확히 보여준다. 소련에서 결정한 주제가 공적인 공산을 지배했고, 각국 공산주의자 엘리트들은 1930년대 스탈린주의가 개발해낸 대중 동원의 형식을 재생산했다. 그 과정에서 동유럽 국가들은 이런 선전의 양가적 효과에 영향을 줄 수 있는 위치에 있지 못했다. 소비에트제국의 모든 국가들에서 공론장의 획일성과 캠페인의 수행 자체가 궁극적 목표가 되었다.[265] 동유럽 국가들의 인민들은 이 사실을 차츰 깨달았고 소련의 선전에 맞춰서 국가의 정책이 좌우되는 현실과 소련의 시시콜콜한 내정간섭에 대한 불만이 누적되었다. 그 결과 1951년 폴란드, 1953년 동독, 1956년 헝가리에서 잇따라 반(反)소비에트 시위가 벌어지는 계기가 되었다.

---

265 아르파드 폰 클리모·얀 C. 베렌즈, 「'평화투쟁'과 전쟁공포」, 역사문제연구소·포츠담현대사연구센터 기획, 『한국전쟁에 대한 11가지 시선』, 역사비평사, 84~85쪽.

5. 콜롬비아

라틴아메리카의 해방자로 칭송받는 시몬 볼리바르(Simón Bolívar)는 1819년 베네수엘라와 누에바그라나다(현재의 콜롬비아 지역)을 통합하여 '그란 콜롬비아 공화국'을 결성하고 에콰도르 (1822년)와 페루, 볼리비아(1824)까지 해방시켰다. 그렇지만 '그란 콜롬비아 공화국'은 1830년대 이후 베네수엘라, 에콰도르가 차례로 독립하면서 깨지게 된다. 지역의 유산계급들의 이기심과 안데스 산맥, 아마존강 등 지역 간의 교통을 어렵게 하는 자연환경의 영향이 컸다.

1832년 콜롬비아는 누에바그라나다로 국명을 교체하고 새로운 제헌국회를 설립하였으나 자유주의자와 보수주의자가 첨예하게 대립하였다. 자유주의자들은 교회의 특권 폐지와 예수회 추방, 지방자치, 노예제 폐지를 옹호한 반면 보수주의자들은 교회를 중심으로 한 중앙집권 체제를 옹호했다. 이후 콜롬비아 정부는 보수주의 정권과 자유주의 정권이 번갈아 집권하는 양상을 보였다. 그러던 중 1890년대 후반 들어 콜롬비아의 커피 수출이 타격을 받게 되자 보수당의 권력 독점에 대한 불만이 팽배해지면서 자유주의자들이 1899년 10월에 반란을 일으켰다. 이에 맞서 중앙정부는 주지사들에게 강제 공채와 수용을 명령할 수 있는 권한을 부여했다. 이 조치는 부유한 자유주의자들과 반란의 주도 세력들이 점거한 지역에 적용되었다. 이에 반발한 자유주의자들의 반란으로 콜롬비아는 '1000일전쟁'으로 불리는 내전에 휩싸이게 된다.[266]

'1000일전쟁'과 함께 시작된 콜롬비아의 20세기는 시련과 혼돈의 연속이었다. 내전으로 국력을 상실한 콜롬비아는 파나마를 상실하게 된다. 파나마 지역은 대서양과 태평양을 잇는 중요한 교통 요지로 서구 열강들과 미국의 이해관계가 복잡하게 얽혀 있었다.

파나마 분리주의자들은 콜롬비아의 내전과 미국의 파나마 지협 횡단 운하 건설에 대한 관심 재고라는 두 가지 호기를 잡게 되었다. 콜롬비아 국민들은, 운하 건설 예정 지역에 대한 주권을 포기하는 대가로 콜롬비아에게 1000만 달러를 지불하는 반면에 프랑스 개발회사에게 4000만 달러를 지불하는 것을 골자로 하는 '헤이-에란(Hay-Herrán)조약'을 반대해왔다. 그런데 갑자기 파나마 민족주의자들에게 미국이라는 새롭고 강력한 동맹 세력이 생겼다. 당시 미국 대통령이었던 시어도어 루스벨트(Theodore Roosevelt)의 지원으로 파나마는 1903년 공식적인 독립을 이룰 수 있었다. 이 사건은 콜롬비아 국민들에게 엄청난 정신적 충격을 주었다.

전쟁이 끝나자 라파엘 레예스(Rafael Reyes) 장군은 의회를 해산하고 개인 독재 체제를 수립했다. 파나마의 독립을 인정하는 조

---

266 토머스 E. 스키드모어·피터 H. 스미스·제임스 N. 그린, 우석균·김동환 외 옮김,『현대 라틴아메리카』, 그린비, 2014, 343~347쪽.

건으로 미국의 보상금을 받는 조약을 체결하려고 하면서, 레예스는 몰락하기 시작했다. 그러나 파나마 상실에 대한 상처가 아직 아물지 않은 상태에서 이 조약 체결 소식이 전해지자 국민적 분노가 폭발했다. 레예스의 정적들은 이 기회를 이용하여 레예스를 하야시켰다.[267]

파나마를 상실한 대가로 미국의 자본이 유입되었고 커피 수출의 증가로 콜롬비아 경제는 호황을 누리게 되었지만, 부작용도 컸다. 농촌 인구가 급격하게 도시로 유입되고 도시가 팽창하자 식량 부족과 물가 폭등이 이어졌고 노동자들은 극도로 궁핍해졌다. 자연스럽게 노동운동이 활발해지고 계급 간의 충돌이 늘어나는 등 사회적 혼란이 증가했다. 이때 미국 회사인 유나이티드 프루트의 플랜테이션 노동자들이 바나나 수확을 중단하는 투쟁을 벌였는데 미겔 아바디아 멘데스(Miguel Abadía Méndez) 대통령은 군대를 동원하여 노동자들을 잔혹하게 진압했다. '바나나 플랜테이션 학살'[268]이라고 명명된 이 비극적인 사건은 콜롬비아의 대표적인 작가 가브리엘 가르시아 마르케스(Gabriel García Márquez)의 소설 『백년 동안의 고독 Cien años de soledad』(1967)의 소재가 되었다.

---

267 벤자민 킨·키스 헤인즈, 김원중·이성훈 옮김, 『라틴아메리카의 역사 하』, 그린비, 2014, 424쪽.

268 1928년 12월 6일 콜롬비아 산타마르타 부근 시에나가에서 일어난 학살 사건. 바나나 플랜테이션에서 처우 개선을 요구하던 노동자들이 파업을 벌이자 콜롬비아 정부가 군대를 파견하고 무차별 총격을 가해 1000명 이상의 민간인을 학살했다.

한국전쟁과 타자의 텍스트

1929년 뉴욕 증권시장의 붕괴로 시작된 세계경제대공황은 콜롬비아에도 큰 영향을 미쳤다. 넘치는 실업, 식량 부족, 바나나 농장 학살 사건 등으로 급증한 국민적 분노는 소요 사태를 증가시켰고 1930년 선거에서 엔리케 올라야 에레라(Enrique Olaya Herrera)를 수반으로 하는 정부가 들어섰지만 농민들의 저항으로 곧 붕괴되었고, 1934년 대선에서 알폰소 로페스 미첼센(Alfonso López Michelsen)이 당선되었다. 빈번한 정권 교체의 혼란 속에서 토지개혁까지 실패하자 토지의 경자유전(耕者有田) 원칙과 대기업의 사적 독점 금지를 기치로 내건 보고타의 시장 호르헤 엘리에세르 가이탄(Jorge Eliécer Gaitán)의 인기가 치솟기 시작했다. 콜롬비아의 기득권 세력들은 가이탄의 개혁 정책과 그의 인기를 두려워했다. 가이탄은 1948년 4월 9일, 보고타 시내에서 괴한의 총에 살해당했다.

가이탄의 암살은 보고타 시내 전역에서 '보고타 봉기'라는 대규모 폭동을 촉발했다. 이 봉기는 초기에는 전통적인 정치 지배층을 경악시켜 힘을 결집시켰다. 그러나 가이탄이 순교자로 숭배되자, 지배층은 정당 간 적대 관계를 심화시켜 그의 유산을 파괴하는 길을 선택했다. 이것은 콜롬비아 정치의 전환점이었다. 가이탄의 암살은 향후 수십 년간 중도 개혁 세력의 출현을 봉쇄했다. 공존의 시대는 막을 내렸다. 가이탄의 죽음으로 정치 폭력은 무섭게 늘어나 '폭력 시대(La Violencia)'라는 시기로 이어졌다. '폭력 시대'는 1964년까지 계속되었고, 1948~1953년 정점에 달했다. 이 기간에 20만 명이라는 믿기지 않는 수의 사망자가 발생했다.[269]

1950년 대선을 앞두고 콜롬비아 군부는 치안 유지를 명분으로 계엄령을 내렸고 대선 결과 라우레아노 고메스(Laureano Gómez)가 대통령으로 선출되었다. 고메스 정권(1950~1953)의 경제정책은 기업자본주의를 선호했다. 경제적 자유주의를 바탕으로 수출입 관련 규제가 철폐되었고 가능한 모든 방법을 동원해 외국인 투자를 장려했다. 그러나 노동 분야에서는 고통스러운 시기였다. 임금은 물가 상승을 따라가지 못했고, 국가는 사용자 편을 들어 노사분규에 자주 개입했을 뿐만 아니라 구시대의 폭력 행위 및 블랙리스트를 묵인했다. 농촌 지역에서 농민들이 자신들을 농장에서 추방하려는 지주들과 지주들이 동원한 폭력배들에게 저항하면서 갈등은 점차 계급투쟁의 성격을 띠게 되었다. 농민 지도자들과 공산당 활동가들은 쫓겨난 농민들 사이에서 적극적으로 방어 거점을 조직했다. 1949~1953년 동안 콜롬비아에는 공식적인 국가 테러리즘과 잘 조직화된 게릴라운동이 광범위하게 나타났다.[270]

가이탄의 암살과 계엄령, 보수당의 고메스 집권이라는 혼란 속에서 극동아시아에서 발발한 한국전쟁은 콜롬비아 정부의 비상한 관심을 끌었다. 콜롬비아 정부는 반공주의를 정치노선으로 채택하고 공산주의를 근절하는 것을 표방했으므로 북한의 침공을 비난했다. 아울러 한국전쟁을 단순한 내전이 아니라 미국과 소련의

---

269 토머스 E. 스키드모어·피터 H. 스미스·제임스 N. 그린, 같은 책, 363쪽.

270 벤자민 킨·키스 헤인즈, 같은 책, 431쪽.

한국전쟁과 타자의 텍스트

대립 구도 아래서 공산주의 국가들의 세력 확장 시도로 받아들였다. 콜롬비아의 보수당 정부와 자유당은 한국전쟁에 참전하는 문제를 두고 대립하였다.

그러나 콜롬비아의 여론은 한국전에 관한 미국의 입장에 전적으로 동조하나 각 당의 이해와 실리가 반영된 범위 내에서 북한의 침공을 비난했다. 보수 정권은 한국전쟁을 국내문제와 동일시했다. 자유당이 공산주의자들을 동원하여 국내의 정국 혼란을 주도하고 있으며, 동시에 맥락을 같이하는 국제공산주의를 지원하고 있다고 주장하면서, 자유당에게 색깔을 씌워 비난을 가했다. 이어 자유당은 집권당의 외교는 국제 무대에서 자국의 이익을 제대로 반영하고 있지 못하며, 국내의 경제 침체 또한 집권당의 무능에서 비롯됐다고 주장하며 맞섰다.[271]

보수당과 자유당이 대립하는 상황에서 콜롬비아 정부의 다른 계산은 바로 미국의 경제 지원이었다. 1898년 스페인과 전쟁에서 승리한 미국은 라틴아메리카에 영향력을 확대했고 이 지역 경제의 대미 의존도는 높아졌다. 콜롬비아는 파나마의 분리 독립으로 미국과의 관계가 악화되었지만 파나마운하가 운용되기 시작한 1914년 '톰슨-우르티아(Thomson-Urrutia)조약'을 계기로 다시 정상화되었다. 그 후 경제대공황 시기를 거치면서 커피와 바나나, 석유를 미국에 수출하게 되면서 콜롬비아와 미국의 관계는 다시 개선되었다.

---

271 차경미, 『콜롬비아 그리고 한국전쟁』, 한국학술정보(주), 2006, 67쪽.

1933년 미국 프랭클린 루스벨트 대통령(Franklin D. Roosvelt)의 행정부는 쿠바와 니카라과에서 공산주의 세력이 확산되는 것을 보고 라틴아메리카 국가들에게 우호적인 정책을 펼쳤다. 그러나 미국은 군사적 협력에만 주력했고 콜롬비아 정부가 바라던 국가 경제개발 프로그램 기여에는 적극적으로 호응하지 않았다. 콜롬비아를 비롯한 라틴아메리카 정부는 전후 유럽 부흥의 기폭제가 되었던 마셜 플랜과 비슷한 경제개발 지원을 기대했으나 미국은 이를 거절했고, 라틴아메리카의 반미 감정은 다시 높아지기 시작했다. 그러자 미국은 워싱턴회의에서 라틴아메리카들과 군사적 협력 관계를 다지며 남미 지역에 공산주의 침투를 방지하고, 라틴아메리카 국가들의 경제문제 해결에 협력할 것 등을 약속하면서 합의점을 찾았다. 고메스 정권의 반공주의 정책은 소련과 냉전 상황에 놓여 있던 미국의 이해관계와 맞아떨어졌다. 고메스 정권은 한국전쟁에 참여함으로써 미국과 관계를 강화하고 경제 발전과 정치적 안정을 동시에 도모하고자 했다.

콜롬비아 보수 정부에 의해 수용되고 진행된 파병의 단행은 초당적인 지지를 받았다. 그러나 고메스는 한국전 파병 결정에 있어 의회 허가를 요청조차 하지 않았다. 콜롬비아 의회는 계속되는 '라 비올렌시아'로 무력했다. 파병 결정 과정에서 국회는 완전히 소외되었다. 당시 의회의 기능은 행정부의 정책 결정을 합리화시키기 위한 추인 기구에 지나지 않았다.

한국전 참전 결정 당시 양당은 대중 정당을 표방하였으나 소수 엘리트의 권력이 집중되는 고도로 중앙집권화된 정당으로서 양당 엘리트들은 국가 안보와 경제 발전을 추진시키기 위한 실용주의 노선을 추종하였다. 한국 파병의 중요 정책 결정 과정에서 있어 국민 여론 수렴 내지는 민족주의적 이념보다는 현실주의적 국가 이익을 택했다고 볼 수 있다. 더구나 콜롬비아의 대미 관계는 정부뿐만 아니라 양당의 참전에 대한 입장을 억누르는 데 일조했다. 권력을 장악했을 때 미국의 지원이 필요하다는 사실을 경험하였던 콜롬비아의 야당 지도자들은 미국의 파병 요청을 거절함으로써 초래된 미국과의 소원한 관계를 꺼려 직접적이고 적극적인 반대 입장을 삼갔다.[272]

1951년 콜롬비아 정부는 한국전쟁에 군사적 개입을 표명했다. 다른 라틴아메리카 국가들이 식품과 의약품 지원에 머문 것과는 달리 콜롬비아는 라틴아메리카에서 유일하게 한국에 전투부대를 보낸 국가가 되었다. 여기에는 숱한 내전을 겪은 콜롬비아 군대의 고민도 반영되었다. 콜롬비아 군대는 한국전쟁 참전을 기점으로 미국의 군사원조를 받아 미국식 군사교육의 제도화를 추진했고 이것은 군인들이 사회의 엘리트 집권층으로 도약하는 계기가 되었다. 하지만 정치적 안정을 꾀하고, 군대의 현대화와 미국의 경제원조까지 바랐던 콜롬비아 정부의 현실적인 기대와는 달리 전쟁에 참전했다가 귀환한 콜롬비아의 젊은이들이 마주한 현실은 암담

---

272 차경미, 같은 책, 106~107쪽.

하기만 했다.

콜롬비아군은 1951년부터 1953년까지 총인원 4058명이 참전해 766명의 사상자를 냈다. 한국전쟁에서 콜롬비아 군대는 사망자 156명(교전 중 143명이 사망, 사고사 10명, 자연사 3명), 송환 포로 30명, 부상자 610명(전투 중 부상자 448명, 사고 부상자 162명), 실종자 69명이라는 피해를 입었다.[273] 한국전쟁에 참전한 콜롬비아 병사들은 귀국 후에 연금을 보장받고 미국으로 유학을 가거나 국가로부터 장학금을 받을 수 있으리라고 기대했지만, 콜롬비아 정부는 아무런 혜택을 주지 않았다. 오히려 참전 용사들은 가난에 내몰리거나 내전에 휩쓸리기도 했다.

마르케스의 소설 『아무도 대령에게 편지하지 않다El coronel no tiene quien le escriba』(1961)에는 가난한 퇴역 군인인 대령이 등장한다. 그는 매주 낡은 양복을 단정하게 차려입고, 참전 군인에게 발송이 예정된 '연금 자격 통지서'를 기다린다. 대령은 콜롬비아의 '1000일전쟁'에서 비민주적이고 탄압적인 보수당 정권에 맞서 자유당 군인으로 싸웠다. 그리고 전쟁이 끝나고 56년이 흐르는 동안, 그는 연금 수급 자격을 알리는 통지서가 오기를 애타게 기다리며 우편선이 도착하는 선착장을 오가면서 금요일마다 우체국에 가서 편지가 도착하기를 기다린다. 그러나 편지는 끝내 도착하지

---

273 『6·25전쟁 콜롬비아군 참전사』, 국가보훈처 엮음, 국가보훈처, 2008, 122쪽.

않는다. 마르케스는 자신의 자서전에서 한국전쟁 참전 용사들을 접한 것이 연금 통지서를 기다리는 늙은 퇴역 대령의 이미지를 떠올린 계기가 되었다고 언급했다. 사회에 적응하지 못하고 고독한 삶을 보내는 참전 용사의 모습은 『백 년 동안의 고독』의 작중 인물 아우렐리아노 부엔디아 대령의 모습으로도 그려졌다.

귀국하기 전만 해도, 생산적인 공부를 할 수 있도록 특별 장학금을 받게 될 거라는 둥, 평생 먹고살 연금을 받게 될 거라는 둥, 미국에서 살 수 있는 편의를 제공받게 될 거라는 둥 다양한 기사들이 신문에 실렸다. 하지만 현실은 그 반대였다. 그들은 귀국한 지 얼마 되지 않아 제대를 했고, 그들 가운데 대다수의 호주머니에 남게 된 것이라고는 전쟁이 끝난 뒤 휴식차 들른 일본 병영에서 그들을 기다리고 있던 일본인 애인들 사진뿐이었다.

그 국가적 드라마로 인해 나는 역전의 용사들에게 지급되기로 한 연금을 한없이 기다리던 외할아버지 마르케스 대령을 기억하지 않을 수 없었다. 나는 그런 인색한 정책이 헤게모니를 잡고 있던 보수파에 대항하는 피비린내 나는 전쟁에 참여한 반란군 대령에 대한 보복이라고까지 생각하기에 이르렀었다. 반면에, 한국전쟁에서 살아남은 사람들은 공산주의에 대항해, 미국의 제국주의적 야욕을 위해 싸웠던 사람들이었다. 하지만 그들이 고국에 돌아왔을 때 그들은 신문의 유명 인사 동정 기사에 등장한 것이 아니라 범죄 보고서에 등장했다. 그들 중 한 사람은 무고한 사람 둘을 사살한 혐의로 기소되었는데, 그가 담당 판사들에게 물었다. "내가 한국전쟁에서 100명을 죽였다면, 보고타에서 열 명을 못 죽일 이유가 뭡니까?"(강조는 인용자)[274]

공산주의계 자유당원이었던 마르케스가 한국전쟁 참전 용사들을 보고 쓴 신문 기사에는 보수당 군사독재 정부를 향한 비판이 담겨 있다. 마르케스가 쓴 「한국에서 현실로」란 제목의 글에는 세 편의 기사가 수록되어 있다. 「평화의 희생자들, 참전 용사들」, 「훈장을 저당잡힌 영웅」, 「각각의 참전 용사들, 고독의 문제」이다.[275] 마르케스는 한국전쟁 참전 용사가 훈장을 저당 잡혔다는 소식을 접하고 기사를 썼다. 파나마를 잃고, 경제대공황과 군사독재를 겪으면서 절대적인 빈곤 상황에 놓인 콜롬비아의 청년들에게 한국전 파병은 일종의 출구로 다가왔다. 가난한 콜롬비아의 청년들은 미군의 군수물자로 한국에서 풍족한 생활을 누리면서 귀국 후의 삶에 희망을 느꼈다. 그러나 격렬한 고지전에 투입되면서 그들은 큰 희생을 겪었다. 하지만 그들에게 전쟁에서 흘린 피에 대한 적절한 보상은 주어지지 않았다. 마르케스는 당시 한국으로 향했던 콜롬비아 청년들의 모습을 이렇게 회상했다.

---

274 가브리엘 가르시아 마르케스, 조구호 옮김, 『이야기하기 위해 살다』, 민음사, 2007, 682~683쪽.
275 송병선, 「한국전쟁과 가르시아 마르케스」, 송병선 엮고 옮김, 『가르시아 마르케스』, 문학과지성사, 1997, 72쪽.

한국전쟁과 타자의 텍스트

1954년 2월에는 한국전쟁에 참전했던 역전의 용사 하나가 먹고 살기 위해 자신의 훈장들을 저당 잡았다는 기사가 신문에 실렸다. 그 참전 용사는 우리 역사의 상상할 수 없는 순간들 가운데 어느 한 순간, 다시 말하면 당국의 폭압적인 정책 때문에 군경의 총부리에 떠밀려 자신들의 땅에서 축출된 농부들에게는 그 어떤 가혹한 운명이라도 그보다 더 못할 수 없을 때, 마구잡이로 징발된 4000명이 넘는 용사들 가운데 하나였을 뿐이다. **농촌에서 밀려든 사람들로 초만원을 이룬 도시들은 그 어떤 희망도 주지 못하고 있었다. 거의 매일 신문 사설들에서, 거리에서, 카페들에서, 가족 간의 대화에서 단골 소재로 등장하는 콜롬비아는 활기 없는 공화국이었다. 농토를 떠난 수많은 농부들과 희망을 잃은 무수한 젊은이들에게 한국전쟁은 개인적인 해결책이었다. 온갖 사람들이, 정확한 판단을 내릴 정황도 없이, 자신들의 신체적 조건도 고려하지 않은 채 서로 뒤섞여 한국으로 떠났다.** 에스파냐 사람들이 아메리카를 발견하러 왔던 것과 유사했다. 이전에 여러 가지 면에서 서로 이질적이었던 그 사람들이 드문드문 콜롬비아로 돌아왔을 때는 결국 공통적인 특성을 지니게 되었다. 그것은 바로 그들이 참전 용사가 되었다는 것이었다.(강조는 인용자)[276]

콜롬비아 현대문학에서 한국전쟁을 다룬 작품으로는 하이로 아니발 니뇨(Jairo Anibal NinoJairo Aníbal Niño)의 희곡『불

---

276 가브리엘 가르시아 마르케스, 같은 책, 683쪽.

모고지*El monte calvo*』(1966), 마누엘 사파타 올리베야(Manuel Zapata Olivella)의 소설『참바쿠, 흑인 빈민굴*Chambacú, corral de negros*』(1963), 라파엘 움베르토 모레노 두란(Rafael Humberto Moreno-DuramDurán)의『맘브루*Mambrú*』(1996)를 거론할 수 있다.[277]

이 작품들은 모두 한국전쟁에 참전한 콜롬비아 병사들의 전쟁 후유증을 다루고 있다. 특히 2015년 국내에 번역, 출간된 라파엘 움베르토 모레노 두란의『맘브루』[278]는 한국전쟁을 다룬 대표적인 콜롬비아 작품이다.『맘브루』에는 공식적인 기록에서 누락된 한국전쟁의 이면을 담고 있다. 이 소설은 각기 다른 화자들이 역사학자인 주인공 비나스코 박사에게 한국전쟁 전후의 기억을 고백하는 인터뷰 형식으로 전개된다. 역사학자 비나스코의 아버지인 라미로 비나스코는 콜롬비아군 장교로 한국전쟁에서 전사한 인물이다. 비나스코 박사는 1987년 비르힐리오 바르코(Virgilio Barco) 콜롬비아 대통령을 수행하여 한국에 방문하게 된다. 소설 속에서 비나스코 박사는 콜롬비아에서 인정받는 역사학자로 설정된다. 그는 페루와의 전쟁부터, 한국전쟁, 수에즈운하 파병까지 콜롬비아의 현대

---

277 송병선,「『불모고지』와 콜롬비아 한국전쟁 참전 용사의 상황」,『라틴
    아메리카 문학과 한국전쟁』, 서강대학교출판부, 2009, 43~46쪽. 거론
    된 작품들 중 라파엘 움베르토 모레노 두란의『맘브루』외에는 국내
    에 아직 번역, 출간되지 않았다.
278 R. H. 모레노 두란, 송병선 옮김,『맘브루』, 문학동네, 2015.(이하 쪽수
    만 표시)

사와 전쟁사 권위자다. 또한 런던대학의 저명한 역사학자 에릭 홉스봄[279]교수와도 친밀한 사이로 그려진다. 게다가 한국에서 전사한 아버지 라미로 비나스코는 콜롬비아가 자랑하는 전쟁 영웅이다. 이렇게 작가 모레노 두란은 비나스코라는 가상의 역사학자가 비르힐리오 바르코 대통령의 방한을 수행하는 역사, 군사 분야의 전문가로 손색이 없을 정도의 인물이라는 사실을 강조한다. 이것은 이후 전개될 비나스코의 인터뷰에 신빙성을 부가하기 위한 장치로 읽힌다.

---

279 에릭 홉스봄(Eric John Ernst Hobsbawm)은 1917년 이집트의 알렉산드리아에서 태어났다. 어머니는 오스트리아인이고 아버지는 유대계 영국인이다. 대공황과 전쟁을 거치면서 부모를 잃고 고아가 된 홉스봄은 친척 집에서 얹혀살다가 열세 살에 베를린에서 홀로 영국으로 이주했다. 케임브리지대학교 킹스칼리지에 진학하여 역사학을 전공했다. 런던대학교 버벡칼리지에서 역사를 가르치고 은퇴했다. 냉전이 전개되고 현실 사회주의가 붕괴할 때까지, 홉스봄은 '공산화에 대한 공포가 자본주의사회를 더욱 결속시키는 것을, 소련의 국가 계획경제가 자본주의를 위기에서 구해내는 아이러니'를 보게 된다. 최고의 역사가로 명성을 날리면서도 공산당원이기 때문에 정작 모교인 케임브리지와 옥스퍼드 대학의 강단에는 서지 못했고, 반면에 소련 당국은 이 '공산당원'의 저서가 러시아어로 번역되는 것을 막았다. 『혁명의 시대』, 『자본의 시대』, 『제국의 시대』 등 20세기를 다룬 '시대 3부작'을 저술했다. 모레노 두란은 자신의 소설 『맘브루』에 다중적인 서술 장치의 일환으로 주인공 비나스코와 친밀한 관계로 설정한 에릭 홉스봄이 한국전쟁을 분석한 내용을 비나스코와 홉스봄이 나누는 대화의 형식으로 직접적으로 인용한다.

전쟁은 세기가 거듭될수록 커져가는 괴물이야. 근대화되면서 번창하는 존재고 예나전투에서 나폴레옹이 단지 예포 천오백 발로 압승을 거두었다는 사실을 알고 있나? 1918년이 되자 프랑스는 매일 이십만 개의 포탄을 생산했으면서도 수요를 따라가지 못했네. 멀리 갈 것도 없이 미국은 제2차 세계대전에서 군인들이 사용한 폭탄을 모두 합친 것보다도 많은 폭탄을 베트남에 투하했다네. 우리의 세기가 역사상 가장 치명적인 세기이며 진정한 야만의 극치라는 것은 틀린 소리가 아니라네. 우리를 기다리는 게 무엇인지에 관해서는 걱정하지 말게. 이미 지나갔으니까. 제3차 세계대전은 한국에서 시작됐거든. 많은 사람들이 줄기차게 지칭하던 '냉전'을 말하는 것이라네.

한국전쟁은 특정 지역에서 일어난 전쟁이지만 전쟁터가 아니라 협상 테이블에서 전쟁이 끝났다는 것을 보여주지. 새로운 방식이자 새로운 전략이었어. 미국은 자기들이 한국에서 싸우는 건 북한군이 아니라 중공군이라는 걸 잘 알고 있었고, 백오십 대의 중공군 비행기들이 사실상 소련인들이 조종하는 러시아 비행기라는 것도 알고 있었네. 그러니까 내 말은 콜롬비아는 사실상 미국의 사주를 받아 한국에 가서 북한군과 싸웠지만, 북한군이 동시에 중공군의 사주를 받았다는 것도 모른 채 러시아군과 싸운 꼴이 되었다는 소리야. 나는 이것이 최근 들어 문학도들이 '탈(脫)영토성'이라고 부르는 것이라고 생각하네. 자네 조국의 역사를 못마땅하게 생각하지 말게, 비나스코. 자네 조국은 거의 아무도 눈치채지 못한 채 지나가버린 전쟁에 참여하는 영광을 누렸으니까.(281쪽)

한국전쟁과 타자의 텍스트

한국으로 향하는 비행기 안에서 비나스코는 한국에서 전사한 아버지의 장례식을 떠올린다. 어린 비나스코는 아버지의 장례식장에서 느낀 의문들을 성장하면서 하나씩 풀어나갔다. 진실을 알게 될수록 비나스코는 떠들썩한 영웅 서사가 공허하게만 느껴졌다. 비나스코는 콜롬비아 청년들이 한국으로 향했던 시절을 기억한다. 그것은 마르케스가 적은 신문 기사의 내용과 일치한다.

아버지를 기리는 이상한 의식을 치른 지 몇 년이 지나서야 나는 그들이 전사자의 계급 때문에 지극한 경의를 갖추어 우리 가족을 대했다는 것을 알았다. 장교였던 아버지는 우수한 인재였고, 시쳇말로 '군대에 선사된' 여타의 사람들과는 다른 존재였다. (…) 가진 것도, 삶에 대한 희망도 없는 사람들, 다시 말해 일할 곳 없는 노동자, 구두닦이, 재주 부릴 곳 없는 광대, 택시 운전사, 농사짓던 땅에서 쫓겨난 농민들 역시 사정은 다르지 않았다. 학생들도 있었지만 극히 예외적이었다. 학생들은 장학금을 준다는 약속 때문에, 또는 다른 세상을 알 수 있는 기회를 잡기 위해 입대했다.

(…)

자유가 존재하지 않는 나라의 이름으로 자유를 위해 투쟁하기 위해 지구 반대편에 가는 것은 모순이 아니었다. 어찌 보면 자연스러운 일이었다. 무분별과 분파주의가 권력층에 만연해 있었기 때문이다. 그리고 입에 이름을 올리기만 해도 혀에 독이 오르는 그 작가가 우리나라에서 까옥대며 불평하고 있었다면, 미국에서는 콤플렉스로 가득 차 사방에 적을 두었던 인간, 그러니까 전 세계를 벌벌 떨게 했던 상원의원 조지프 매카시가 독불장군 같은 목소리로 지껄이고 있던 시기였다.(20~21쪽)

비나스코는 "자유가 없는 나라에서 자유를 위해 투쟁을 하러 가는" 풍경을 씁쓸하게 떠올린다. 그때는 콜롬비아 국내에서 부정부패가 만연했고 조지프 매카시가 전 세계를 이분법으로 나누었던 시기였다. 비나스코가 한국에 가는 공식적인 명분은 대통령 수행이지만, 그에게는 다른 이유가 있다. 그는 아버지와 함께 한국에서 싸우다가 휴전 후 그곳에 정착한 참전 용사 레오넬 갈린데스를 만나고자 한다. 국가에 의해 일방적으로 '영웅'으로 명명되었던 아버지의 죽음에 은폐된 것이 있음을 감지했기 때문이다. 비나스코가 인터뷰하는 참전 병사들의 증언은 조금씩 엇갈리지만, 속았다는 느낌을 받았고 한국이라는 곳을 전혀 모른 채 얼떨결에 전쟁을 겪었다는 점에서 그들의 진술은 일치했다.

극소수이긴 하지만 몇몇 사람들은 서양이란 단어는 미국을 의미한다는 생각을 머리에서 지울 수가 없었지요. 파나마 아래쪽과 적도 북부를 끊임없이 공포 속으로 몰아넣는 도살장 말입니다. 아무도 믿지 않겠지만, **미국의 압력과 매카시 상원의원의 히스테리 앞에 순순히 바지를 내리며 스스로 명예를 잃어버린 건 우리나라뿐이었습니다. 오직 우리나라만이 제1파견대로 천 명이 넘는 염병할 놈들을 징병한 국가**

　　　　　　　　　　　　한국전쟁과 타자의 텍스트

였단 말입니다. 우리가 한국에 관해 뭘 알고 있었을까요? 아무것도 몰랐어요. 그래서 칠판 앞에 모여 북한의 파렴치한 행위에 맞서 남한이 얼마나 위대하게 행동했는지 들을 때에도 우리는 아무것도 이해하지 못했어요. 곧바로 이어진 욕설이 중국인들과 러시아인들의 잔혹함을 현재로 불러왔을 때에도 우리는 이해하지 못했어요. 무조건 복종하는 통역사는 괴로워하는 목소리로 그들을 빨갱이, 빨갱이 개자식들, 빨갱이 살인자라고 칭했지요. 회고록에 이런 이야기 따위 전혀 적혀 있지 않지만, 역사는 살아남은 사람들이 쓴다는 걸 선생도 잘 알 거요.(166~167쪽, 강조는 인용자)

한국에서 만난 갈린데스는 전쟁으로 완전히 다른 삶을 살게 된 인물이었다. 콜롬비아 대대의 1진으로 한국에 투입된 갈린데스는 어느 고지 전투에서 포탄 파편에 맞아 골반이 산산조각난다. 부산의 야전병원을 거쳐 일본으로 후송된 그는 그곳에서 일본인 간호사 오타미와 사랑에 빠지지만 곧 헤어지게 된다. 일본에서 퇴역한 미군들과 어울리면서 갈린데스는 스트립 바를 운영하는 미국인 리들러를 소개받고 그와 함께 일하게 된다. 그리고 스트립 바의 쇼 멤버 중 한 명인 윤혜라는 한국 여자를 만나 결혼한다.

미군이 철수하기 시작하자, 리들러는 제 몫을 내게 넘기고는 네바다주에 있는 진짜 라스베이거스로 갔어요. 그리고 십오 년 전 나도 그의 뒤를 따랐지요. 난 이 나라가 급속한 경제성장 덕분에 '극동의 작은 용'이라고 불리는 그룹의 일원이 되었을 때 서울로 왔습니다. 도쿄는 더 이상 안전하지 않았고 미국인들이 사라지자 야쿠자가 모든 걸 빼앗고 장악했거든요. 그런데 내가 왜 우리나라로 돌아가지 않고 이 나라에 왔는지 압니까? 비록 멀리 떨어져 있지만 여기까지 우리나라 소식이 들려왔거든요. 그래서 정말이지 이곳으로 온다는 건 국적을 바꾸기 위함이나 마찬가지였어요. 새로운 한국은 경제적으로 엄청나게 매력적인 곳이었지요. 내가 이곳으로 이주한 건 어떤 병적인 향수 때문이기도 했어요. 이곳에서 걸을 수 없는 신세가 됐는데, 내가 뭣 때문에 내 발이 다닐 수 없는 다른 곳을 찾아야 합니까?(40쪽)

한국에서 골반이 부서진 갈린데스는 전혀 상상할 수 없었던 삶을 살게 된다. '자유를 지켜낸 영웅담'을 만들어내기에 급급했던 콜롬비아 정부의 역사 기록에 갈린데스와 같은 존재는 지워진 지 오래다. 한국전쟁에 참전한 병사가 일본과 미국에서 스트립 바를 운영하다가 다시 한국으로 돌아가 정착한 이야기는 불편하기 짝이 없는 사연일 뿐이다. 비나스코는 갈린데스를 비롯한 여섯 명의 참전 용사들을 차례로 만난다. 소설의 각 장마다 개별적으로 진행되는 인터뷰에는 각기 다른 진술이 담긴다. 그들은 황폐한 전쟁터의 실상과 자신들이 느낀 허무함을 여과 없이 고백한다. 남미 콜롬비아의 시골에서 자란 그들에게 한국은 지나치게 추운 곳이었고, 작은 고지 하나를 차지하기 위해서 엄청난 피를 요구하는 잔혹한

한국전쟁과 타자의 텍스트

곳이었다. 그들은 전사자의 사체가 널린 들판과 파괴된 서울을 통과할 때의 심정을 적나라하게 묘사하면서 '서울'이 독일의 '드레스덴'이나 일본의 '히로시마'와 크게 다르지 않다고 회고한다.

차가운 기계들의 전투에는 인간의 시체가 없다는 것. 지금 생각해보니 전쟁의 진짜 공포는 늘어나는 시체 수가 아니라 무덤 파는 인부들의 차가운 무균처치군요. 마치 전투의 증거를 없애면 사망자 수는 아무런 의미도 없다는 듯이 말입니다. 숫자가 배제된 전투는 상세하게 기록된 대학살보다 더 잔인해요. 우리는 전선으로 나아가며 바로 그것을 보고 있었습니다.

(…)

이 전쟁은 전혀 다른 전쟁이었어요. 내 M1 소총의 총신처럼 차가운 금속성의 느낌이었어요. 나는 아무 이유도 없이 어느 성인의 석상 앞에 무릎을 꿇듯, 불과 몇 분 전만 해도 영원히 사라졌다고 생각했던 것들의 존재를 확신하며 얻은 희망으로 총신을 부여잡았어요. 믿음은 우리가 보지 못하는 것을 두려워하는 거지요. 전쟁은 바로 그 사실을 우리에게 드러내 보였고, 돌연 나에게 찾아든 이런 신학적인 생각은 황량한 서울에 도착했을 때 사실로 확인되었습니다. **서울은 공포의 수도였어요. 몇 달 전 영화관 뉴스에서 드레스덴의 참혹한 모습을 본 적이 있었습니다. 불과 육 년 전에 연합군의 공격으로 파괴된 모습이었어요. 너무나 충격적인 상황이었으니 승리자들조차 슬픔을 참지 못해 눈물을 흘렸을 겁니다. (…) 서울은 악취를 풍겼고, 우리 눈앞의**

쥐들과 망가진 무기들과 예전에는 화려한 자태를 뽐냈을 궁전의 유령 같은 뼈대를 보여주고 있었어요. 원자폭탄이 투하된 다음 날 히로시마의 모습이 그러지 않았을까 싶군요. 그 폐허로부터 멀리 떨어져 있지 않다고 생각하니 소름이 끼쳤어요.(122~123쪽, 강조는 인용자)

그들은 한반도 중부 고지대에서 중국군의 '만세공격'(인해전술)을 막아내는 전투를 겪는다. 전장이 고착되고 휴전 협상이 진행되면서 미군은 많은 사상자가 발생하는 전투를 기피했고 위험한 지역의 방어는 콜롬비아를 비롯한 터키, 영국, 프랑스군 등 다른 유엔 국가의 군대들이 떠맡는 경우가 많았다. 참전 용사들의 고백에 따르면 콜롬비아군이 큰 희생을 치르면서 고지를 획득하면 미군들은 어디선가 나타나 훈장을 잔뜩 달아주고는 자신들의 전공으로 가로채곤 했다. 북한군과 중국군은 포로로 잡은 콜롬비아 병사를 시체와 함께 전봇대에 묶어놓은 채 본대를 유인하는 잔인한 전술을 구사했다. 포로가 된 병사나 전사자의 사체를 찾아오기 위해 병사들이 다가설 때마다 희생이 이어졌다. 콜롬비아 병사들이 겪은 그 참혹한 기억들은 전쟁이 끝나자 미국 영화에서 오디 머피[280]의 활약과 흡사한 미군의 영웅담으로 미화되었다. 실제로 콜

---

280 오디 리언 머피(Audie Leon Murphy). 제2차 세계대전 당시 유럽 전선에 27개월 동안 참전해 당시 미군 병사로는 가장 많은 훈장을 수여받은 것으로 유명하다. 미군 병사가 수여받을 수 있는 최고 훈장인 명예훈장과 은성훈장 등의 군인 훈장, 국가 기장이나 프랑스와 벨기

롬비아 대대는 '불모고지'[281]라는 이름이 붙은 금성 지구의 고지에서 전쟁의 막바지까지 중국군과 치열한 전투를 벌였다. 여기에서 벌어졌던 전투는 콜롬비아 작가 하이로 아니발 니뇨의 희곡『불모고지』의 배경이 되었다.

우리가 목숨 바쳐 싸운 진지에 식탁에 올라오는 음식 이름을 붙였다고 말했었죠. 로스트비프 고지, 그릴드 치킨 평지, 포크 찹 계곡 등등. 멀리 떨어져 있는 것, 아마도 이해할 수 없는 것들이 떠오르는 이름이 붙여진 곳도 있었어요. 예를 들어 '올드 볼디', 즉 불모고지가 그랬어요. '늙은 대머리'를 뜻하는 이 이름은 토르코로마의 파렴치한 의 병든 머리를 연상시켰지요. 공포 그 자체였어요. 메마른 땅, 둥근 황무지 언덕이었는데, 이름의 의미와는 상반되는 전략적 가치가 있었지요. 그 조그맣고 메마른 땅뙈기 때문에 우리는 우리가 가진 유

에의 훈장과 수여장 5개 등 총 33개의 훈장을 받았으며, 이등병에서 중위로 진급했다. 종전 후에 배우로 데뷔하여 33편의 서부영화를 포함해 44편의 영화에 출연했다. 특히 자신의 자서전을 원작으로 제작한 영화 〈불타는 전장(To Hell and Back)〉(1955)으로 유명하다. 이 영화는 크게 흥행했고 약 1000만 달러의 수익을 올렸다. 이 기록은 1975년 스티븐 스필버그의 영화 〈조스〉가 개봉할 때까지 깨지지 않았다.

281 불모산. 현재 경기도 연천군 중면 도연리 지역에 속한다. 산 정상에 아무것도 남아 있지 않은 민둥산이어서 '불모고지'로도 알려졌다. 치열한 전투가 벌어졌던 이 고지는 휴전협정 이전에 중국군의 수중에 들어갔다. 경기도 연천군 연천읍의 도연리와 신현리 사이의 비무장지대 너머에 위치한다.

일한 것을 걸어야 했어요. 조국으로 돌아갈 수 있다는 희망, 온몸이 멀쩡하진 않더라도 최소한 살아서는 집으로 돌아갈 수 있다는 희망 말입니다. 우리는 미군들이 부러웠어요. 목표 지점에 음식 이름을 붙이면서, 미군 병사들은 식욕을 만족시키기 위해 싸우겠구나 하는 생각을 했거든요.(296~297쪽)

한국전쟁에 파병된 콜롬비아군(출처: 국방홍보원)

콜롬비아 병사들은 한 달에 약 40달러의 수당을 받았는데, 그것은 터무니없이 적은 액수였지만, 그들의 고국에서는 만지기 힘든 액수의 돈이었다. 하지만 그 돈을 고스란히 가지고 귀국하는 병사는 많지 않았다. 언제 죽거나 다칠지 모르는 전쟁터에서 저축은 사치일 뿐이었다. 그들은 가끔 일본으로 휴가를 가서 달러를 요코하마의 사창가에서 탕진했다. 한 참전 용사는 "총탄보다 페니실린이 더 많이 사용"됐고 "창녀들이 중공군들보다 더 많은 사상자를 낳았다"(260쪽)고 이죽거렸다.

한국전쟁과 타자의 텍스트

비나스코는 참전 용사들을 인터뷰하면서 아버지 비나스코 중위가 사망한 경위를 가늠하게 된다. 불모고지전투 중 병사 미겔 아르벨라에스가 비나스코 중위의 주변에 떨어진 중국군의 수류탄을 잡아 던지다가 폭발하여 오른팔을 잃었다는 사실도 알게 된다. 불모고지에 주둔하는 중대가 교대할 때 중국군의 공격이 시작되었고 두 중대 사이로 중국군이 침투하자 혼란에 빠진 콜롬비아 부대는 아군끼리 총격전을 벌이게 되었고 비나스코의 아버지는 그 과정에서 아군의 총격에 사망한 것이었다. 그러나 퍼즐 조각 같은 증언들을 조합하여 알아낸 그 진실은 콜롬비아에서 환영받지 못한다.

비르힐데오 대통령의 수행 인사 중 한 명으로 비나스코와 함께 방한한 한국전쟁 참전용사협회의 회장 카르데나스 장군은 비나스코를 찾아와서 한국전쟁이 콜롬비아군에 미친 긍정적인 영향을 장황하게 설명한다. 카르데나스 장군은 한국전쟁 참전으로 콜롬비아군이 "라틴아메리카 대륙에서 가장 강하고 효율적인 군대"(221쪽)가 되었으며 평화주의를 들먹이는 자들은 "조국의 배신자와 다름없다"고 주장한다. 그리고 조국의 명예에 먹칠을 하는 비나스코를 한국에 데리고 온 이유를 밝힌다. 카르데나스는 한국이라는 아시아 국가가 콜롬비아의 참전을 얼마나 찬양하고 존경하는가를 비나스코에게 보여주고, 그가 부산의 유엔군 묘지를 둘러보며 조국에 대해 자긍심을 갖도록 만드는 것이 진정한 목적이었다고 말한다. 그러나 한국전쟁 참전 용사들이 자신의 연구를 달갑

게 여기지 않는다는 사실을 이미 알고 있음에도 비나스코는 인터
뷰와 역사서 저술을 멈추지 않는다.

나는 정통한 소식통을 통해 참전 용사들이 한국에 관해 출판한
내 연구물을 전혀 좋아하지 않으며 나를 전혀 만나고 싶어 하지 않
는다는 사실을 익히 알고 있었고, 카르데나스 장군도 직접 그걸 확
인시켜주었다. 나는 내가 충실하게 확인하고 대조한 후 전쟁에 관해
출간한 자료들 때문에 그들이 분노하면서 이글거린 것인지, 아니면
반대로 국가 영웅의 아들이 그랬다는 이유로 나를 용서하지 않는 것
인지 알 수 없었다. 어쨌거나 군인 세계가 나를 좋지 않은 눈으로 바
라보고 있고, 야당인 보수당 정치인들은 나를 더욱 좋지 않게 여기
고 있다는 것은 분명했다. 내가 우리나라 대통령들 중 최고의 폭군
이었던 사람이 네 번에 걸쳐 각각 천 명이 넘는 병력을 연속적으로
한국으로 파견해 그곳의 참호와 고지에서 병사들을 학살당하게 만
든 이유가 뭔지 모르겠다고 한 것 때문에 그 정치인들은 나를 조국
의 배신자나 마찬가지라며 마구 비난했다.(351쪽)

한국전쟁으로 고통 받았던 참전 용사들은 아이러니하게도 공
식적인 역사에서 누락된 자신들의 목소리를 복원하는 비나스코
의 작업을 비난한다. 기록에 은폐되었던 진실을 밝힐수록 한국에
서 피를 흘렸던 자신들의 위상이 흔들린다고 여긴 것이다. 여러 사
람의 말들을 모은 인터뷰들은 새롭게 역사에 기록되기도 어려웠다.

한국전쟁과 타자의 텍스트

오히려 작업이 계속될수록 더욱 복잡해질 뿐이다. 비나스코는 진실의 파편들을 끌어모으는 자신의 작업이 지닌 의미가 무엇인가를 직접 밝힌다. 이것은 작가의 목소리이기도 하다.

나는 회상의 열기, 사건을 실제로 경험한 사람들의 목소리, 즉 각각의 새로운 정보에서 증식되고 커지며, 각자의 정체성을 가진 다중(多衆)이 되는 '나'를 모두 존중하고 싶다. 인터뷰에 응한 사람들은 각자 전쟁에서 겪은 일에 관해 감격에 젖어 말했고, 그 이야기가 다른 사람들의 이야기와 모순되리라는 것은 처음부터 분명했다. 장교들의 회고록이나 참전 용사들이 쓴 몇 권의 책, 그리고 전쟁에 관한 백과사전 항목들이 말하는 것과도 전혀 일치하지 않았다. 그래서 그런 증언들이 공식적 사실과 공개적으로 상충된다 하더라도 나는 내게 자신들의 경험을 말해준 사람들의 이야기를 하기로 마음먹었다. 일관되지 못한 이야기들이 있다. 어떤 것은 잘난 체하는 마음을, 또 어떤 것은 원한을 품고 있었으며, 대부분은 감정에 치우쳐 있다. 나는 여러 참전 용사들이 전사하거나 실종된 동료들, 그러니까 사건을 재구성하는 데 필수적이지만 죽거나 실종되는 바람에 하는 수 없이 입을 다물어야만 했던 사람들에 관해 회상하는 것에 특히 관심이 있었다. 여기에는 증언들을 대조하고 주관성과 대담함의 무게, 혹은 기억의 공백을 적절하게 평가하는 작업 역시 반드시 필요했다. (⋯)

사실 군인들은 혼란스러운 어투로 사건들을 서술했다. 끔찍하게 엉망으로 서술했을 뿐만 아니라 많은 경우 사실과 부합되지 않는다.

나는 사건들과 정면 대결하는 방법을 택했고, 그래서 전선에 있었던 사람들의 증언에 바탕을 둔다. 카르데나스 장군을 비롯해 나를 신랄하게 비판하는 군인들은 도서관의 화석화된 자료나 자신들의 기억에 의존할 뿐이다. 그런 기억들이 얼마나 많은 칵테일파티나 화려한 만찬에서 왜곡되고 망가졌는지는 아무도 모른다.(357~358쪽, 강조는 인용자)

같은 공간에서 같은 경험을 한 사람일지라도 기억은 상이하게 다르다. 하지만 공식적인 역사는 그 상이한 기억들을 하나로 통합시키고 예외와 누락, 반론의 가능성을 차단시킨다. 그렇게 고정된 역사는 개인의 고통을 은폐하고 외면하는 폭력을 동반할 수밖에 없다. 그래서 비나스코는 역사에 기록되지 않은 개별적인 고통의 체험과 목소리를 복원하고자 한다. 남미에서 유일하게 한국전쟁에 전투병을 보냈던 콜롬비아의 소설『맘브루』는 문제적인 텍스트다. 한국과 콜롬비아는 반공을 국시로 삼은 독재정권이 미국으로부터 경제 지원을 얻고 군대를 현대화하려는 목적으로 군대를 해외에 파병한 유사한 역사를 지녔다. 또한 그 전쟁을 공식적인 역사로 기록하는 과정에서 애국심과 경제적인 이득에만 방점을 찍고 개별적인 고통들을 외면했던 사실도 비슷하다.

이런 교차성은 문학 텍스트의 유사성에서도 찾아볼 수 있다. 『맘브루』가 '지금 여기'에서 더욱 문제적으로 독해되는 것은 베트남전쟁에 참전했던 한국의 과거와 상당 부분 겹치기 때문이다. 이를테면『맘브루』를 구성하는 소재와 주제는 베트남전쟁을 다룬 안정효의 소설『하얀 전쟁』(고려원, 1989)과 매우 흡사하다. 비루한 삶으로부터 벗어나고자 낯선 전쟁터로 향하는 젊은이들, 국내 정치를 안정시키고 외화를 버는 수단으로 전쟁을 이용한 정치가들, 전쟁터에서 겪은 실상과 동떨어진 기록 등『맘브루』의 주요 소재들은『하얀 전쟁』과 매우 흡사하다.『하얀 전쟁』이 영화로 제작되었을 때 '명예의 회복'과 '애국심'을 기치로 내걸고 영화 상영을 반대하던 베트남전 참전 용사들의 목소리와 비나스코의 작업을 비하하는 카르데나스 장군의 목소리는 구분할 필요가 없을 정도로 닮았다.

사건을 직접 경험하고 지켜본 사람들이 보기에 이곳에서 전쟁의 경과를 기록한 대부분의 소식은 거짓이었다는 겁니다. 알다시피 언론은 재갈이 물려 있었고, 거의 모든 뉴스와 보도 기사는 구태의연하고 부패한 애국주의로 인해 왜곡되고 부풀려져 발표되기 일쑤였거든요. 우리 역사에서 그때처럼 허세 넘치는 형용사를 많이 사용하고, 공허하기 그지없는 수사법을 자랑한 적은 없었다고 생각해요."(290쪽)

국가적 차원에서 진행된 요란한 귀국 환영회의 풍경과 대비되는 병사들의 고통도 마찬가지다. 정당성이 부족했던 독재정권이 경제성장에 매진하여 리더십을 확보하려는 정책의 일환으로 미국을 따라 전쟁에 참여하게 된 경위도 비슷하다. 심지어 참전한 병사들에 대한 묘사도 흡사하다. 한국전쟁 때 콜롬비아 병사들이 미국으로부터 받은 봉급(40달러)이 베트남에 파병된 한국군 병사가 받았던 봉급과 같은 액수였다는 사실과 군인들이 드나들었던 사창가의 풍경까지 주목하면 두 소설의 경계는 쉽게 허물어진다. 전장에서 아군을 사살한 병사의 죄책감, 낙오병의 발생, 전장의 실상과 언론 보도의 불일치 등 두 소설에서 다루는 풍경은 마치 데칼코마니처럼 겹친다.

요코하마의 사창가를 배회하면서 월급을 탕진하는 콜롬비아 병사들의 모습은 훗날 베트남전쟁에 참전한 한국군 병사의 모습과 시차만 달리한 풍경으로 다가온다. 더구나 베트남전 참전 용사들이 베트남에서 벌어졌던 민간인 학살의 진상 조사를 반대하고 전쟁에 참전했던 자신들의 과거를 반공주의와 국가주의에 입각하여 미화하는 것과 비나스코의 작업에 반발하는 콜롬비아 참전 용사들의 모습도 판박이다. 1950년대 남미의 개발도상국 콜롬비아가 미국의 달러를 좇아 한국전쟁에 참전했던 경험은 1960년대 한국이 겪은 베트남전쟁의 경험과 겹쳐진다. 한국의 대표적인 베트남전쟁소설 『하얀 전쟁』(안정효, 고려원, 1989)의 주인공 한기주가 전쟁의 기억을 떠올리면서 탄식처럼 내뱉은 대사("우리는 영광의 창조를 위해 진실을 잃었다")는, 『맘브루』에 그대로 삽입해도 전혀 이질감이 없다. 냉전시대 '총과 달러'의 유혹에 이끌렸던 약소국 젊은이들의 상처와 고통은, 그들이 소멸할 시기에 이른 현재까지도 여전히 역사의 여백으로 남았다.

인천광역시에 위치한 콜롬비아군 참전 기념비

1

인류의 역사는 곧 '전쟁사'라고 해도 과언이 아니다. 인류는 전쟁을 잠시도 멈추지 않았고, 지금도 세계 도처에서 살상이 계속되고 있다. 어린 시절 나는 프라모델로 군인과 각종 병기 만들기에 심취한 아이였다. 프라모델로 전차와 장갑차, 군인들을 만들면서 전쟁영화에 탐닉했다. 프라모델 군인들을 에나멜로 색칠하다가 각기 다른 제복을 입은 군인들이 왜 그토록 처절하게 싸웠는지 궁금해졌다. 세계사 책에서는 늘 전쟁사를 먼저 탐독했고, 전쟁을 겪은 자들이 나오는 문학작품을 읽기 시작했다. 에리히 레마르크와 야마오카 소하치, 안정효, 황석영의 소설을 펼쳤고, 홀로코스트를 다룬 윌리엄 스타이런과 콘스탄틴 게오르규의 소설을 읽기 시작했다. 그들의 소설에는 전쟁으로 망가진 사람들의 내면이 실감나게 그려져 있었다. 전쟁은 단지 물질만이 아니라 살아남은 자의 삶까지 파괴한다는 사실을 느리게 깨달았다. 그리고 전쟁으로 누군가는 큰돈을 번다는 부조리를 알게 되면서 점차 프라모델로 병기를 만드는 일에 흥미를 잃었다.

초등학교 저학년 시절 교실에 걸린 군인 출신 대통령의 초상화가 떠올랐다. 그리고 숱하게 제출했던 반공 포스터와 반공 독후감이 떠올랐고, 반공 웅변대회에 나간 친구가 책상을 치면서 열변을 토하던 풍경이 스쳐 갔다. 그 시절 우리는 자신도 모르는 사이에 증오를 주입받으면서 냉전의 도구로 제조되고 있었던 것이다. 초등학교 4학년 때 담임 선생님은 철저한 반공주의자였다. 선생님은 '빨갱이'와 '간첩'을 조심해야 한다는 말을 자주 했다. 그분은 과거 어느 지도자가 역설했던 '한국식 민주주의'를 신봉했는데 그 사람이 말한 '한국식 민주주의'란 곧 독재가 아니냐는 질문을 던진 이후 나는 문제 학생이 되었다. 어떤 어른에게는 질문 자체가 곧 결례라는 사실을 처음 깨달았다.

한국전쟁은 우리 가족에게도 큰 영향을 미쳤다. 외할머니는 20대에 전쟁을 겪었고, 내 어머니는 전쟁이 한창이던 1951년에 태어났다. 그 참혹한 전쟁의 와중에 외할머니는 어머니를 낳았다. 한국전쟁에 대해서 물으면, 외할머니는 너무도 끔찍했다고 중얼거리면서 고개를 저었다. 외할아버지가 경찰이었기에 인민군에 적발되었다면 모두 죽음을 면치 못했을 거라는 말과 함께 어린 자식들을 지키고자 고투했던 경험담을 조금씩 털어놓았다. 아버지와 아버지의 형제들도 한국전쟁으로 극빈한 삶을 살아야 했다. 큰아버지들과 아버지는 지금도 피난 시절과 전쟁 이후의 가난을 자주 회상한다. 그 시절을 살았던 사람들 대부분 비슷한 고통을 겪었을 것이다.

2

전쟁을 겪지 않은 사람들의 삶도 전쟁의 영향을 받는다. 어린 시절

내가 겪은 반공 교육은 한 단면일 뿐이다. 남과 북은 휴전선을 사이에 두고 계속 충돌했고, 적대적인 공존을 이어가고 있다. 매년 남과 북에서는 수십만 명의 청년들이 입대하고 전쟁의 위험은 여전히 상존한다. 나 역시 어린 시절 프라모델로 만들었던 155mm 곡사포가 아닌 실제 대포를 다루면서 군 생활을 했다. 북한이 도발할 때마다 한국의 주가는 요동치고 한반도의 상공에는 무력시위를 하는 미군 항공기가 뜬다. 무엇보다도 70년 넘는 세월이 흐르면서 남과 북의 이질감은 거의 메울 수 없을 정도로 커졌다. 훗날 통일이 이루어진다 해도 이것은 가장 큰 걸림돌이 될 것이다. 독일이 통일 이후 겪은 진통과는 비교할 수조차 없으리라. 남과 북이 지닌 적대감의 기원은 바로 한국전쟁이다. 한반도에서 벌어진 전쟁은 세계 각국에도 영향을 미쳤다. 수많은 외국 군인들도 한국에 와서 싸웠고, 많은 이들이 죽고 다쳤다. 지금까지도 유해 발굴과 송환 작업이 지속되고 있다.

한국전쟁의 참상과 의미, 원인과 전개에 대해서는 이미 많은 역사학자들의 연구가 이루어졌다. 문학에서도 한국전쟁에 관한 작품들은 이미 '분단문학'이라는 영역을 형성할 정도로 많다. 이 책은 한국에서 벌어진 전쟁을 마주한 외국인들의 상황, 그들의 텍스트에 한국전쟁이 어떤 식으로 기록되었는가를 살펴보려는 노력의 일환이다. 한국전쟁은 많은 나라의 운명을 바꾸어놓았고 그들도 숱한 청년들을 잃었다. 그러나 아시아의 작은 나라에서 벌어진 참극은 여러 나라에서 주로 국가적인 프로파간다로 활용되거나 쉽게 잊혔다. 한국전쟁을 겪은 '우리'의 상처를 다룬 책은 많지만, 적대국이나 다른 참전국들의 아픔을 응시하는 작업은 상대적으로 적었다. 무엇보다도 전쟁의 당사자인 우리가 가장 큰 피해자였기 때문일 것이다. 그러나 국제전이었던 한국전쟁으로 타국의 청년들도 큰 고통을 겪었고, 이 전쟁으로 여러 국가들의 운명이 달라졌다는 사실을 잊지 말아야 한다.

이 책을 구상하는 단계에서 오창은 선배의 도움이 컸다. 2016년 가을, 콜롬비아 작가 모레노 두란과 중국계 미국 작가 하 진의 소설을 연구한 논문을 발표했을 때 창은 선배는 그 논문을 저술로 발전시키면 좋겠다고 조언했고, 이듬해 한국연구재단의 저술지원사업에 지원하는 계기가 되었다. 저술을 진행하는 과정에서 방대한 분량의 텍스트 중 다룰 텍스트를 선정하는 과정이 힘겨웠다. 게다가 미번역된 텍스트들이 많았다. 그래서 저술 작업을 하면서 한국계 미국 작가 폴 윤의 소설을 직접 번역하는 품을 들여야 했다. 나중에라도 이 번역 원고가 빛을 보는 날이 오길 바란다. 어떤 글도 한국전쟁의 상처를 충분히 설명하기에 부족하다는 사실을 잘 안다. 다만 이 작은 노력이 타자의 상처에 다가설 수 있는 작은 디딤돌이 되었으면 한다.

3

오랜 시간 문학비평을 썼지만, 아직 비평집을 엮지 않았다. 읽히지 않으리라는 체념과 출판사에 손해를 끼치기 싫은 마음이 컸기 때문이다. 연구서를 첫 책으로 내는 지금 심정은 기쁘면서도 착잡하다. 고마운 사람들이 많다. 이윤을 담보할 수 없음에도 출간을 맡아주신 삶창의 황규관 선생님에게 큰 빚을 졌다. 대학원 후배 희란이가 원고를 검토해주지 않았다면 출간 일정을 맞추기 어려웠을 것이다. 거친 초고를 읽어준 김대현 형, 일수와 형동이, 한국외대의 최선경 선생님의 조언에 도움을 받았다. 넉넉한 웃음과 함께 술을 즐기고 글을 쓰시는 한국외대 이성혁 선생님과 중앙대 최영진 교수님은 큰 힘이 되어주셨다. 전쟁기념관에서 2020년 주최한 '6·25전쟁 70주년 참전국 국제학술회의'의 패널로 참가한 경험도 저술 작업에 유용했다. 국제학술대회에 초청해주신 이상철 관장님에게도 감사한다. 그리고 코로나 시국 탓에 한동안 찾아뵙지 못한 박명진 교수님께 부족하지만 건넬 수 있는 책이 생긴 것이 기쁘다.

지금도 만화를 그릴 때마다 10대 시절의 설렘이 생생하다는 작은아버지, 퇴임한 이후 더욱 활발한 저술 작업을 하시는 셋째 큰아버지는 내게 좋은 귀감이 되었다. 암으로 고생하시는 아버지와 언제나 의지하게 되는 어머니, 그리고 머나먼 미국에서 코로나로 투병 중이신 외할머니께도 감사한다. 김수영 시인과 또래인 외할머니께서는 한 세기의 삶을 견딘 분이다. 할머니가 회상하시던 이야기들은, 지금도 생생하게 떠오른다. 전쟁은 이분들에게 큰 고난이었지만, 그래서 삶이 더 단단해질 수 있었다고 생각한다.

전쟁과 관련된 텍스트를 연구하면서 느낀 바가 크다. 내가 살지 않았던 시간과 알지 못하는 사건을 증명하는 모든 사람들의 기억과 그들이 견딘 삶에 경의를 표하고 싶다.

2021년 봄

이정현